红色广东丛书

U0870144

黎明之歌

广州起义纪事

陈典松 陈志遐 著

南方传媒 广东人民出版社

·广州·

图书在版编目（CIP）数据

黎明之前：广州起义纪事 / 陈典松，陈志遐著．—广州：广东人民出版社，2021.6（2023.1重印）

（红色广东丛书）

ISBN 978-7-218-14980-6

Ⅰ.①黎…　Ⅱ.①陈…　②陈…　Ⅲ.①纪实文学—中国—当代　Ⅳ.①I25

中国版本图书馆CIP数据核字（2021）第052115号

LIMING ZHIQIAN：GUANGZHOU QIYI JISHI

黎明之前：广州起义纪事

陈典松　陈志遐　著

出 版 人：肖风华

责任编辑：王　鹏

封面设计：李卓琪

责任技编：周星奎　吴彦斌

出版发行：广东人民出版社

地　　址：广州市越秀区大沙头四马路10号（邮政编码：510199）

电　　话：（020）85716809（总编室）

传　　真：（020）83289585

网　　址：http://www.gdpph.com

印　　刷：三河市嵩川印刷有限公司

开　　本：787毫米×1092毫米　1/16

印　　张：25　　**字　　数：**350千

版　　次：2021年6月第1版

印　　次：2023年1月第3次印刷

定　　价：78.00元

如发现印装质量问题，影响阅读，请与出版社（020-85716849）联系调换。

售书热线：020-85716826

《红色广东丛书》编委会

总 序

百年征程波澜壮阔，百年大党风华正茂。习近平总书记在党史学习教育动员大会上指出："我们党的一百年，是矢志践行初心使命的一百年，是筚路蓝缕奠基立业的一百年，是创造辉煌开辟未来的一百年。"翻开风云激荡的百年党史，一代又一代中国共产党人，用鲜血和生命浸染了党旗国旗的鲜亮红色，书写了可歌可泣的历史篇章，铸就了彪炳史册的丰功伟绩。一百年来，党的红色薪火代代相传，革命精神历久弥坚，红色基因已深深根植于共产党人的血脉之中，成为我们党坚守初心、永葆本色的生命密码。

广东是一片红色的热土，不仅是近代民主革命的策源地，也是国内最早传播马克思主义、最早成立共产党早期组织的省份之一。在新民主主义革命的漫长历程中，广东党组织在中共中央的领导下，发动、组织和领导广东人民开展了一系列广泛而深远的革命斗争。1921 年，广东党组织成立后，积极开展工人运动、青年运动，并点燃农民运动星火。第一、二、三次全国劳动大会连续在广州召开，全国工人运动的领导机关——中华全国总工会在广州诞生。中国社会主义青年团第一次全国代表大会在广州召开，促进了全国团组织的建立、发展。在"农民运动大王"彭湃领导下，农潮突起海陆丰影响全国。

1923年，中共中央机关一度迁至广州，中国共产党第三次全国代表大会在广州召开，推动形成了第一次国共合作，建立了国民革命联合战线，掀起了大革命的洪流。随后，在共产党人的建议下，黄埔军校在广州创办，周恩来等共产党人为军校的政治工作和政治教育作出了重要贡献，中国共产党也从黄埔军校开始探索从事军事活动。在共产党人的提议下，农民运动讲习所在广州开办，先后由彭湃、阮啸仙、毛泽东等共产党人主持，红色火种迅速播撒全国。1925年，广州和香港爆发省港大罢工，声援五卅运动，成为大革命高潮时期一个十分引人注目的重要斗争。1926年，在统一广东革命根据地后，国民革命军在广州誓师北伐，以共产党员为骨干的北伐先锋叶挺独立团所向披靡，铸就了铁军威名。在北伐战争胜利推进的同时，广东共产党组织和党领导的革命队伍迅速扩大和发展，全省工农群众运动也随之进入高潮。

1927年“四一二”反革命政变以后，广东共产党组织在全国较早打响反抗国民党反动派血腥屠杀的枪声，广州起义与南昌起义、秋收起义一起，成为中国共产党独立领导中国革命、创建人民军队的伟大开端。随后，广东党组织积极探索推进工农武装割据，在海陆丰建立第一个县级苏维埃政权，并率先开展土地革命，开启了中国共产党领导人民进行的最重大的社会变革。与此同时，广东中央苏区逐步创建和发展起来，为中国革命的发展作出了不可磨灭的贡献。1931年，连接上海中共中央机关与中央苏区的中央红色交通线开辟，交通线主干道穿越汕头、大埔，成功转移了一大批党的重要领导，传送了重要文件和物资，成为土地革命战争时期党的红色血脉。1934 年，中央红军开始了举世瞩目的长征，广东是中央红军从中央苏区腹地实施战略转移后进入的第一个省份，中央红军在粤北转战 21 天，打开了继续前进的通道，成功走向最后的胜利。留守红军在赣粤边、闽粤边和琼崖地区进行了艰苦卓绝的游击战争，高举红旗永不倒。

抗战全面爆发后，中共中央和中共中央长江局、南方局十分重视和加强对广东党组织的领导，选派了张文彬等大批干部到广东工作。日军侵入广东以后，广东党组织奋起领导广东人民开展敌后抗日游击战争，成立了东江纵队、琼崖纵队、珠江纵队、广东人民抗日解放军、南路人民抗日解放军和韩江纵队等抗日武装，转战南粤辽阔大地，战斗足迹遍及 70 多个县市。华南敌后战场成为全国三大敌后抗日战场之一，党领导的广东人民抗日武装被誉为华南抗战的中流砥柱。香港沦陷以后，在中共中央的领导和周恩来等人的精心策划安排下，广东党组织冲破日军控制封锁，成功开展文化名人秘密大营救，将 800 多名被困香港的文化名人、爱国民主人士及家眷、国际友人等平安护送到大后方，书写了抗战史上的光辉一页。

解放战争时期，在中共中央的领导下，华南地区大力开展武装斗争，开辟出以广东为中心的七大块游击根据地，成立了中国人民解放军琼崖纵队、粤赣湘边纵队、闽粤赣边纵队、桂滇黔边纵队、粤中纵队、粤桂边纵队和粤桂湘边纵队等人民武装，其中仅广东武装部队就达到 8 万多人，相继解放了广东大部分农村，在全省1/3地区建立起人民政权，为广东和华南的解放创造了有利条件。在广东党组织的配合下，人民解放军南下大军发起解放广东之役，胜利的旗帜很快插遍祖国南疆。

革命烽火路，红星照南粤。广东见证了中国共产党从新生到大革命、土地革命，再到抗日战争、解放战争等革命斗争全过程。其间，毛泽东、周恩来、刘少奇、朱德、邓小平、叶剑英、彭德怀、刘伯承、贺龙、陈毅、聂荣臻、徐向前、李富春、粟裕、陈赓等老一辈革命家和李大钊、蔡和森、瞿秋白、陈延年、彭湃、叶挺、杨殷、邓发、张太雷、苏兆征、杨匏安、罗登贤、邓中夏、恽代英、萧楚女、阮啸仙、张文彬、左权、刘志丹、赵尚志等一大批革命先烈都在广东战斗过，千千万万广东优秀儿女也在革命斗争中抛头颅、洒热血，留下了光照千秋的革命历史和革命精神。广东这片红色热土，老区苏区遍布全省，大大小小的革命遗址分布各地，留下了宝贵而丰厚的红色文化历史遗产。

习近平总书记强调，中国革命历史是最好的营养剂。重温这部伟大历史能够受到党的初心使命、性质宗旨、理想信念的生动教育，必须铭记光辉历史、传承红色基因。我们有责任把党领导广东人民进行革命斗争的光辉历史和伟大功绩研究深、挖掘透、展示好，全面呈现广东红色文化历史，更好地以史铸魂、教育后人，让全省人民在缅怀英烈、铭记历史中汲取砥砺奋进的强大力量，让人们深刻认识红色政权来之不易，新中国来之不易，中国特色社会主义来之不易，确保红色江山的旗帜永远高高飘扬。

为充分挖掘广东红色文化资源的丰富内涵，我们组织省内党史、党校、社科、高校等专家学者，集智聚力分批次编写《红色广东丛书》。丛书按照点面结合、时空结合、雅俗结合原则，分为总论、人物、事件、地区、教育五个版块。总论版块图书，主要综述中国共产党在广东的革命斗争历史概况，人物版块图书主要讴歌广东红色人物，事件版块图书主要论说党领导广东人民开展革命斗争的历史事件，地区版块图书从地市和历史专题角度梳理广东地域红色文化，教育版块图书着力打造面向青少年及党员的红色主题教材。丛书以相关的文物、文献、档案、史料为依据，对近些年来广东红色文化资源研究成果做了一次全面系统梳理，我们希望这套丛书能为党史学习教育、革命传统教育、爱国主义教育提供重要内容支撑。

一切向前走，都不能忘记走过的路，走得再远、走到再光辉的未来，也不能忘记走过的过去，不能忘记为什么出发。站在“两个一百年”的历史交汇点上，我们要更加坚定自觉地学史明理、学史增信、学史崇德、学史力行，赓续红色血脉，传承红色基因，以一往无前的奋斗姿态、风雨无阻的精神状态，推动广东在全面建设社会主义现代化国家新征程中走在全国前列、创造新的辉煌。

《红色广东丛书》编委会

2021 年 6 月

CONTENTS

目 录

引　言

广州起义，发生在一个冬天的晚上，黎明之前。

1927年12月11日爆发的广州起义，是继南昌起义、秋收起义之后，中国共产党领导的城市工农兵联合起义，它不仅在中国革命史上，而且在国际无产阶级解放运动史上写下了光辉的一页。

1927年，是中国历史上极不平凡的一年。

中国国民党与中国共产党这两个中国现代史上产生的最具生机的政党，在血雨腥风中分道扬镳，国民党反动派发动的“四一二”“四一五”“七一五”三次镇压中国共产党的反革命政变，用无数早期中国共产党人的鲜血，改变了北伐战争以来的政治版图，制造了国家内部最激烈的对抗与仇恨，中国共产党领导的三次武装起义，标志着中国历史走向一个新的武装斗争和政治革命时代，国家与民族进入到一个凤凰涅槃和蝶变重生的艰难时期。

鸦片战争把中国带入苦难的近代史的漫漫长夜。如果说，中国共产党领导中国人民通过武装斗争夺取政权、建立新型国家的过程是中国近代史的破晓时分；那么，1927年犹如黎明之前，广州起义第一声枪响的时间则是午夜3点。

这是一幅5700余中华儿女用生命和鲜血绘就的历史长卷，是一个悲壮的红色传奇！

我们用心去感知，用脚去丈量，用眼去追寻，一遍又一遍，踏遍五羊城，探访广州起义的旧迹。

近一个世纪过去了，广州起义的印迹依然是广州城市红色故事的底色。

循着广州城市传统中轴线，从越秀山顶，到珠江岸边：越秀山（观音山）、广东省民政厅（原国民党广东省政府）、人民公园（旧称第一公园，或中央公园）、起义路（旧称维新路）、广州起义纪念馆（原国民党广州市公安局）到海珠广场。这是当年广州起义的主战场。在这里，曾第一次升起象征着工农联盟的红色旗帜，建立了中国第一个中心城市红色政权。

与这条纵向城市中轴线交叉的中山路，以人民公园和广州起义纪念馆为参照，西侧的解放路与中山五路交会处，是广州旧城的四牌楼所在地，那时候叫惠爱路，广州起义的总指挥张太雷就是在这里流尽了最后一滴血，把自己的生命献给了这座城市。

往东，经中山四路、中山三路，到中山二路的广州起义烈士陵园，这里是广州起义打响第一枪的四标营所在地，更是广州起义烈士的集体墓园，在这里，有雄壮的广州起义纪念雕塑，在这里，你还能看到广州起义领导人的个人雕像。

这个地方，原来叫红花岗，是木棉盛开的地方。每年的早春，这里的木棉盛开，映红了广州城市的中心。

木棉是广州的市花，又称英雄树，烈士鲜血浇灌的木棉花鲜艳照人，更增一份伟岸，一份庄敬！

顺着人民南路，从西濠口，到西瓜园，我们还能想象到当年工人赤卫队队员面向珠江与敌军作战的场景，以及 1927 年 12 月 12 日中午西瓜园广场上竖起的庆祝广州苏维埃政府成立大会的巨幅标语和鲜红旗帜。

到了沿江路，从西堤码头到东堤，这是广州起义武装全面迎战珠江南岸李福林部队和抗击外国干扰的最前线，西堤码头、长堤、国民党中央银行旧址、天字码头，每到一处，不管是金色秋阳照射的白天，还是霓虹闪烁的夜色里，我们都能感受到当年工人赤卫队和革命武装部队对敌作战的气息。

天字码头边，广州起义的女战士游曦和她的战友们撕心裂肺的呼喊与怒吼，仿佛穿越时空，在我们耳边萦绕如缕。

我们收集和阅读了与广州起义有关的所有能找到的历史文献，不仅有中共中央、中共广东省委的历史资料，有众多参与起义的革命者亲自撰写的回忆录或采访记述，还有当年的革命对象张发奎、陈公博等国民党阵营相关人员的自述或回忆资料，国内外各方面对起义消息的报道和俄、日等外国人亲历亲闻素材。我们试图用客观、全面、公正的文字把发生在中国现代历史上，尤其在中共党史上、中华人民共和国创建进程中的这一段历史还原。

当我们敲起键盘的时候，我们的内心是沉重的。

不能让这一段历史沉默无闻，它是历史的痛，更是历史的光。

它是漫漫长夜里，最为黑暗的黎明之前，中国人民为国家、民族生存与发展而发奋前行的灯塔，曾激励过许多人为国家及民族前途、人民幸福，前赴后继，自强不息。

它是广州这座城市的光，在历史的星河里闪耀；它是广州人的骄傲，在中华人民共和国的创建史上，在那面鲜艳的五星红旗上，有广州儿女鲜血里流淌的红色光谱。

那么多鲜活的人物，那么多悲壮的场景，一一在我们的脑海里浮现出来。

书写历史，对我们来说，既是使命，也是责任。

第一章　激流涌动的寒夜

一　漫漫冬夜

广东是国共合作的起始之地，工农运动的发展相对成熟，为了应对国民党反动派发动的镇压中国共产党的政变，中国共产党继发动南昌起义和秋收起义之后，把武装暴动的重点转向了广东。

作为省会城市的广州，更是奋勇当先。

广州曾是国共合作的模范城市。

在这里，以1924年1月召开的中国国民党第一次全国代表大会为标志，中国国民党与中国共产党的合作，共同创造了以广东为基地的南方革命大好形势。工农运动在这里蓬勃发展，北伐战争取得了良好的开局。

然而，随着北伐战争的顺利推进，国民党反动派开始背叛孙中山倡导的新的革命精神与思想，由排共到反共，并制造了一起又一起的屠杀共产党人的血案与事变，终致中国共产党被迫走上反抗的道路。

1927年，继蒋介石发动上海“四一二”反革命政变和广州“四一五”反革命政变之后，汪精卫最后也撕下了国民党左派的面纱，发动了“七一五”反革命政变，全面镇压中国共产党，实行宁汉合流。

当时国民党内部也是合纵连横，拥护蒋介石和支持汪精卫的力量明争暗斗，各派新军阀为争夺地盘和政治势力，拥兵自重，各怀私心，内争不断。

1927年9月，支持汪精卫的张发奎率领国民党军第二方面军到达广州，与盘踞广州的桂系军阀李济深为争夺地盘发生冲突，矛盾愈演愈烈。11 月 17 日，粤桂战争爆发，李济深领导的桂系被逐出广州。

为对抗桂系军阀，张发奎排兵布阵，对广州的防务进行了大调整，派重兵往前线，把第四军军长黄琪翔以西路总指挥的名义派到肇庆督师，第四军在广州的防务由该军参谋长叶剑英负责。

叶剑英当时是秘密共产党员，这对中国共产党发动武装起义相对有利。

同时，中共广东省委加强了与中共中央的联系与沟通，广泛动员力量，在广州和周边地区加大了对工农运动的领导，全方位为发动起义作准备。

为推动广州起义而进行的各项工作，有条不紊地向前推进。

1927 年 11 月 26 日，一个漫漫冬夜里，一座四层砖木结构建筑（今越秀区广大路二巷 4 号）的四楼，灯光微闪。

这里是当时中共广州市委的秘密机关，由于中共广东省委机关设在香港，所以，这里也成了广东省委在广州活动的机关和广东省委书记张太雷在广州的住处。

这里是当时广州城市最核心位置，靠近第一公园（今人民公园），距离国民党广东省政府（今越华路广东省民政厅）约一千米，到国民党设在广州的党政军各机构都非常方便。

正所谓最危险的地方，也是最安全的地方，这个中国共产党的秘密机关，犹如一把楔子插入了国民党广州政权的心脏。

中共广东省委正在这里举行一次非常特别的常委会，除了留守在香港的常委恽代英、张善鸣、沈宝同之外，主要省委领导都参加了这次会议。

会议由张太雷主持。参加会议的有黄平、周文雍、吴毅、陈郁、杨殷、王强亚和共产国际代表纽曼（德国人）等。其中，周文雍刚被党组织从狱中解救出来，杨殷也是最近才由香港被党组织安排到广州的。

只能容纳十几个人的会议室布置得简朴而庄重，主席台正面墙上挂着一面红旗，中间一把配着椭圆手柄的一弯新月似的镰刀，与一把长手柄的斧头交叉，形成一个近似英文 D 字的金色图案。

灯光在红旗的辉映下，使整个会议室里都充满了暖暖的红色，照在每一位与会者的脸上，显得红光满面。

会场中悬挂的红旗是根据10月15日中共中央南方局、广东省委联席会议通过的《中共广东省委通告14号——最近工作纲领》而新制作的一面红旗。

这份文件明确指出："要坚决勇敢地树立工农革命的大旗……建立工农政权"，"一律废除青天白日旗，改使红旗，以斧镰为标志与国际旗同"。

这是党的领导机关第一次作出的关于党的旗帜的正式决定，在以后的革命历程中，旗帜上的斧头被改为更能代表工人阶级的锤头。

一盏电灯挂在会议室的正中，张太雷坐在长方桌的一头，其余人员环坐在桌边。

张太雷环视了一眼大家，站起身："同志们，自蒋介石发动'四一二'反革命政变以来，国民党对我党的屠杀就一直没有间断过，但是，国民党内部也有矛盾，不仅有国民党中央层面的蒋介石与汪精卫之争，在广东也有粤军与桂军之间的地盘之争。现在国民党第二方面军的张发奎与桂系军阀李济深正在为争夺广东地盘打得激烈，这对我们来说，是一个非常难得的机会。"

黄平："是啊，听说张发奎任命的前敌总指挥第四军军长黄琪翔已把他的主力派往西江，同李济深的黄绍竑部队作战。"

周文雍："珠江南岸的第五军李福林部队主力也被调往粤北韶关和江门等地驻防。"

王强亚："这正是我们举行起义的好机会，我们把城里数万工人武装起来，一定能把国民党赶出广州！"

吴毅："事情可能没有那么简单。工人武装的武器从哪里来？还有，工人们日常使用的都是工作工具，使用枪弹也要有一个训练过程，我们还是考虑周全一些好。"

陈郁："我对工人比较了解，他们确实有很高的革命热情，但是国民党近几个月来对广州的工会进行改组，如机器工会等组织已经被国民党派来的改组委员垄断。我们能发动的工人主要是印刷工人、手推车工人等，而且这些工人大多没有纪律性，自由惯了，需要做不少组织和动员工作。”

杨殷：“是啊，工人的热情确实很高，我们要把工人的热情转化为起义的力量还需要作很多努力。”

纽曼站起身：“你们在广州从事这么多年工人运动，却无法领导广州的主要工会，确实很令人失望。”

纽曼是德国共产党员，曾领导过德国工人起义，出任过德共驻共产国际代表。汪精卫发动“七一五”政变后，宁汉合流，为接替回国的共产国际驻华总顾问鲍罗廷，共产国际派罗明那兹来华指导中国革命，后者的任务就是贯彻共产国际在中国发动武装起义的指示。纽曼受共产国际委派协助他工作。

纽曼以善于组织工人暴动著称，派他来华，表明共产国际支持起义的态度。

共产国际代表纽曼是这次起义“在政治上对共产国际负责的直接领导人”，但他对中国情况不了解，生搬硬套一些国际工人运动的经验，对中国共产党的起义组织者下指导棋。

周文雍：“纽曼同志，主要的工人力量当然还在我们的控制之下，但是，自4月15日国民党在广州屠杀共产党员之后，我们的组织确实被破坏严重，加上近来张发奎这家伙到广东后，打着维护工农的假左派旗号，在汪精卫的指使下，对我们的许多工会进行改组，对一些动摇的工会领导人进行分化、收买，已使情况发生了复杂的变化。正如陈郁同志所讲，有些工会已被国民党改组成功，被一些工贼所垄断。”

纽曼：“这样说来，你们在广州就无能为力了？”

周文雍：“那倒不是，我们党长期在工人中运动，即使是被国民党改组过的工会，我们仍然有一定的影响力，加上我们实际掌握的工会组织，广州的工人运动力量还是很强大的，只是需要有时间来进行革命宣传、组织和军事训练。”

张太雷："工人要参加战斗，确实需要进行军事训练，这件事可以安排给省军事委员会派懂军事的同志深入工人之中，讲解枪支和弹药的使用方法。"

陈郁："哪里找那么多训练的武器？"

张太雷："这个问题倒不是很大，这种在城区进行的军事训练只能是秘密进行，一般可考虑分批分组，通过军事训练员用图纸和手势的比划来实现，因为实弹训练，一是我们一时找不到那么多武器，二是容易暴露。"

纽曼："这项工作你们要抓紧。"

黄平："现在大家最关心的是起义的具体时间和中央的指示，请太雷同志谈谈这方面的问题。"

张太雷："现在总的形势对我们是有利的，整个广东的革命形势非常好，不仅仅是因为粤军与桂军的战争，也不仅仅是广州市的工人运动正在恢复活力，还有我们的外围环境。朱德、陈毅等率领的南昌起义的一部分队伍已到达粤北，彭湃同志领导的海陆丰农民起义军已建立自己的根据地，海南等地的工农运动也蓬勃发展，这都是非常有利的情况。中央的意见是要求我们加快起义准备，找准时机起义，争取在广州建立苏维埃政权，为我党在全国举行起义建立榜样。具体的起义日期，我们需根据情况和形势变化，谋定而后动。当前我们主要是把准备工作做好，包括起义的组织、领导机构，宣传发动，武器准备，与周边革命力量的联合等。"

同一时间，东山一栋三层的洋楼别墅，国民党政府广东省代理主席陈公博公馆。

灯光闪烁，悠扬的音乐回响在小小的家庭舞厅中间，一场周末（星期六）的小型家庭舞会正在举行，陈公博和他年轻美丽的妻子笑容满面地迎接着前来参加舞会的贵宾。

张发奎、顾孟余、黄琪翔、李福林、朱晖日、薛岳等，有的携着女眷，有的独自前来，当时国民党当局在广州的高官基本到齐。

黄琪翔本来是在肇庆前线指挥对桂军的作战，由于暂时的休战，他有时也会在周末返回广州与家人团聚或参加一些相关活动。

众人在舞池里随着悠扬的音乐翩翩起舞，陈公博与张发奎在一张桌子边上坐下，每人手里举起一杯红酒，轻轻碰了一下。

陈公博：“总指挥，市公安局又破获了一些共产党的秘密机关，近来广州城里的共产党人活动越来越活跃了。”

张发奎：“是啊，现在广州好像成了一块肥肉，不仅共产党蠢蠢欲动，而且李济深的桂系不甘心退出广州，在西江一带不断骚扰，更有陈济棠在潮汕一带也对广州虎视眈眈啊。”

陈公博：“看来广州的防卫还要加强，你们二方面军压力真的很大。”

张发奎：“是啊，我们现在在东江和西江可以说是两面受敌，形势真的很险恶。不过最为危险的不是共产党，也不是东江的陈济棠，而是西江的桂系，现在我已命黄琪翔军长为前敌总指挥，负责与西江桂军的作战。”他笑着向黄琪翔那边望去，见他正搂着一位年轻的女士在那里缓步起舞，说道：“近期，我军与桂系的摩擦舒缓了一些，所以，黄琪翔可以周末回广州来潇洒一下。我们做军人的，常不知道什么时候会上战场，在战场上能够活着回来就不容易，所以，许多人都及时行乐，黄琪翔也不例外呢。”

陈公博：“汪主席（汪精卫曾任武汉国民政府主席，笔者注）离开广州前往上海之前曾经提到，黄琪翔将军对共产党很纵容，特别是他那个教导团，有很大的赤化倾向，他们那个参谋长叶剑英也是一个危险分子，你要多多提醒黄将军啊。”

张发奎：“黄琪翔本人倒不会有什么问题，至于他那个参谋长叶剑英，与黄琪翔既是老乡，又有较长时间的共事经历，黄将军是比较信任他，但我不能插手第四军的具体事务，这只能靠黄将军自己把握了。当然，我与叶剑英也有接触，曾试探过他，目前还没有证据证明他与共产党有什么瓜葛。”

正如张发奎所言，他与叶剑英是有直接接触的，他正是听了叶剑英的意见才把黄琪翔派往西江前线，把广州的防务交由叶剑英负责。但对陈公博，张发奎还得留一手。他把所有的责任都往黄琪翔身上推，目的很清楚，一是表现自己这个总指挥对部下的充分信任，用人不疑，不直接插手第四军的事务，二是万一发生什么事情，他可以不担直接责任。

黄琪翔见陈、张二人都向自己这边张望，他示意漂亮的舞伴停下舞步，走了过来。

张发奎递给他一杯红酒："你的那个参谋长叶剑英可靠吗？"

黄琪翔："叶参谋长啊，遇事冷静，成熟稳重。"

张发奎："我不是这个意思。我的意思是听说他有赤化倾向，而且他曾兼职团长的那个教导团，是由他一直从武汉带到广州的，听说教导团有不少共产党啊。这事要被蒋介石和汪主席知道了，那可就不是小事了。"

黄琪翔："这年头，什么怪消息都有，有人说苍蝇变飞机，竟然也有人相信。现在关于共产党的传言很多，你根本不知道哪些是真的，哪些是假的。其实，我们没有必要'闻共色变'。几个共产党不是在南昌闹暴动了吗？他们在强大的国民革命军面前，根本成不了大事。至于这个教导团，在从武汉南下广州的过程中，我曾在江西九江和赣州、广东韶关试着收缴过他们的武器，他们并没有哗变，看来没有外面传说的那样赤化严重。"

陈公博："关于你那个教导团和那个叶剑英参谋长，汪主席已经注意到了。他离开广州时，让我在适当的时机提醒黄将军，还是小心在意为好。"陈公博扫视了一眼全场，问道："叶剑英怎么没来？"

张发奎得意地笑了笑："叶剑英现在负有广州的防务之责，我其实也在考验他，他如果今夜来这里跳舞，我们会安心吗？"

黄琪翔："叶剑英这个时候，必须坚守在广州防务的第一线，我们才能有如此美好的周末时光。"

顾孟余见几个人正聊得热络，也凑过来："怎么，各位不趁这美丽的夜晚跳上几曲？"

陈公博："有时候，夜晚越美丽越不是什么好意头啊！危险常常与美丽相伴相生呢。"

顾孟余："陈主席文人气重，说起话来总是那么深含哲理。"

陈公博："陈某学识再怎么样也赶不上顾主席啊。"

顾孟余是留德博士，曾任北京大学教授兼文科德文门主任、广东大学校长、中山大学委员会副委员长，是国民党中央政治委员会主席团成员、宣传部长，算是个文化人。他笑了笑，没有再说话。

李福林已经走了过来，站在旁边："你们文人说话总是那么酸溜溜的，让人听不懂啊。不好玩，不好玩。大家都兴致很高来跳舞，讲那些酸话干什么？"

薛岳也凑了过来。

黄琪翔递过两杯酒来说："喝酒，喝酒！"

几个人彼此碰着杯，互相敬酒，舞池里，还有一些身影在跳着舞。

四标营，国民党军第四军教导团驻地。

四标营地在广州旧城墙大东门东北侧，位于城东东濠涌之东，近红花岗（后来的烈士陵园），介于广州旧城与东山近代洋楼别墅区之间，其南为广九车站和大沙头码头，北为区庄和黄花岗，连接沙河、燕塘，是广州城防极其重要之处。

老团长叶剑英专任第四军参谋长后，接任的新团长（又称教育长）叫杨澍松。

34岁的杨澍松是安徽枞阳人，保定陆军军官学校第五期工兵科毕业。曾任黄埔军校第四期工兵科科长兼大队长、黄埔军校武汉分校学生总队总队长、国民政府中央独立师副师长、第二方面军军官教导团副团长、第四军军官教导团代理团长等职，1927年11月兼任黄埔军校教育长。

这天晚上，教导团集合的号声响起，杨澍松带了一个穿浅灰色洋服的人上台，向全团介绍说："奉黄琪翔军长命令，派朱勉芳先生前来充任本团参谋长。我要告诉大家的是，朱参谋长在国外受过良好的军事教育，在德国学习军事多年，现在回国效力，军长对本团存在的许多问题感到担忧，特派朱参谋长来负责本团教育工作，对一些不良习气进行整顿。"

杨澍松扫视了一眼全团，看到中间有几个人做鬼脸，对这个团复杂情况有所觉察的他正好借这个机会脱身。他说："我因为身兼黄埔军校教育长，不能兼顾教导团内的事务，以后，我可能更多的时间是在黄埔军校那边，教导团的事情主要由朱参谋长负责，希望大家要团结一心，服从朱参谋长整顿教育。"

朱勉芳真的是个冤死鬼，因为是张发奎的表弟，得到张发奎的信任。

正是由于张发奎对教导团的消息听得太多，心存怀疑，想派一个信得过的人接管这个团，努力把这个团改造成自己信任的队伍，适逢朱勉芳从德国留学回国，赋闲无事，就被张发奎派来当这个教导团的参谋长了。

教导团是一个有着红色基因的队伍。

随着北伐战争的顺利推进，1926 年年底，黄埔军校一部分师生到达武汉，成立武汉军事政治学校，招收新生。不久，又把张治中的一个教导团合并进来，还成立了一个女生队。1927 年"四一二"政变后，蒋介石取消原来的黄埔国民政府中央军事政治学校，在南京另立中国国民党中央陆军军官学校，该校有一部分学员离开武汉，去了南京，投靠蒋介石。

宁汉分流，武汉国民政府将武汉分校改名为中国国民党军事政治学校，取消校长制，成立校务委员会，推举恽代英、邓演达、谭延闿三人为常务委员，实行集体领导。其中，恽代英代表中国共产党，邓、谭代表中国国民党。

在学校管理过程中，这些大多来自于中下层工人、农民家庭的学员，大都倾向中国共产党的主张，喜欢共产党人的演讲，受到红色思想影响更多。

汪精卫在武汉发动"七一五"政变后，恽代英和在武汉中国国民党军事政治学校里暴露了身份的共产党员被迫逃离武汉。

国民革命军第一方面军唐生智曾试图消灭该校最后剩下的第六期三千多名学生，他以到武汉郊外拉练为名，让这些学生只带枪而不带子弹到城郊打野外，然后命自己的亲信部队将之包围，图谋一举歼之。

唐生智的计谋被第四军参谋长叶剑英识破，并报告给国民党军第二方面军部指挥张发奎。

张发奎出手，收编为自己的力量，将这支武汉中央军校3000多名学生改编为国民党军第四军军官教导团，并任命叶剑英为该团团长。

在收编过程中，那些暴露了共产党员身份的学员被迫逃离，还有100多位没有暴露身份的共产党员也被收编进去了。

原来的女生大队有300多名学员，这部分人本来都是在解散之列，每人发给修业证书和路费，但是，游曦、郑梅仙、周铁军、曾宪植、王炳先、骆英豪、刘光晦等30多位女学员不愿被遣散，因而另外编了一个女生班。

成立教导团的地址在武昌的两湖书院。叶剑英为团长（有的史料称教育长），倪隍任参谋长，保定军官学校第八期毕业生柳际明任团部管理处处长，黄埔军校第一期毕业生吴展任第一营营长，保定军官学校第八期毕业生宋湘涛任第二营营长，黄埔军校第一期毕业生刘先临任第三营营长。教导团团党部实际上为中共地下组织所掌控。共产党员叶镛、蒋日、陈衍漠等担任团党部执监委员。叶剑英是秘密共产党员。

30岁的叶剑英，是广东省梅县雁洋堡下虎形村人，1917年入云南讲武堂。1926年7月，参加北伐战争。初期任国民革命军第一军总预备队指挥部参谋长。攻克南昌后，任国民革命军新编第二师师长，后任第四军参谋长。1927年7月，叶剑英经李世安介绍、周恩来同意，秘密加入中国共产党。

教导团在南下过程中，中国共产党的组织活动曾一度停止，到了韶关之后，重新活跃起来。

教导团中的党组织活动由王侃予和唐维负责，他们两人当时在教导团国民党特别党部工作。

营级干部里，李云鹏是共产党员，排长大部分是共产党员，学员中有约200人是共产党员。

可以说，教导团是一个有着红色基因的革命队伍。

张发奎对这支新收编的队伍一方面提防，一方面拉拢。

为了争夺广东、广西的地盘，汪精卫命张发奎率领第二方面军回广东，在南下过程中，中国共产党领导的八一南昌起义后，为防教导团暴动，行至江西九江时，张发奎曾经下令收缴了教导团的武器。埋下了教导团与张发奎之间的矛盾。

在继续赴粤途中，在粤北遇到土匪，张发奎又下令发还了教导团的武器。

张发奎对教导团里的秘密共产党组织一直都有听闻，虽在行军途中，没有找到确切证据，但他的提防一直很紧。

在南雄的时候，叶剑英因事，先回了广州，团里的事务，由一个叫倪隍的团参谋长负责。

1927 年 9 月中旬到达韶关，团部及直属部队和一、二营驻城内，二营驻城外东岸。

三天后，教导团团部突然接到国民党第四军第二十六师师长许志锐的命令，说是奉第二方面军张发奎总指挥之命，即日收缴教导团的武器，希望即刻把各营、连、队枪弹收集到团部，由该师派员验收。

教导团团党部负责人叶镛、唐维、甘理真、蒋日、陆更夫、唐嵩、王若冰等召集紧急会议，有人主张马上把队伍拖走，宣布起义，但考虑到当时的客观条件与环境，为保存这支革命队伍的实力，他们作出了劝学员们暂时交出武器，继续南下，待进到敌人的心脏广州之后，再相机行事的决定。

他们即刻分头行动，劝导各人所联系的同学，为了革命，必须再一次控制感情，暂时交出武器。

云南籍的团参谋长倪隍因大多数学员来自两湖、四川、山东等省，与他的生活习惯合不来，加上在日常管理过程中，也感到教导团人员政治倾向的复杂性，不想承担责任，便撂挑子了，请了个长假，团参谋长就由宋湘涛兼代了。

教导团到广州后，团内的共产党员们并不能公开活动，只得用“国民党左派”的名义进行半公开的活动。为慎重起见，党内活动多采取个别联系的方式，没有开过人数众多的会议。

有200多名共产党员的教导团，本来就对张发奎有很大的戒备之心。

在从武汉南下广东途中，南昌起义爆发时，张发奎曾亲自到教导团，声言：“你们中如果有共产党员，自己主动站出来，叶挺、贺龙的部队不是在南昌暴动了吗？我不会伤害你们，尊重你们自己的信仰和主张，安全地把你们送到他们的队伍里去。将来咱们可以在战场上见，但我不会如蒋介石、李济深那样把你们抓起来在这里枪毙。你们要相信我，我是不会食言的。”

教导团里的共产党员没有人出声，他们需要有党组织的安排与命令，因而，没有一个人站出来。就这样，教导团就一直被张发奎怀疑着带到了广州，甚至在南下途中，两次被张发奎缴了枪械。

最近张发奎又把枪械发给了他们，主要出于防守广州的需要，是叶剑英建议的。

朱勉芳长期在德国留学，对于国内的情况，包括国民党与共产党的恩怨，都不过道听途说而已，自己既没有介入，也不了解具体情况。对教导团的问题，他主要是从军事方面着手。因而，当他的表哥张发奎征求他的意见，派他出任教导团参谋长的时候，他非常有信心地接受了，并表态一定要在数月之内，按照德国人的军事训练方法，把教导团整顿、训练成一支有坚强战斗力并忠于张发奎的队伍。

张发奎这个时候正是需要战将的时候，特别需要忠于自己的战将，就对这个表弟寄予厚望。为了使朱勉芳迅速、有效地掌控教导团，保险起见，张发奎同时还选派几个忠于自己的下级军官随朱勉芳来教导团当营长、连长。

在这个敏感的时间，张发奎派朱勉芳出任教导团的参谋长，其意图非常清楚。

朱勉芳也不客气，接过杨澍松的话说：“世界上，德国的军事训练是很有名的，大家都知道，在历史上，德国出现了许多有名的战将，尽管德国在第一次世界大战战败，但德国的军事力量很快恢复起来，德国仍然是世界的军事强国。”

对这些话，教导团的军官们毫无兴趣，因为一开始就对他的出现表现出抵触情绪。

朱勉芳对这些毫无觉察，继续提高调门说：“我们中国人是不行的，天天在国内打自己的同胞，而且军纪涣散，山头主义严重，不如德国人，学习军事本领都是准备为国家和民族效忠的。我这次有幸受命来到教导团，与诸君合作共事，希望大家能够支持与配合，一定要把教导团以往的旧作风、旧毛病改掉，要以严格的纪律为保证，以顽强拼搏的精神投入军事训练，不要去想那些政治的、党派的事情，作为军人，简简单单，以提高作战能力为最高目标，建成一个士气振作、有战斗力、忠于国家、忠于民族的队伍。”

队伍里不知是谁回应了一句：“国家是谁？民族是谁？”

这下可给朱勉芳来了个下马威。

朱勉芳听得很清楚，全团将士都听到了。

气氛迅速凝重起来。

朱勉芳停了下来，看着全团站在那里一片寂静无声，用凌厉的目光看着每一位。

他的大脑在迅速地飞转，他深知，作为军人，如果在这个时候软弱下来，将来不可能有什么威望来改造这支队伍的，他必须以更高的气势来应对这突如其来的一幕。于是他提高调门说：“刚才是谁在说话？你们连这点规矩都不懂！作为军人，长官在讲话，你们必须保持肃静，用心去听，用心去领会，连这点道理都不懂！难怪我来的时候，黄军长说你们这些人难搞！”

他还是对自己与张发奎的关系设了一道屏障，只提到了黄琪翔。

杨澍松和教导团的官兵都听清楚了是哪一位回应了朱勉芳，只是朱勉芳因为初来乍到，不了解情况，他和新来的几位下级军官都没有听出来。

被激怒了的朱勉芳心高气傲，在这个场合也不好意思问杨澍松。

杨澍松正好乐得做个人情，自然不会自己去指认刚才说话的那个人。

朱勉芳愤怒地吼道："刚才是谁讲话？作为一名军人，有种，你就站出来！"

看到朱勉芳发怒，教导团的官兵反而心中乐了。这些见过世面的战士因此认定，朱勉芳这个人不过耳耳，应该没有什么特别大的能耐，要不，怎么会发那么大的火呢？

那个说话的人当然不会自己站出来，看着朱勉芳如一头发怒的狮子一样，一个人在那儿独怒，正幸灾乐祸呢。他知道，只要自己不承认，今天绝不会有人出卖他的，如果他要认怂，被朱勉芳的盛怒所吓倒，那他一定会被朱勉芳拉出来祭旗、立威，不被枪毙，也会被整个半死。他极力地沉住气，表现出与大家一样的状态。

朱勉芳感觉到今天这出戏没法再往下演了，自己给自己台阶下："好！你今天不站出来，是吧？我就不信，总有一天，你的狐狸尾巴会藏不住的，给我查出来了，你就会知道后果是怎么样的！"

杨澎松也乘机安抚一下朱勉芳，对着全团说："不管刚才是谁在说话，这样做是很不妥当的。正如朱参谋长说的，作为一名战士，长官讲话的时候是不能插嘴的，今天这个事，希望大家引以为戒，下不为例！"

朱勉芳心中的怒气略有些消减，但还是难以平复，他接过杨澍松的话说："大家刚才也听清楚了，杨团长作为黄埔军校的教育长，他的主要工作将会在那边，教导团的事由我全权负责。你们今天的表现确实令我担忧。今后，大家一定要严肃、认真，要有军人的本色，吊儿郎当，成不了大器，你们还是教导团，自身都这样，将来怎么能派到各地当教官？因而，改造须自今日始，时不我待。今天在这里只是一个见面会，你们中就有人来给我一个下马威，我算是领教了。但我也要告诉各位，进了这个门，就是这里的人，我会很认真与大家一起，下大力气，整顿、改造我们这个团的。大家必须要有清醒的认识，要有思想准备！”这话虽然柔软了一些，但明耳人都能听得出来，这话中有些许威胁的成分。

杨澍松看了看怀表，见天色不早，等朱勉芳停下来，问他：“朱参谋长还有训话吗？”

朱勉芳也看了看自己手上的德国手表，说：“没了！”

杨澍松：“大家记住！一定要支持、配合朱参谋长，将来团部的工作就由朱参谋长全权负责！今天已经很晚了，大家都及时回去休息！全体听令！立正！解散！”

教导团的集合解散后，杨澍松陪着朱勉芳走在最后。

杨澍松说：“朱参谋长，您的任务很重啊，我也是刚接手这个团，很多情况都不甚了解，您要多费些心啊！”

朱勉芳：“我也没想到，这个教导团会糟糕到这样子。看来，不用猛药是无以救的！”

杨澍松笑了笑，说：“这个团，我就交给您了！”

说完，两人握手，各自回营房休息。

此后数日，朱勉芳来到各个营连的驻地察看，发现许多他看不惯的东西，甚至还在一些战士的床头发现了一些宣传共产党主张的传单和书籍。他把与自己一同派来的那几个下级军官召来开了一个小会，要求他们注意周边战士的动态，有什么情况随时向他汇报。

果然，每天都有一些令他忧心的消息传到他那儿。

他感到这也不是，那也不是，天天喊着要治理整顿，甚至有几次喊着要抓人关禁闭。

朱勉芳受德国军国主义影响较深，他认为军队必须用强硬的军纪加以约束，因而，每天都在给下属下指导棋，今天要他们这样做，明天要他们那样做，并公开放言，要把教导团有潜在共产党员的情况向上级报告，把这些隐藏者揪出来，教导团内部的气氛迅速紧张起来。

朱勉芳因为自己留学德国，学了外国军事，特别自负，除了当参谋长外，还兼授筑垒课，专门教战士如何在战场构筑临时工事。他不会想到，他教的这些知识后来都被教导团的战士在起义过程中用上了。

他不穿军装时，常穿一身银灰色西装，系一条紫色领带，穿黄皮鞋，有时还配一条黄呢子马裤，梳二分头。他头发多往后梳，头上还擦些闪亮的头油，明净净发亮，长方脸，面黄色，中等身材，身体结实，胸肌发达。他走路时一耸一耸，笑的时候，嘴角微微起，偶有“咯咯”声，眯缝眼，说起话来偶尔杂些“NO！ NO！”的洋文，与教导团的这些大多来自社会贫苦阶层的战士显得格格不入。大家看他，总是装腔作势，反正就是没有好感。

这样，朱勉芳就把自己完全放到了教导团官兵的集体对立面。正好，这个时候，中共广东省委策划广州暴动的计划已经传达到了教导团里的200多名共产党员那里，大家对朱勉芳的气急败坏根本不怕、不在乎。当然，朱勉芳也就不自觉地成为教导团的首要革命对象，他和那些被张发奎派来的几位下级军官很快成了教导团起义要处决的第一批对象。

再回到广东省委常委会会场。

张太雷：“现在我把刚才讨论的决定归纳一下：第一，武装起义一定要举行，具体时间将根据近期的准备工作进展而定。第二，成立总指挥部，下设军事委员会、行动委员会，军事委员会由我与黄平、周文雍、徐光英同志负责，省委军委的聂荣臻、黄锦辉、杨剑英负责起义的筹备工作，武器准备、训练工人赤卫队的军事技能，尤其要认真做好教导团、警卫团的宣传发动工作。行动委员会由周文雍、杨殷、吴毅、陈郁、王强亚等同志负责，要积极发动工人群众，组织好‘省港罢工工人利益维持队’‘工人自救队’‘剑仔队’和‘海员义勇团’等组织的改编，扩大为由我们的党组织统一领导的工人赤卫队。第三，总指挥部设在现在开会的这个地方，张太雷同志担任总指挥。第四，将这次会议决定的内容，通报给在香港的省委领导恽代英、张善鸣、沈宝同同志。第五，向中央报告我们的计划，建议已到粤北的朱德、陈毅率领的南昌起义部队和海陆丰革命根据地的工农红军向广州靠拢，支援广州起义行动，并发动广州周边城市和农村的工人、农民积极行动起来，支援广州苏维埃政权的建立。”

周文雍：“对于组织、宣传、发动方面的工作，有我们这些人问题不大，但军事行动对我们而言，还是不够熟悉，能否请中央派一些专业的军事指挥员参加我们的行动？”

张太雷：“这个问题不大，我们这里有懂军事的徐光英同志，纽曼同志也是一位优秀的军事指挥员，还有省军委的聂荣臻同志，都有很好的军事素养。叶剑英同志虽然身在敌营，如能参加我们的起义，也是可以协助军事指挥的。不过，文雍同志提的这个问题，倒使我想起一个人。”

黄平：“是不是现在人在香港的叶挺？”

张太雷点了点头：“正是！叶挺同志曾在北伐战争中带领独立团打出了‘铁军’的神威，而且在参与领导南昌起义过程中立下了战功。他与周恩来率领参加南昌起义的部分军队转战潮汕，遭遇挫折后，他与周恩来同时到达香港。我在上海参加中央政治局扩大会议时，曾向苏兆征同志提过，希望中央能派军事指挥家来广州帮助我们的军事行动，不久前又写信给中央，盼能派周恩来同志来广州指挥军事行动。中央的领导同志交待，恩来同志另有任务，决定委派叶挺同志前来指挥广州起义的军事行动。”

王强亚：“那请叶挺同志赶快来广州啊！”

张太雷：“不行！叶挺同志是一个有影响的军事指挥家，知名度高，很多国民党军官都认识他，为了他的安全，我们要到起义最后发动的时候才安排他到广州指挥军事行动。”

陈郁：“这样也好。”

张太雷扫视了一眼全场：“大家还有问题没有？”

大家齐声说：“没有！”

张太雷：“散会！”

纽曼：“慢！”

正在起身的人又坐了回去。

纽曼："刚才在会上，有些同志有顾虑，在会上讲讲可以，但是回去之后，一定要告诉工人、农民和士兵，我们发动这次起义是有信心的，有胜利的把握。我们的目的就是要学习俄国的十月革命，在中国南方的最大城市里，通过我们的士兵和工人、农民暴动，建立东方的苏维埃政权！"

黄平："纽曼同志，这个你放心，刚才在会上大家畅所欲言，主要是希望我们考虑周到一些，一旦作出决定，我们这些同志都是有很强党性的人，我们会尽最大努力，号召士兵、工人和农民为建立苏维埃而积极行动起来！"

大家热烈地鼓起掌来。

对广州起义的谋划，中国共产党的各级组织都广泛而秘密行动起来了。

离天字码头不远的八旗会馆对面一间民房，曾任黄埔军校秘书兼政治教官的共产党员聂荣臻住处。

聂荣臻当时受党的指派，以军事指挥员的身份，在中共广东省委军事委员会工作。

他的住处同时还有中共广东省委军事联络点的功能，许多军事相关人员都是通过到这里与在广州的党组织取得联系的。

杨剑英、黄锦辉与聂荣臻将一张广州街道地图铺在八仙桌上，正在分析广州敌人党政军机关分布的情况。

聂荣臻："这次广东省委决定在广州举行起义，是贯彻中央的训令。当前，张发奎的部队大部分都已调往广州外围，北面要应付朱德、陈毅率领的南昌起义部队，东面要对付彭湃同志领导的海陆丰工农红军和军阀陈济棠的觊觎双重压力，西面要应对桂系的李济深部队，可以说是三面受敌。"

杨剑英："这样说来，在广州发动起义是很有条件了。"

黄锦辉："是啊，张发奎东北西三面受敌，南面就是大海，如果我们在广州举行起义的话，张发奎的第二方面军就只有葬身大海了。"

聂荣臻："其实事情没有那么简单。"

杨剑英、黄锦辉同时看着聂荣臻。

聂荣臻："我们军事指挥员不仅要懂军事，也要懂政治。单纯从军事方面看，张发奎确实处于多面受敌的情况。但是，军事是政治的延续，即使是粤军与桂军之争，他们也有共同利益，如果我们共产党人在广州起义，这些军阀又会联合起来对付我们的。"

黄锦辉："这倒是有可能，蒋介石在'四一二'政变屠杀共产党之后，李济深、汪精卫都曾反对过蒋介石，但他们又跟着蒋介石相继发动了'四一五'反革命政变和'七一五'反革命政变，至今还令我们在广州的共产党员难以忘怀！"

聂荣臻："不仅如此，汪精卫其实是一个很有政治手腕的人。前些时候，他以养病之名来广州，排挤了李济深，让他的代理人陈公博做了广东省政府的代理主席，对张发奎也有很多指点。特别是在工人运动这方面，他们通过向工会派遣改组委员，收买了许多工会领导人，现在包括机器工人工会等不少工会组织也站在国民党一边，这大大削弱了我党长期领导工会运动的优势。"

杨剑英："这样说来，我们党要想起义获得成功，还有很多工作要考虑周全一些。"

聂荣臻："是啊，以我的感觉，这次的广州起义，与早前发动的单纯依靠军事力量的南昌起义有所不同，与毛泽东领导的湘赣边秋收起义也不同。从中央到广东省委都把广州起义定位在工人、农民和士兵共同举行的城市暴动，想按照俄国十月革命的模式进行，目标是在广州建立苏维埃政权。所以，我们这些军事指挥员任务更重，要把工人赤卫队和农民赤卫队的军事训练和军事骨干培养的责任担负起来，这也是省委领导交给我们的一项光荣任务。"

另一个某秘密机关，徐向前的住处。

黄埔军校第一期毕业生、曾在张发奎部司令部任参谋的共产党员徐向前，受党组织的密派，参与广州工人赤卫队队员的军事训练，任第六联队队长。

徐向前正站在窗口望着窗外街道上的车来车往。

26 岁的徐向前，是山西五台永安村人。少年时期曾因贫困失学，当过杂货店学徒。1919 年春考入山西国民师范速成班。1924 年 4 月考入黄埔军校第一期。毕业后留校任排长。1925 年春，参加讨伐军阀陈炯明的第一次东征。后到国民革命军第二军第六旅任教官、参谋、团副等职。1926 年 11 月到武汉后，任南湖学兵团政治指导员。1927 年 3 月，加入中国共产党。4 月任武汉中央军事政治学校队长。曾率学生队参加攻打叛军夏斗寅部，后被派往张发奎部任司令部参谋。广州起义前，受党组织的指派，秘密参加指导工人赤卫队的工作。

突然听到门外有人敲门，徐向前走近前，从门缝向外看了看，外面站着一个工人模样的年轻人。

徐向前：“有何贵干？”

年轻人：“送报的。”

这个年轻人是党的秘密交通员，他的任务是第一时间把中共广东省委常委会的决定，以最快的速度传递到特定的对象那儿。

对上口号后，徐向前把门打开，年轻人进来，徐向前又把门关上。

年轻人：“省委作出决定，要遵照中共中央的指示，在广州举行工人和士兵的暴动。”

徐向前：“什么时候？”

年轻人：“具体时间还没有定。不过，各项准备工作都要提前进行。对于工人运动这一方面，省委并不担心工人的积极性，但是对工人没有受过军事训练还是有所考虑的，为此，发动一些懂军事的党员同志，深入工人之中，帮助他们训练军事项目，以免到时候，给了武器，他们却不会使用，那就问题大了。”

徐向前：“党组织对我有什么具体指示？”

年轻人：“是这样的，省委领导为发挥你军事方面的才能，指示你到新组建的工人赤卫队第六联队，帮助工人们训练军事项目。”

徐向前：“有没有训练场地和武器？！”

年轻人：“没有，省委要求你们军事训练员自己想办法，通过徒手讲解也行，要秘密进行，千万别让国民党特务觉察。”

徐向前沉思一会儿：“好吧，我试试！”

徐向前通过一段时期对广州工人赤卫队情况的了解，深知这些热情高涨的工人赤卫队队员军事素养的不足，很多人甚至连枪都没有见过，更不要说拿枪、用枪了，但他们对社会的不满与革命热情是极其可贵的，如何训练他们使用武器，还得费些思量。

这个晚上，在香港的中共广东省委会驻地，有一位军事指挥家，同样没有停歇。

他对着一份党组织派人特地送来的广州城市布防地图，对广州及周边地区的各方军事力量布防进行分析，默默地思考。

这个时候，他内心的痛苦与兴奋并存，却没有任何人可以分担，他必须独自承受。

他就是北伐战争中赫赫有名的叶挺独立团团长叶挺。

叶挺在这个时候，比任何人的心思都要复杂、沉重得多。

这位出生于广东惠阳周田村一个农民家庭的保定军官学校毕业生，曾于 1919 年加入中国国民党，走上了追随孙中山先生“三民主义”的革命道路，屡立战功。

他经历了许多发生在广东境内的新军阀之间的战争。1924 年，叶挺到苏联东方劳动者共产主义大学（东方大学）和红军学校中国班学习，加入中国共产主义青年团，同年 12 月加入中国共产党，由信仰三民主义转而信仰共产主义。

1925 年 9 月，叶挺回国任国民革命军第四军（粤军）参谋处处长，旋即参加讨伐军阀陈炯明的第二次东征战役。不久奉命转往肇庆，参与组建以共产党员为骨干的第四军独立团，任团长。北伐战争期间，随第四军第十二师师长张发奎参加湖北汀泗桥和贺胜桥等战役，获“北伐名将”之美誉，第四军亦有“铁军”之称。

北伐军占领武汉后，部队大规模扩编，叶挺升任第十一军第二十四师师长；南昌起义时，任前敌总指挥兼第十一军军长，起义失败后，率领部分军队回到广东，随即受党的指派，前往香港，承担起广州起义的军事指挥责任。

他对实际控制广州的国民党第四军是了解的，正是叶挺独立团的杰出表现，曾为这支军队赢得“铁军”之称。

那里有许多他熟悉的人，他对老长官张发奎也很清楚，这个国民党将领曾经利用过军队中的共产党员为自己壮大力量，却又不敢赞成和容忍中国共产党人在自己的势力范围内生存和发展。

叶挺这个时候不能参加中共广东省委在张太雷广州住处举行的策划会议，因为，他是这次起义的一张王牌，必须到最后关头才能亮出来，党组织为了保护他，要求他只有到了起义之前才能前往广州。

叶挺望着窗外香港的夜色，心潮起伏，难以平静。于他而言，国民党镇压共产党的政变让他错愕，确有兄弟阋于墙的沧桑之感。但他必须作出选择，坚信中国共产党的正确追求，为自己的信仰，为自己的初心，把自己杰出的军事才干奉献给中国共产党领导的革命武装事业。

叶挺并不了解广州城内正在发生的事情，但他相信党，相信组织。再一次伏到摆在桌面的那张广州城市布防图，他预感到，广州暴动的时间很快就会到来。

作为一名有丰富作战经验的军事家，他比谁都清楚敌对力量的强大，了解在广州发动武装起义环境的险恶。

作为一名共产党员，他更相信组织的力量，听从党的号召，服从党的命令，即使奉献生命，也在所不惜；必须以百倍的精神，知难而上，随时等候党组织的命令，奔向广州那座充满不确定性的城市。

当然，作为一名军事指挥家，他深知信心的重要，他必须以大无畏的牺牲精神和必胜信念来迎接即将到来的使命。

二　风雷激荡

在张太雷秘密住处召开的中共广东省委常委会散会时，杨殷和周文雍走在最后，他们本来想留下来多陪一会儿张太雷，但张太雷知道他们已各自忙了一整天，都疲倦了，让他们回到自己的住处休息去了。

22 岁的周文雍，比张太雷小 7 岁，是广东开平百合下洞凤凰里人，生于一个贫穷塾师的家庭。周文雍后来成长为广州工人运动优秀领导人之一，是中共广东省委委员、中共广州市委委员，广州起义的主要领导人之一。

1925 年，20 岁的周文雍参加中国共产党。省港大罢工时，周文雍被派到广州沙面洋务工会参加领导工作，一直坚持到罢工胜利结束为止。

1926 年初，周文雍回到“新学生社”负责团的工作，并被选为中共广东区委工人运动委员会的领导成员，成为当时广州工人运动领导人刘尔崧的得力助手。1926 年夏，周文雍担任共青团广州地委书记。

1927 年 4 月，广东发生了“四一五”反革命政变。中共广东区委、省港罢工委员会、工会等领导机关均遭破坏，著名的共产党员萧楚女、刘尔崧、毕磊等多人不幸被捕或遇害。

周文雍也受到通缉。但他置个人安危于度外，仍然机警地坚持战斗，并受中共组织的委托，接替刘尔崧，担任了广州工人代表大会主席。

4 月 18 日，中共广东区委领导重建新的中共广州市委，指派吴毅任书记。周文雍任组织部长兼管广州市各工会党支部工作。在白色恐怖笼罩下，共产党和工会的工作由公开转入秘密。周文雍遵照党组织的指示，与其他同志一起，把各工会的工人纠察队和会员秘密组织起来，建立广州工人的地下武装。

汪精卫与陈公博等到了广州，准备把张发奎再打扮成“中国国民党新左派”，以欺骗群众。

中共广东省委、广州市委决定彻底揭露汪精卫、陈公博、张发奎等的伪装，并把任务交给周文雍。

周文雍组织被裁撤的铁路工人、火柴工人2000多人到东山葵园汪精卫公馆请愿，向汪精卫提出了释放政治犯，恢复工人的工作、恢复工会活动等严正要求。

汪精卫、张发奎暗中调集军警，在东皋大道口围捕工人骨干。周文雍为掩护群众撤退，受了重伤，与30多名工人一起不幸被捕。后来中共组织机智地把周文雍从市立医院犯人留医处营救出来。出狱后周文雍一刻也不休息，更顽强地为准备广州起义而紧张地工作。

1927年11月下旬，在广州工农兵代表会议上，周文雍被选为“起义政纲起草委员会”委员，协助省委书记张太雷草拟起义政纲和口号，并被任命为广州武装起义总指挥部行动委员会委员，兼任工人赤卫队总指挥。

35岁的杨殷，是一位资历很深的革命党人，比张太雷年长6岁，1892年生于广东香山县，与孙中山是同乡，1910年考入广州圣心书院读书。1911年肄业，加入孙中山领导的同盟会。1917年起在广州任孙中山军政府卫队副官，兼大元帅府参军处参谋。1922年秋加入中国共产党，同年底被派往苏联参观、学习。

1923年回国后，他在广东从事工人运动，并根据国共合作的需要任国民党广州市第四区分部执委兼秘书。1924年春，受中共广东区委派遣，到粤汉、广九、广三铁路从事工人运动。1925年1月，在上海出席党的四大，并在大会上介绍广东工人运动的情况。同年3月起任全国铁路总工会广州办事处顾问。

1927年8月1日，南昌起义爆发。“八七会议”后，中共中央和广东省委决定在广州举行武装起义，建立中国临时革命政府，将中共中央迁往广州。根据中央决定，广东区委改组为广东省委，杨殷任省委委员兼省革命军事委员会主任、省肃清反革命委员会主席。杨殷在此后一段时间，化装成商人奔波于广州和港澳三地，把大革命失败后逃散的党员和工人骨干召集起来，组成3000余人的工人赤卫队，亲任总教练进行训练。起义不是拿着刀枪开干就行，还需要大批经费。杨殷便把自己广州、香港的几处房产卖掉，又回老家翠亨村动员弟弟把家里的50亩良田卖了，全部作为广州起义的经费。

张太雷对这两位相差13岁的革命同志坚贞的革命精神与情操深怀敬佩，他为有这样的同志而深感庆幸。他认为，这些经历过时间和重大事件考验的忠贞党员都是党组织最宝贵的财富。作为党组织派到广东的领导人，他更应该加倍地理解和爱护他们。

看着杨殷和周文雍的背影离去，张太雷轻轻地把房门掩上，闩好，随手从桌上端起一个水杯，一口气喝了下去。他望了望墙上的那面红旗，走到墙边，凭窗望着远处的观音山和近处的广东省省长公署。

他很清楚，广州是一座有着光荣传统的城市。尤其是近代以来，三元里人民的抗英事迹鼓舞了许多民族志士为国家、民族发奋自强，林则徐在广州的禁烟运动更是激励了无数血性中国人拼搏在反抗外国侵略的民族抗争之路上。16年前，1911年的春天，辛亥革命前夕，广东省省长公署，也就是当年的清政府两广总督署所在地，发生了一次震惊中外的“三二九起义”，即后人所说的黄花岗起义，七十多位来自海内外的中华儿女，用自己的鲜血，书写了中华民族反帝反封建历史光辉的一页，如春天的惊雷，震醒了中华大地，响彻世界。

而在这个冬天，他，张太雷，将会在广州，与他的同志们一起，带领千百万工人、农民、士兵，发动一场有更广泛力量参与的城市暴动，创造世界工农运动史上的一个奇迹。这是一次前无古人的创举，会让广州再一次成为中国革命的示范之城，会让世界的目光再一次集焦到这座千年古城。

这不正是南方冬天里的惊雷吗？

这一声巨响，将会响遍神州大地，会激发世界被压迫民族和人民的觉醒。

想到这里，他热血沸腾，心潮澎湃，思绪翻飞。

在广州发动武装暴动，有其时代的必然性，广州这座城市的特殊环境只是一个诱因。

张太雷亲历了中国国民党与中国共产党之间的恩恩怨怨，他是共产国际派往中国的代表与孙中山会晤的翻译与助手，见证了孙中山“联俄、联共、扶助工农”政策的形成过程。以中国国民党第一次全国代表大会为标志的国共合作，曾使这两个政党亲如兄弟，共同开创了北伐战争良好的开局。然而，1925 年春天孙中山的去世，给中国革命带来沉重的损失。国民党内部的反共力量自一开始就存在，西山会议派、中山舰事件，甚至国民党内部还发生了刺杀廖仲恺这样的血案，国共之间的摩擦从来没有停止过。

国民党里面的反共势力，以蒋介石、汪精卫为代表，在北伐战争顺利进行的过程中，为了自身利益和独吞胜利果实，向中国共产党人举起了屠刀，许多共产党员倒在了国民党新军阀的枪口之下。此时，依然还有许多坚贞的共产党员被关在国民党的大牢里。

1927 年春天的“四一二”政变和“四一五”政变，使广州成为一座各方势力的较量场，国民党新军阀以蒋介石、汪精卫为代表，各有盘算，当地的资本家和地主力量抱团集结，中国共产党领导的工农运动继续发展，西方各国和苏联也注视着广州的情势。

“七一五”政变后的中国，中国国民党与中国共产党彻底地分道扬镳，南昌起义标志着中国共产党独立领导武装革命的开始。

南昌起义的队伍南下广东，更是把新的革命火种引向了南粤大地。

为此，如何有效地领导新形势下的广东革命，成为摆在中国共产党中央决策核心面前的重大议题。

中国共产党的南方局正是在这样的背景下成立的，领导广州暴动的灵魂人物，张太雷就这样被推到了中国革命历史的前台。

南昌起义失败后，中共中央就把推动革命力量发展的注意力放到了工农运动基础较好的广东。

1927年8月11日，中共中央致信给广东、广西省委及闽南临时委员会，成立南方局，“派恩来、太雷、陈权、代英、黄平、国涛为中央之南方局，以国涛为书记。并在南方局之下组织一军事委员会，以恩来为主任，管理广东、广西、闽南及南洋一带特支。恩来等未到以前，由太雷、杨殷、黄平组织临时的南方局。临时南方局之职权在于准备并指导上述区域之暴动及一切政治、军事事宜”，“临时政治局决以太雷为广东省委书记”。

29 岁的张太雷，正奔着而立之年而去，正处于人生最美好的青春年华。

张太雷出身于江苏武进县的一个平民之家，家境清寒，8 岁丧父的他，依靠母亲帮佣的微薄收入，接受了完整的学校教育，毕业于北洋大学（今天津大学）法科，本可以从事一份稳定的工作谋生。但他生活的那个时代动荡不安，他无法置身于时代变局的大势之外。21 岁大学毕业的那一年，正是五四运动爆发的时候，他受新文化运动风潮的影响，积极投身五四运动。1920 年 10 月，参加了北京共产主义小组，成为最早接受共产主义思想的青年，1921 年春天赴莫斯科，任共产国际远东书记处中国科书记。他是第一个被派往共产国际工作的中国共产党的使者，也是中国社会主义青年团最早派往青年共产国际的使者之一。他多次陪同共产国际派到中国的代表会见李大钊、陈独秀等，参与创建中国共产党的活动。

张太雷还是中国社会主义青年团的创建人之一，到天津组织社会主义青年团，曾任青年团中央总书记。他是中国共产党另一位早期革命家瞿秋白的同乡、常州府中学堂同班好友，瞿秋白的入党介绍人。

“八七会议”之后，瞿秋白被选为中共中央临时负责人。两个有着共同理想、共同奋斗目标的人，革命情谊更进一步升华。一个主持中央工作，一个到党的群众工作基础较好的广东从事党的领导工作，彼此默契，相互支持。

张太雷的语言天赋不错，尤其英文能力很强，他受中国共产党的委派，长期担任共产国际派驻中国代表的助手和翻译，以超人的精力搜集和整理资料，终日忙于翻译，陪同他们不断地与孙中山领导的国民党联系，为促进相互之间的信任和理解起了积极作用。1923 年 8 月，张太雷作为翻译参加了孙中山派出赴苏考察的“孙逸仙博士代表团”。

张太雷了解国共两党关系的渊源，与国民党中的反共力量进行过坚决斗争。1927 年，蒋介石在上海发动“四一二”反革命政变，4 月 18 日，发布“秘字第一号命令”，张太雷成为被通缉的包括鲍罗廷、陈独秀等在内的 197 名共产党员和国民党左派之一。

对张太雷而言，这个时候，有一对母子让他牵挂难舍，那就是他的妻子和尚在襁褓中的儿子张知春。

张太雷曾名张椿年，他之所以给儿子取这个名字，是希望孩子长大后，能够理解自己选择的这条革命道路。

在武汉汪精卫发动“七一五”反革命政变后，中国共产党决定派张太雷到广州工作，当时他身怀六甲的妻子王一知对丈夫怀着无限深情，希望一起与他前往广州，但张太雷知道革命工作的严峻，便安排有身孕的妻子到上海生活。

王一知到上海后不久，即生下儿子张知春。张太雷被派到广东工作后，曾回上海与母子二人匆匆一见。

张太雷已经有些时日没有见到自己的妻子与孩子，平日里与同志们奔波忙碌，革命的热情让他暂忘了儿女情长，而一个人独处的时候，对妻儿的思念却加倍地浓烈起来。

王一知是湖南芷江人，张太雷与王一知相识于 1922 年，那时张太雷已经是知名的共产党积极分子，王一知这位 21 岁的湘西妹子则在上海平民女校学习。

这所平民女校，实际上是中国共产党创办的，专收年龄较大失学或者中专毕业后想升学而又无经济条件入读大学的平民。学校设有工读互助班，校务由知名共产党人李达主持，实际上是当时中国共产党在上海的一处活动机关。陈望道、沈雁冰等都曾是这所学校的教员，刘少奇曾受邀到校作报告。

大家听说张太雷到过苏联，参加了第三国际代表会议，曾想邀请他来校作报告。因为当时正是共产国际代表与孙中山会谈的时候，国共合作正在启动，张太雷便没有时间到上海平民女校作报告。这个时候，张太雷的名字就深印在王一知等女学员的脑海之中。

1922 年下半年，在上海平民女校读书的几个湖南、四川籍同学刚搬家，一时因经费困难租不起家具，房子里便空落落，没有什么家具。突然有一天，这些女学员发现门口有一个包裹，打开一看，里面是一套西装，还有一张字条，上面写着："你们把它拿去当了罢！"上面没有署名，但这些女学员很聪明，因为见过张太雷穿过这件西装，便判定是张太雷的。她们就跑到张太雷那儿去问他，张太雷只好承认是他的。就这样，张太雷给王一知留下了更深的印象。

1923 年下半年，王一知和几个湖南、四川籍女同学被共产党的组织推荐到上海大学读书。

这个学校的校长虽然是国民党的于右任，但由共产党员邓中夏、瞿秋白主持校务，学生中有许多共产党员或赞成共产党主张的人，瞿秋白任社会学系主任，张太雷也在上海大学任了一个教职。这些女学员常到瞿秋白处请教问题，有时会在瞿秋白那儿见到张太雷。

她们从言谈中得知，瞿秋白与张太雷既是同乡，还都有到过苏联的经历，因而常常有很多话题，这些女同学对之也有很大兴趣。

张太雷谈吐风趣，给王一知留下了很深的印象。

1924 年，张太雷担任中国社会主义青年团中央书记，王一知受党的指派，在团中央妇委会短暂工作过一段时间，正是这个时候，王一知对张太雷产生了仰慕之情。

1925 年，张太雷被派到广州，做广州国民政府苏联顾问鲍罗廷的助手。

王一知也到了广州，与张太雷生活在一起了。

他们住在鲍罗廷的公馆里。

鲍罗廷的办公室在二楼，鲍罗廷的夫人与他们的两个儿子也住在楼上。

王一知与张太雷住在楼下。

在一楼还有一个翻译室，有几个翻译，专门翻译当时中国境内的一些报纸、新闻给鲍罗廷参考。

这个翻译室的领导就是张太雷。

在广州的这段时间，张太雷和王一知共同见证了国共合作及国民党右派制造的与中国共产党之间的矛盾与冲突。

随着北伐战争的胜利，1926 年冬，张太雷夫妇也随国民政府到了武汉。其时，由于张太雷承担了更重要的党内职务，鲍罗廷的翻译就改由他人了。

张太雷在武汉的工作非常繁忙，王一知已有身孕在身，他无暇顾及。加上汪精卫继蒋介石“四一二”政变后发动了“七一五”政变，武汉的形势日益恶化，国共两党的冲突非常尖锐，因而，张太雷决定把王一知送到上海，请人照顾。在离开武汉的码头，挺着大肚子的王一知还是那么含情脉脉，深情地望着他，一步一回头地走上船，这情景让张太雷难以抑制内心的激动，一直望着客船顺着长江远去。

王一知到上海后，先是寄住在一个朋友家里，到第二个月才租到房子。在租好房子、买了家具摆进去的第二天，也就是 1927 年 10 月 20 日，王一知生下了他们的儿子。

在王一知到上海后，张太雷到广州和潮汕一带开展秘密工作。当王一知生下孩子后的数天，张太雷正好赶往上海向中央汇报广州暴动的准备情况和潮汕地区工农运动的情况，找到王一知租住的房子，看着产后的妻子和刚出生的孩子，张太雷的心中无比的高兴。

王一知深情地看着丈夫说：“给孩子取个名字吧。”

幸福的表情洋溢在张太雷的脸上，他沉默地想了好一会儿：“知春，叫知春怎么样？”

王一知深情地笑着，望着自己的丈夫：“你取的名字一定是有意思的，也一定是有理由的。好，就叫张知春！”

张太雷：“你知道是什么意思吗？”

王一知：“我当然知道。你不是曾经有一个名字叫张椿年吗，知春，就是盼望着孩子长大后理解你，知道你。”

张太雷在妻子的鼻梁上用弯着的食指划了一下：“知我者，吾妻也。”

张太雷想伸手去抱孩子，被善良的中年保姆拦住了：“孩子才出生几天，你一个大老粗，不知轻重，抱不得！”

张太雷笑了：“唉，大姐，平日里他们都叫我白面书生，今天到您这儿怎么成了大老粗了？”

王一知笑得更开心了，那眼里更含着深情说：“孩子刚生下来，身子骨还很柔软，大姐叫你不抱，你就不要抱嘛。等你胜利归来，怕还没有抱孩子的时间？到时候，就怕你抱到烦呢。”

张太雷：“好好好！就听你和大姐的，今天我不抱他，但等我回来，我一定要抱个够哟！”

张太雷又看了看妻子和孩子：“知春呀知春，你知不知道，爸爸给你取这个名字，不仅仅如你妈妈讲的那样，是理解、知道你的父亲。你知道吗？你的父亲现在正在进行一项伟大的事业，现在不是冬天吗，到革命胜利到来的时候，那个时候就是春天。你明白了吗？”

王一知对丈夫给儿子取名的深意有了更进一步的了解，望了丈夫一眼，对着儿子说：“知春，知春，革命胜利的时候，就是春天来临的时候。盼春，知春，我们等着爸爸的胜利归来！”

张太雷在妻子的额头上深情地吻了一下，又俯下身，用手轻轻地碰了一下孩子的小脸，轻声地对王一知说：“好好照顾孩子，等我回来！”

这个时候，中央已决定要在广州举行暴动，建立苏维埃政府，作为中共中央政治局候补委员、中央委员、中共广东省委书记，他的时间要服从党的工作需要，稍作停留，即匆匆告别妻儿，来到广州工作的第一线。

在武汉和上海，与妻儿告别的场景都令张太雷难以忘怀。

王一知那深情不舍的目光与张知春无知无邪的婴儿笑脸，不时地在他脑海里再现，他油然生出许多愧疚。

是的，他本可以与妻儿一起过上太平生活，然而，当时的中国，还有那么多人生活在苦难中，国家与民族的前途因新旧军阀的混战而混沌不明。作为一名知识分子，作为一名共产党员，他深知自己对国家、对民族和天下穷苦人民的责任，走上了这条路，就不可能再回头，向着前方，向着未来，向着光明，冲破这黑暗的世界，黎明就会到来，太阳就会升起。到了那个时候，自己的妻儿与普天下的老百姓一起共享太平，家人团聚，那是多么令人神往的未来啊！

事实上，中国共产党人，也是血肉之躯，他们心中都有爱，都有儿女亲情。中国共产党的领导人是有着深深人文情怀的，张太雷与妻儿的亲情，党的组织没有忘怀，在与广东省委和张太雷密切联系并具体指导广州暴动相关工作的同时，始终把张太雷的家人放在心上，正在利用相关的渠道，安排王一知和张知春母子，从上海前往香港，准备让他们一家人在广州暴动胜利后，能够圆满地团聚。

看着夜色里沉寂的广州街头，张太雷想到更多的是这段时间以来，他接触的这座城市里的工人赤卫队的队员们和他看到的郊区农会会员的运动热情。

这些生活在社会底层的中国工农群众，早已与当时的社会形成了严重的对立。他们面对苦难与贫穷，渴望改变，渴望当家作主，渴望幸福生活，但是，他们是分散的，他们的个体都是微弱的，他们没有办法靠个人的力量与那个时代对抗。

当他们中的觉醒者受到中国共产党的教育与引导走上革命道路的时候，当这些觉醒者走入他们中间的时候，激发了他们改变苦难命运的强烈愿望，他们看到了希望，他们原本分散的力量，已经在民间形成了强大的潜流，只等着一声惊雷起，工农大众的革命洪流将以不可阻挡之势，化作翻转广州的巨大历史潮流，这座历史久远的南方古城，将会是赤旗的世界，成为东方红色政权的坚固堡垒。

张太雷还想到了张发奎军队里的教导团和警卫团战士，作为中共中央政治局候补委员和中共广东省委书记、中共广东省委军事委员会的负责人，他是比较全面了解广东，包括广州革命力量的人。

国民党军队教导团和警卫团的共产党员还在潜伏着，这些热血男儿受到南昌起义、秋收起义和彭湃领导的海陆丰农村革命影响，早就希望举起革命大旗，轰轰烈烈地与国民党军队里的反共力量大干一场。只是受到中国共产党组织的统一安排，他们隐忍不发，与狼共舞，一直等待着革命暴动爆发的时机。只要党组织一声令下，他们便会成为最坚定的革命军事力量。

作为一名曾在莫斯科工作的中国共产党人和长期的共产国际派驻中国代表的翻译与助手，张太雷对共产国际的立场与态度有清晰的了解与认识。在他到广州策动暴动的这段时间，共产国际指派的德国共产党人纽曼和苏联驻广州领事馆的相关人员，策划并指导了广州相关的工人运动。而且在莫斯科的共产国际执行委员会，对中国革命，尤其是广东的革命形势也给予了特别关注。数十年后，由中央文献出版社出版的《联共（布）、共产国际与中国苏维埃运动（1927—1931）》这部文献里，有许多当时共产国际执委会关于中国革命，甚至是专门针对在广州发动城市暴动和建设苏维埃政权的会议记录和电文。

对于张太雷和他的同志们而言，他们有坚定的共产主义信仰，他们认为俄国的十月革命就是为了解放劳苦大众而发生的，中国的老百姓太苦，如果在广州举行城市暴动，建立东方的苏维埃政权，将会是解放中国工人、农民、士兵等贫苦人民的最有意义的伟大事业。不管成功与否，都将与法国的巴黎公社和俄国的十月革命一样，成为世界工人运动史上光辉的一页，是值得为之奋斗的。

广州暴动，将会如漫漫冬夜里的一声惊雷，给神州大地带来春的消息，会让世界看到东方之光。

想到这么多，张太雷心潮澎湃，他多么想大吼一声，如雷声轰鸣，震破这夜的长空，但他不能这样做，他强抑着内心的兴奋，用力地在墙上捶了三下。这个时候，他才感到浑身乏力，实在无法抵御疲倦的来袭。

这段时间，张太雷日日夜夜都在开会。每一天，甚至一个晚上，他都要穿行在广州的大街小巷，深入各个工人、农民、士兵聚集的秘密据点或他们的家里，开着有大有小的各种会议，与那些生活贫苦的老百姓在一起，听他们的心声，听他们的诉求，了解民情、民瘼；给他们描绘美好的革命前景，宣传中国共产党的主张与政策，鼓舞斗志，为即将到来的革命风暴积聚力量。

他很清楚，作为一名中国共产党的领导人，必须重视群众的力量，必须代表群众的利益，才能得到最广泛人民的支持。

他对马克思主义关于人民群众创造历史的理论非常了解，作为一名中国知识分子，他更明白，中国历史上，凡是成功的革命运动，都是由人民群众参与的结果。

针对广州的群众现状，他要与农会的干部见面，了解并指导郊区农民运动；要深入到工人赤卫队的队员中间，鼓动他们的革命热情；要与士兵中的共产党员开会，商讨武装革命的策略与时机。所有的这些活动，都是在极其保密和紧张的氛围里进行的。

同时，他还要与中共中央和不在广州的广东省委领导成员保持密切联系，通过秘密渠道，保持消息的畅通。召开会议，草拟文件，安排人事，每一个细节，他都不能忽略。

每一天，从清晨到深夜，马不停蹄，除了吃饭，他几乎没有时间休息。

张太雷忘记了关掉电灯，和衣而卧，倒在床上睡着了。

鼾声如雷，回荡在整个房子里，他，实在太累了。

随后的某一天，在张太雷的住处，张太雷与黄平两人之间有一个关于参与广州起义领导人的安排问题的讨论。

26岁的黄平，是湖北汉口人。他1911年后入上海青年会中学、沪江大学附属中学读书。1918年毕业，在《北京英文日报》《北京英文导报》做校对。1920年在苏俄远东通讯社做翻译。1923年去苏联，入莫斯科东方大学学习。在共产国际第五次代表大会期间，担任过李大钊的英文翻译。1924年5月加入中国共产党，同年11月回国。1925年2月任中共香港特别支部书记，兼国民党中央工人部驻港特派员。1925年6月任省港罢工委员会顾问。1926年任广东区委工人部部长，职工运动委员会书记，全国总工会执行委员。当选为第三、四次全国劳动大会执行委员。1927年5月任中共五届中央候补委员，南方局委员，南方局军事委员。后任中共广东省委负责人之一。

张太雷问黄平："你看什么时候请在香港候令的同志们到广州来？"

黄平："这些同志以往参加运动时，都有暴露，为了安全起见，越晚越好。"

张太雷："叶挺呢？"

黄平："叶挺更不能早到，很多人都认识他，他早来一天就会早一天有危险。"

张太雷："叶剑英怎么办？我们的计划要不要告诉他？"

黄平："叶剑英入党不久，很多人都不知道他是共产党员，他又是第四军的参谋长，是教导团的老团长，还是不要提前告诉他的好。等起义发动后，再请他出现，就可以了。"

张太雷："这样也好，让这些隐蔽的同志都先得到保护，等起义发动时，再让他们发力。"

正是这一次谈话，给起义爆发后指挥系统出现的混乱留下了隐患。

黄平在后来的《往事回忆》一书中，对此有自我的检讨。他是这样反省的："拿叶挺、杨殷来说，不让他们参加制定暴动计划，不给他们充分时间制定行动计划，不给他们充分时间准备工作，他们怎样能完成他们的任务呢？何况巷战对叶挺来说也是陌生的。难怪他们两人的工作都没有完成好。我认为责任不在他们，而在革命委员会。我的责任更大，因为我出了许多错误的主意。我还出了一个错误主意，那就是在暴动前几天，太雷问我是否要让叶剑英知道暴动日期。我说，他入党不久，又是教导团的团长，还是不告诉他好，暴动后再请他来。所以，叶剑英对广州暴动的失败是没有责任的。”

三 人心思变

11 月 28 日，中国共产党广东省委常委会决定正式举行广州暴动，以建立苏维埃政权为目标，大大鼓舞了广州的革命力量。

在中共中央的支持与指导下，张太雷领导大家趁热打铁，广泛动员，加快了推进暴动实施的步伐。

11 月 28 日，中共广东省委向全体工人、农民和士兵发出了《中国共产党广东省委员会号召暴动宣言》，具体内容为：

工人、农民、兵士同志们：

我们对于广东目前政局，郑重发表宣言，因为这次事变于全中国的政局是有很重大的关系，现在的事实已经一一摆在我们面前了。

十一月十七日张发奎在广州的军事行动，开始了全广东的流血战争，新的反革命政权又向工人阶级进攻了。同时，我们海陆丰的农民同志已经得到一个伟大的胜利，他们打倒一切反动势力，没收了土地，建立了苏维埃政权，现在正向普宁、紫金、惠州等处发展。

工友们！张发奎军事行动的真意义是什么？南京政府已经完全破坏与瓦解，在这个时候，革命叛徒汪精卫重新与实行白色恐怖及新从日本回国的蒋介石勾结起来，想造成别一派军阀，张发奎、黄琪翔、陈公博都是他们的爪牙。

蒋介石确是十一月十七日军事行动主谋者，蒋介石是四月十三（二）日上海屠杀的刽子手，他是以屠杀工人为职业的。

张发奎及其将士都是一些傀儡，他们是在反革命蒋介石［的］掌握指挥中。

同志们！

十一月十七日的军事行动，是反对反革命的革命暴动吗？我们的答复是：不是，完全不是。

这个军事行动，不是为民众利益的民众暴动，但这仅仅是一派军阀攻击别一派军阀——蒋介石、张发奎、黄琪翔一派白色军阀，攻击一派敌对的军阀李济深、黄绍竑及南京军阀——是大广东主义攻击大广西主义。

工友们！农友们！

在这个军阀阴谋战争中，你们得到了什么？

没有，一点都没有。你们仅仅得到了新的锁链、压迫和屠杀。

李济深在四月十五日以后，枪杀万千工人、农民和兵士，捕囚四千余人，霸占工会会所，组织改组委员会，制造并保护那些白色走狗，指挥警察摧残示威大会，解散省港罢工委员会，屠杀和破坏革命的群众运动。

国民党"新左派"要做些什么？这些可怜的英雄：张发奎、汪精卫、朱晖日、陈公博、黄琪翔及其党徒，要做些什么？

张发奎的新政府是：枪杀徒手工人，逮捕我们的代表，制造新的工会改组委员会，霸占更多的工会，制造并保护同样新的白色走狗——革命工人联合会，指挥从前李济深的警察摧残示威运动，驱逐省港罢工工人出宿舍、饭堂，给他们几十元恶浊的津贴，还要拿（搭）发四成不值钱的金库券……

就是有人用显微镜来看，也不会看出汪精卫、张发奎与李济深、黄绍竑有什么差别，因为汪精卫、张发奎都是他们屠杀工农的刽子手太师蒋介石高足门生。

工人、兵士同志们！

几天来，在前敌上张发奎有一个很大的困难，所有李、黄军队都集中起来从东、西、北江各方面向他反攻，而主要的战争将在西江爆发。同时主谋的蒋介石又将欺卖张发奎，而预备同李济深和南京军阀妥协，所以蒋介石已命令陈铭枢军队向东江前进，包抄张发奎的后路。

在这个困难中间，张发奎不知怎样办法，一方面他向有钱的商人磕头，表示只要商人给他钱，他就去杀尽共产党；另一方面，他叠次派代表秘密地来找我们共产党，要求同他们协商怎样共同保护广州，反对李济深、黄绍竑。

我们是中国工农群众的政党。因此，我们在工农群众面前是没有一点秘密的。我们对于张发奎、陈公博这个秘密的要求，我们公开的、明白的当一切工农群众面前，答复他们如下：

共产党同任何军阀没有一点共同利益，我们要的是民众起来打倒和消灭一切军阀的统治，你们，张发奎、黄琪翔及其他的先生们，是同一样的军阀，同一样的反革命。你们逮捕工人，枪杀工人，解散省港罢工（委员会），解散工人纠察队等等的运动，完全证明了你们与李济深、黄绍竑一样。因此，你们是我们的敌人、工农的敌人和国民的敌人。

现在，你们怕你们在前敌失败，你们更怕广州工人阶级的报仇，所以你们要求我们同你们协商。

我们共产党不反对协商，就是同敌人协商亦可。但我们进行协商，要当一切工人、农民、兵士的面前，预先提出我们的先决条件。

我们共产党明白宣言：我们决定奋斗到底，反对强盗李济深回来广州。我们保护广州，用我们最后的力量去攻打李、黄的军队。

同时，我们宣言：张发奎及其将领绝对不能从李济深手里夺回广州的自由。

只有工农无情的革命斗争——工农政权方能抵抗广西军阀的回来。

张发奎当他一方面实行压迫工人的白色恐怖政策之时，一方面又觉得自己力量太小，因此要同我们协商。为此，我们提出以下条件：

（一）即刻释放一切革命的政治犯；

（二）即刻交还现被走狗改组委员会所强占的革命工会会所；

（三）完全保留并保护省港罢工工人原有一切权利；

（四）完全恢复言论、出版、集会、示威、罢工及工人阶级组织的自由权。共产党、革命工会及广州工人代表大会完全享有公开活动的自由；

（五）逮捕处罚一切惯于以恐怖手段对付工人阶级的分子；

（六）即刻武装广州工人，在广州工人代表大会指挥之下。

在这六个条件实行之后，我们才能预备协商怎样组织广州工农革命的保障，以抵抗李济深、黄绍竑。

工人同志们！

我们知道张发奎、黄琪翔等绝对不会接受我们这些条件，因为他们是军阀。我们应该用我们自己的力量来保护广州，反对李济深，同时也反对张发奎。

我们知道在张发奎军队中有许多革命的兵士和下级军官，他们自愿帮助我们一致反对反革命。

我们随时都准备着与一切反对李济深的人们建立联合战线，可是要在我们上述条件之下。

工人、士兵同志们！

广州的问题现在是：究竟让李济深的白色恐怖政权存在呢？还是建设我们工农兵自己的苏维埃（工农兵代表大会）政权呢？

你们应该选择：

为苏维埃政权奋斗的是共产党和广大的工人群众。

为苏维埃政权奋斗的是三千万广大的农民群众。

为苏维埃政权奋斗的是海陆丰的工农革命力量，他们打倒了一切敌人的军队，他们现在有成千的枪和机关枪，他们占据了海丰、陆丰、紫金、汕尾、碣石诸地，到处铲除豪绅、地主、军阀，建立苏维埃的政权。

为苏维埃政权奋斗的是一切革命兵士和下级军官，他们不愿意接受反革命命令去反对工农群众，他们愿意来在人民方面和共产党方面共同努力国民革命。

广州工人、农民、兵士同志们！

广州的战争要有以一当万、破釜沉舟的勇气与决心。

全中国的眼光，而至全世界的眼光都注射（视）着你们！决战的时间快到了！

工友们，农友们，兵士们，下级军官们，学生们及一切贫民们！联合起来反对共同的敌人！

为拥护省港罢工工人原有权利而斗争！

为提高一切工人的工钱而斗争！

为恢复广州各工会而斗争！

为复用旧有被驱逐的铁路工人而斗争！

用强力夺回你们自己的工会！

杀尽工贼、走狗改组委员！

杀死李济深一切走狗和侦探！

实行示威和群众大会的自由！

兵士与下级军官到处组织革命兵士委员会，违抗所有反对共产党的命令，逮捕一切反对共产党的人，预备工农兵的专政！

农民开始全广东的农民革命，普遍到各乡村，照海陆丰农民的办法，夺取一切土地归自己，杀尽绅富、地主和民团！

工友们！

在广州各区组织工人赤卫队，反对白色的警察和反革命派！

工友们！

尽你们的力量，夺取一切武装！

有系统的预备广州的总罢工，反对军阀！

打倒刽子手李济深！

打倒凶手蒋介石、张发奎！

宣布黄琪翔、朱晖日的死刑！

打倒反革命的国民党！

工友们！农友们！兵士们！

保卫广州，反对李济深、黄绍竑，夺取政权在我们自己手里！

准备为广州苏维埃而战争！

变军阀的战争为工农兵革命胜利的战争！

用群众革命及苏维埃政权反对帝国主义军阀及资本家！

共产党万岁！

第三国际万岁！

苏维埃的革命万岁！

中国共产党广东省委员会

一九二七年十一月二十八日

（原载《布尔塞维克》第九期）

这篇宣言，详细阐述了发动广州暴动的原因及诉求，提出了建立工农政权的具体目标，同时还特别提到了在海陆丰建立的苏维埃农村政权。

此前不久，中共中央、广东省委的领导人，包括周恩来、张太雷等，都曾到海陆丰和汕头一带调研，了解那里的工农运动及苏维埃政权建设情况。显然，海陆丰的农民运动的成功，对中共广东省委决定策划广州暴动是有极大的激励作用的。

中共广东省委为推进广州暴动，上紧发条，调动了一切可以动用的力量，在工人、农民、士兵中进行了全面、深入的动员与准备。

工人是广州暴动最坚定的支持力量。

11 月 28 日，白天。

某做秤的工厂。

工人们正集中在一起讨论赶走国民党派来的工会改组委员的事，一个叫阿陈的队长陪同徐向前来到工人中间。

阿陈："同志们，这是省委派来我们联队训练军事项目的徐同志。"

工人们鼓掌："欢迎徐同志。"

徐向前："大家好！"一一与大家握手。

阿陈把徐向前带到一间小房子里坐下，一个工人送来一杯水。阿陈接过，递给徐向前："我们第六联队成分比较复杂，大都是手工业作坊工人，有修蒲团的，缝衣服的，做沙发木器的，修秤的，打铁的，等等。他们革命热情很高，但毫无军事素养，许多骨干连枪都没摸过。"

徐向前："那我们赶快开始吧。"

晚上，某工人家里。

一盏昏暗的低瓦灯泡挂在矮屋的正中，一张破桌子周围，围了十来个工人。

徐向前时而在纸上画一条枪，重点标出扣枪的地方，向工人演示拿枪和扣枪的动作；时而画一颗炸弹，标出拉引线的部位，同时演示拉引线的动作，有时还向工人讲述如何躲避子弹等要领。工人们听得非常仔细和认真，不时地空手模仿。

有时候，徐向前讲的普通话工人们听不懂，就由能听懂普通话的阿陈负责翻译和解说。

广州郊区的芳村、花地等村。

赵自选和农民运动特派员袁基白天到田间、地头，晚上深入农会和农民家庭，把中共广东省委策划广州暴动的消息传递给立场坚定的农会干部，大大激发了郊区农民反抗剥削与压迫的信心与决心。

赵自选是湖南浏阳人，出生于贫苦农民家庭。1922 年加入中国社会主义青年团。1924 年春加入中国共产党，做地下交通工作。同年夏被中共湖南区委推荐考入广州黄埔军官学校第一期。11 月毕业后，曾赴广东省广宁县支援农民运动。1925 年 2 月带队攻打地主民团占据的茶坪岗获胜。6 月省港大罢工爆发后，被派到罢工委员会工人纠察队，任第一大队教练，有丰富的工人运动经验。

当时，广州市郊区有四个区级农会，成立最早的是第一区农会，1924年就成立了，农会会员觉醒较早，群众基础扎实。一区农会包括芳村、花地、招村、涌口、沙涌、南安、大桥等24乡，参加农会的会员有1000多户，大多是农村的赤贫户和雇农。

在赵自选的指导下，区郊农会建立了农民自卫军，准备随时听从党组织的召唤，投身广州暴动的革命运动。

在远郊的花县、清远等地，各地农会也在中国共产党的领导下，与当地反动势力进行了坚决斗争，并建立了各自的农民自卫军。

这些郊区农民自卫军在广州起义爆发时，有的与工人赤卫队一起被编入工农联队，如市郊第一区的农会被赵自选编入第六联队，直接参与了广州起义，有的在当地响应广州起义，与反动势力进行了坚决斗争。

士兵方面，北较场，第四军教导团驻地。

教导团某连连长叶镛拿着一份文件，找到教导团第一营营长李云鹏。

叶镛看四周没有他人，把文件放到李云鹏手上："李营长，这是刚才省委派人送来的文件。"

李云鹏展开一看，是一份油印的文件，纸上还散发着油墨的香味，是刚刚印出来的，只见黑体标题"中国共产党广东省委员会号召暴动宣言"。文中号召群众打倒李济深和张发奎。李云鹏轻声地念着："'准备为广州苏维埃而战争'，'变军阀的战争为工农兵革命胜利的战争'，'用群众革命及苏维埃政权反对帝国主义军阀及资本家'。"

叶镛："我预感到省委可能会马上有行动了。"

李云鹏："省委有新的指示没有？"

叶镛："有啊，刚刚省委派来的人通知，今晚召开教导团党员和团员小组组长的联席会议，张太雷同志要亲自作动员讲话。"

黄花岗，某秘密机关。

张太雷亲自主持教导团党团组长联席会议，黄平、周文雍等参加。

与会者包括曾干庭、李云鹏、叶镛、赵希杰、饶寿柏等数十位教导团的共产党员和共青团员骨干分子，他们大多是教导团的营、连、排长。

张太雷：“省委知道同志们期盼起义的心情是迫切的，我们也一直在创造条件推动起义的进行，各项准备工作正在有序向前推进。我们这次起义，不仅仅是教导团的武装起义，我们还要发动工人组织、工人赤卫队，农民组成农民自卫军，发动最广泛的劳动大众和我们一起行动起来，打倒张发奎！打倒广州城里所有的国民党反动势力！建立属于我们工农兵自己的苏维埃政权，我们要把斧头镰刀组成的红旗插满广州城！”

赵希杰：“张发奎这兔崽子一直视我们教导团为眼中钉，多次收缴过我们的武器，要不是叶剑英参谋长与黄琪翔军长的关系好，想办法保住了我们教导团，恐怕我们团早给解散了。”

饶寿柏：“是啊，对我们团而言，现在已是名声在外，起义越快举行，对我们越有利，否则的话，等张发奎对付完李济深的桂军，就会回头来解决我们团的问题，到时候团部被解散或者派往外地，恐怕要有这么好的行动机会就难啊。”

张太雷：“分析得非常好，这也是省委今天要召开这个联席会议的原因。根据各方面因素考虑，省委决定把起义的时间定在12月13日早上3点30分！”

整个会场鼓起掌来。

有人情不自禁地说道：“我们终于盼到这一天了！”

黄平：“为了不引起他人注意，请大家尽快回到团部，动员到每一位士兵。对那些反动分子要注意甄别和防范！注意保密！”

张太雷：“今天的会议到此结束，同志们尽快回到团部，以免他人怀疑。等待起义总指挥部的战斗命令！”

大家一齐站起说了声：“是！”

趁着夜色，他们静静地离开了会场。

长堤，国民党第四军参谋部。

叶剑英身穿国民党参谋长服装，与身穿西装的中共广东省委委员、军事委员会书记黄锦辉正在密谈。

叶剑英：“我原希望等叶挺、贺龙他们领导的南昌起义部队靠近广州时，我们来个里应外合，把国民党势力完全赶出广州，遵照中央训令，在广州建立苏维埃政权是水到渠成的事。没有想到国民党内部虽然你争我夺，却在对付共产党的立场上是一致的。叶挺与周恩来在粤东遇挫后，又秘密回到香港，而贺龙部队的消息也不乐观，这真是计划不如变化快呀。”

黄锦辉：“中央和省委也考虑过你的意见，但现在情况变得比我们预期的要严重很多，特别是前阵子，汪精卫以养病为名来广州后，陈公博和张发奎都遵照汪的指示，不仅加强了部队的内部防范，对我党长期占优势的工会也采取了分化瓦解的策略，形势越来越严峻啊。”

叶剑英：“中央和省委有新的指示吗？”

黄锦辉：“有啊！我正是为这事来找您的。”

叶剑英：“我呀，现在正是身在曹营心在汉啊。时时刻刻都在盼着党的指示啊！”

黄锦辉：“由于国民党已在广州从军事上、政治上对我们进行双重打压，你知道教导团已引起汪精卫、张发奎的注意，而工会组织也正经历着国民党的改组，有些产业工人很快要被遣散回乡的。到时候，我们失去了教导团这样的士兵主体和工人队伍，要在广州举行起义，无异于纸上谈兵。”

叶剑英：“这样说来，张发奎他们在解决桂军压力之后，将会把主要精力转回来对付共产党了？”

黄锦辉：“省委正是考虑到这一点，所以决定将起义的日期定在12月13日早晨3时30分。”

叶剑英：“太好了，将日期定下来，这样大家都有了一个具体的目标。”

黄锦辉：“这个日期现在还只有省委的主要领导和教导团的部分骨干知

道，省委要求注意保密。”

叶剑英：“这个问题，作为一名党员，我自然是明白的。只是我现在虽然是第四军的参谋长，但指挥权不在我手中，黄琪翔将军虽然与我的私交很好，平时言谈中也很同情共产党，但是第四军的很多军官都是反共的。”

黄锦辉：“省委对你的处境很了解，只是希望你不要过早暴露，利用好你现在的有利身份，保护好教导团的实力，借机投入到起义中，并发挥你的军事指挥才能，在起义发动后，参与起义军的军事指挥。”

叶剑英：“这方面请省委放心，当前张发奎的部队正与李济深的黄绍竑部在西江激战，前线吃紧，他还没有时间和精力来解散教导团，我会尽力保护好教导团的。另外，据我所知，由于部队都开往前线作战，广州城内守军薄弱，可能张发奎还会招募或者组建新的部队，加强对城内的警卫。”

黄锦辉：“这真是个大好的消息，如果你有机会的话，把我们工人运动的骨干成员介绍到新组建的警卫部队中！”

叶剑英：“我一定尽力而为！”

黄锦辉：“好！省委等着你的好消息！”

黄锦辉与叶剑英握手告别。

黄锦辉走后，叶剑英徘徊在参谋部的办公室里，不时望着窗外的珠江，河面上一片宁静。

国民党第二方面军总指挥部。

张发奎正在那里来回走动。张发奎的脑海里也是一团乱麻。

31岁的张发奎，刚过而立之年，正处于人生最为意气风发的年华。他出生于粤北的韶关市始兴县清化乡矮岭村，1912年，考入广东陆军小学并加入同盟会。1916年毕业于武昌陆军第二军官预备学校，随后返回粤军，由排长逐级升至旅长。1925年冬任国民革命军第四军第十二师师长，次年参加北伐战争，在攻占汀泗桥、武昌城等作战中，因有战功升任被誉为“铁军”的第四军军长。武汉粤侨联欢会赠“铁军”盾牌一块，纪念第四军功绩。

1927年3月张发奎兼任十一军军长，中旬，国民党召开二届三中全会，张发奎当选中央军事委员会委员，任第四方面军第一纵队司令官。“四一二”政变后，武汉国民政府明令讨蒋。但因张学良率奉军与吴佩孚残部联合进窥武汉，遂决定先继续北伐。4月下旬，张发奎率四军、十一军出师河南，于上蔡、逍遥镇等地击败东北军四个军，进击临颍。张学良集中主力25万人与北伐军决战。双方血战，十一军七十七团团长蒋先云（共产党员）战死，张顽强指挥，终将奉军主力击溃，占临颍，克许昌，取开封。第二期北伐，铁军逐鹿中原，威震中外。6月13日，北伐军班师武昌，张发奎升任第二方面军总指挥。

7月15日，汪精卫发动反共的“七一五”政变，宁汉合流，实行“清共”，张发奎因部下有不少共产党员且多为骨干，并不热心反共，反而接纳郭沫若、张云逸等一批共产党员到二方面军任职。南昌起义后，张发奎采纳叶剑英的意见不去追击叶挺、贺龙，而令第四军南下广东与李济深争地盘。9月下旬，第四军进入广州。11月17日，张发奎、黄琪翔发动广州政变，拥护汪精卫反对南京特别委员会，驱逐黄绍竑桂系部队。张发奎行使广州军事委员会分会主席职权。

张发奎也在思考国民党与共产党的恩怨问题，在他看来，国民党与共产党的分裂绝不仅仅是政权争夺问题，而是国家与民族的道路选择问题，他不相信共产主义。

他也想到了自己与共产党人的关系，尽管他奉命参与了镇压自己部队里的共产党人发动的南昌起义，但毕竟在共产党的南昌起义部队逃离南昌后，没有对他们穷追不舍。

当然，他也在思考自己的部队里还有哪些潜在的共产党人。对于教导团中的共产党员，他早就有所耳闻，但毕竟都没有得到证实。他清楚这个教导团的士兵多是由受过系统军事训练的高素质知识分子组成，受到共产党的影响很大，自己也一直在争取这支让人猜疑的队伍。

对于叶剑英这个人，他听说其人有一些倾共的情况。作为一名高级将领，他在没有证据的情况下更不能随便怀疑，尤其在这动荡的战争年代，一将难求，加上日常与叶剑英的接触过程中，叶剑英的有些建议，对他的军事决策还是起了积极作用的。

他甚至怀疑过黄琪翔，也听说黄琪翔与共产党有关，但都是无法证实。如果黄琪翔真是共产党，他真不敢想象会发生什么事情，因而，他认为黄琪翔与自己一样，是被别有用心的人故意抹红的。

对这些传来传去的消息，作为一名军事指挥员，他不能自乱了阵脚，觉得还是要看事态的发展。

关于共产党要在广州发动暴动的消息不断传来，这对他来说是一个极大的警讯，他闻到了共产党要在广州发动暴动的气息，因而，内心的紧张与不安油然而生。

张发奎正在想办法加强与各方面的联络，准备给那些想在广州暴动的共产党人迎头痛击。他甚至还在思考，这一回，绝不会如对待南昌起义的那些共产党人一样，让他们造反后又让他们逃跑了。这一次，如果教导团中的共产党人敢闹事，他张发奎是不会手软的。

其实，他还有一个想法，那就是让那些隐藏在教导团和各军中的共产党人尽可能地暴露出来，这对他将来彻底排除共产党在自己军中的影响不无好处。在他自认为还能控制局面的情况下，他一方面暗中加强了对中国共产党的防范，另一方面则表面上继续扮演所谓的“国民党左派”的角色，对工农运动假装某些宽容，这也给有些人，甚至个别共产党的干部产生动员张发奎到中国共产党的阵营里来的幻想。

对于传闻中关于共产党发动工人、农民暴动，作为一名崇尚武力的军人，他清楚，如果那些工人、农民没有武器在手，不过是上街游一游，喊喊口号而已，并不可怕的，当前最应防范的就是教导团这样的军事力量的哗变。

副官前来报告：“总司令，第四军军长黄琪翔和参谋长叶剑英来了，已在门外候令。”

张发奎："快请他们进来。"

黄琪翔、叶剑英一前一后进来："第四军军长黄琪翔、参谋长叶剑英报告！"

张发奎看了他们一眼，很感性地说："琪翔兄，您知道为什么这么急把你们两人叫来吗？"

黄琪翔："是不是共产党的问题？"

张发奎："四一五在广州大杀共产党的是李济深，不是我张发奎。说实在话，几个共产党总在喊造反，在南昌也造反了，不是没有反成吗？对共产党我倒没有那么担心。"他看了一眼叶剑英，继续说："现在李济深指使黄绍竑在西江向广州步步进逼，真是欺人太甚！这才是当前要解决的大问题。"

黄琪翔："原来总司令是叫我们过来商量这事啊。"

张发奎："前线吃紧啊！你这个前敌总指挥有何妙计啊？"

黄琪翔："黄某一路追随总司令，来到广州，好不容易把桂军赶出去，没想到李济深这老鳖这么难缠！就是不甘心退出广东！现在黄绍竑确实受李济深之命在西江加强了对我军的进攻，但我想他们还没有什么实力吃下广州！"

张发奎："话是这么说，桂军从民国初年就开始经营广东，现在中央政府的大权又由他们桂系控制，对于桂军的进攻不可大意啊！"

黄琪翔："既是这样，请总司令放心，我正考虑亲自前往西江督军！"

张发奎看了一眼黄琪翔："作为前敌总指挥亲往前线，确能鼓舞士气。问题是我现在是一个头，两个大，这广州城内兵力已很空虚，你再亲往前线，万一共产党在城内哗变，那怎么办？"

黄琪翔："刚才接到总司令电话时，我与叶参谋长对这个问题也讨论过。"

张发奎向一直在旁沉默的叶剑英说："叶参谋长，你们黄军长可没少说你的好话啊，常常夸你既有智慧，又表现稳重。对于此事，你有何高见？"

叶剑英望了一眼黄琪翔："如果黄军长一定要亲赴前敌督军的话，我们还要继续加强城内的戒备。"

张发奎："怎么加强？现在城内的主力都调往前线了，剩下一个教导团，你做过这个团的团长，现在都在传言这个团赤化严重，这样的兵力怎么加强城内戒备啊？"

黄琪翔："我们讨论过，是否可考虑再招募一个团的兵力，配合城内的保卫力量，专门负责城内的警卫任务？"

张发奎："增加警卫团？好是好，可是临时到哪里去招募这么多人？"

黄琪翔："叶参谋长有办法。"

张发奎向着叶剑英问："你这位高参能在这么短时间内招募一个团的人数？"

叶剑英："是这样的，我认识我们梅州在广州的一位乡贤，他有很广的人脉。"

张发奎："那好吧，招人的事就交给你了。只是既是警卫团，那就要有一个信得过的好团长，这个带队伍的人很重要啊。现在好的将领都用到前线去了，一时之间到哪里去选警卫团的团长呢？"

黄琪翔："是啊，千军易得，一将难求，现在有一个好的将领真是不容易，特别是警卫团，负责城内警戒任务，到哪里去找这样一个团长呢？"

叶剑英略有所思："人选倒是听说有一个，北伐时打仗很勇敢的，这个人好像姓梁，是海南琼山人，具体名字我记不得了。"

张发奎眉头一皱："琼山人？姓梁？他还曾经是一位同盟会会员呢，对吧？"

叶剑英："好像是这个人。"

张发奎："你不提起，我还真差点把这个人给忘记了，我知道他的名字，他叫梁秉枢。这个人确是很有军事才干，而且曾是同盟会会员，政治立场也很清白。行，就让这个梁秉枢来做这个警卫团的团长。具体招募人员的事，你叶参谋长把那个梁秉枢找来落实就行了。"

梁秉枢住处。

38岁的梁秉枢是海口演海成美村人。出生于泰国，6岁随父亲回国。是一位老资格的革命党人，很早由冯千里介绍加入同盟会，袁世凯复辟帝制，摧残革命志士，他被迫到海外，后得到国民党驻暹罗支部负责人肖伟成的帮助，被派到新加坡、马六甲和泰国各地向华侨宣传反袁救国和筹款工作。1917年考入云南陆军讲武堂，1921年冬毕业于第十五期步兵科，1926年参加北伐，在著名的汀泗桥战斗中，奋不顾身，冲锋陷战，突破敌防线，军威大振。同年冬在武汉加入中国共产党。不久奉命再次北伐，率部进攻河南东横桥得胜，升为中校。1927年7月汪精卫叛变革命，反共"清党"，他被迫离职转返广州，后调充广州市公安局保安第二大队队长。作为一名有丰富作战经验的将领，屈身为保安大队的队长，内心深处的委屈是不言而喻的。

梁秉枢正在家中看闲书，黄锦辉走了进来，来不及寒暄："梁秉枢同志，有重要消息通知你。"

梁秉枢："我现在被晾在家中，张发奎和李济深两边不讨好，没人敢用我，还能有什么好消息呢？"

黄锦辉："现在张发奎的粤军在广州城内防务空虚，他们正准备新招募一个警卫团，经叶剑英同志技巧性的推荐，张发奎和黄琪翔同意选你为新组建的国民党第二方面军警卫团团长。"

梁秉枢："张发奎和黄琪翔会同意我当警卫团的团长？"

黄锦辉："这事已是铁板钉钉了。省委知道这个消息后，要我立即过来通知你，并指示你一定要好好利用这次招募警卫团新兵的机会，把300余名省港大罢工的工人骨干招入该团，专门编为一个营，同时准备从教导团抽调一些进步的学员到你这个团来任职。经叶剑英同志介绍，张诗教、陶剑寒（陶铸）等同志也将加入该团，协助你工作。"

梁秉枢："有张诗教、陶剑寒同志的支持，我想我会把警卫团的工作做好的。"

黄锦辉：“不过，你也不能过于乐观，听叶剑英同志介绍，张发奎对你也不是完全信任，他可能会安排一个营的亲信兵力在你们团中，这方面你还是要有所提防。”

梁秉枢：“如果只安排一个营，问题不大，这个也容易提防。”

张发奎希望以建立警卫团的方式扩充自己守卫广州城防的实力，在叶剑英的周旋下，中共广东省委军事委员会决定利用这个机会，把一些坚定的共产党员安排进去，梁秉枢正是在这样的情况下被叶剑英推荐，当了警卫团的团长。

警卫团于 1927 年 12 月 1 日正式成立，中共广东省委军事委员会同时还安排了秘密共产党员张诗教出任该团副团长，另外，选派了陶铸、施恕之、袁耐坚、陈同生等共产党员到警卫团工作。

整个警卫团共 1300 余人，分为三个营。第一营是由第四军特务营改编而成的，驻守在观音山（即越秀山南侧山头）。第二营是将收编的李济深的第八军特务营改编的，派驻在东较场、大沙头一带。第一、二营的营长都是国民党骨干，是坚定的反共分子，只有第三营是重新组建的，由共产党组织秘密招募的原省港罢工工人纠察队组成，营长是共产党员施恕之。第三营和警卫团的团部一起驻守在八旗会馆，只有这一营是真正可以受到共产党的组织指挥和命令的。

警卫团的团部组成人员是：上校团长梁秉枢（中共党员），中校参谋长唐继元，团指导员陈选甫（中共党员），少校团副张诗教，少校军需吴瑞东，上尉参谋林天尧（中共党员），上尉副官吴剑侠（中共党员），上尉书记陈星五（中共党员）等。

黄埔军校特务营。

黄埔军校特务营营长吴展（中共党员）正与黄埔军校校长办公厅秘书王侃如、黄埔军校教育长杨澍松的副官何崇校在阅读《中国共产党广东省委员会号召暴动宣言》。

吴展：“看来这次省委要动真格了。”

王侃如："如果我们还在教导团，那还好办，万一省委指示教导团如发动南昌起义那样在城里起义，我们怎么响应啊？"

吴展："这个问题不大，省委领导会有办法的，你看这份文件，省委还不是及时送到我们这里来了吗？"

何崇校："问题是，我们这个特务营的士兵并不完全是共产党员啊，他们中有些人不赞成反对国民党。"

吴展："这也不是问题。关键在于我们怎么动员，对于那些实在不想参加起义的士兵，我们也不必强迫。"吴展看了一眼何崇校："何副官，杨澍松很信任你，你要争取他对起义的支持啊。退一步说，即使不能动员他本人参加起义，也要想办法让他不要参与镇压起义。"

何崇校："这个，我自然会想办法。"

教导团的党组织召开了一次全体共产党员参加的会议，专门讨论了有关发动广州暴动的事。大家一致同意，在适当的时候，发动广州暴动，只要党组织一声号令，必定闻风而动，参加革命活动。

12 月 4 日晚上，张太雷又在黄花岗参加了一个有教导团 200 多名共产党员积极分子参加的会议。教导团 1000 余人的队伍中，共产党员骨干有 200 余人，这 200 多人又有各自联系的对象，因而，共产党的力量在这个团里占有主导地位，尤其主要的中下级军官基本是共产党员。

张太雷发挥他演说家的特长，在会上集中对与会者进行了思想政治总动员，阐明了广州起义的意义和教导团所担负的使命，这也是张太雷第一次被教导团更多的军官所认识的一次会议。那些平时在共产党有关宣传材料中知道张太雷名字的人，见到了张太雷本人并亲自聆听了他的演说，都深受鼓舞。这次会议大大激发了教导团战士参加暴动的热情与决心，大家都对即将到来的武装起义，充满信心。

教导团中的共产党员叶镛、袁裕（袁国平）、赵希杰、饶寿柏、陆更夫、覃正格、唐嵩、曾干庭、王若冰、叶德生、甘理真、缪云人、蒋日、陈衍漠、郭声荣、李修竹、唐虞、游曦等，都参加了这次会议。

某秘密机关。

陈铁军、游曦等女共产党员正带着许多女工在秘密地赶制红旗和红领带。

23 岁的陈铁军，原名陈燮君。她原籍台山，出生在广东省佛山市一个华侨糖商家庭。陈铁军的青少年时代，正处于中国民主革命的年代。时代的革命洪流不断地冲击着佛山这个小城市，也把革命的曙光带给她。

陈铁军童年时，便要求家里送她上学，像男孩子一样读书。1925 年暑假，陈铁军考进了广东大学（次年改名为中山大学）文学院。经过了严格的锻炼，1926 年 4 月，陈铁军加入了中国共产党。从这时起，她改名为铁军，表示跟旧我决裂，誓把一切献给党的革命事业。广州起义前夕，由党组织的安排，她接受新任务，和周文雍以假夫妻名义租房子，在广州建立中共地下市委机关。

19 岁的游曦，原名游传玉，1908 年 3 月 26 日生于四川省巴县大阳沟（后划入重庆市）一个手工业家庭；16 岁就读重庆女二师时，在教师、著名共产党人萧楚女启发教育下，开始学习马克思主义著作，加入共产主义青年团，走上革命道路。她把自己的原名“游传玉”改成了“游曦”，意思是看到了曙光。18 岁进中央军事政治学校武汉分校学习，随军校学生编入国民革命军第四军教导团，不久参加了中国共产党，并随教导团由南昌、赣州到达广州，任教导团共青团工作队长（支部委员）、女兵班长。她的营部在当时广州城东边的教导团所在地四标营，她是利用休息时间赶到位于城西的陈铁军住地，与姐妹们一起秘密赶制红旗和红领带的。

某女党员向着身边的陈铁军，指着红旗中间的镰刀和斧头问：“铁军同志，你说这镰刀代表农民阶级，斧头代表工人阶级，这都好理解，可是，为什么要让它们交叉呢？排摆不是更好看吗？”

陈铁军：“交叉象征着团结，表示中国共产党永远要团结工人和农民，是工人和农民利益的忠实代表者。”

某女党员：“你这样说，也给我一些启发，你看这镰刀与斧头相交于中间位置，是不是也可以理解为工人与农民心心相印啊。”

另一女党员一听，笑着站起身走过来：“你呀，以为还是女学生呢。心心相印，谈恋爱呀？”

某女党员羞羞地望了大家一眼，起身捶打着那位女党员：“你这个家伙真坏，我们在说正经事呢。”

陈铁军：“其实，工人与农民谈恋爱也不是坏事呀，谈着谈着，不就成了一家人吗？这也象征着工人与农民永远都是一家人。”

某女党员用手轻轻抚摸自己正在赶制的红旗，看了看屋里那些忙碌的姐妹们：“我们要制这么多红旗做什么？”

陈铁军：“我们要把这些红旗插遍广州城。”

游曦白皙的脸在日光照射下的红旗辉映中，显得红嫩而有精神：“不，我们不仅要把旗帜插满广州城，更要将红旗插到更远的地方去，插遍全中国。”

陈铁军看着门外：“是啊，我们盼着这一天好久了，我们的旗帜不仅要插遍全中国，而且要让她永远飘扬在中华大地！”

石井，某兵工厂。

有的工人在赶制大刀，有的在赶制匕首、铁尺，有的在赶制炸弹。

打铁工人甲：“如果有机会，我真想拿着自己亲手打制的大刀，把那些反动的工会改组会的家伙杀他几个！”

打铁工人乙：“是啊，这些改组会的家伙太坏了，都是与国民党串通一气的，根本不考虑我们工人的自身利益。”

某党员工人：“是啊，我们工人的工会不为自己人说话，一味地做政府的代理人，确是很可恶。不过大家不用担心，只要我们团结一条心，那些反动政府的走狗迟早都不会有好下场的。”

打铁工人甲：“现在共产党员都被国民党杀光了，要是有共产党就好了，可以带领我们团结起来争取自己的利益。”

某党员工人：“共产党没有被杀光，只是面对国民党的屠杀，都转入地下秘密身份了，说不定在我们身边就有共产党员。”

打铁工人甲惊疑地望着某党员工人：“难道你是共产党员？”

某党员工人：“我是不是共产党员不重要，关键是共产党是代表我们利益的，是为我们谋福利的。”

打铁工人乙：“说句实在话，我现在还很想念共产党公开带领我们活动的那些日子。现在这些国民党的官员啊，实在可恶，根本不把我们工人当回事。”

某党员工人：“共产党迟早会起来带领我们的，因为共产党是代表工人利益的政党，我们对共产党要有信心。”

打铁工人甲：“这几个月来，你看工会那些国民党派来的改组委员，一个个官味十足，哪像代表工人的利益。这么多年了，我都看清楚了，只有共产党才是真正代表我们工人的利益的，要是共产党还会公开带领我们活动的话，我一定会跟着共产党干！”

打铁工人乙：“是啊，我也跟着共产党干！”

某党员工人：“共产党迟早会有一天出现在我们身边的！”

打铁工人乙：“那就快点出现吧，我真盼着这一天。”

这个冬天的广州，人心思变。

正是民众的力量，给了中国共产党人在广州发动武装暴动最有力的支撑！

1927年12月1日，时光进入这一年的最后一月，在中共中央的指导下，中共广东省委为加速推进广州暴动的动员工作，发出了《中共广东省委紧急通告（第二号）——号召准备暴动》。

这份通告的全文是这样的：

十一月十七日的事变（即：张黄事变。是指在1927年11月17日凌晨，张发奎、黄琪翔等人在广州发动政变，改组国民党广东省党部、广东省政府的事件。广州张黄事变的目的是反对当时控制国民政府的新桂系，其目的没有达到。但是，在前期政治斗争中被迫下野的蒋介石，得以借此事件复出。笔者注），开始了广东张、李两派反革命的血战。这次血战，一方面将更加重广东工农群众的痛苦与屠杀，一方面更使广东军阀势力削弱与瓦解。所以，省委决定了要以广东工农的革命暴动来打倒两派军阀，削（消）灭军阀的斗争及建立工农兵的政权。

李济深派想重入广州，以建立其比以前更反动的政权。所以，广州工人决不能允许其回到广州，必以全力抵抗之。张发奎不能为广州工人来保卫广东的自由，因为他是与李济深一样，他在行动上已表示他的反动，所以，广州工人同时要起来推倒张发奎的政权。工人只有以自己的力量起来夺取广州政权才有出路。海陆丰及其他各地的农民暴动又蓬勃的起来了，可与广州工人暴动打成一片。张发奎的军队因蒋介石的欺骗及四面包围难有出路，他的下级军官与士兵，在广州工人暴动时很多可投到工人方面来，共同建立广州工农兵的政权。因此，省委决定广州必须立即准备暴动，以待时机的到来即可爆发，实行夺取政权。

现在广州市同志应即全体动员，以从事于准备暴动的工作。各个同志都要有领导暴动的决心及明白他们的责任。

现在要在工人群众中开始广大的宣传，使工人群众自己了解夺取政权是他们目前唯一的出路，并鼓动他们有夺取政权的勇气与决心。

立即准备一个全广州市的总罢工，要使多数工人群众都参加这总罢工，促起经济斗争与打工贼运动，都是获得工人群众参加总罢工之方法。赤卫队的组织，武装的准备，兵士的煽动，都是准备暴动中的重要工作。

省委已有宣言，应根据之做大宣传。

各县应立即起来领导农民暴动，夺取乡村、县、镇政权，最少亦应进行骚动，煽动群众杀戮地主、土豪、绅士，抢夺警察、军队、保安队、民团枪械，破坏交通，是为至至（要）。

12 月初的一天晚上 8 时，广州城西潭新街六号，工人赤卫队的一个地下秘密机关。

小商贩黄寿按照白天秘密交通员的通知前来开会。这里原来是一处“姑婆屋”（旧时珠江三角洲一带，不嫁人的妇女叫自梳女，她们聚居之处，称为姑婆屋，笔者注），普通砖房，狭长，分前后两进，进门头厅是一个神楼，排了很多神主牌，阴森森、黑沉沉。穿过一道屏风，再走过一段走廊，就是二厅。厅里放了两张方形八仙桌，桌上点了一盏油灯，桌子周围放了一些长短高低不一的木凳，周文雍和杨殷正在召集工人们开会。

看到黄寿进来，杨殷握着他的手：“嗨，黄仔来啦。”

黄寿：“来啦，有好声气（方言，指好消息，笔者注）了吧？”

杨殷：“好声气，一阵（等会儿）就知道。”

黄寿虽然从事的是个体小商贩，但经常参加工人运动，是工人运动的骨干，周围团结了许多打散工的工人。杨殷见他精神抖擞，问道：“怎么样，你们那边准备得如何？”

黄寿：“一切准备妥当，就等您一声令下，随叫随到！”

周文雍也与黄寿熟识，见他穿着那身长期不离身的破旧衣服，笑着说：“还是这一套！将来革命成功了可以放进博物馆了。”

黄寿头上戴着一顶没有边沿的破毡帽，身上穿着一件黑竹纱，肩膀处开了个天窗，露出了内衣，一双黑布鞋，脚趾露在了外面，冬天的广州虽然不是太冷，但还是让人觉得有些滑稽好笑。

一个工人打趣地说：“噢，看你这双鞋，真是前头卖生姜，后头卖鹅蛋呢！”引得大家哄笑起来。那个时候，在街上打散工的工人经常这样的衣着，但他们苦中作乐，相互取笑。

周文雍关心地问黄寿：“怎么样？你卖热蔗赔本没有？”

黄寿：“一般般，不赚不赔。”

很快，工人们陆续都赶了过来，主要是工人赤卫队第三联队的大、中、小队长和工人骨干，还有南海县的农民自卫军代表，教导团也派了一位士兵代表参加这次会议，那个士兵代表还是一身军装，腰间挂着驳壳枪，那些与会的工人、农民代表们都好奇地打量着他，但都没有出声问他。

参加会议的工人、农民代表有李连、王春、黄寿、周侠生、莫全、卢龙、林炽等。这些人平时大多彼此不认识，是杨殷分别与大家联系的。

杨殷正在一个一个介绍与会的工人、农民、士兵代表时，张太雷穿着便装，走了进来，杨殷："太雷同志来啦！"

今天的与会者平时都听到过张太雷的名字，有的人见过，有的人没有见过，听杨殷与张太雷打招呼，大家都兴奋得热烈鼓掌。

张太雷向大家作了起义的动员讲话，然后与杨殷、周文雍一起，与大家商量，安排了西区工人赤卫队和西郊、南海农民自卫军在起义发动时的主要任务是攻打黄沙火车站和江对面的石围塘火车站，同时抽调一部分人组建敢死队，进入城区，埋伏在中央公园附近，配合教导团的战士攻打市公安局。

中共广东省委在准备和宣传的过程中，从来没有把广州暴动当作一个单纯的军事行动，而是作为建立工农兵政权的城市暴动来推进的。

广州暴动，如箭在弦，待时而发。

第二章　风云变色的时局

一　米店风波

武装暴动最基本的工具就是武器，对此，中共广东省委是有清醒认识的，没有武器装备的暴动，不可能从掌握了武器的掌权者手中夺取政权。因而，在进行群众动员的同时，中国共产党的组织还在利用一切可以调动的资源，为广州暴动准备武器。

1927年的广州，老城墙还在，在位于小北门附近的小北直街，有一家大安米店，这里正是中国共产党的一处秘密机关。

一块用行楷刻着“大安米店”的木刻招牌，镶在米店正门的上方，老板是个中年男子，身体略有些发福。

米店老板正在热情地招呼顾客：“各位街坊，这是上等的好米，嘿嘿，上等的好米。”有时又会向着买好米的客人：“您慢走，欢迎下次再来。”

一些市民在米店里用手捧着白米，挑选着各类大米。

又有一些人，像是客人，又有些不像，他们好似搬运工，不时抬着米包似的东西，放进米店，又出来了，也不与米店老板打招呼，看上去神秘兮兮的。

不远处，几个国民党特务探头探脑向这边张望。

特务甲：“我看那几个人在那个大安米店进进出出好几回，而且他们抬着的看似米包的东西很僵直，不像米包啊。”

特务乙：“最近风声紧，上头已发出通知，要求市民注意共产党的赤化。我看那几个人确实有些可疑，我们还是过去看看吧。”

几个特务装成买米的顾客，走向大安米店。到了店里，不时地抓起一些米袋子里的米，用鼻子闻一闻，但眼睛却不时地盯着那些进进出出的人。

米店老板看到这几个人行动古怪，有所警觉：“先生，我们这里米的品种齐全，你们想要什么样的米？”

特务甲：“我们只是闲逛逛，暂时什么米都不要，等我们要米的时候，一定来你们这里买。”

米店老板：“那好吧，随便看，什么时候要买米，什么时候都可以过来。”

几个特务转悠了一会儿，走开了。

特务们走后，米店老板对一位负责联系这家米店的党的负责人某甲：“刚才那几个人看上去怪怪的，你们是不是还是要注意一下。”

某甲：“我看不出那几个人有什么古怪，只是街头几个普通的混混而已，不要理他们。我们现在急需大批的货物，所以要借用你的米店仓库存货。”

米店老板：“你们这些货到底是什么呀？不会是炸弹吧？”

某甲：“就算是炸弹，我们也照付你租金。你看你这个米店，我们许多朋友平时都来帮衬，所以生意越做越大，临时租用一下你的仓库，你不会那么紧张吧。”

米店老板：“不会，不会，我只是提醒你们小心些为好。”

突然，刚才几个国民党特务带了一大批国民党警察过来，包围了米店。

米店老板慌了神，向着一个为首的警察道：“嘿嘿，长官，有什么事，好好商量，如果你们要米，我可以叫人送去。”

警察的头目：“要米？我们还想要你的命呢？”

米店老板惊讶道：“要命？我一向守法经营，这话怎么讲？”

头目警察把枪向上一指：“搜！”

特务和警察们迅速分散，进入店内搜索。进出搬货的人早就不知去向。

警察与特务们撞开米店内的仓库大门，把一袋袋东西抬到米店外面。

警察头目：“打开！”

特务甲：“慢！我先问问老板，这袋子里是米吗？”

米店老板：“我也不知道，是一个熟识的顾客临时放在这里的，他们说租我的仓库放半个月，我们做生意的不会过问客人的货物的。”

特务甲：“好吧，那就打开看看老板的熟客放在你仓库里的是些什么。”

警察与特务们分别打开这些像米包一样的袋子。

现场的情况让所有人都傻了眼，那些被打开的袋子里，有些是用红布条裹扎的枪支，有些是短刀和匕首，有些是米糠中混杂了炸弹，都是一些武器。

米店老板哭丧着脸：“长官，这些真的不关我的事，是那些共产党人害我的，难怪他们付那么高的租金给我，我说他们这次怎么这么大方呢。原来他们是租我的仓库放这些劳什子，要是我知道的话，真的不会租给他们。”

特务乙：“共产党？原来你知道他们是共产党？”

米店老板：“不，我不知道。只是近来政府不断提醒我们注意共产党，我想这些东西除了政府之外，只有共产党需要了，其他人要来也没有用，只有共产党才与政府对抗。早知这些人是共产党，我就不把仓库租给他们了。”

特务甲：“把他押走？继续审问，看看他还知道多少？”

越华路，广东省政府。

广东省政府代主席陈公博听着广州市公安局局长朱晖日的汇报。

陈公博：“共产党真是太厉害了，武器都运到我们的眼皮底下来了！”

朱晖日：“幸好我们的特务和警察机智，要不然，共产党运多少武器进城我们都不会知道。”

陈公博：“这个大安米店啊，是小荷才露尖尖角！”

朱晖日：“小荷？尖尖角？”

陈公博："也就是冰山一角的意思。"

朱晖日："陈主席的意思是说，共产党在城内有很多大安米店这样的据点？"

陈公博点了点头："现在城里有多少共产党人。"

朱晖日："当前共产党都是秘密活动，很难知道谁是共产党员。"

陈公博："看来这个情况，我要向上海的汪精卫主席报告，不立即采取措施，后果不堪设想。"

北较场，第四标营地，教导团团部。

某反动军官把《工农小报》《红旗》等党的宣传读物放在教导团参谋长兼临时团长的朱勉芳桌上："朱团长，这是在我们教导团的学员住处收缴的。"

朱勉芳把这些读物的封面看了看："这些赤化读物在我们教导团里已多次收缴过，听说当时叶剑英参谋长兼团长的时候在这方面就很放纵，而且这个问题已受到黄琪翔军长和张发奎总司令的关注。但现在是多事之秋，这些学员的教育问题，我们还没有时间和精力顾及。"

某军官又从身上拿出一份《中国共产党广东省委员会号召暴动宣言》，递给朱勉芳："朱团长，您看！"

朱勉芳接过一看，大惊失色："你这是从哪里搞来的？"

某军官："也是从我们教导团的学员住处搜查到的。"

朱勉芳："共产党已经到我们教导团公开叫嚣暴动，这不是反了吗？我们要立即把这件事向留守在广州的第四军叶剑英参谋长和第二方面军总司令张发奎报告，还要用电报向在前线指挥作战的黄琪翔将军报告。"

某军官："是，我马上去办！"

张太雷广州秘密住处。

张太雷、黄平、周文雍、聂荣臻、吴毅、黄锦辉等中共广东省军事委员会领导，和纽曼、苏联驻广州领事馆的有关官员罗波诺夫等正在紧急开会。

张太雷："大安米店的意外暴露，给我们的后续工作确实带来不利因素，但我们要举行的是一次建立苏维埃政权的全面行动，一个据点的暴露还不会从根本上影响到我们的准备工作，同志们一定要有信心。如果我们自己都没有信心，就是号召工农起来暴动也底气不足啊。"

周文雍："工人方面问题不大，就是我们不鼓动他们暴动，他们对国民党的反动统治也是深恶痛绝的。我们党的作用主要是对工人运动进行引导和推动，把工人的不满情绪疏导到在我们党的领导下，行动起来建立自己的政权。"

张太雷："其实我也感到，如果我们举行起义，工人阶级将会是最忠诚的力量。"

黄平："教导团那边也传来消息，朱勉芳从昨天开始，突击搜查了好几次士兵的住处，而且收缴了一些我们传递到士兵中的宣传品，教导团所面临的处境越来越艰难。"

黄平："看来，敌人正赶在我们的前头，企图把我们进步的力量消灭在萌芽状态。"

聂荣臻突然站起身："依我看，现在发生的各种事情表明，国民党的政府和部队对我们都已经有非常严密的提防。在这种情况下，我们是否可以考虑暂缓这次行动，以保存我们党在广州的实力。如果一旦匆忙起义，万一考虑不周，那可会影响我们党在广州的力量存续和长期发展！"

吴毅："我同意荣臻同志的意见。"

黄锦辉："荣臻同志参加过南昌起义，是一位很优秀的军事指挥员，他分析的问题是很有见地的，我也同意他的意见。"

罗波诺夫："你这个话虽然有一定道理，但是工人、农民和教导团、警卫团的士兵的热情都鼓动起来了，你们这次不行动的话，他们以后就不会信任你们。"

张太雷："听起来都有一定的道理。"

纽曼："你们中国有个关于'狼来了'的故事，那个牧童说了三次'狼来了’，结果狼都没有来。正如你们一直在工人、农民、士兵中鼓动起义，到了该行动的时候，却没有动起来。所以，尽管国民党有防范，你们也一定要行动，学习巴黎公社的勇士们，学习十月革命中的苏联的勇士们。”

张太雷：“共产国际倾向于我们在广州起义，并建立工农政权，中共中央已经明确训令，要求我们乘广州城内国民党兵力空虚之机，举行武装起义。所以，这次我们的行动虽然暂时受到一些小挫折，但我们一定要继续努力，加大推进力度！与国民党争时间、争速度！”

国民党特务破获大安米店第二天，消息就出现在广州各大报纸上。这家米店既是广州起义用的武器转运站，还是聂荣臻在广州租住老百姓房子的铺保。

聂荣臻比张太雷小一岁，1899 年 12 月 29 日出生在四川江津县吴滩场附近的石院子，7 岁入私塾接受启蒙，1910 年正式进学堂读书。五四运动时期，聂荣臻因参加家乡学生爱国斗争，遭到反动军警当局的抓捕。为了避开眼前的危险，学习西洋先进的科学，心怀“实业救国”大志的聂荣臻于 1919 年赴法勤工俭学，并积极投身旅法学生运动。1922 年，聂荣臻转赴比利时就读于沙洛瓦劳动大学化学工程系，1922 年 8 月参加旅欧中国少年共产党（后称中国社会主义青年团旅欧支部），与刘伯坚一起负责过旅比利时支部工作，1923 年春转入中国共产党，曾任旅欧社会主义青年团执行委员会委员、训练部副主任。

1924 年 10 月，聂荣臻奉命进莫斯科东方劳动者共产主义大学学习，后转入苏联红军学校中国班学习军事。1925 年，由于革命的需要，聂荣臻和中国班的同学们一起回国。聂荣臻从苏联回国后，到黄埔军校任政治部秘书兼政治教官，直接领导政治部的宣传和组织工作，并讲授社会发展史、政治工作等课程。1926 年北伐战争开始后，聂荣臻任军委特派员、中共湖北省委军委书记，后在中共中央军事部参与向北伐军派遣中共党员等工作。

1927 年 8 月 1 日，聂荣臻在南昌起义中组织张发奎部第二十五师两个多团起义，后任起义军第十一军党代表，与军长叶挺率部南下。潮汕战斗失败后，聂荣臻转赴香港。

广州起义之前，他受党组织的指派，秘密前往广州，化装成商人，租住在长堤附近的一处民房，作为从事起义秘密工作的掩护。

大安米店暴露后，广州起义的最后时间还没有确定，聂荣臻还必须留在广州。

房东怕大安米店老板作铺保会连累自己，当聂荣臻在外活动回到住处时，问他：“你的租房铺保大安米店的老板被查出私自藏武器，与共产党有关系，你看你怎么办？你不会也与那些共产党有关系吧？”

聂荣臻的住处此前一直作为中共广东省委军委的联络点，有一些秘密联系军事情报和活动的渠道都通过他这里周转。如果放弃这个住处，另觅别的房子租住，对聂荣臻个人的安全应是更有保障，但那些军事情报的传递可能会受到影响，这对中共广东省委全面掌握广州城内的军事动态是不利的，会直接影响到广州起义的消息传递。

为此，聂荣臻对房东说：“你看怎么办？我是外乡人，找了本地的铺保，是经过朋友介绍的，没想到，他们出事了，我有什么办法呢？你叫我另找铺保，我哪里去找？”

房东对政治没有敏感性，他清楚，如果自己不说出来，也没有人知道房客的铺保是大安米店的老板，即使大安米店的老板被抓了，要供出来的也是房客，自己作为房东出租房子，也不犯什么王法。他主要想借这个机会多弄点房租，乘机敲个竹杠，说道：“要没有新的铺保，你得先交五十元港币作押金，万一查出你是个共产党，我也有个交代。”

聂荣臻一听，明白了房东的意思，为了党的事业，为了不影响广州起义的整体进程，他同意了房东的要求。

国民党当局并没有立即采取措施对全城进行戒严。

一是城内的军队力量空虚，而且教导团和警卫团都在共产党的秘密掌握之中，张发奎希望把在西江前线与桂系军阀对抗的亲信黄琪翔调回广州，对付已经受到怀疑的教导团和警卫团；二是国民党当局想顺藤摸瓜，借此多查找些共产党发动暴动的线索，以便更全面地应对。

上海，汪精卫住处。

汪精卫手里拿着陈公博发来的电报，在厅堂里来回踱步。

陈璧君（汪妻）端了一杯茶水，递到汪精卫手上："嗯，先喝杯水！"

汪精卫接过水杯，看了陈璧君一眼，呷了一口水："共产党已经公开把武器运往广州城内，现在第二方面军又是三面受敌，共产党要真是在广州举事的话，那后果真的不堪设想。更有甚者，共产党已经在广州城内公开散发鼓动暴动的传单，这对那些不明白事实真相的市民有很大的鼓动性，简直是糟透了！"

陈璧君："那你赶快把你的担心电告陈公博和张发奎吧。"

汪精卫看了一眼陈璧君："这个事非同小可，发个电报，恐怕不足以引起他们二位的重视。因为现在广州情势非常复杂，陈主席和张司令有时会顾此失彼。另外，发电报，消息容易走漏，很可能会被共产党侦知。"

陈璧君略一思考："那就派个信任的人飞往广州，把你的意思传达给陈公博和张发奎。"

汪精卫："是啊，我也是这么想。可这年头，值得信任的人不多啊，派谁去呢？"

陈璧君深情地望了汪精卫一眼："我去！"

汪精卫："你？不行，你看共产党已把炸弹运到广州城里了，这个时候，广州很可能就是一个炸药库，共产党有可能随时闹事的，我不能让你这个时候去广州。绝对不行！"

陈璧君："兆铭，广州的情况现在已受到各界关注，蒋介石他们正在看你如何应对，如果处理不好，又会给他们以口实。虽然那里情况危急，倘若我能代理你去一趟，一是可以提防消息外泄，二是也能让张发奎总司令和陈公博他们感受到问题的严重性。"

汪精卫抓着陈璧君的手："璧君，你跟我这么多年，没有享过什么清福，而每一次在关键的时候又总是你在支撑着我。"

陈璧君："兆铭，客气话就不用讲了，这事十万火急，我马上动身前往广州。"

广州东山，汪精卫公馆。

陈璧君、陈公博、张发奎三人正在议事。

陈璧君："汪主席收到你们的电报后，知道广州的情况很复杂，担心发电报会让消息外泄，又怕表达不清，所以让我过来与二位商量有关广州共产党暴动的事。"

陈公博："夫人，从近来情况看，广州确实很不乐观。部队都到前线作战了，城内的保安队又涣散无力，您在这个时候来广州，确实需要很大的勇气。"

陈璧君："客套话就不必说了，我在清末就与汪先生一起追随孙中山先生革命，什么大风大浪没有见过。只是这些共产党与我们以往的革命对象不同，他们将自己的利益诉诸工农，有很大的蒙蔽性，我们要格外小心。"

张发奎："这样看来，那个教导团确实是个问题，其实我早就想解散，将他们分散到各个部队去。可是现在前线作战很吃紧，我又怕突然解散教导团会引起士兵哗变，所以没有马上采取行动。"

陈璧君："那个教导团现在是谁当团长？"

张发奎："初期是第四军的参谋长叶剑英兼任，后来是一个叫杨澍松的人任团长，这几天我把杨澍松调到黄埔军校当教育长，现在是一个叫朱勉芳的人任该团的参谋长兼代理团长。"

陈璧君："听说叶剑英与杨澍松都有亲共容共倾向，这个朱勉芳可靠吗？"

张发奎："朱勉芳本人没有问题，他刚从德国留学回国，我知道他的情况。但是这个团整个盘子是叶剑英和杨澍松留下的，经常会在这个团查到一些共产党的赤化宣传材料，但具体有没有共产党员，我们还没有掌握真凭实据。"

陈璧君："汪先生的意思是，不管怎么样，现在你们在广州又查到了他们秘密送入城中的武器，发现了鼓动暴动的传单，这都是铁证如山。所以，防止共产党发动暴动比打李济深的桂军还要迫在眉睫！”

张发奎：“汪先生的意思是不是要我们先在广州城内‘清共’，再去与李济深作战？”

陈璧君：“是有这么个意思。”

张发奎：“那我得要调整战略了。”

陈璧君：“事不宜迟，请尽快抓紧。”

陈公博：“这样的话，我得让公安局和保安队的人抓紧搜查城内共产党的机关。”

陈璧君：“汪先生也提醒二位，对于共产党，也要政治与军事相结合，对他们中一些可以争取的人，要让他们醒悟，站到我们国民党的队伍中来。”

陈公博作为共产党的早期党员，听闻此话，知道陈璧君也在影射自己，他自我解嘲地笑着说：“是啊，我就是从共产党的阵营走到国民党的阵营来的。”

张发奎：“要是这些共产党人会如陈主席这样，及时醒悟，回头是岸，那我们就很省事了。”

陈璧君：“现在不是讲这些话的时候，你们外围受到来自北、东、西三方面力量的压力，内部又有共产党人在捣鼓，汪主席要求你们一定要保持清醒与警惕，同时加快搜查潜伏在城内的共产党人，针对共产党的暴动宣传进行反制。”

张太雷住处。

中共广东省委在广州的常委和委员全部到齐，正在召开一次紧急会议，全体与会人员满脸严肃。

纽曼和苏联驻广州领事馆的某官员参加。

张太雷主持会议。

张太雷：“同志们，形势越来越严峻了，我们虽然把起义时间定在12

月 13 日，但是现在情况是每时每刻都在发生变化，我们的起义只能成功，绝不能半途而废！为此，今天我们要尽早把起义后建立的苏维埃政权的政纲、宣言、告民众书都准备好，有关人事问题也要具体落实。”

黄平：“根据中央的指示，我们要正式成立负责起义的指挥部和参谋部，具体安排是：太雷任起义总指挥，负责整个起义的领导工作，同时成立起义军事指挥部，由叶挺同志任军事总指挥，负责起义的军事行动。叶挺当前人在香港，为了他的安全，他要起义当天才能到广州。叶剑英要在起义发生之后才有可能公开自己的身份，他一旦公开了身份，就参加起义的军事指挥工作，但前期有许多军事准备工作要做，为此，安排徐光英同志任参谋长，黄锦辉和聂荣臻等省委军事委员会的同志参加军事指挥部的工作。”

张太雷：“政纲、宣言和告民众书由我与周文雍、杨殷、陈郁、王强亚等同志负责起草。”

上海，汪精卫住处。

陈璧君匆匆忙忙从外而入，汪精卫主动迎上去：“璧君，辛苦了。”

陈璧君：“陈公博和张发奎已经明白你的意思，他们现在正同时从军事上和政治上对共产党进行防范，应该不会有什么大问题。”

汪精卫：“陈、张二人本来就是很有智慧的人，他们当前受到的内外压力，我能理解，夫人此行的心意，他们是能领会得到的。其实，共产党发动暴动并不可怕，怕的就是我们的将官麻痹大意，疏于防范。”

陈璧君：“不过，我认为广州的情况还不乐观，我们要继续盯紧！”

汪精卫点了点头：“嗯，确实是这样。桂系和蒋介石都在等着看我们如何应对共产党呢。”

副官在门口立正：“报告！”

汪精卫：“进来！”

副官：“顾孟余主席来了。”

汪精卫：“请他进来。”

顾孟余在副官的引领下往里走。

汪精卫："兆熊兄来得正好，我正要找你呢。"

顾孟余："我想主席肯定会找我的，所以我就自己来了。"

陈璧君："这说明你们两位主席心有灵犀一点通啊。"

顾孟余："不敢当，我哪里能与汪主席相提并论。"

汪精卫："兆熊兄，客套话留待以后再讲，请你谈谈广州共产党组织的情况。"

顾孟余："自 4 月 15 日，李济深他们在广州进行'清党'后，共产党在广州的组织都转入了地下，公开的组织活动不多见。我们广州政治会在政治上做了一些防止赤化宣传的工作，看来还是有一些成效。比如我们派往各工会组织的改组委员，在分化原来由共产党人控制的铁板一块的工会组织方面，还是很有成效，有一部分工会组织，如机器工会等，已掌握在我们手里。"

汪精卫："是啊，共产党的宣传在工农中确实很有影响力，所以，我们在政治宣传方面还要不断加强，针锋相对才行。"

广州，国民党第二方面军军部。

张发奎在屋里来回踱着步，略有所思，副官拿着一份电报匆匆而入："总司令，这是上海汪主席的来电。"

张发奎接过，认真看了一遍："这是汪主席今天一天之内的第三次来电，而且这个电报是以汪主席和顾孟余等八人联名发来的电报。看来，上头已经注意到广州问题的严重性，再不采取果断措施，那就有可能当断不断，反受其乱了，这个责任我也担不起！"

副官："那我们能做些什么呢？"

张发奎："把教导团内的共产党员查清楚，哪怕是解散教导团，也不能让这支部队为共产党人所用！"

副官："可是，现在城内防务空虚，叶剑英建议组建的那个警卫团刚成立不久，许多都是新招募的人员，一旦解散教导团，那城里的防务不是更空虚了吗？”

张发奎：“即使不解散，也要把教导团内的共产党的情况查清，否则对上面无法交代！”

副官：“关键是我们的做法怎样才能不引起动荡，要是贸然去查，谁会主动承认自己是共产党呢？就算是查实了，万一全团都是共产党员，把他们逼急了，那我们不是更被动了吗？”

张发奎：“通知前线作战部队，改进攻为防守，然后把进攻的部队都调回广州，以防教导团哗变。”

西江，粤军前线指挥部。

黄琪翔的副官手里拿着一份电报，急急忙忙往屋里冲，正在看作战地图的黄琪翔很惊讶地看着他：“什么事这么急？”

副官：“这是广州发来的电报。”

黄琪翔接过，认真看了看：“其实，这几天我真有这样的预感。现在广州的情况非常危险，就如一个火药桶，一触即发，所以，张司令要我立即赶回广州。”

副官：“这个命令很奇怪，怎么不让叶剑英参谋长转过来，而是张司令直接发来这里的？”

黄琪翔：“张司令做事向来谨慎，可能有他的道理，有可能是事情确实很急，也有可能是他有所顾虑。”

副官：“我们怎么办？”

黄琪翔：“遵照命令执行！”

副官：“黄绍竑还打不打？”

黄琪翔：“等把广州的事搞定了，再来搞黄绍竑这个鳖崽子！”

副官：“把全部队伍都撤回广州？”

黄琪翔：“不，留一部分在这里应付黄绍竑，只是守，不主动出击，等我们把广州的事办完了再来出击。另一部分随我们赶回广州，但要注意消息保密！”

副官：“是！”

维新路，广州市公安局（现广州起义纪念馆，笔者注）。

广州市公安局局长朱晖日与高参谋长正在秘密商量全城戒严的事情。

34岁的朱晖日，广东台山人。早年入广东黄埔陆军小学、武昌陆军第二预备学校，1911年加入同盟会。1914年考入保定陆军军官学校第六期，毕业后返回广东，加入粤军第一师，历任见习官、排长、连长、营长。1925年8月，任第四军独立旅团长。1926年7月，北伐战争开始，任国民革命军第四军第十二师副师长兼第三十六团团长，参加汀泗桥战役、武昌战役。1927年任第二十五师师长，第四军副军长，第十一军军长。1927年10月任广州市公安局局长，是一位坚定的反共者。

朱晖日：“近来查出许多共产党组织印发的传单，大肆鼓吹工农暴动，在教导团，甚至新组建的警卫团，士兵中也有人谈赤化的问题，大安米店查出那么多枪支弹药，已是山雨欲来风满楼啊。如果我们不采取主动措施，后果我真是承担不起，根本不用在国民党里混了。”

高参谋长：“看来，我们还要继续加大对共产党的搜查力度。”

朱晖日：“恐怕光搜查还不够。”

高参谋长：“张总司令不是已密令黄琪翔将军等人回防广州吗？”

朱晖日：“前线战事不明朗，就算是他们奉命回防广州，也是远水救不了近火。”

高参谋长：“我们公安局和保安队的力量很薄弱，在这种战乱年代，没有军队配合，一旦共产党闹起来，我们真的不好办。”

朱晖日：“看来我们现在只能做一件事。”

高参谋长望了一眼朱晖日：“什么事？”

朱晖日：“全城戒严！等候前线将领回防！”

高参谋长：“戒严？这样会让外界感到广州情况很糟糕！”

朱晖日：“顾不得那么多了，当前只有这样做才能压制共产党可能发动的暴动！”

张太雷住处。

黄平匆匆赶到，正在抚摸着摆在桌上的一面红旗的张太雷有些意外。

张太雷："有什么新消息？"

黄平："黄锦辉同志从叶剑英那里得到消息，张发奎正在将黄琪翔等前线作战的国民党将领调回广州，广州市公安局局长朱晖日也发布了戒严令，命令已经下达到国民党党政军各机构，很快就要在全市公布了！"

张太雷："他们终于抢在我们前面动手了，赶快通知省委在广州的同志，还有军事委员会的全体同志，开会讨论应对时局的办法！"

黄平："好，我马上派人去通知。"

某工会驻地。

工人们正在议论着城里戒严的事。

工人甲："朱晖日竟敢戒严，这不是明明冲着共产党来的吗？戒什么严，咱们干脆反了算了，冲到他那个公安局，把他抓来毙了算了！"

工人乙："我们不能这么莽撞，我们现在是有组织领导的工人赤卫队队员，要统一服从组织的安排。"

工人甲："组织在哪儿，那叫组织赶快下令啊。这样整天看着那些国民党的狗腿子嚣张快活，我都快闷死了！"

工人乙："闷也没有办法，我们既然是一个组织的成员，那就要听组织的命令。"

二　紧急行动

早在"四一五"政变后，中国共产党就开始在广州按工会系统组织工人秘密武装，如剑仔队、工人自救队和省港大罢工工人利益维持队等。随着广州形势的变化，工人运动导人在党组织的指导下，将这些工人组织统一编为工人赤卫队。

最初，为了统一指挥，中共广州市委按照工人武装队员的工作或居宿地点，统为十一个区赤卫队委员会。

省港罢工工人5000人曾在纠察队中受过军事训练，其中有2000人成为赤卫队队员。广东军阀驱散省港罢工工人，到起义前，仅有500名受过纠察队训练的赤卫队队员参加起义。

大安米店私藏武器的事件，一时成为广州街谈巷议的热门话题，全城的老百姓都知道，最近有可能发生共产党领导的暴动。工人赤卫队和郊区的农会成员不仅没有感到恐慌，反而更加群情激昂，希望共产党的组织尽快行动起来，与广州城里的当权者进行斗争。

中共广东省委利用这个形势，加快了各方面力量的组织动员。

在组织工人方面，杨殷、周文雍等都是有丰富工人运动经验的人，他们根据行业、所在地的情况，首先是把工人、农民、学生组织起来，编成七个联队和若干专门队伍，安排他们就近攻占各城区的警察分局和一些反动工会组织机构，配合以教导团和警卫团为骨干的军事行动。

起义前夕，工人赤卫队队员的主要工作为：

一是与失散职工联系，“四一五”政变后，工人被迫流浪到外地劳动，或者到农村做工，周文雍等派员赴广州、香港、澳门、佛山、江门等地，发动他们到广州参加起义。

二是鼓动工人参加起义，通过队员向各工会职工秘密传达中共广东省委号召起义的宣言，印刷苏维埃政府的命令、传单等。

三是继续制造和搜集武器，秘密准备了许多铁尺、刀棍、手榴弹、炸弹、炸药、枪支、子弹等，以习武之名，向寺庙借了一批刀剑，汽车工人则准备了一批汽车和汽油。

为了有效地发挥工人在起义过程中的作用，在中共广东省委的指导下，成立了广州工人赤卫队五人委员会，总指挥为周文雍。他同时还是广东省委革命军事委员会委员、中共广东省委候补委员、中共广州市委工委书记。赤卫队还另设参谋长、政治指导员等。

广州工人赤卫队初有2000人，后发展到3000人，编为七个联队。

第一联队：行业为手车（黄包车）、油业、打石、电务、酒米、柴炭、瓜菜、派报、颜料、茶叶、起落货、汽车司机等，人数为600余人，集中地点在龙藏街太丘书院、学宫街渭滨书院等处。队长罗登贤，为中共广州市委委员、中共广东省委委员；政治部主任陈功武；指挥刘楚杰等，为黄埔军校毕业生。少数人有枪支，更多的人准备了一些刀、棍之类的简陋武器。

第二联队：行业为手车、酒业、印务、铜铁、五金等，集中地在东沙角、南堤二马路等处。队长沈青，为中共广东省委候补委员；副队长庞子谦（一说为庞子清）。

第三联队：行业为铁路、印刷、饮食、基建、粮食等，集中地在横沙、文昌北路、龙津西路、白糖面工会等处。

第四联队：行业为建筑等。队长邓发，为全国总工会南方代表；集中地在惠福路土木建筑工会等处。

第五联队：行业为手车、海运等，集中地在广卫路手车夫工会等处。

第六联队：行业为铁路等，为广三铁路工人和芳村、花地农民自卫军组成的联队。这个联队情况比较特殊，安排了两位队长，一是农民自卫队队长赵自选，他是一位经验丰富的工农运动领导人；二是工人赤卫队队长徐向前，他是黄埔军校第一期毕业生。

第七联队：行业为火柴、面粉等，集中地在惠福西路，第四、五、六、七甫等处工会。

汽车队：队员60人。

交通队（破坏敌人运输）：队员50人。

红色恐怖队（负责肃清反革命分子）：队员30人。

消息局（大部分人员在敌军政机关工作，部分省港罢工工人）：两个敢死连。

赤卫队每个联队下设若干大队、中队、小队，每个小队10人。

每个联队设正、副队长和党代表、参谋长；大队设有大队长、参谋长、党代表。

赤卫队的武器装备主要包括：少量长枪、短枪，地下兵工厂制造的500个手榴弹，石井兵工厂工人秘密为赤卫队制造的1000支镖枪，另有一些“四一五”政变后工人埋在暗处的“六八”“七九”式步枪、古老毛瑟枪、驳壳枪等，有些队员只能用大刀、长矛、三股叉、茶仔棍、炎药鸟枪、禾叉、短剑、菜刀、铁尺以及螺丝旋、水喉铁、烂车轴等做武器。

起义的军事力量有：

第四军军官教导团：原团长叶剑英，1300多人，为起义主力部队之一。

第四军军官警卫团：团长梁秉枢（叶剑英推荐），将300多名曾参加省港大罢工的工人招进该团，第三营的大部分士兵是省港罢工纠察队员，也是起义武装主力队伍之一。

中共广东省委派人发动东江海陆丰、西江、北江等地工农军，准备配合起义，还派人转告正在粤湘边区的朱德、陈毅率领的部分南昌起义军迅速南下参加起义。

中共广东省委、中共广州市委指定沙文求领导由共产党员、青年团员和工人、学生400多人组成30个宣传队和布告标语队。

广州工农兵代表会议执行委员会：12月7日，广州工人代表召开第一个秘密会议，由80多个工会代表参加，由赤卫队担负保卫工作，通过迅速举行武装起义的决定。10个工人，6个农民和士兵，合计16人当选为委员。

党支部、职工会、赤卫队每天开会，赤卫队委员会每天上午5时至7时开会，广州工代会委员每天上午8时至10时开会。审查基层组织工作，部署次日工作。省委、市委和职工会负责出版《红旗》《广州工人》等地下刊物，鼓励职工参加起义。

中共广东省委根据当时广州城内军事力量的分布，认为主要的防守力量教导团和警卫团都掌握在共产党员手中，国民党军政首脑机构的防卫力量是薄弱的，比较容易解决，最主要的对手是广州市公安局和保安大队，因而把重点进攻目标放在维新路的广州市公安局和各城区的警察分局（或警察署）。

按照各联队属地的原则，各个联队的主攻目标也是配合共产党领导的武装起义部队，进攻广州市公安局和各城区警察分局。

这样做的原因，还有一个重要理由，那就是自“四一二”和“四一五”反革命政变之后，有许多共产党员和工人运动领导人被抓，关在广州市公安局和各城区警察分局的监狱里，需要把这些关在牢中的革命中坚力量解放出来。

12 月初，靠近沙面租界，在水雾迷蒙的珠江白鹅潭上，各国船舰、游艇往来穿梭。

有一条船的桅杆上，挂着一面水纹旗，白底蓝边上绣着“邮”字。

这条邮船正是广州起义领导人约定的当天秘密会议的地方。

这是一次专门面向海员工人的战前动员会。

这条船宽约一丈，长三丈多，四周用帆布围得严严实实，只有靠船头的两扇玻璃窗透着一些光亮。

30 多个人挤在船舱里，大家都静静地在那里等着，有的人默默地抽着烟，烟味有些呛人，但都没有人出声，显然大家都在等一个庄严时刻的到来。

江面上，有一些船上，那些穿着黑色制服、打着绑腿的水上武装警察和一些戴着墨镜的便衣暗探，在周边游弋，来回巡视。

这个时候，要是出现一点蛛丝马迹的纰漏，那是很容易被敌对分子一窝端掉的。

尽管环境这么严峻，中共广东省委书记张太雷还是按约定时间来了。

张太雷穿着一身灰色的工人装，白净的脸上露出英俊之气，看上去像个洋行里的打字工人。

他进到船舱，一一与大家目光对视，算是打过招呼，坐到专门空给他的那个位置，随后又站起身来，对着大家说：“同志们，告诉大家一个重要消息，党决定在广州发起武装起义！”

与会的人脸上都表现出惊喜之色，但又不能有太大动静，都尽力地压低声音说：“好！”

张太雷说：“这一次，我们要与反动派进行决战。张发奎对我们工人只有利用与压迫，我们必须建立自己的工农兵政权，在中国共产党的领导下，建立苏维埃政府，才能真正当家作主。海员工人是我们的阶级兄弟，是重要的起义力量，大家一定要鼓足勇气，对自己、对党组织有信心，积极投身到这次武装起义中来！”

张太雷的话简短而有力，海员工人们表示：“坚决听从中国共产党的号召，与反动工会和工贼们进行斗争，为建立工农兵苏维埃政权而奋斗！”

会议进行了两个小时，大家讨论了海员工人可以动员的力量，有哪些内部的工贼，起义时主要的任务与目标，并进行了内部分工，正式组建了海员工人赤卫队的骨干队伍，成立了海员工人赤卫队行动专门委员会。

杨殷和周文雍也参加了这次会议，对大家提出了相关的要求。

张太雷、杨殷、周文雍在进行动员后，先行离开。

第二天早上，海员工人赤卫队的骨干成员又来到位于黄沙附近的一个叫何潮的海员工人家里，张太雷也来了。

这一次，要具体商量海员工人在起义中的主要任务。

何潮安排自家的保姆到门外望风，与会人员就挤在何潮家的保姆房间里开会。

大家围着一张广州市地图，研究暴动日期和人选调配问题，还讨论了建立苏维埃政权涉及的一些细节事宜。

在讨论中，大家畅所欲言，甚至发生了很大的争执。有的人过于乐观，希望在广州城乡遍地开花，把国民党力量一举消灭干净或赶出广州。在是否攻打沙面的外国势力和在珠江南岸的李福林国民党第五军方面，大家产生了较大分歧。

张太雷这个时候更多的是在听大家的意见，等每一位与会者都把自己的想法讲出来后，他综合各方面的看法，提出了自己的见解。他说：“打沙面，打李福林当然好，但要估计我们的力量，要讲究策略。目前，我们力量还不足，难以全面开花，所以，我们应该集中力量，把广州市区拿下来，如俄国十月革命那样，在城市中心建立工农兵苏维埃政权。这样就会更有号召力，周边的工人、农民就会受到鼓舞，全国其他地方的工农兵政权，包括海陆丰苏维埃政权就会受到鼓舞，并向广州靠近，支持我们。在广州这样的中心城市建立政权，还会给世界无产阶级以鼓舞，将是我们中国共产党在东方的大城市建立的第一个真正属于工农兵劳苦大众的苏维埃政权！”

与会人员相信张太雷作为中共广东省委书记，掌握的信息更加全面、权威，都表示同意。

当讨论具体发动起义的时间时，张太雷说：“不宜操之过急，各项动员、准备还要到位，包括建立苏维埃政权的各项文件，都是要事前准备好。也不能太迟缓，毕竟敌人对我们已有觉察，我们党发出的关于广州起义暴动的宣言和通告有的已被敌人查获。敌人之所以没有立即行动，主要是忠于他们的军事力量不在广州市内，而是在西江对桂系军阀的前线，他们需要调兵遣将。为此，我们起义的行动时间，应该在一周之内进行，不能拖得太长。”

大家都没有出声，点头表示同意。

张太雷：“根据我和省委各负责同志沟通、商量，认为把起义时间定在12 月 13 日晚比较合适，大家认为怎么样？”

与会人员都表示：“同意！”

教导团内部的氛围越来越紧张，即使普通士兵也明显地觉察到近期的情况不同往常。

事实上，张发奎对教导团的防范一直都有，当他把黄琪翔派到西江前线的时候，最初是想收买教导团的官兵。汪精卫还在广州的时候，他与汪精卫经常会到教导团来发表讲话，除了供给衣食外，还规定每月给每个人十二块小银洋。

那个时候一块小银洋等于八角，十块小银洋等于八块大洋，这对普通战士来说，可是一笔不小的收入，因为当时广州城内普通的工人收入每月也就是一两块大洋。

因而，教导团的战士经常可以到东山一带的小酒馆小聚。

但他们都有自己的信仰，领兵饷是一回事，坚定地与国民党反动派作斗争的决心始终没有动摇，他们甚至还在这个过程中感受到了张发奎的心虚与害怕。

在张发奎的身边，有一些反共的死硬分子。其中有一个叫缪培南的师长，反共最为坚决。他一直主张弄掉教导团，要求解散教导团。

张发奎因为想争取教导团能为己用，没有采纳他的意见。

可是，当缪培南陪张发奎和汪精卫到教导团讲话时，看到教导团的士兵似乎并不买账，稀稀落落，很不在乎，必须老团长叶剑英出面，才能维持秩序。于是他对张发奎说："留着教导团，等于养痈遗患，想以毒攻毒，肯定不是上策。他们吃着国民党的饭，唱着共产党的歌。明则青天白日旗，暗则镰刀斧头旗。口头上拥护孙中山，肚子里却是马克思、列宁。"

张发奎看着他，问道："再看看吧，我就不信这些共产党员是钢铁做的，我这么好地对他们，他们就不会被感化。"

缪培南："总指挥的一片良苦用心，所有的人都能看得出来。但这些人似乎都着了邪，都被洗了脑，非你我所能对付得了的。尤其是让这些人抱团在一起，很容易形成团队力量，一旦在后方作乱，我们将防不胜防。你看他们现在这个样子，除了叶剑英能镇得住他们，还会听谁的话，连您和汪主席都不放在眼里。"

张发奎："叶剑英又不是共产党。那怎么办？这是军官教导团，他们多是知识分子，受过良好的教育和军事训练，对于现在这个需要军事人才的时期，这些人如果能争取过来为我所用，那是很了不得的。"

缪培南："叶剑英是不是共产党，我不知道。可是，他们这些'赤子赤孙'是不可能被您感化的，我把话撂这儿，今天您不解决他们，总有一天，他们会团结起来解决我们！”

张发奎：“问题有这么严重吗？以缪师长的意见，应如何处置？”

缪培南：“我有四条建议：第一，把教导团的学生全部送到黄埔军校去审查，清洗‘好’的留下来，‘坏’的处理掉；第二，化整为零，全部分配到下面去当下级军官，男的做见习排长，女的做文书；第三，全部解散，发给路费回家；第四，学唐生智虹山打野外的做法，一网打尽，斩草除根。”

其中第四条最为狠毒。在汪精卫发动“七一五”政变后，唐生智曾下令武汉中央政治军事学校的学生到武昌城外的虹山去打野外，只准带枪，不准带弹药，他派自己的亲信部队包围了虹山，试图彻底消灭中央政治军事学校的学生，后来受到别的因素影响，未能得逞。

张发奎没有当场表态，只是说：“凡事急不得，有些事，缓一缓，或许有更圆满的解决方法。”

但是缪培南的话让张发奎陷入了深思，最终发展个人实力的想法还是占了上风。正好他从德国留学军事回国的表弟朱勉芳前来他家里拜访，他如得到一根救命稻草一样，让黄琪翔把朱勉芳安排来做教导团的参谋长，并因团长杨澍松要把主要精力放在黄埔军校教育长的职责上，同时让朱勉芳兼了教导团的代理团长。希望他全力整顿教导团，使之成为效忠于张发奎的一支劲旅。

谁知朱勉芳刚愎自用，又遇上中共广东省委在加速策划与推进广州暴动的特别时期，教导团内部人心思变，因而，朱勉芳的到来，不仅无法争取到教导团，反而更加激起了教导团内部反抗张发奎的情绪，这是张发奎始料未及的。

随着大安米店风波的发生，广州城内的风声是一天比一天紧。

朱勉芳也开始有所收敛，他已经感觉到气氛不对，静静地做了一些小动作。一方面把自己收集到的共产党要发动暴动的消息传递到张发奎那儿，另一方面，利用手中的权力，对一些学员进行疏散式派遣。

共产党的组织也加紧了行动，一些女生队的党员被秘密派往城里的工厂去做宣传发动工作，有些原来离队的老队员受党的指派，又突然回到教导团来了。

双方在教导团的力量暗中较量，有如瞎子吃馄饨——心中有数。

一场潜伏着的势不两立的斗争，正如地下的热流在奔腾，终有一天会像火山一样爆发。

12 月 7 日下午，教导团有一个连在黄花岗出操，正准备结束的时候，通信兵气喘吁吁地跑来报告：“团部吹了紧急集合号，命令我们火速回营房。”

连长郭声荣赶紧重新集合队伍，并发出号令：“全体听令！立正！大家跟我来，快速跑步前进！”于是带着大家向南，朝着四标营的驻地跑去。

这些训练有素的战士，以为战斗的时刻就要到来了，一边跑步一边顶上枪的子弹，身上背了手榴弹的则揭开了手榴弹的盖子，准备随时拉线投掷，狠命地朝着营房驻地奔去。

可是，当他们满怀战斗激情跑到营地时，那里什么事都没有发生，被告知这是一次紧急集合训练。

当天晚上，教导团的党员召开了紧急会议，传达了中共广东省委关于近期发动广州暴动的正式通知，要求每个党员随时保持高度警惕，团结好周围的进步同学，严密监视反动分子的举动。

大家都感到一场大风暴很快就要到来了。

同一天，中共广东省委组织的工农兵代表会议在禺山市场陈少泉（陈少泉是陈李济制药厂的少东家，与杨殷有亲戚关系）杂货店二楼举行。

会议快结束时，杨殷对郊区农民自卫队作了专门的安排，他说：“南海农民赤卫军两个团归南海县委书记陈道舟同志领导。广州起义信号发出后，农民赤卫军第一团团长周侠生同志，负责协同广三铁路工人赤卫队进攻路局和芳村、花城警署，得手后，回师拿下大沥，再会合农民赤卫军第二团团长吴勤的队伍，打下佛山，控制广三路，巩固广州外围。”

12月9日，清晨，广州红花岗，沈青带领30多名手车夫工会的骨干，祭奠在“四一五”政变中牺牲的手车夫工会领导人彭世、王世文及后来在工人运动中牺牲的手车工烈士们。

手车夫工会的党支部书记黄益华含着眼泪，对参加祭奠的工友们说：“敌人打断了彭世同志的腰骨，插烂了王世文同志的十个指头，可是，敌人从他们的嘴里掏不到所需要的一点东西。他们是工人阶级的硬骨头，是我们的榜样！”

沈青说：“今天我们祭奠烈士，要永远纪念他们。请大家跟我宣誓！”

工人们跟着沈青齐声宣誓：“我们要为他们报仇！要为劳苦工农大众打出一片江山！”

这一次祭奠和宣誓，很好地凝聚了手车工人的团结氛围，大大激发了手车工人投身起义的决心及牺牲精神。

工人赤卫队、农民自卫队已经被很有组织地进行了联队组队和分工，教导团内部的组织动员也在暗中加紧，这使得教导团的战士们紧张情绪更为绷紧。

教导团的动员大会在当时广州郊外的黄花岗一个秘密地点召开，由张太雷等中共广东省委的主要领导主持。

教导团内的200多名共产党员都参加了，大家针对朱勉芳到教导团后的一些形势变化，群情激昂，都主张尽快进行武装暴动，以免让反动派先得了手，这正与中共广东省委的暴动计划契合。

参加会议的有教导团的军官叶镛、袁裕、王若冰、唐维、陆更夫、覃正格、甘理真、蒋日、陈衍漠、郭声荣、唐嵩、游曦等。会议结束后，这些中共党员秘密地积极地各自联系自己联系的学员，进行紧急动员，告诉大家，近期会有重大行动。

张发奎加薪后，教导团的学员下操之后，营房里的伙房反而少有人去就餐，许多人都三五成群地到周边的酒馆小聚。

在离大东门不远处的一个小饭店的包房里，一些男女战士在聚餐。

女生队的党员朱新对男战士说：“女生队有些人吃不下饭了，睡不好觉了，都说自己牺牲不要紧，就是放不下家里的亲人，特别感觉就这样死了，会对不起在家乡的父母。”

一个叫刘慕的女生队党员则说：“个别出身豪门的小姐，成天沉默寡言，不爱搭理别人，老是念念不忘自己在家里的优越生活。”

来自山东的公今寿是个耿直的大个子，他粗声粗气地说：“赶快叫这些宝贝滚蛋吧！”

刘慕看到公今寿那样急性子，忍不住笑了起来，说：“你这个老戆，什么时候才能改掉这个躁脾气？”

然而，公今寿却变得一脸严肃的样子，很庄严地说：“根据今天的情况，斗争一定很残酷。那些贪生怕死的少爷，娇滴滴的小姐，跟着我们是个累赘，不如趁早请他们回去。要知道，不冲破黑暗，不会看到光明，不过火焰山，休想取到真经。即使天塌下来，也没有什么了不起，充其量不过是个‘死’。只要革命需要，本老戆就当仁不让。南昌起义的同志，悲壮牺牲的先烈，就是我的榜样。”

来自山东的另一位战士朱道南听了公今寿的话，很受震动，他对朱新和刘慕说：“你们赶快回到自己的女生队去，好好团结周围的同学，把那些林黛玉式的软弱心肠的娇小姐，转变为意志坚强的花木兰。”

第二天，教导团的学员们之间突然相互交换起家庭地址。

首先是对动态更为敏感的女学员们感到情势的不确定，知道一旦武装暴动发生或者被张发奎镇压，前途与结果都不可预料，不知道自己是否能活过这个关口，因而彼此给对方留下自己的家庭地址或亲人信息，以免死了都无人通知家人。这当然是一种悲观的情绪，对这些经历过许多波折的教导团的学员来说，这个时候，有这种想法也是情理之中的事情。

朱道南也收到了来自男、女学员的三五十个人的家庭地址，那些知情的学员不知道谁能活到最后，尽可能多地把自己的家乡地址和亲人讯息给到熟识的战友们。

朱道南与女学员朱新比较熟悉，他走出营房去找朱新，想问问到底是怎么回事。刚走出宿舍不远，看到女学员刘慕和一个叫杨的的男学员在争抢一个什么东西。

刘慕眼尖，看到朱道南的出现，立即表现出很不好意思的样子，想请朱道南出手帮忙，又不好意思开口。

杨的与朱道南本来就熟，为了不让朱道南帮刘慕，故意嬉皮笑脸地冲着朱道南："老道哥，快来帮忙，不能让她抢去。"

刘慕假装很生气的样子，呶嘴道："你为什么抢人家的东西嘛？快拿来还给我！"

杨的更是得意："唷，嘟嘟嘴巴就给啦，没那么便宜。"

刘慕无奈，只好强装笑脸央求道："好兄弟，快还给我，明天请你上馆子。"

杨的做了个鬼脸："慕大姐，你真行啊，嘟嘟嘴巴不行，又想用物质来引诱我！"

刘慕又好气又好笑。

朱道南走上前去问："你们抢得这么起劲，到底是什么宝贝呀？能不能给我看看？"

刘慕很不服地说："他把我的相片抢了去！"

杨的辩解道："这情况可并不全面，我不过是想做件好事，把她给公今寿的相片，转给他，成全她与公今寿之间的好事，她却死也不肯让我做这个好人。嘿，老道哥，你看这后面还有字呢。"

刘慕见内情被揭穿，脸色泛红，很不好意思地拔腿就跑了，并转过身来对着朱道南喊道："老道哥，请您帮个忙，替我将相片转给他。"

没有等朱道南回应，刘慕就跑得不见人影了。

朱道南从杨的手里接过相片一看，原来是刘慕的近照。穿着军装，戴着军帽，大大的眼睛，微微含笑，脸上洋溢着青春朝气。相片的背后写着"赠给今寿——慕"。

杨的笑着对朱道南说："老道哥，咱们的今寿真有两下子啊，表面上他对女同学目不斜视，正经得像个孔老二，暗地里的活动可真有成绩啊！这下，我得好好地给他掀一掀。"

正说话间，公今寿和谢拙民迎面走来。

杨的把刘慕的照片递到他手上说："公今寿，我要对你提一次严重抗议。咱们同志之间，样样公开，处处坦白，你为什么要打埋伏？"

公今寿："我有什么打埋伏不公开的地方？"他接过杨的递过来的刘慕照片，两面看了看，脸上涨红了说："这件事啊，讲来话长。你们知道，我本来是个封建脑袋，对那些女同学，穿草鞋，剪短发，与男同学常常在一起嘻嘻哈哈，是很看不惯的。可是在一次行军路上，有一次我渴得要命，到附近村庄讨水喝，被村子里的农民当成反动派绑了起来，幸好遇到刘慕也到那个村庄讨水喝，经她向农民解释，我才被农民兄弟放了。在回队伍的路上，我看到刘慕穿着草鞋的脚满是血泡，顺便问了一句痛不痛。她就用教训的口吻对我讲了许多话，讲了她不幸的身世和遭遇，就这样，我们就熟了起来。"

杨的："想不到你这个铁石心肠的人，也会有柔情似水的一面呢。"

朱道南："今寿都坦白了，你就不要再开他的玩笑了。"

公今寿："现在是什么时候？还乱扯这些事。她送我一张照片，不过是想留个纪念而已，你就想入非非。女人多情，看来她们已经做好牺牲的准备。我们这些男人，还有什么好犹豫的，不与那些反动派大战一场。大丈夫当以马革裹尸为荣！"

气氛一下子凝重起来。

人是有灵感的动物，人的情感有时会受到灵感的触动，在这个即将面临生死抉择的时候，有血有肉的男子汉也难免生出儿女情长来，对朱道南来说，那个叫朱新的女同学，这个时候，就成了他的牵挂，几个男学员回宿舍后，朱道南又一个人跑到女生队去找朱新。

朱新很认真地告诉他："现在大家都准备要在即将到来的风暴中付出自

己的生命。交换家庭通信地址以后，如果有人活下来，可以代替死难的同志写封信回家，告诉他们的亲人。”朱新说得那么平静，而朱道南却听得特别心酸，作为一名男儿，他不能表现出来。

正从女生队出来，朱道南遇到了一位更加让他心生不舍的女同学，她还是个十七岁的女孩子，叫刘辉，队里的大哥哥大姐姐都叫她“小妮儿”。

刘辉拉住朱道南，递给她一张折叠的纸条，睁着大眼睛对他道：“老道哥，这是我家里的通信地址，我要告诉家里的话也写上了，你是我们的大哥，千万别给忘了。”

朱道南看着刘辉那稚嫩的脸，打开纸条一看，上面除了她的家庭通信地址外，还有几行钢笔字，内容是这样的：

“亲爱的爸爸妈妈，请你们不要悲伤，当革命开出鲜艳的花朵后，你们可以骄傲地说：我的小辉儿也用鲜血灌溉了这株鲜花。”

看到此语，朱道南不敢正视站在自己面前的这个小姑娘，内心涌出无限激动，鼻孔里发起酸来。

他对这个山东姑娘是了解的，当时尚未成年的刘辉，看到许多年轻人外出，她也吵着闹着要跟着这些成年人出来。

到了武昌，校方怕她吃不了苦，不收。

她为了表示坚决的革命，不惧吃苦的决心，将头发全部剃光。

校方见这个孩子如此坚定，就收录了她。

进到中央政治军事学校后，不管行军打仗，还是日常训练，表现都不落人后。

大家见她活泼可爱，都把她当小妹妹一样爱护。

朱道南平复了一下自己的心情，问道：“小妮儿，你认为自己会牺牲？”

刘辉：“不！我是准备牺牲！”

这时，一位反动军官向他们这边走来，刘辉见状，灵机一动，撒娇似的打了一下朱道南，装出两人在调情的样子，跑远了。

朱道南手里揣着刘辉给他的纸条，内心更加酸楚，他感受到了教导团整个营房里都弥漫着焦虑与不安。

刘辉所说的“准备牺牲”，让他久久难于平静。

一个十七岁的小姑娘，生命的花蕾还没有完全绽放，这种为革命而准备牺牲的精神，如此从容而坚定，这是一种多么无我的革命情怀啊！

三　箭在弦上

12月6日，离广东省省长公署不远的司后街（越华路，笔者注）一间小电影院里，陆陆续续来了各色穿着的“观众”。

他们三五成群，结伴而来，在门口经过“验票”，进到放映厅里坐定，并没有电影屏幕拉开。这些人坐在里面，有的在抽烟，有的在看新闻或画报，有的低声谈论着什么，看上去是电影开场前的情景。

在一个不太显眼的地方，张太雷戴着眼镜，穿着西服，埋头坐在那儿翻看文件，不时地掏出怀表，打开来看看时间，有时抬头看看进场的人们，没有出声，也没有人认出或注意到他。

后面进来的几个人，有人看到张太雷，认出他来了，轻声地说：“啊，太雷同志这么早就来了！”

张太雷示意他不要声张。

这时，电影院里的大钟“当！当！当……”敲了十二下，电影院里本还嘈杂的声音立刻安静了下来。

张太雷站起身，用目光扫视全场，人们见他突然站起，都把目光投向了他。

张太雷迅速地走到台前，用低沉的声音对大家说：“人齐啦？开会吧！我们今天开这个党的工会工部会议，要来通过起义政纲——”

这时，电影院门口的遮光帘一掀，随着一阵沙沙的脚步声，又进来三五个人。

张太雷的话被打断，他的眉头蹙了一下，严肃而又轻声地说：“现在要起义了，大家都是在紧张地工作，每一分钟都很宝贵，革命的纪律就是胜利的保证，我们通知大家12点开会，你们为什么要迟到呢？”

那几个迟到者皆低头不语，显然都感到愧疚。

张太雷说：“革命的干部，应该首先养成遵守纪律的习惯。不要以为迟到一阵子不要紧，有时候是要误了大事的！如果在战场上，每一分钟每一秒钟的耽误，就意味着牺牲与流血！”

张太雷再看了一眼全场，又看了看怀表，语重心长地说：“今天这个会，就是一个预演，希望大家引起重视，现在时间不早了，今天的会不开了，改为明天中午12点，再在这里进行，请大家务必要准时！不得迟到！”

第二天中午12点，张太雷与全体与会人员都按时到达，没有一个人迟到，他感到非常满意，于是向大家作了情况通报。

他说：“俄国十月革命，首先有列宁格勒的两个团的士兵同情工人，后来影响了帝俄在前方作战的部队，俄国的反动势力山崩地裂，俄国革命终于取得成功。今天，我们也有两个团的士兵与我们站在一起，如果战斗打响，还能够影响广州周边地区的军队，他们可能也会同情和支持我们，甚还能影响全中国的士兵和工人、农民，我们也有可能完成一次举世闻名的城市革命！大家都知道，俄国十月革命后，全世界的工人阶级都行动起来了，到处是罢工、示威、游行，工人阶级争取生存的权利，从经济斗争发展到政治斗争，工人阶级的觉悟一天比一天高，我们中国的海员工人的罢工、省港罢工，广州工代会领导下的连续不断的工人阶级的斗争，对世界工人运动都有影响。今天，我们又要举行这么一次伟大的城市暴动，夺取政权！这是多么难得的机会啊，正是展现我们广州工人精神风貌最好的时机！”

张太雷是一位演说家，他掷地有声的讲话，一下子把全场的氛围调动起来了。

许多参加这次会议的工代会代表抑制不住自己内心的兴奋，挥着拳头站了起来，自发地高呼："打倒反动派！""中国共产党万岁！"……

张太雷看到现场情绪这么高涨，他双手向全场往下压了压，说："我们今天会议的主要任务是讨论起义的政纲、口号。"

张太雷一条条宣读、解释政纲与口号，并做出说明和解释。其中提到"土地分给农民，工厂归工人管理，补发给罢工工人工资，改善士兵生活""有田大家耕，有饭大家吃，有工大家做，有衣大家穿""将穷人当赎物无价发还"等，都是反映当时底层群众的心声。

他说："有些，比如分田这样的事，是要夺取政权后才能兑现的，但有些现在就可以做，比如发还穷人典当的物品之类。"

这样一条一条地过，每过一条，与会代表就以举手表决的方式通过。

12 月 8 日，上午 10 时，一位交通员来到诗书街一座民房的二楼，这里是工人赤卫队骨干陈功武的住处。交通员口头通知他立即赶往文明路附近的大塘街一处民房的二楼。

38 岁的陈功武是广东省新会县外海乡人，1918 年毕业于广东省立工业专门学校，1919 年参加五四运动。1925 年受党组织委派，到广东各县乡巡视工农运动，曾在中共江门支部书记叶季壮（原名叶毓年）为社长兼总编辑的江门地区《四邑平报》社从事编辑工作，是一位有文化的工农运动领导人。

陈功武按照交通员告知的地点，急匆匆地赶来。

其时，周文雍正在给其他人下达任务，见陈功武进来，问道："现在党委要你担任工人赤卫队第一联队政治部主任，怎么样？"

陈功武早就希望接受具体任务，这个时候，他哪里会拒绝组织的任命，当即应道："坚决服从组织安排，保证完成任务！"

周文雍打开一个木柜，取出一张任命状，递到陈功武手上，只见上面用毛笔端正地写着：

兹委任陈功武同志为工人赤卫队第一联队政治部主任，须听从命令，不能违背！

然后，他示意陈功武一起看铺在桌上的那张图，是广州市公安局的分布详图。

周文雍指着图说："这是广州市公安局的地形图，你要记住这个地方！这里是敌人警察的总机关，里面还关押着我们许多同志和工人运动的积极分子。你看，这个地方第一道门有一个铁栅栏，门口正对着公安局的办公楼，门前有几棵树。穿过天井，北边是警察宿舍，南边是材料库、监狱，靠这一片都是监狱。你们到时候主要配合教导团的起义士兵攻打这个地方。你们进攻时，要先把门岗的四个警察干掉，控制大门口的铁栅栏，然后让大部队冲进去，即刻分成两队，一队冲入警察宿舍捉人，把公安局里的那些反动警官和警察统统抓起来，有人反抗就当场击毙，另一队绕到办公楼的后面，把红旗、红帽、红布条抛进监狱里面，鼓舞监狱里面的同志砸锁出来。做到这一步，你们的任务就完成了，其他事情由别的同志来做，你们再去接受新任务。"

陈功武接受任命后，迅速赶回自己的租住地，很快就有一位秘密党员送来一个中山夜光表，一个指南针，还有一只手电筒。这些都是起义时要用的。

广州起义中的宣传工作，一开始就受到中共广东省委的重视，杨殷在这方面着力尤多。

在广东省财政厅附近的一条小巷里，负责广州市委宣传部工作的赖先声家里，正在召开关于发动起义的秘密宣传会议。

赖先声的夫人照例在门外为会议放哨。

参加会议的有共青团广州市委、妇女委员会、劳动童子军团和各区工代会的负责人。

共青团省委书记谢蔚然，宣传部和团市委的李求实、沙文求、李海筹、冯广，妇委会的陈铁军、李淑贤，工代会的戴卓民、曾国钧，原国光书店的梁国梁等都参加了这次会议。其中，梁国梁是负责财政工作的。

这次会议，大家研究了这样几项工作：

一是组织宣传队；二是购买红布，准备起义标志和横额；三是写标语；四是解决印刷品的印制与派发问题。

经过讨论，进行了如下分工：

由妇委会发动女工和女学生购买红布，负责起义标志和巨幅横额；共青团和劳动童子团负责组织各区学生，组织二三十人不等的宣传队；赖先声和广州新闻工作者联合会的理事曾国钧、海员印务工人戴卓民负责印刷文告和宣传品的问题。

事后，赖先声找到杨殷，汇报了这次秘密宣传会议的情况，并商定请澳门的秘密印刷厂承担部分印刷任务。

当时，中国共产党广州市委员会根据当时的实际需要，专门讨论和制订了相关的宣传口号，用于发动城乡工农运动，最主要的宣传口号有25条：

1. 贫苦的民众一致起来！
2. 要求自由、和平、有饭吃！
3. 要求工农武装自卫！
4. 工人要求保障职业、改良生活！
5. 农民要求土地，不纳租，不还债！
6. 兵士要求发还欠饷，不为军阀当炮灰！
7. 反对军阀联合帝国主义进攻苏联！
8. 反对军阀混战！
9. 反对拉夫、派饷、派捐！
10. 反对封船、封车、断绝交通！
11. 反对实现城市戒严！
12. 军阀战争死灭万岁！
13. 反对国民党勾结日本帝国主义在东京拘捕中、日、韩革命群众！

14. 打倒国民党军阀政府！

15. 打倒杀人不怕血腥的新军阀！

16. 工农兵一致联合起来，以革命的暴动来消灭军阀战争！

17. 工农兵联合起来！

18. 以革命的暴动，消灭为个人抢地盘的军阀混战！

19. 没收地主阶级的土地，分给农民、兵士！

20. 创立工农兵苏维埃的政权！

21. 工农革命成功万岁！

22. 否认屠杀工农革命群众的军阀张发奎是共产党！

23. 共产党是代表大多数工农贫民谋利益的政党！

24. 打倒造谣诬蔑共产党的国民党、帝国主义、军阀、工贼、资本家！

25. 建立工农兵自己的政权——苏维埃！

（详见人民出版社 1985 年 4 月出版《广州起义资料（上）》之《中国共产党广州市委员会印发的传单》）

这些标语通俗易懂，既有具体诉求，也有鼓舞式的宣传口号，普通的工人、农民、士兵，皆易懂易传易记。

共产国际派来指导广州起义的纽曼一直与中共广东省委的领导一起，策划广州起义的行动。其间，他们曾为起义的发动时间发生过争执。

中共广东省委领导根据教导团和警卫团军官意见，认为起义时间定在晚上进行比较好，这样会在敌人放松警惕的时候，取得胜利。

但纽曼不这样认为，他认为，起义时间最好定在白天，发动工人总同盟罢工，再让士兵起义，相互配合，一举夺取广州城市政权。这个意见没有被中共广东省委采纳，因为，这样做太冒险，不符合中国的国情和广州的客观现实。

《聂荣臻回忆录》第五章关于广州起义的部分，曾谈到纽曼。聂荣臻是这样记述的：

在广州，起义前我参加了几次会议，研究起义怎么发动的问题。当时，共产国际派了代表来指导起义，为首的是德国人诺尹曼（即纽曼，笔者注），是个“钦差大臣”，也是个十足的主观主义和教条主义者。他不懂得军事，没有实战经验，连打仗的经验都没有，对中国的情况和广州的情况全不了解，又听不进我们的意见，只是靠本本，生搬俄国城市暴动的模式。在举行起义的方式上，他主张像当年列宁格勒那样，举行总同盟罢工，从罢工发展为示威游行，进而进行城市暴动，夺取政权，成立城市苏维埃。我们提出不同意见，说明这个办法不行，中国的情况同当年俄国的情况不同，广州工人的主要力量不在我们方面，找不到多少人来示威游行，又处于革命低潮，示威游行即便搞起来，也不会有多少人响应。对发动起义的时间，诺尹曼竟主张白天搞。我们建议还是晚上搞，趁敌人警戒稍微松懈的时机，来个突然袭击，首先占领敌人的军事机关，成功的可能性比白天大。但对这些，诺尹曼都听不进去。

还有一个苏联人叫霍希思特（有的文献译作郝希思，笔者注），是位将军。他不公开露面，在苏联领事馆里实施幕后指挥。起义失败后，张发奎抄了苏联领事馆的家，霍希思特将军被捕后牺牲了。

随着广州起义的氛围一日比一日严峻，纽曼也坐不住了，根据自己的职责要求，他及时通过电报，将广州的情况传递到莫斯科的共产国际总部。

中央文献出版社出版的《联共（布）、共产国际与中国苏维埃运动（1927—1931）》中，有一份1927年12月9日在莫斯科发出的《特里利塞尔对纽曼发自广州电报内容的报告》，其中有这样的内容：

12月9日，我们收到从广州发来的以下密码电报：

张发奎的方针是彻头彻尾的自卫方针，到处是“打倒共产党人！”

的口号，禁止挂红旗，进行大逮捕。不释放政治犯，不武装工农，不实行各种民主自由等，我们就拒绝进行任何谈判。铁军的情况是，正在西江集结反对广西派，广州只有两个团，两个团里，我们的影响都很大。星期日，有200名共产党和独立团（指警卫团，笔者注）的左派官兵（团长也是共产党员），在张太雷报告后主张暴动。这个团的多数人显然是跟我们的。我们有100名工人加入第二团（指警卫团，笔者注），此外，有一个营掌握在我们手里。

在上海的汪精卫一直关注着广州的动态，并通过自己的渠道，获得了许多有关广州的情报。12月9日，他连续给陈公博、张发奎等发了三道密电（详见中共党史资料出版社1988年出版中国共产党历史资料丛书《广州起义》之《广州事变前后汪兆铭等与广州往来电文》）。

第一道青电：

广州陈公博先生、张向华（发奎）先生、朱晖日先生均鉴：密。

弟等以反对特委，恢复中央党部，与诸兄共同努力。惟迭据报告，暨第四军政治部所出《灯塔》，则黄琪翔兄与容共，已为不可讳之事实。如此不但各方反对，弟等为党义及人格计，亦难隐忍。拟恳向华兄英断，请琪翔兄暂时退休，认真肃清共党。如承许诺，则弟等必与诸兄共同负责，临电无任迫切之至。汪兆铭，青。

第二道佳电：

广州陈公博先生、张总指挥、李军长（驻广州珠江南的第五军军长李福林，笔者注）均鉴：密。

苏俄领事署为共产党活动机关，深可痛恨，请派兵围捕，将俄领驱逐，共党一律拘拿，此为目前要着，迨速行为荷。兆铭，佳。

第三道青电：

广州陈公博先生、张向华先生、李登同先生、朱晖日先生同鉴：密。

同人反对特别委员会，主张开第四次中央全体会议，主张相同，一致努力。对于反共，既经中央决议于前，全体同志自应一致力行，无有异趋。诸兄迭次来电，郑重声明，决无容共复活之事实，同人深以为信，一切谣诼，无不力为辩正，以明真相。惟近来广州容共复活之声浪日益嚣张，揣其由来：（一）由于第四军政治部所出《灯塔》第三、四期，其中言论绝无反共语气，甚且有维持容共之疑似。（二）由于苏俄领事署藏匿共党，名为外交及商务之机关，实则为阴谋煽乱之机关，贿买乱民，激动暴动，实为心腹大患。同人一致决议请兄认真纠察，所部凡有纵容共党者，立即严加惩办，决勿稍存宽恕，贻误无穷。并饬军警严拿匿迹苏俄领事署内之共党。如苏俄领事馆有包庇情事，应即勒令出境。以上两事，务求诸兄英断，于得电后立见施行。至于贺、叶残部现在东江，因陈济棠不加"剿办"，有死灰复燃之势。近竟在海丰、陆丰、五华、紫金、惠来等处建立苏维埃…… 尤堪痛恨。请诸兄严饬陈济棠迅速即"剿办"，并派兵"合剿"，务绝根株。合词吁恕，亟盼裁断。汪兆铭、陈树人、陈璧君、顾孟余、王法勤、甘乃光、王乐平、潘云超。青。

一日三道电报，让陈公博和张发奎两头烧，尤其最后一道以汪精卫和多人联名的通电，使陈公博和张发奎更加坐立不安。

时任广东省代理省长的陈公博，是汪精卫坚定的追随者。

35 岁的陈公博是广东省南海县人，1920 年毕业后回广州和谭平山同创办《群报》，任总编辑。1921 年春参与组织广州共产主义小组，同年 7 月参加中共一大，1923 年因投靠军阀陈炯明而被开除党籍。同年 2 月去美国哥伦比亚大学读书。1925 年回国任广东大学教授，代理校长，加入国民党，以“左派”自诩。之后成为反蒋的改组派的代表人物，曾任国民政府军事委员会政治训练部主任、广东省农工厅厅长、国民党中央农民部部长、国民政府实业部部长等职。当选为国民党第二届中央执行委员会委员、国民革命军总司令部政务局长，1927年被选为国民党中央常委，并任工人部部长。1927年与汪精卫发动“七一五”政变。“张黄事变”后，任广州军事委员会分会委员兼政治部主任、广东省代理省长。

张发奎自己这个时候得到的朱勉芳关于共产党在广州城内的活动报告，比来自上海汪精卫的电报反映的情况要严重得多。所以，这一天，张发奎一直密集地召开留在广州的军警政界当权者会议，因应广州的情势。

作为第四军参谋长的叶剑英虽然对中共广东省委的具体行动计划并不全然了解，但从张发奎连轴转的会议，已感受到广州起义的爆发如箭在弦。因而，他也不断地把张发奎相关会议的消息通过特殊渠道传递给中共广东省委和广东省委军事委员会。

正是在这个时候，张太雷与中共广东省委在广州的主要领导和广东省委军事委员会的干部商量，果断作出决策，要将起义的行动计划提前。

对于广州暴动前的氛围，社会各方面都有所反应。12月9日上海《申报》刊发了一则《广州通信》，其内容为：

张发奎、黄琪翔、陈公博等宣布“护党”以后，省内外形势为之震变，东、西、北三江及南路，固卷入战线内，广州市则工人向罢工会、总工会等处抛掷炸弹，罢工工人纵火焚烧各商店，纸币价格迭生风潮，米店及各物价同时飞涨，四乡水陆交通大都停顿。……

公安局近据报，有“反动分子”欲乘此军事时期，进行捣乱，其属工人方面，经会同农工厅派员密查，其在市面，亦由侦缉员分头侦察。五日，曾在省河截获私运军械数十桶之驳船一艘，捕蛋妇一口，据供此项军械，系由日本商船运来，尚有一大帮在沙面被留。至附近广州各地，如石龙市农民协会日昨开成立大会，竟张贴“共产党万岁”“苏维埃政府万岁”“实行焚烧田契债券”“杀尽土豪劣绅地主”等标语，虽经市政府取缔，惟仍不断活动。又如军事要区之长洲，亦有共产党由海道侵袭之说。张、黄、陈等处此新环境下，从七、八两日起，派“震”“雷兑”等鱼雷艇，另派浅水巡舰，担任省河警戒，并梭巡由白鹅潭至三山一带。长洲则由长洲要塞司令部恢复警戒状况，河南泊有军舰两艘，日夜升火巡弋。其虎门、鱼珠、车歪等炮台，均一律宣布戒严，检查船只。陆上方面，河北由薛岳之一部及公安局保安队担任警戒，河南由李福林部维持，并在花地、芳村、石围塘、河南尾各地，增派队伍，以期周密。惟张发奎仍嫌市区兵力薄弱，复由北江抽调黄琪翔部军官教导团，入市协防，且亲到该团演讲，谓不使广东为灰色，打倒腐化投机分子，不恶化，不右倾，奋斗到底。但该团分子大部分为邓演达任总政治部时之政治工作人员，多经邓演达所训练，该团既防驻广州，市内赤色空气，乃愈浓厚矣。

从这则消息看，教导团的“赤化”显然已经成为当时公开的认知，这就使得教导团成为国民党各当权派防共反共的最大目标。

12 月 10 日，汪精卫又给陈公博、张发奎发了一份关于反共的专项蒸电，其电文为：

广州陈公博先生、张向华先生、李登同先生、朱晖日先生均鉴：密。

今日预备会议，催促蒋介石继续执行国民革命军职，正式会议开会地点，俟蒋同志布置安全，再定日期。并议决密令兄等围捕苏俄领署内共产党徒。弟因黄琪翔同志掩护共党，例如著名共党廖尚果竟为第四军政治部主任，《灯塔》第三、四期容共有据，痛苦殊甚，已决引退。请兄等坚决反共，勿为敌人所笑，为亲厚所痛。如反共见之事实，则各方谅解，必能有效也。兆铭，蒸。

汪精卫的这一招很厉害，他把自己的引退归咎于第四军的容共问题，使得张发奎更为紧张，觉得不解决广州城内的共产党问题，对各方面都无法交代。当然，对黄琪翔个人，他还是相信的，他也正想借这个机会，把整顿教导团中的共产党问题交给黄琪翔，只等黄琪翔的主力一靠近或进入广州，就将教导团缴械，并利用这个机会，将教导团消灭或解散，让黄琪翔用行动证明自己的反共立场，向汪精卫等做一个交代。

教导团的参谋长兼代理团长朱勉芳，虽然是黄琪翔任命的，但他可以直通他的表哥张发奎。在教导团军官中关于号召暴动的传单及与共产党有关的书籍、报刊不断被发现，这令他紧张和不安。很快，他通过一些渠道，获得了共产党要在广州城内举行暴动的正式情报，显然是有人有意或无意走漏了消息，立即将这一情况报告住在东山的张发奎。

张发奎联想到近期侦破的大安米店私藏武器事件，不得不紧张起来，加上又有汪夫人陈璧君亲自从上海到广州通知他关于广州共产党活动的情报。他迅速地作出反应，紧急命令在西江前线的黄琪翔率部回广州，准备对教导团进行强力整顿和查办广州城内的共产党活动。

对于张发奎的这个用心，作为秘密党员的叶剑英等人不可能不会觉察，他及时将相关消息通过特定的渠道传递给了中共广东省委和广东省委军事委员会负责人。

收到汪精卫的蒸电，张发奎立即宣布广州全城戒严，同时给在前方的黄琪翔和薛岳等密电，命令他们率军回防广州。整个广州的气氛骤然绷紧。

在这千钧一发之际，中共广东省委的几位在广州的主要领导张太雷、黄平、周文雍、杨殷等，紧急商议，决定将原计划在 12 月 13 日晚举行的暴动，提前到 10 日晚上举行。

在正式决定暴动提前的当日，中共广东省委给中共中央发了一份报告《关于张李之战及广州暴动之准备和策略》（详见中共党史资料出版社 1988 年出版中国共产党历史资料丛书《广州起义》之《中共广东省委报告（三）》），其内容为：

中央：

兹有下列重要报告，请求指导：

1. 张李战争与朱黄冲突：

张李战争爆发后，西江战争非常紧张，张等亦拚命调兵遣将以御战，黄琪翔任西路总指挥，惟江门第十三师陈章甫部并未与战，已退出江门。据报载陈部已退阳江，江门已被福军四十五团占领。

黄琪翔在肇庆设总指挥部，因陈章甫部未歼灭，又未能深入攻梧州，故西江战事仍未有若何接触。这当系李济深部属，等待李济深返粤，在汕头建设政府，决定整个计划，然后一举而三面反攻也。

在目前张李战争中，张内部又将发生变化，这就是朱晖日与黄琪翔由暗斗而至明争之酝酿，朱与黄冲突之事实显著者：

（一）朱之第十一军为李济深取消，合编为第四军，军长为黄琪翔夺取。

（二）在事变前，黄欲以军事厅易朱之公安局，朱不允，黄又自任卫戍司令替代朱之职权。

（三）朱是非常怀疑黄是共产分子，极恨黄，黄亦以朱晖日撕取其红纸白字之政治标语，几欲下手令捕朱。

（四）在学校中黄派人拿“树的党”分子，从这些事件中，朱有倒黄而再（起）之势，同时，朱且占有优势之倾向。

2. 张派在广州之军事及其对付我们之计划：

张派军队在广州者约有六千武装，燕塘炮兵团约千余人，其余则为警察、宪兵营、特务队等，其比较利（厉）害者则为炮兵团。至福军则素不能战，警察等亦不过神主牌而已。

此次陈璧君归粤，衔汪命而来，汪要张等：（一）不要释放政治犯；（二）设法解决教导团，因教导团队为我们的力量故也。

在本月一日张召集护党大会，我们准备了数百工人，当张、黄演讲时拿出了红旗包围了会场之四周，张命兵士拿工人，惟兵士颇有难色，卒由张卫队捕去数人，这足见张之凶狠面目，更在群众面前暴露。因此，我们很可以看到，张发奎一方面极力向农工群众进攻，不过一方面又因力弱而怯于工农群众之奋斗。

3. 我们的力量及准备：

我们决定广州之暴动，已前函之报告，目前估计我们的力量，在工人群众方面，已经召集过各种代表大会，煽动他们起来总同盟罢工，作夺取政权之暴动，现在主要如海员、油业、手车夫等是有把握的（只江门轮船决定加薪口号并即准备罢工），不过，渡船方面则可较差耳。

至武装方面，工人赤卫队已有三千人之组织，发展仍是可以，教导团差不多全数可以指挥，警卫团亦有三百余，工人赤卫队枪亦很少。至于敌人军队里之宣传工作，仍做得不尚好。市郊农民方面，已派得力同志去，如果广州暴动起来，是可以随之而起的。

省委认为广州暴动之时机已到，此时如不动作，教导团力量将其解散，同时敌人更加紧的向我们进攻，故广州暴动即须很快的发动。但为要保卫广州之胜利，则须各地农民群众暴动起来，才有把握。特别是海陆丰暴动必须向惠州之南部平山、淡水发展，直趋广九路，与东莞、宝安之农民汇合，以保卫广州之暴动胜利（保安队可起来，农民、土匪有二千作武装，县委已决定暴动）。因此，省委特别派张善鸣同志即回海陆丰主持工作，并派去广州工人代表团往海陆丰参观，以引起工农联合夺取政权的更热情绪，使海陆丰兵士更勇敢的奋斗，猛烈的向惠州方面发展。

4. 暴动政策之决定及暴动后之准备工作：

根据上述情形，省委决定明日即行爆发广州之暴动。

党提出来的口号：

（一）工农兵联合起来，要饭吃，要衣穿，要太平；

（二）一切政权归工农兵政府；

（三）没收资本家财产，没收土地归农民、兵士；

（四）暴动开始即缴保安队、警察枪械，即继之以总同盟罢工。

暴动后，我们准备要做的，主要如下。就是目前的行动政纲：

（一）建立苏维埃政府（以工人九，农民三，兵士三，党三人之组织之）；

（二）消灭反革命派（杀工贼及缴敌人武装等）；

（三）革命治安由政治警察维持；

（四）没收阔佬房子给工人住；

（五）实行八小时工作制；

（六）没收大资本家财产；

（七）政府给养失业工人；

（八）维持罢工工人原有的权利；

（九）没收一切土地归农民；

（十）组织红军（预备教导团补充成一师，赤卫队一师，海陆丰一师，共三师）；

（十一）提高士兵月饷二十元（无论如何设法照二十元给他们，影响敌人军队）；

（十二）取消租捐附税及债务；

（十三）革命工会绝对自由；

（十四）组织革命裁判所以及军法处；

（十五）工业国有（银行、铁路、大工厂没收）。

以上这些无论政权能维持几久，甚至三天或一星期，我们都要去做。

5. 我们的要求：

（一）中央对此事给我们以迅速而详细的指导。

（二）派恩来同志来指导最近工作。

（三）即寄十二月份经费来。

中共广东省委

这份报告的原署日期为12月11日，但从内容看，应该是起义的前一日发出的。

在这份报告里，反映了中共广东省委对当时广州形势的分析与评估，尤其是第四部分，关于起义所要做的工作，反映了发动广州起义的目标和任务，其中提到“无论政权能维持几久”这个问题，说明当时的起义领导者对起义可能遭遇的失败，是有所考虑的。在这样的情况下，他们依然要奋勇发动工农兵进行起义，这是一个值得探究的问题。

12月10日，正是星期日，这天早上，在香港的叶挺突然接到通知，立即前往广州。以他的预感，他知道，广州暴动要正式发动了。他化装成商人模样，在党的秘密交通员安排下，坐上了香港开往广州的航船。

叶挺坐在自己的位置上，偶尔望着船舱之外的水面，心潮难平。

经过南昌起义之后，他一路辗转到香港，他心中其实是很不舍那些不知去向的南昌起义失败部队的。一场风暴过去不久，现在，他又要接受党组织的安排与考验，到广州指挥一场与南昌起义不一样的城市暴动，而此前，他对广州起义的详细计划一无所知。

他很清楚，广州的这次起义与南昌单纯的军事行动是不一样的。这一次的目标是要建立工农兵的苏维埃政权，要如俄国十月革命和法国巴黎公社那样，有强大的工人运动和农民运动作支撑。中共广东省委已经对这次起义作了全面规划和动员，作为一名军事将领，自己的主要任务就是到前线指挥军事作战。

当然，这些天，他自己在香港并没有闲着，对广州城内的敌人分布情况、城市布防、国民党军事力量在广州周边地区的分布和共产党能掌握的军事力量，都根据党组织提供的情报，进行了认真的研究与分析，他严肃地思考着起义过程中的军事目标和路线等。

这天早上，在靠近沙面的黄沙阶砖巷的一间小屋里，黑压压挤满了几十人。杨殷正在主持会议，传达中共广东省委和军事委员会的绝密指令：“总部今天早晨下令，行动提前到12月11日！教导团有人告密，很危险，张发奎这几天天天开会，要缴他们的枪。伤脑筋呢！”

一个工人赤卫队队员问：“我们来得及吗？”

杨殷镇静地说：“来得及！怎么来不及？刀柄还没有给他们抢去啊！麻烦当然麻烦，甚至要准备牺牲！准备失败！可是，我们要是怕这些，还闹什么革命啊！”

于是，杨殷正式下达命令，要求各赤卫队，按照原来安排的任务，立即回去，组织队员，行动起来，准备夜间等待暴动的信号。

教导团基层的士兵虽然还没有接到具体的行动指令，但紧张的活动一直没有停过。

12月10日清晨，教导团的伙食委员朱道南早早起床了，准备上街买菜。刚走出宿舍，他大吃一惊，因为营房的外墙上到处张贴着“打倒共产党！”之类的反动标语。

一觉醒来，好似整个世界都翻了个个，这在教导团是从来没有过的事。

正想去撕掉，可一想到昨晚在党支部会上收到的通知，反动派正在清查学员中的共产党员和共青团员，要求大家注意自我防护和保密，不要暴露了身份。他猜想这些标语肯定是教导团里的反动分子所为，故意引诱共产党员上当和自暴身份，于是忍住了。

可是，又观察了一下周边环境，没有发现有什么人，也就壮着胆子撕了几张，这一动手不要紧，越撕越有劲，把能撕的都撕了。

这个时候，有一只手搭在了他的肩上，把他吓了一跳。

未等朱道南回过神来，那人轻声而神秘地低声道：“老道哥，你慢点儿撕，有件紧要事，得赶快告诉你。”

朱道南一看，是一位叫张西成的教导团学员，他不是共产党员，但经常看进步书籍，而且枕下常放着一本《共产党宣言》，同时又是张发奎的拥护者，每次听张发奎讲话，他都会热情地鼓掌。

他曾对朱道南说：“只要使中国富强，不管谁我都拥护。”

昨天晚上，朱勉芳召集反动骨干开会，他也被叫去了。朱道南认为他是个“两面派”。

在昨晚的会上，朱勉芳要求参加会议的人加紧收集教导团里共产党员的名单，并对他们说：“我们与共产党势不两立，这些‘赤子赤孙’已经红透，不会褪色，必须采取坚决措施。”

张西成开会回来后，一夜未合眼，在床上翻来覆去无法入睡，总是想不通：“共产党不是也救国吗？汀泗桥、贺胜桥等带有决定性的战斗，不都是共产党打的吗？武汉三镇的收复，张学良在河南的惨败，共产党出力最大，牺牲最多。为什么要与他们誓不两立呢？还要采取坚决措施？那是什么？要对他们赶尽杀绝吗？”

因为他平日里与朱道南走得比较近，昨天晚上就想把自己的疑惑向朱道南诉说，又怕在营房里被人发现，于是大清早就来找朱道南。

他把自己的想法都给朱道南说了，朱道南感到事态严重，没有直接去菜市场，而是立即向自己所在的党支部书记作了汇报。

朱道南汇报完，就往菜市场走。

看到沿途到处都是红红绿绿的标语，有的是骂共产党的，有的是骂国民党的，一些警察带着保安队员在清刷那些标语。

当朱道南采购肉菜回营房的时候，碰到了平日与他关系较好的老乡公今寿。

公今寿轻声地告诉他：“张西成被反动分子勒死在厕所里了，身上还贴着一张纸，一面写着‘叛徒’二字。”

朱道南大为吃惊，问道：“怎么搞的？”

公今寿：“早上张西成找你的时候，被一个反动分子看到了。他们认为张西成把昨天晚上开会的事告诉你，就是告密，是叛变。”

朱道南：“我自己去厕所看看。”

公今寿：“你还敢去看啊？省省吧，你自己也要加倍小心噢！”

朱道南感到无比的无奈，只好放弃到厕所去看的想法，不得不更加小心一些。

他预感到，教导团内部的斗争已经到了最后摊牌的时候，谁先下手谁赢，一场你死我活的斗争风暴即将来临。但作为一名共产党员，他必须服从党组织的安排，等待党的命令。

时近傍晚，共产党员叶镛又一次秘密地把自己所在连的党员召集在一起，开了个小型会议。

他对大家说："由于朱勉芳把我们教导团同学准备起义的活动向张发奎报告了，现在张发奎要屠杀教导团！同学们，打算怎么办？"

这些战士近几日一直处于高度的紧张状态，一方面不断传来张发奎要处置教导团的消息，另一方面，进行暴动的计划早就知道了，但具体行动的时间却不知道。

大家都处于焦虑之中，听叶镛这么一说，更是群情激愤，争抢着说："张发奎这个军阀，已两次缴过我们教导团的枪，全团同学都对他怀恨在心，现在他又要第三次来缴我们的枪，而且据说是要斩草除根，把我们全部吃掉，这是绝对不行的！"

"作为战士，武器就是生命，再被缴械，我们连出路都没有！"

"是啊，我们一定要守住自己手中的武器，只要有武器在手，我们还怕他个锤子！"这句话一下子把大家逗乐了。

一个战士激动地站起身说："为了革命，我们请求中国共产党，请求张太雷同志，即刻领导我们教导团暴动，一刻也不要等，现在就行动，杀死张发奎、蒋介石、汪精卫这些反动派！"

有几个人附和道："打倒国民党！推翻国民政府！打倒帝国主义！"

叶镛示意大家不要太过激动和喧闹，压低声音说："大家既有这样的革命意志，又有这样坚决的要求，好极了！好极了！我们党的领导，吸取大革命失败的教训，决定以革命的武装反抗国民党的反革命屠杀，一定会接受教导团同学的要求，领导大家干起来。据我了解，行动就在今晚，大家要作好准备，等待党的命令！"

与会人员脸上瞬间洋溢出兴奋与笑容，齐声说："我们就盼着这一刻的到来！”

叶镛看到大家都那么充满信心，又严肃说道：“这一次与南昌起义不一样，我们还有工人、农民兄弟的帮助。据我了解，广州城内和周边的工人赤卫队、农民自卫队也将参加这次暴动，他们已经行动起来了，和我们一样，只等党组织一声令下，就会如猛虎出闸，向反动派发起最勇猛的斗争。到时候，广州的政权就是工农兵的苏维埃政权了！”

大家齐声响应道：“好！我们正等着这一刻的到来！”

第三章　铁幕在黎明之前掀起

一　黄昏铁幕

1927年12月10日下午，驻守在江门的国民革命军第四军教导第一师师长薛岳突然接到张发奎从广州派人发来的密令。他乘一艘小轮船，驶往驻守在江门北街河面的“江大”舰，命其迅即开往广州，停泊在东堤广西会馆对开的珠江河面。

薛岳带了五名卫兵自行登岸而去，把随身的另外十多名卫兵留在了“江大”舰上候命。

31岁的薛岳，是广东乐昌县人。因出生时为中日甲午战后不久，他的父亲仰慕抗金英雄岳飞，取名薛仰岳，后来自己改名为薛岳。曾入保定陆军军官学校学习军事。1921年5月，孙中山在广州就任非常大总统，邓铿奉令成立大总统府警卫团，由第一师参谋长陈可钰任团长，薛岳、叶挺及张发奎分任第一、二、三营营长。同年8月，孙中山溯西江至桂林，设置北伐军大本营，薛岳担孙文总统府警卫职务。1924年，蒋介石率部东征讨伐陈炯明，薛岳任粤军第一师少将副官兼师参谋长。1925年2月，他任第一军第十四师副师长兼第十四团团长，在第二次东征中，常常以少胜多。由于战果显著，他受到蒋介石的通电表扬。

1926年7月，国民革命军誓师北伐，薛岳所属的第一、二两师为总预备队，随西路军行动，执行攻占江西的作战任务，为北伐军的主力，随总司令蒋介石行动。江西全境肃清，革命军做东下沪杭的准备，战斗序列重新部署，第一军第一师划归东路军总指挥何应钦，前敌总指挥是白崇禧。12月中，薛岳升任第一师师长，率部东进。由于浙江军政人员倾向国民政府，故而革命军进展顺利迅速。1927年2月18日，带兵克复杭州，各军随即分途合击，攻取上海、南京。薛岳率第一师由杭州进至嘉兴，为使大军在这一湖沼河汊错纵地区运动容易，薛岳获得青红帮头目的合作，通知徒众同时分别架设便桥以利行军，因之，在短时间内即直冲至闵行，与友军合围攻击上海，3月20日克复上海。

1927年11月17日，张发奎、黄琪翔在广州发动政变，夺取李济深在广东的军政大权。薛岳也公开叛变李济深，投靠张发奎。所率新编第二师改编为国民党第四军教导第一师，他任师长，除将第三团驻扎于广州西村陈家祠外，其余全部调往江门驻防。

12月初，广州的形势每一天都有变化。

广东江防舰队，包括“江大”“江汉”等军舰，以“江大”为队首舰，奉命从广州开往江门。刚刚停泊在江门北面街河不到两天，薛岳又把“江大”舰调回广州，这个情势很不一般。

看着暮色里薛岳在五名卫兵的护卫下匆匆登岸离去的背影，“江大”舰上的官兵嗅到了异常的空气，作为军人，他们没有办法了解真正的内情，但已感到，这一次薛岳的举动，异乎寻常，或许一场不可预测的风暴即将来临。

随着黄昏的降临，冬夜的冷寂，笼罩着整个广州。

天色黑暗，寒风拂面，这座英雄之城，有如被一块巨大的铁幕罩住，表面沉静，而内里如地火奔流，到处都潜藏着热流喷涌的火山口。

傍晚7时许。

仓边路附近的一条小巷的一座平房楼上。

中共广东省委革命军事委员会召集一部分革命军官和工人赤卫队的队长开会。

会议由张太雷主持。

张太雷："同志们，现在已经到了非常危急的关键时期，张发奎、陈公博他们已经抢先行动，我们原来决定的时间要改变。"

之所以到这个时候才把提前举行起义的决定传达到基层，主要还是出于保密的要求，因为那个时候，国民党和共产党之间的各种关系错综复杂，有些消息很快就会被对方侦知和获得。

大家一听，面面相觑。

张太雷："同志们的心情可以理解，但大家放心，改变不是放弃或推迟，而是推前！"

吴毅："敌人实行全城戒严后，又有几处秘密机关被查获，形势真的很严峻。今天已是10日了，离原定的起义时间很近，我们具体提前到什么时候？"

张太雷："今日！"

聂荣臻："可是军事总指挥叶挺还没有到啊。"

黄平："叶挺正在香港赶往广州的路上，今晚就能到。"

徐光英："现在教导团和警卫团的同志都发动起来了，他们随时等候我们的起义号令，这两个团总体上没有大的问题，但是警卫团的第一营是张发奎的嫡系，可能比较难缠一些，但不会影响我们的大局。他们的团长梁秉枢同志和张诗教、陶铸等同志已经注意到这个问题，到时候应该有办法解决。黄埔军校特务营有我们的同志，也都联络好，只要我们在城里发动起义，他们就会想办法响应。所以，当前在市内，我们有军事优势。问题在于张发奎已经下令调在西江前线作战的黄琪翔回广州，第五军李福林部也把在外围作战的部队调来广州。他们一旦进到广州，我们的军事力量就失去优势了。问题最严重的是，张发奎已经正式下达解散教导团的命令，黄琪翔今天已到广州了，可能明天就会执行解散教导团的命令。如果教导团这支由我们党长期经营的起义骨干队伍被解散，在广州完全依靠工农力量暴动，恐怕是很难做到的。如果我们今天不行动，明天很可能什么都做不了。"

张太雷："由于情况紧急，请省委马上派人到各处通知我们的决定，起义时间定在明日凌晨3时30分，所有起义人员在脖子上系上一条红领带作为识别标记，起义队伍举我们自己的红旗，以枪声为号令，到时候只要听到枪响，就是我们开始起义了。"

黄平："同志们继续抓紧开会，通知的事我去落实。"说完，出去了。

周文雍走到挂在墙上的地图前面，拿着一根小木棍指着地图："这里，我把工人赤卫队的组织情况向大家报告，经过前一段时期的工作，我们把全市的工人按片区组成了各个工人赤卫队联队。为了配合军事行动，我们对工人赤卫队的布置是这样的，起义枪声响起后，第一联队从集合地点龙藏街太邱书院出发，敢死队从第一公园冲出，攻打维新路公安局。第二联队进攻敌第四军军部、第二方面军八旗会馆司令部和广九铁路总局等机关。第三联队进攻西区各警察局、粤汉铁路局、陈家祠敌驻军和西瓜园的保安队。第四联队进攻大佛寺警官讲习所、大南路警察局和附近的军警机关。第五联队进攻越华路的省长公署、德宣路警察局和观音山敌驻军。第六联队分兵两路，一路攻打芳村警察局、保安队和广三铁路局。另一路攻打佛山。第七联队为机动部队，随时听候调动，支援各个战线。"

黄锦辉："叶挺同志今晚能否赶到？"

张太雷："刚才得到消息，叶挺、恽代英等在香港的同志已经到广州了，他们应该很快会找到这里的。"

在外望风的某党员急急跑进来，对着张太雷耳语。

张太雷点点头："快请他们进来！"

叶挺、恽代英等人行色匆匆走了进来。

张太雷："正是说曹操，曹操就到，我们可把你们盼来了。"

聂荣臻急切地走到叶挺面前，两人紧紧握着双手："叶挺同志，我们终于又见面了！"

叶挺："是啊，我也一直惦记着你呢，原来你在这里，真是太好了！"

在场的人都受到这两位老战友重逢的气氛感染，情不自禁地鼓起掌来。

恽代英望了一眼全场："情况紧急，大家继续开会。"

这个时候，刚回到广州的黄琪翔正在家里宴请在广州的军政要员。

他可能想借这个机会把潜伏在他军队内部高层的共产党人扣下来，然后再对教导团和警卫团里的共产党员进行处置，有可能是一场鸿门宴。

作为第四军参谋长的叶剑英，是否在他查办的人员名单中，没有史料证实，但叶剑英接到了邀请函。他没有去参加那个充满不确定性的晚宴，而是借口家中临时有事，在一个叫李运全的中共党员家里吃了晚饭。

饭后，叶剑英没有返回自己的家里，安排李运全到叶家向家人要了一套便服，放在李运全家中备用，然后匆匆出门而去。

显然，这个时候，叶剑英已经知道了广州起义时间提前的消息，并为此做了准备。

在旧仓巷的一座楼上，徐光英受中共广东省委和军事委员会的安排，在这里专门召集了教导团、警卫团的有关负责人和工人赤卫队的代表开会，传达中共广东省委关于起义提前举行的命令。

做了如下几项决定：

一、明天早上三点三十分为起义发动时间；

二、夜间普通口令"暴动"，特别口令"夺取政权"；

三、起义人员颈上一律束红领巾作标志；

四、枪毙各团的反动军官，收缴反动部队的枪支弹药给新兵和工人赤卫队使用；

五、教导团进攻沙河炮兵团，配合工人赤卫队进攻维新路公安局、保安总队及各分局；

六、警卫团配合工人赤卫队进攻长堤肇庆会馆之第四军司令部、驻在文德路之第十二师后方留守处及第四军军械库，并派队往东堤一带戒严，防止敌军渡河。

这天晚上，起义总指挥部的人一个地方接着一个地方开了好几场会。在仓边路开完会后，张太雷和叶挺又赶到禺山市场的陈少泉杂货店二楼开了一个具体的分工会议。

除了起义领导人都到齐外，工人赤卫队的队长沈青、邓苏、李连和郊区农军总指挥陈道舟、教导团的战士代表也都来了。

叶挺根据大家提供的起义力量情况，对各个队伍作了更为明确而具体的部署：

一、教导团、警卫团按原来建制，工人赤卫队的七个联队和敢死队的建制也按原来的组织活动。

二、各作战队伍的具体任务是：

第一联队和敢死队，配合教导团攻打维新路的市公安局；

第二联队配合警卫团的战士进攻第四军军部、第二方面军八旗会馆司令部和广九铁路总局机关；

第三联队进攻西区各警察局、粤汉铁路局、陈家祠敌人的驻军，还有西瓜园的保安队；

第四联队进攻大佛寺警官讲习所、大南路警察局和附近的军警机关；

第五联队进攻越华路的广东省政府、德宣路警察局和观音山的敌人驻军；

第六联队分兵两路，一路攻芳村警察局、保安队和广三铁路局，另一路攻打佛山；

第七联队为机动部队，随时听候调遣，支援各条战线。

教导团有两大任务，一是消灭四标营附近的薛岳司令部和驻沙河、燕塘的炮兵团、步兵团，二是进入市区与工人赤卫队一起攻下公安局、省政府、财政厅和观音山等重要据点。

警卫团根据可动员的战斗力量，主要是在工人赤卫队的配合下，进攻警卫团团部周边的第四军军部、中央银行、仰忠街的第四军军械库等地。

当时有过一个小小的争论，就是有人提出来，不要惊动东郊的炮兵团和步兵团，直接把所有教导团的力量都投到市区来，以措手不及的方式，全面抢占包括第四军军部等后来一直没有攻下的市内一切军警政机关。

但徐光英认为，市内有大量的工人赤卫队力量，足以配合教导团和警卫团攻占市内，东郊的炮兵团和步兵团如果不及时解决，就会对市内构成极大威胁，因为他们手中有大炮、重机枪等重武器，一旦向市内进攻，会威胁到刚建立起来的人民政权。

叶挺认为徐光英的分析有一定道理，在这个决策上，支持了徐光英的意见。

晚上，教导团的共产党员骨干在广州市内的一个秘密点开了一次暴动前的军事会议，张太雷、徐光英等赶来参加了，及时传达了中共广东省委关于提前举行起义的计划，并说明行动就在当天晚上的后半夜，要求大家做好准备。在会上，经过讨论，把教导团改名为红军军官教导团，因为朱勉芳等人已经作为起义时要处决的对象，任命共产党员李云鹏为团长，叶镛、赵希杰、饶寿柏任一、二、三营营长。

同时对各队进行了任务分工：李云鹏带队往东，向沙河进攻，解决驻在沙河的炮兵团；徐光英率领一支队伍，向西进入城区，攻打公安局。

张太雷还让一个年轻人把一个装满了红布带的包裹交给李云鹏，让他发给参加起义的战士，作为标记。

北较场，教导团团部。

整个团部静悄悄的，已接到起义通知的叶镛等人正在默默地行动，有的在擦拭枪支，有的在翻检红领带或者红旗。

某士兵党员向着身边几位同志说：“今晚，我们一定要让这面旗帜在广州的城头飘扬！”

叶镛凑过来："是啊，不仅要让我们的旗帜在广州飘扬，还要我们的旗帜在全国各地飘扬，在南京、上海、北平飘扬！"

某士兵党员："到那时候，我们也许不知身在何处？"

叶镛："不管我们身在何处，但我们的子孙一定在！"

教导团中有一些一线的党员对当晚的行动并未接到命令，还照常按照自己的安排自行活动。

朱道南得知持中间立场的张西成被团里的反动分子当作叛徒勒死在厕所，触动很大，已经感觉到自己的团里的共产党员面临的危险。可是，他本人却不能贸然行动，只能等待组织的命令。

吃过晚饭，他到附近的百货店买了些东西，前往附近一家医院去看望一位刚动过一个小手术的黄埔军校的老乡阎立志。

病房里有一位白发老人正在接受两个警察的盘问。

老人神态自如，斜卧在病床上，精神还算不错。

两个警察一高一矮，高个子瘦得惊人，皮包骨头，一看就是个烟鬼，满口牙齿被鸦片烟熏得黑兮兮的；矮个子脸上满脸的黄豆大的麻子。

看上去，很有些讽刺的画面感。

高个子气急败坏："你儿子到底逃到哪儿去了？"

老人一点也不惧怕，理直气壮地回道："我早告诉你们啦，还有什么好讲的？"

高个子问那麻子警察："你听到这老头讲他儿子的下落了吗？"

麻子摇了摇头。

高个子变得和气起来，换了一种语气说："对不起，老人家，我刚才没有听清楚，你能再讲一遍，告诉我们，您儿子去哪儿了吗？"

老人："再讲一遍，你们可要记住了！"

高个子："那是，一定记住！"

老人："我再讲一遍，我儿子是成年人，他的行为他自己负责，与我无关，他的下落，我不知道！"

“老东西！你不怕坐牢？”高个子受到老人的嘲弄，气得脸上青筋突起。

麻子警察也来帮腔：“老人家，你还嘴硬，不要脑袋了？”

老人根本没有受到威胁的影响，神态自若。

其他人见状，也都暗自发笑，但都不敢出声。

病房里沉寂了好一会儿，老人见那两个警察还是不依不饶，不肯离开，怕影响别人，就以长者的态度，对两个警察说：“你们自己没用，五个人捉一个人，还让他跑了，真不害臊！现在找我这受伤的老头子有什么用？有本事，你们自己去找，不要专挑没用的人欺负。坐牢、杀头吓唬不了人，我一不是共产党，二不卖国，你们能把我怎么样？看你们这德性，我还没有找你们赔医药费呢？”

高个子警察又好气又好笑，装出很关心的样子：“老人家，你家里除了这个儿子，还有什么人？”

老人：“只有这一个儿子，是共产党员，这你们也知道。去捉吧，别在我这里浪费时间，又影响别的病友。我成天被你们盯得烦死了，真是交了狗屎运！”

两个警察实在无奈，只得悻悻地离开了病房。

阎立志轻声地告诉朱道南：“昨晚 10 点钟，有五个警察去捉老人家的儿子，他儿子跳窗而逃，警察向窗外放了两枪，有一颗子弹正好擦伤从外面返家的老人左腿，是轻伤，今天早上才来医院就医。警察没捉到他儿子，就来这儿逼问老人，硬说他把自己儿子藏在什么地方，要他交代。老人很刚强，不断地用语言讽刺警察，还吵着向警察要医药费。已经来了好几批警察了，都被他气走了。”

又过了一会儿，来了几个警察，见老人还是在顶嘴，于是强行把老人带走了。

朱道南看着这一切，不敢出声，他已感觉到共产党组织在广州已经全面行动起来了，教导团的学员并不是单独作战。作为一名普通的党员战士，他的心中生出一些自信和勇气来。

阎立志是个血性汉子，他只是黄埔军校的一位普通学员，因小手术而在这里住院，看到眼前发生的事情，也感觉到广州城内的氛围很诡异。他并不知道朱道南也是共产党员，因为那个时候大家都相互提防，并不敢随便暴露自己的政治身份。同是来自山东的老乡，大家彼此亲热一些，尤其这个时候，难得有人来看他，因而坚持留朱道南吃晚饭，虽然刚在营房吃过，肚子并不饿，看到阎立志把自己带到旁边的小房间，并拿出一瓶老酒来，朱道南便留下来陪阎立志喝酒。

阎立志："老道哥，解解闷吧。这年头，谁也不知道谁是不是共产党，国民党在明处，共产党在暗处，反正这两个兄弟是已经反目成仇了，在广州城里的共产党和国民党终有一战。我们这些当兵的，谁知道什么时候枪声一响，便不知生死了，趁现在项上这颗人头还在，何不及时行乐？"

朱道南："医院里怎么好喝酒？"

阎立志："这年头，谁还管得了咱们这些丘八？"

朱道南无法抵御阎立志的老乡盛情，与他对饮起来，两人喝了一斤老白干，每人半斤，一直到深夜，醉醺醺地回到营房。

可是，营房里的许多人都没有在自己的床位上，不知去向，朱道南因为酒喝高了些，没有特别在意这个异常情况，爬上自己的铺位，倒头便睡了起来。

长堤，八旗二马路，警卫团团部。

梁秉枢、张诗教、陶铸等人正在认真地讨论今夜的行动，显然他们已经接到了通知。

梁秉枢："好在省委及时作出决定，否则的话，黄琪翔一旦从西江赶来，我们警卫团的行动就要受到制约。"

张诗教："问题是，我们自己这个一营怎么办？他们可是张发奎亲自安插在我们团里的啊。"

陶铸："要不我们先下手为强，先把一营缴械了？"

梁秉枢："这样做动作太大，会引起惊动的，这不利于省委组织的统一行动。"

张诗教："要不我去问问叶剑英参谋长怎么办？"

梁秉枢："这样做更不行！党组织要求叶剑英参谋长在起义发动前不要暴露身份，你在这个时候去找他，会引起他身边人的怀疑的，这不是打草惊蛇吗？"

陶铸："那我们就对这个一营盯紧点，即使不能让他们跟我们一起起义，也要想办法让他们保持中立，不要插手我们起义的事。大家都是同一个警卫团，我想这一点应该可以想办法做到。"

梁秉枢："这个想法可以考虑。到时候，由我来应付第一营吧。"

工人赤卫队第六联队。

徐向前："同志们，平时大家都是在纸上练兵，今天终于可以真刀实枪地干了，希望大家在作战时一定要注意跟紧自己的队伍，注意纪律，听从指挥。"

阿陈展开一面红旗，大家都围过来，灯光照在旗上，映在赤卫队队员的脸上，每一张脸上都现出无限憧憬的表情。

徐向前："从今夜起，我们就可以公开打出属于自己的红旗了。"

阿陈："我们要把这面旗帜插到广州的最高处！"

某工人："最高？广州哪里最高啊？"

阿陈："这个你都不知道啊？哈哈，要不要我告诉你？"

徐向前看着他们天真的表情，脸上露出很欣慰的笑容。

某工人："你先别急，让我想想。噢，对了，观音山（越秀山，笔者注）。对，城北的观音山！组织不正是安排我们这个联队协助起义武装部队攻打和坚守观音山吗？对，我们一定要让这面旗帜插到观音山顶！"

某工人赤卫联队。

工人们正在一个民宅小院子里分组集合，19 岁的女党员游曦指挥着十几个女工人组成的赤卫队分队，教大家如何使枪，如何使用炸弹。

游曦从自己身上取出一面红旗："姐妹们，这是我自己亲手制作的一面红旗，请拿旗杆来，我们要让这面红旗插到我们作战的地方！"

一个女赤卫队队员从屋檐边上拿过一条细长竹竿，交给游曦，然后协助游曦把红旗安好。

游曦挥动着红旗："同志们，战斗的时候马上就要到了，大家抓紧准备，只要听到枪声，我们马上奔向长堤敌军目标，那里将是我们同敌人战斗的地方，我们要让这面旗帜在长堤飘扬！"

女赤卫队队员热烈鼓掌。

当时中国共产党在基层与各个工人赤卫队和农民自卫队联系的组织是党支部，党支部书记都是经过考验的忠诚党员。

在手车工会党支部书记黄益华的家里，手车工人赤卫队党支部会议在这里举行。

沈青对大家说："告诉大家一个好消息，今晚深夜三点半钟动手，听东北角四标营的枪声为号，大家一齐动手！"

与会的党员都兴奋起来，一个个举起拳头，表示正等着这一刻的到来。

工人们对这一年来发生在广州的国民党镇压工人的事难以忘怀，他们一直没有忘记那些在工人运动中遭到镇压而牺牲的工友和工会领导，满怀着复仇的心理在等着中国共产党发出暴动的号令。

黄益华说："同志们，为死难烈士报仇的时刻到了！为劳苦工农打江山的时候到了！打倒国民党军阀、土豪劣绅的时刻到了！我们要一心一意，听从党的指挥与号令，听从调派，带动我们的手车工友们投入战斗！"

沈青根据自己从上级那里得到的命令，对手车党支部的党员作了分工。

有的是去召集那些还在上晚班的工人到指定的地点集合，有的是把在各处休息的手车工人召集起来，并安排了相关人员进一步对这些手车工人进行武器使用方面的指导。

他把一沓印好的《工农兵暴动歌》和宣传材料分发给与会的党员，要求他们按照要求，教会参加起义的工人学唱。

手车工人赤卫队的党代表李沛群是一位活跃分子，他和手车伕工人赤卫队大队长石喜等，迅速行动，把分散在各处的正在上夜班和白天上班的工人都召集了起来，对他们进行了紧急动员，并安顿他们在原地静候待命。

一路上，李沛群看到一队队警察和保安队都在加紧巡逻，对往来人员进行严查。公安局的铁甲车也从街面呼啸而过，那种紧张的氛围笼罩全城。

当时，工人们的行动还未受到约束，所以，李沛群和石喜等人很快就完成了手车工人的集结任务。

位于四牌楼附近的太邱书院是一个工人赤卫队骨干秘密集合点。这天晚上，有许多赤卫队的骨干集中在这里候令，晚上十一点左右，李沛群从手车馆赶到太邱书院，向沈青报告手车工人集结的情况，等待进一步的指令。

沈青对他说："你看到街上那么多警察没有？看来形势比我们预料的严重，你把手车工人全部集中在一起，容易引起敌人注意。你快点回去，让工人们分散到更多的地方，禺山市场酒楼茶室总工会第四分会楼上比较隐秘，你把工人们带到那里去。给你们的任务是，起义发动时，你们就近攻打第五警署，也就是永汉分局！快，赶快回去，晚上听到枪声，你们就行动起来！"

李沛群又赶回了手车馆，按照沈青的命令，对手车工人赤卫队作了重新安排。

某处党的秘密机关。

陈铁军正带着十几个女同志在那里忙碌着，她们向前来领取物品的各处同志分发一箱箱红领带和由女同志们赶制的红旗。

气氛紧张，但有条不紊。

张太雷住处，军事会议现场。

坐在靠边上的教导团干事曾干庭站起身："省委按照中央的训令，在这么严峻的形势下举行起义，正是箭在弦上，不得不发，我认为是非常果断的决策。只是我们搞军事的都知道，既然是起义，那就一定有胜负，万一起义失利了的话，我们要不要考虑退却的策略？”

某党员：“平时都听说你们教导团是党领导的部队，怎么听你这句话，我都感觉不到是一个坚定的共产党员所说。革命尚未开始，未曾开战就考虑退却，这是什么军事理论？”

叶挺：“不，曾干庭同志提出了一个很现实的问题，这是一个优秀的军事指挥家必须考虑的问题。”

某党员：“什么军事指挥家？还没有起义就谈退却，我看这不是有意蛊惑人心，就是软弱，与这样的人一起革命，老子不干了。”说完，把手枪往桌上一撂，做出离开的样子。

黄锦辉走过去，把枪拿起来，放回到他手上：“你的革命热情固然可嘉，可大家都是革命同志，有不同意见提出来讨论，你也应该听人家说明理由啊。坐下来，不要意气用事！现在战斗还没有开始，我们内部就因为意见不同闹分裂，那不是问题更大吗？”

聂荣臻：“请这位发怒的同志消消火，现在我们面临着强大的敌人，虽然城内我们暂时可以靠教导团和警卫团取得军事优势，但在广州外围，敌人有强大的优势兵力。一旦我们举行起义，不仅张发奎的部队要回防，就是李济深的部队也会对我们进攻。”

某党员：“现在不是李济深与张发奎在打仗吗？我们在广州起义，打败张发奎，不是对李济深有利吗？”

聂荣臻：“所以，你这位同志更应该冷静。我们常说，军事是政治的继续，你想过没有，四一五在广州屠杀共产党的是谁？”

某党员：“李济深。噢，对了，他也是坚定的反共人物。”

聂荣臻：“我们一旦起义，李济深不仅不会与张发奎打仗，还有可能与张发奎联合起来打我们共产党呢。这就是我们面对的军事环境。”

叶挺：“在这样的情况下，如果我们硬碰硬，无异于以卵击石。所以，我们认为，在广州这样的中心城市一旦举行起义，对国民党的打击就不小。如果遇到强敌镇压，我们一定要考虑到保存实力，以图长远奋斗和发展的问题。”

纽曼：“你们这样不行，城市革命，只有前进，没有后退。就像俄国十月革命那样，通过工人、士兵的起义，夺取城市政权，建立苏维埃政府。”

听到共产国际的代表支持自己，某党员露出一丝得意笑容，正想起身发言，张太雷示意他坐着别动：“同志们，关于遇到挫折怎么办的问题，考虑到共产国际的立场和对人心的影响，我们就不再讨论了，到时候再说。我们遇到什么问题解决什么问题，当前没有遇到的，无法预料。所以，我们还是把主要精力放在起义发动过程中的军事布局问题。”

徐光英：“同志们，时间正一分一秒地流逝，现在对我们来说，已经没有时间进行长时间的详细讨论，作为一名党员，讨论时可以各抒己见，但是一旦起义发动，大家一定要听从指挥。现在，根据刚才讨论的情况，我把今天会议确定的作战计划向大家宣布一下：一是起义时间为 11 日深夜 3 时 30 分；二是夜间的普通口令‘暴动’，特别口令‘夺取政权’；三是起义人员一律在颈上系红领带作标志；四是将各团反动军官枪毙，收缴反动军队枪支武装工农；五是指定教导团、警卫团和各工人赤卫队的作战目标。教导团和警卫团由各军事指挥员带队，奔向各个目标，工人赤卫队按照刚才文雍同志布置的行动。”

在讨论中，对于举行暴动后的安排，大家也有所讨论。

叶挺根据自己掌握的敌我力量对比，从军事的角度出发，提出：“教导团和警卫团行动之后，夺取广州的军警机关，夺取武器，武装工农群众，壮大队伍，然后离开广州，把队伍开往海陆丰，与在那里的工农政权结合，形成一股强大的力量，与国民党反动派进行长期的斗争。”

纽曼：“你这是逃跑主义，如果是这样，在广州举行暴动就没有什么实际意义。既然把广州的政权夺到手了，就要与工农群众一起坚守，建立苏维埃政权，让全中国的工农兵群众受到激励，也让全世界的无产阶级看到广州的工人阶级政权的建立。只要我们能坚持一段时间，就会受到世界工人阶级的声援。苏共近期就要召开一次大会，广州如果能坚持八天以上，就可以在苏共的大会上产生积极影响，我们应该用广州苏维埃政权向这次大会献礼！这样，广州就可以获得全世界的无产阶级声援！”

一时间，会上形成了两派，包括聂荣臻等军事将领都赞成叶挺的意见，认为这是比较务实的做法，将来可以积蓄长久的与国民党斗争的力量。

包括张太雷等人，在这个时候则支持纽曼的意见，认为，在广州举行暴动的目标就是要在这座东方城市仿照列宁格勒的俄国十月革命，建立工农兵的苏维埃政权。

叶挺感到自己在这样的氛围里，力量是有限的，于是最后表态道：“好吧，既然省委和军事委员会的大多数同志都认为要坚守广州，那我们就尽最大的努力去做。”

经过激烈讨论，大家认为，整个广州城内的工人、农民、士兵都准备好了，当晚举行暴动的计划已通知到静候在城内各个秘密点的党员骨干，信号、口令已约好，行动计划也都事前有所安排。

尤其是根据相关情报，黄琪翔当晚已经入城，且在家里举行宴会，张发奎与黄琪翔在广州镇压共产党的行动已经在暗中进行，这两天已经有一些暴露了身份的党员遭到密捕或杀害。这个时候已不是讨论要不要举行暴动，而是什么时间发出命令。

到午夜时候，广州的街道一片寂静，街道灯在寒风中闪烁，似乎一片安宁。而事实上，在全城所有的工人赤卫队和农民自卫军的联队秘密驻点和第四军的教导团、警卫团营地，动员起来的起义人员都没有入睡，许多人都在摩拳擦掌，或者隐忍静候，都在等待一个重要时刻的到来。

黄琪翔家里的宴会一直到很晚才结束，现场没有共产党人被抓，但张发奎、陈公博、李福林、朱晖日和黄琪翔利用这个宴会进行了密商，他们交流了各自掌握的近期共产党在广州活动的情报。

张发奎告诉他们：“近两日，一些特务机关和警察又破获了一些共产党的组织，并秘密抓捕和处决了一些共产党员。”

朱晖日：“我们警察这两天破获了好几处共产党的机关，但是，那些家伙大多神通广大，有的在我们破获前就逃了，有的在我们破获过程中逃脱了。如果再不果断出手，广州必定会出现大的暴动，到时候就可能无法收拾局面了。”

于是，他们商定，第二天即从教导团和警卫团入手，先把军队里的共产党力量清理干净，再在广州深入查办共产党的势力。

首先要做的事情，就是先把教导团的武器再次收缴。对于军人来说，深知武器的重要，他们认为，不管什么暴乱的力量，如果没有武器在手中，就如老虎被拔掉了牙齿。

会后，张发奎回到自己在东山的住处，李福林不敢留在城内，回到珠江南岸自己的老巢，朱晖日迫于形势的紧张，返回维新路的公安局坐镇，不敢稍有松懈。陈公博没有回自己的家中，而是来到位于广九铁路边上的一个叫“葵园”的地方。

这个葵园的主人是一位香港商人陈先生，是广东省政府向他借来用作省政府招待所的。

陈公博由于公事繁忙，为了有一处安静的休息之所，每周有三四个晚上不回自己家里，而是到“葵园”来住，按他自己的说法是“去夜宿和避器”，也就是为了回避家中会客之意。

那时候的珠江还很宽。

“葵园”环境幽静，面对珠江，又是东堤马路的末端，紧靠东山，有一座木桥连着东湖，陈公博认为这里是一处“日无宾客之迹，夜无汽车之声，不只是座幽静的住宅，还是一座很好的疗养院”。

这天晚上，或者是他有了某种不祥的预感，他没有回到自己在东山的家里，而是住到了这座“葵园”。

二　黎明之前

12 月 10 日午夜刚过，时间来到 11 日零时。

广州城内，共产党领导的工人赤卫队、农民自卫军联队都在各自的驻地秘密待命，只等约定的起义枪声响起，便按照事前的分工，向战斗目标发起进攻。

这一次，中共广东省委和省委军事委员会根据城内敌人力量的布防和党组织能发动的力量分布，决定把国民党军、政、警机关作为主要的夺取目标。

明星戏院内，灯火通亮，妇委会的陈铁军、李淑贤等，这些天发动了许多衣车工会和土布工会的女工，还有执信、女师的学生，以办喜事为由，三三两两到西关、惠爱路一带的绸布店，购了大量的红布，几乎把广州市内的红布都买了下来，此时，她们还在赶制红布条和宣传标语。

参加完多个重要会议的周文雍，一直放心不下明星戏院的陈铁军和女工们，他深夜赶到，在一块早就由陈铁军裁剪好的长红布条上，用毛笔写上“广州苏维埃政府”几个大字。

他与陈铁军相视一笑，看了看李淑贤和其他女工，又匆匆离开了。

广州老城西门外的沙基、陈塘、清平路一带，因为靠近沙面和十三行，是洋务工人聚居较多的地方。

陈塘是第九区警察署的驻地，根据分工，洋务工人赤卫队的主要任务就是就近攻打陈塘的第九区警察署。

当时，工人赤卫队的组织结构是各个联队下面设大队、中队、小队，各队皆有队长。洋务工人赤卫队的力量被分成三组，主力目标是攻占第九区警署，另有一支队伍由一个叫范恂的大队长攻打杨仁南巷的那个警署，一支队伍由一个叫梁国志的大队长率领，前去支援攻打广州市公安局。

这天晚上，洋务工人赤卫队的主要骨干都集中在一个叫廖伟民的家里，大家根据组织安排与分工，商讨起义信号发出后的行动计划。大家一直讨论到晚上 11 点多钟，才各自回到自己的战斗岗位，等待起义信号。

梁国志按照事前的约定，经过西濠码头，找到赤卫队临时租来过夜的一只小艇。

这只小艇是按照中共广东省委军事委员会的季步高的意见租用的，目的是加强同攻打位于长堤第六区警署的海员工人赤卫大队长陈楫的联系与作战力量的配合，把西关和长堤连成一片，相互策应、支援。

当梁国志来到艇上时，夜宿这条艇上的李少白、黄刚、郭成达、郭成德等赤卫队骨干已经入睡，以便养足精力参加战斗，但是，梁国志却翻来翻去，无法入眠，因为，他比别人更加知道行动已迫在眉睫了。

在禺山市场陈少泉杂货铺的楼上，中共广东省委和军事委员会的领导又开了一场紧急会议，对当天晚上的活动作了进一步谋划和安排，在会议结束的时候，杨殷提出了一个奇思妙想的计划，他说："除了打硬仗，我们向敌人来个政治攻势如何？"

张太雷意识到他会讲什么，笑着道："你讲讲，是什么好主意？"

杨殷与张太雷心有灵犀，也不卖关子了，说道："把所有的共青团、劳动童子团、青年学生组织起来，仗一打响，即在全市各地高唱《国际歌》和革命歌曲，叫敌人陷入'四面楚歌'之中！让他们听到人民的怒吼！"

张太雷："我们在各大中学校的党、团组织事实上已经动员起来了，他们正在等待我们一声令下，就可以参加文艺宣传等辅助工作，到时候，整个广州就是歌声的海洋，让敌人闻风丧胆！"

大家齐声鼓掌，响应道："好！"

会议布置各项任务后，大家散去。

杨殷独自一人坐了一会儿，感到还是有些不放心，为了了解工人赤卫队全面动员的情况，杨殷把施展和苏南叫来，密令他们到城内各个工人赤卫队的机关，巡视检查各赤卫队起义前的准备工作。

施展和苏南沿着街道迅速出行。

刚出门不久，就碰到一个叫梁九的建筑工人。

梁九正赶往建筑工人的集会点，他认识施展和苏南，见他们那么急地行走，知道有任务在身，轻声而善意地提醒道："街上又戒严了，有巡逻队。有些地方不准行人通过，你们得小心点！"

施展和苏南点了点头，继续沿惠福路前行，经过惠福西路，为了安全和保险，走到西城墙的丰宁路时，两人分手了，各自行动。

施展悄悄地转入附近的白糖桥，进到糖面工会。

工会里有盏昏暗的电灯，队长刘昌正在向队员们布置今晚的战斗任务，他们的目标是攻打驻在西瓜园的保安队。

刘昌见施展进来，热情地邀请他一起和工人们研究行动计划，施展说明来意，表明是受杨殷之令前来了解大家的动员情况，工人们一听，更加兴奋起来，都激动地询问具体的行动时间。

施展说："暂时约定是下半夜的三点半，但具体行动，大家只要听到东较场那边三声信号弹响，就可以各自向目标进攻。"

从糖面工会出来，施展穿过一条小巷，来到位于学宫街的渭滨书院，这里也是一个工人赤卫队集结的秘密地点。

施展一看大门紧闭，知道里面肯定有人，轻轻地把门环扣了扣，在静夜里，金属的碰撞声还是很清亮。

有人慢慢开了一条门缝。

开门人接过施展递上前去的一张纸片，那上面是杨殷的手令，经过里面的人验看之后，一把把他拉了进去，并迅速地把门再次关上。

渭滨书院里面，工人们都集中在大厅里，联队的队长则在里面一间偏房里。

施展在一个工人的引导下往里走。

这时，大厅里一个工人赤卫队队员拿着一条又黑又粗的东西，摆开武功架势，把手中的家伙横扫了半个圈，所到之处，只听得呼呼作响，工人们轻声的啧啧赞叹。

有些工人手里拿着各式民间习武用的武器，群情激昂。

施展进到里层的小间，与赤卫队的队长们说明来意，然后走出了渭滨书院。

继续往前走，不时看到前方有警察的铁甲车行过，甚至也能听到附近有一些保安队的巡逻小队出行。施展免不了心内紧张，但表面上却表现得特别从容，与日常的出行没有任何区别。

转过几条巷，施展来到位于龙藏街的太邱书院，这里是工人赤卫队第一联队的集合之地。

在离太邱书院还有一两百米的地方，突然有两个人拦住了施展，一前一后将他夹着。

站在他前面的那个人喝问道："做什么的？"

施展："来找朋友，一个姓龚的。"这是事前约好的暗号。"龚兄"就是工人的意思，"龙兄"是指农友。

"哦，原来是龙兄！"那人热情地应道。

施展跟着那两个人进到太邱书院。

进到里面，发现里面竟然挤满了五六百人。

从天井到大厅，到处都是急切地等待的工人赤卫队队员，这阵势真是太鼓舞人了。

施展心想，要是杨殷和广州起义的其他领导人能看到这场面，一定会充满信心的。

施展在二厅的天井中间找到了联队队长，他正与各大、中、小队长们围着一盏油灯，不断地拿出怀表看时间。很显然，大家都在焦急地盼望行动时刻的到来。

这支联队的主攻目标是公安局，根据事前的分工，他们将配合教导团的武装力量，攻占位于维新路的公安局。

工人们手上大多数都没有枪，武器五花八门，诸如木棍、剑仔、板刀、尖尾锉、螺丝刀、铁条等。

施展与队长们打过招呼，说明来意，随即又离开了，顺道到大南路的建筑工会看了一下，然后来到线香街的搭棚工会。

搭棚工会的这个联队由一个叫邓苏的队长带领。

这个工会的工人准备更加充分，工人们手上的各式武器上已经缠好红布带。

有一个叫周福的中队长手擎一面红旗，站在队伍前头。

施展没有见到大队长邓苏，问道："邓苏呢？"

周福："他的任务是带队解决大南警署，为了更好行动，他们已经到大南路警署附近的一个秘密点集合了！"

施展："那你们的任务是什么？"

周福："我们这一队是攻打警官讲习所的。"

施展看了看自己的怀表说："时间快到了，你们还缺些什么？"

周福："要是能有长枪短枪就好了。全队只有六支短枪，八支长枪，都给队员'抢'去了，弄得我这个队长两手空空，只好举着这面红旗。

施展身上正好带着一把枪，于是把那把炸嘴短枪从腰间抽了出来，递给周福："祝你打一个漂亮的胜仗！"

这个时候，已经临近约定的下半夜 3 点半的时间。施展望了望街上，感到自己的巡查任务已经完成，再也不能上街行走了，于是留在了搭棚工会，准备与周福他们一同等待命令，参加战斗。

在手车工人的集中地——车夫馆，为了缓解工人们迫不及待的等待心情，工人赤卫队第二联队第六大队党代表李沛群压低嗓子，轻声地教大家唱歌，《国际歌》的旋律在房间里低回激荡，气势雄浑，很有一种悲壮之气。

工人们盼黎明，盼天亮，盼着那一声号令！

广州郊区的农民自卫军也通过共产党组织的有关渠道，得到通知，要在这天晚上有重大行动，整装待命。

西郊芳村的聚龙村曾是农会运动很活跃的村庄，受到当地封建势力的镇压，但在赵自选等共产党员的长期影响下，农会会员秘密组建了自己的自卫军，白天干活，晚上集到一起练武，并有一些农会会员加入了共产党的组织。

这天晚上，聚龙村农民自卫军中队长林成佑得到赵自选的命令，把村里30多位农民自卫队队员召集起来，取出密藏的枪支等武器，他们在横滘集中，一起吃过晚餐，静候城里的起义号令一响，即进城参加暴动。

南海县的农民自卫军队长谢颂雅在芳村农民自卫军联络会议上，获得当天晚上广州暴动的消息，接受了赵自选的任务安排，便回到了大沥镇的龙溪村。

他把当地的农会骨干召集起来，让大家把各自平时密藏的武器拿出来，准备前往广州城内候命参战。

农会会员们，一个个摩拳擦掌，十分兴奋，不愿回家睡觉。

他们自发行动起来，按照宣传册上的提示，拿来纸张和花红粉，一齐动手，裁纸、煮浆糊、磨墨、写标语。

每个人都很默契，分工合作，很快把村里村外和沿铁路线上的树干、电线杆、墙壁上都贴满了鲜红的标语。

由于当时农村的地主力量并不清楚共产党与国民党之间的冲突会影响到农村，防范措施并不严密，因而，在大沥周边的农村，到处都是宣传共产党主张的标语。

广州苏维埃政府万岁！

耕者有其田！

打倒土豪劣绅！

农民赶快起来报仇！

诸如此类的口号、标语到处都是。

谢颂雅、周侠生、陈道舟等中共南海县委领导紧急开会，落实上级党组织的指示和命令，把整个南海九区和石围塘以西的市郊作为南海县农民自卫军的任务区，进行了内部分工。

石围塘、凤溪头、芳村、花地、五眼桥这五个地方，形成的环形地区，由源基和黄谦等共产党员率领农民自卫军担任主攻；谢颂雅和周侠生分东西两路，夹攻大沥圩。

这样，如果源基、黄谦率领的队伍能与谢颂雅、周侠生的队伍胜利会师，那么广州西郊就全在农军的控制之下，就可以控制敌人从西江等处调动军队支援城内的敌人。

这种安排，显然与整个当时中共广东省委和广东省军事委员会的统一部署是紧密协调的，可见，起义之前的军事计划还有很周到的考虑。

北郊的花县也是农民运动很活跃的农村。

12 月 10 日下午，共产党的组织就把发动起义的命令传递到花县的农民自卫军领导人那里。

农会骨干卢克文等欣喜若狂，立即集中了三百多名花县农会的会员，傍晚时分，趁着天黑，急速地往广州城内赶来。

一路上，寒风袭人，但这些农民自卫军成员个个斗志昂扬，急切地盼望迅即投入战斗。

当得知要到城外等待作战命令时，他们同样抑制不住各自的兴奋，都希望着尽快到达广州。

当然，花县的农民自卫军还有一个重要任务，就是要阻止粤北的敌军顺铁路线南下支援广州城内的敌人，因而花县的农民自卫军在向广州城进军的同时，沿途还派了一些小分队拆毁沿线铁路和张贴起义宣传标语。

教导团的“赤化”在当时的国民党将领中，已是众所周知的，而对刚组建不久的警卫团，因为有两个营的班底来自张发奎和李济深原来的部队，只有第三营是新组建的，加上团长梁秉枢的共产党员身份此时还是秘密的，并没有受到国民党的特别提防，而共产党组织已在各连组建了自己的党支部。

12 月 10 日，警卫团团部的熄灯号刚刚吹过，团指导员办公室的干事莫雄（与驻陈家祠薛岳部队第三团的团长同名）受命通知正秘密集中的警卫团的共产党员：“形势已经很紧迫，没有任何可以回旋的空间了，如果我们不先动手，过了今天，明天教导团就要被张发奎解决，接下来就是我们警卫团了。现在党组织已经动员了全市的工人赤卫队和郊区农民自卫军加入我们的战斗，都已经集结待命，上级已经决定今日午夜过后，明日凌晨三点半，一起行动，具体的信号是等北较场教导团那边发出三声信号弹。”

第三营一连指导员陈同生：“我们现在要做什么准备？”

莫雄：“根据上级的指示，我们要在十一点前，把全团反动的军官监视起来，罪大恶极的处死，只等教导团那边枪声响起，我们就按照计划向目标进攻。”

大家各自领了任务之后，陈同生对他所在的第三营一连连长袁耐坚说：“你忙了一天，先休息一下，枪响之后，是没有机会合眼的。”

袁耐坚：“枪没有打响之前，我更是难于合眼。受了国民党许多狗气，这回该出这口恶气了。共产党这半年来在广州一直挨打受气，现在终于要还手了！工农兵劳苦大众是不会屈服的，广州很快就要变成人民的政权了！我哪里睡得着啊！”他挥了挥拳头，在半空中划了个圈。

最激烈的起义前的秘密行动发生在北较场，教导团团部。

教导团的营房共有两个大院，前大院是官长办公室、士兵宿舍、大饭厅和其他用房；后大院是大操场、球场和其他运动场。另外，还设有一个大的葵棚讲堂和马棚。前后两个大院是相互连通的。

所有的房舍都是由葵棚搭起的临时建筑，只有办公室和士兵宿舍有离地约二尺高的地板。士兵的睡床是两层或三层的竹板或木板床。

前大院两边分布的是士兵宿舍，门与门相对，规格都是相同的。

每边分布着十二座同样式的葵棚，每座葵棚住着一个连的士兵。

大门左边依次是六、五、四、三、二、一共6个连，右边分别住着十二、十一、十、九、八、七共6个连。

在三连和四连的后侧，有一处稍宽的地方，是大饭厅。

官长的大办公室在最里边，靠近一连和七连的宿舍，团长、参谋长、参谋处及各营营长都在这里办公。里面有他们各自的单间宿舍，各连、排长的办公室则在各连宿舍内的进门处左右两边。

全团官兵常常在前大院集合，集合时占用前院空旷地约一半的空间。后院广场，一般用作操练之用。

10日晚上，熄灯前，一连指导员张应难找到党员骨干刘进村、张晋庭，示意他们走出宿舍外面说话。

张应难对他们说：“张发奎已经发出收缴我们枪弹的命令，明天就要执行了！”

张晋庭：“我们怎么办？”

张应难：“起义指挥部刚刚正式通知，今夜行动！”

刘进村兴奋地差点大声叫了起来：“太好了！”

张应难示意他不要声张：“现在你们赶快分头通知同志们，做好一切准备！熄灯后不要睡觉，等候命令，随时准备到大饭厅集中！”

张晋庭和刘进村应道：“好！我们马上去做！”

张应难：“等等！你们要注意，在逮捕反动分子前，暂时不要惊动其他官兵！”

张晋庭和刘进村按照事前计划，各自分头通知各班党员骨干。

随后张应难又把该连的党员骨干秘密召集到宿舍外的一处空地，进行了任务布置。

根据起义指挥部的安排，他们这个连主要的任务是抓捕团部的反动分子，包括参谋长兼代理团长朱勉芳和团参谋王圣夫等。

张应难把大家分成两组，一组负责抓朱勉芳和王圣夫，另一组抓团部的另几个反动军官。

张应难叮嘱抓捕小组的人：“大家注意，抓捕时，敌人如果没有反抗，就不要开枪，将他们绑起来，塞住嘴巴，不要让他们乱嚷乱叫，就可以了。怎么处置，等待起义指挥部的命令。如果有人反抗，用刺刀秘密处决就可以了！”

午夜12时刚过，教导团的主要共产党员骨干都秘密行动起来，他们按照事先列好的教导团里的反动军官的名单，主要对象是教导团的参谋长兼代理团长朱勉芳、二营营长、三营营长、工兵连长等各连“孙文主义学会”的骨干，总共60余人，这些人平时都是有反共言论或者行为的。

教导团的党员士兵搬出武器和红领带、红旗，每一位领导人都从纸箱子里取出一条红领带，系在脖子上，在胸口打了一个活结。

教导团某士兵宿舍。

共产党员唐嵩静静地进来，对着正在准备枪支和系红领带的王若宾（连长）、连汝瑶、刘玉麟、许桓四人："你们把领带解下！"

王若宾瞪着眼睛："为何？"

唐嵩对着王若宾耳朵如此这般说了一通，然后做了一个切割的动作。

四人一齐点头，同时解下正系在脖子上的红领带。

王若宾从床铺上取了几条绳子，数条毛巾拿在手上。

他走在前面，其他三人跟在后面。很显然是早就预备好了的。

他们熟练地来到教导团参谋长兼代理团长的朱勉芳住处，非常安静，两个卫兵正在打盹。

许桓和连汝瑶轻轻走过去，快速地把他们握在手中的枪缴了。

两个卫兵睁开睡眼，发现突然出现在自己面前的四个人，开始一惊，当看清是平时见到的本团人员时，很是疑惑，刘玉麟示意他们不要出声。

四个人两人一组给两个卫兵每人口里塞了一条毛巾，然后用绳子把他们捆在那里。

四个人推门往里走，走过一间小房，里面房间传来呼噜声。

王若宾向同伴使了一下眼色，推开里面的门，只听"吱"的一声。

四个人一齐冲到床边，紧紧地压住被窝里的朱勉芳。

朱勉芳穿一身浅黄色棉毛纱衣裤，没有任何提防，他本能地拼尽全力想反抗，已是动弹不得。

唐嵩走了进来，把一团棉絮塞到王若宾手里。

王若宾默契地将这些棉絮塞进朱勉芳的嘴里，他觉得还不够，又将一条毛巾塞住他的嘴，然后又用一条毛巾蒙住了他的眼。

另外三个人则掀开朱的被窝，用一条绳子将朱勉芳捆了个结实。

许桓看到在地上打滚的朱勉芳，掏出手枪，想射，王若宾示意不要开枪。

许桓从身后取出大刀，狠狠地刺了朱勉芳一刀，只见朱勉芳更是满地打滚，鲜血四溅。

王若宾见状，上前再狠狠地刺了两刀，朱勉芳终于气断身死。

四人离开时，两个卫兵扭动身体，用眼睛示意他们解开绳子。

连汝瑶轻声问："打死他们？"

王若宾："不，他们只是普通士兵，把他们的武器带走，不要理他们！"

另几组行动队分别逮捕了第一营营长方际平、第三营营长樊少卿等被列入反动军官名单的人，还有一些平日里有反共言论的普通学员。

大概到了晚上一点钟，全团各单位突然吹起了三声又短又急又尖的紧急集合哨声，各个连队都在各自连、排长或本连共产党员骨干的带领下，迅速地跑出宿舍。

这些事前已得到通知的战士，一边跑，一边撕下服装上的国民党符号、臂章，还有帽子上的青天白日帽徽，扎上新领到的三条红布带，一条扎在军帽上，一条系在颈脖上，一条扎在左臂上，战士们从各个宿舍飞奔到那间葵棚大餐厅里。

在教导团伙食委员朱道南的住处，他躺在第三层的竹床上，带着昨晚与黄埔军校的老乡阎立志在病房饮酒的醉意，呼呼大睡。睡梦中，突然被三声又短又急又尖的哨声惊醒。第三声哨声还未停，只听得门外一个又粗又响又脆的声音喊道："一、二、三——"

宿舍里惊天动地的"啊哟！"一声惨叫，听得人毛骨悚然。

朱道南的醉意被猛然惊醒，一个鲤鱼打挺，坐起身来，向床下一看，幽暗的灯光下，有个人站在门口，挥动着膀子，好像在给宿舍里的人发讯号。

立刻有一群拿枪的，从室内推着五六个被反绑着手的人，出了宿舍。

这显然是根据事前准备的反动军官的名单秘密抓捕的人。

这些人出去之后，朱道南再向地下细看，在离他床铺不远的地方，躺着三四个死尸，血直流到朱道南那张竹床之下，有的死尸胸前还在冒着热血，显然是刚被刺刀戳过的。

朱道南意识到有人开始行动了，但不清楚是共产党还是国民党哪个先动的手。

他本能地伸手到床架上去摸枪，但是，他的枪不见了，子弹带也没有了！

他的头上即刻直冒冷汗，痴痴呆坐在那里，好似对周边的一切失去了知觉。

突然，院子里的声音传了过来，有人在高喊："共产主义万岁！"

有的人喊："我就是三大政策的拥护者！"

有的喊："我坚决拥护共产党！"

还有人喊："我是孙中山的信徒！"

"我是马克思的信徒！"

声音很嘈杂混乱。

还有人唱起了《国际歌》和《少年先锋队队歌》。

朱道南丈二和尚摸不着头脑，他只是一个普通党员士兵，对当天晚上发生的一切，事前完全不知情，当时也在状况外，又紧张又慌乱，上下牙咬得咯咯响，一度浑身在颤抖。

因为也听到有人高喊"我是孙中山的信徒"，这似是"孙文主义学会"的口号。

两个阵营的口号在宿舍外的操场上都有人喊，他真搞不清是哪边在行动。

他在想："是我们'暴动'的话，为什么没有人通知我呢？我怎么什么都不知道？""如果是敌人屠杀共产党，那为什么没有听到有反抗之声？为什么敌人不来捉自己呢？"

他一激动和紧张，身体也不听话，压得竹床吱吱作响。这样，他更加惊魂不定。

实在无法自我控制了，他向自己的脑袋猛捶了一拳，极力想平复内心的冲动，自言自语道："胆小鬼！怕什么？公今寿不是讲过，天塌下来不过是个'死'字？有什么了不起！"想到这些，他终于平静了一些。

他坐在那儿又发了一会儿呆，看看宿舍里的床位都空了，心中纳闷道："难道我们的同志都被捉走了吗？公今寿、杨的、谢拙民他们都牺牲了吗？"

他双手紧紧地抓住自己的头发，真的有些后悔，自己为什么要在这个关键时刻喝酒呢？现在什么都不知道，满脑子的茫然。

在昏暗的灯光下，看不清床下那些尸体是谁的，他不清楚是哪一派占了上风，但这个时候他清楚地意识到，不是共产党发动了暴动，就是国民党动手镇压共产党了。

朱道南一个人坐在床上发呆了好一阵子。

这个时候，他心里突然一跳："我为什么要坐在这儿等死呢，难道等敌人来抓捕吗？"于是翻身下床，准备到门外去看个究竟，然而，两手空空，如何出得门去，必须得弄条枪在手上才好出门。于是他又犹豫起来。

但老坐在床上总是不行的，自己的枪和子弹不见了，那就先到床下去再说吧，因而下到竹床之下。

正在穿军鞋的时候，忽然听到"啪啪"的脚步声正向宿舍走来，他不知是同志还是敌人，如果是敌人发现他是漏网之人而回来抓他，那情况就糟了，顾不得穿鞋，闪身躲到另一张竹床后边。

果然，门口进来一条大汉，看不清人脸，提着一条枪，向着朱道南原来睡的那张竹床走近。

朱道南吓得背上直冒冷汗，慢慢地伏在地上，向黑暗的地方悄悄地移动，想躲过那大汉的视线，待他走近，再向他扑过去，夺他的枪，打死他，再出去与敌人拼个你死我活，今天反正都是死，不如找几个垫背的，为死去的同志们报仇！

可是，当那大汉走近他的时候，他猛然站起身，用力勒住那大汉的颈脖，那大汉拼命地用双手抓住朱道南勒在自己脖子上的手，狂叫道：“是不是老道？是我！”

朱道南听出来是他们伙食班的班长暴崇德的声音，吓了一跳，赶紧松开双手。

暴崇德被勒得喘不过气来，在那里拼命地咳嗽。

朱道南：“暴班长，到底发生什么事了？”

暴崇德一边喘一边咳：“你啥都别问，等会儿你就什么都明白了！”

见到暴崇德，朱道南终于安定下来，急忙回到床边，继续把军鞋穿好。

暴崇德从口袋里捞出一块红布条，给朱道南扎在头上，对他说：“老道哥，记住了：普通的口令是‘暴动’，特别的口令是‘夺取政权’。”

原来，根据教导团党组织的安排，教导团各班以班为单位，由各班党员班长分头通知到每一个党员，并及时带领大家按指定时间到大餐厅集合。暴崇德参加处置反动军官的行动后，把自己的队员带到操场时，发现没有见到朱道南，有人告诉他，朱道南因为醉酒，还在床上睡觉，于是回到宿舍来寻找。

听到暴崇德传授有口令，朱道南忽然有一种神圣感，他这才明白，刚才那些被秘密处决的都是团里的反动分子。

他有些埋怨地问：“暴班长，这么大的事，你们怎么不告诉我呀？”

暴崇德：“这是军事行动，事前都很保密，我们也是在今天白天才得到起义提前举行的通知。我派人来找过你，但没有见到你，你可能外出采购去了，后来，大家就把你给忘了。”

朱道南：“幸好你来了，要不，我真不知道怎么办！”

暴崇德：“好了，现在什么都不要说，快去接受任务！”

朱道南：“可是，我的枪和子弹都不见了！”

暴崇德从床的下面拖出了朱道南的枪和子弹：“同志们看到你醉睡，怕你一时半会醒不来，枪弹会被反动分子拿走，就把它藏到了这儿！”

朱道南重新拿到了自己枪弹，胆气便壮了起来。

他走过宿舍里的那几个尸体，有的是他认识的，走过院子的时候，又看到了一些尸体，但是并不多，于是疑惑地问暴崇德：“我们团里反动分子可不少呢，怎么才干掉这么一些人？”

暴崇德：“我们的目的是夺取政权，建立苏维埃，不是杀人。我们团里确实有不少坏家伙，但有不少只是混在里面跑跑龙套而已，我们只惩办那些极端反动的分子。”

朱道南：“剩下的那些呢？”

暴崇德：“都关在禁闭室里，等以后分别他们的罪行，再作处理。”

教导团的大饭厅里肃静无声，一千多人站得整整齐齐，每个人头上都扎着红布条，脸上涨得通红，精神奋发。

朱道南跟着暴崇德，穿过长长的队列，找到了自己的队伍，这才发现平日与他关系密切的公今寿、杨的、谢拙民等，都在这里。他们没有讲话，互相点了点头。

朱道南还没有完全从疑惑中走出来，轻声地问：“这是干什么？”

暴崇德用脚轻轻地踢了他一下，示意他看前面的小讲台。

朱道南这一看不要紧，张眼向前，那讲台上有六七个人，个个都见过，他们的名字都是平日里如雷贯耳的，心中一亮，知道共产党领导的广州暴动终于正式爆发了。

三　夜空飞弹

那个时候，广州的城南，靠珠江沿岸，以后来的海珠广场为基点，有一条长长的沿江防洪堤坝，被称为长堤。

其东边，大概在天字码头往东的方向，或者东城墙往东，被称为东堤；其西边，太平南路以西，或者西城墙往西，即后来的南方大厦一带，被称为西堤。

当晚本应由刚回广州的军长黄琪翔坐镇位于长堤的第四军军部，但他在家里举行宴会后便留在了位于东山的家里过夜。军参谋长叶剑英是秘密共产党员，正等着起义号令，在另一个秘密共产党员李运全的家里待命。

这天晚上，军长和军参谋长都没有留守在第四军军部。

珠江南岸是李福林传统的势力范围，由李福林经营多年，但他的第五军的主要力量当时还不在广州，只有一个警卫营驻守在海幢寺。

由于中共广东省委和军事委员会把主要精力用在珠江北岸的广州城内，对珠江南岸的李福林势力范围只是作为起义胜利后才去进攻的目标，当夜没有在珠江南岸采取行动。

但事后有些工农运动的回忆材料，提到珠江南岸有少数工人运动的积极分子也在小范围内采取了对应措施。

东郊的炮兵团驻沙河、燕塘一带，由一个叫李垣华的团长率领。

教导师（即新编第二师）师长薛岳的主力队伍已调防江门，但这个师的第三团，由一个叫莫雄的团长率领，驻守在城西的陈家祠，约有1400人。

但这天晚上，莫雄因为参加了东山黄琪翔的家宴，他没有去陈家祠，而是回到了城内靠近永汉路附近的自己的家里，这一带又正是工人赤卫队联队力量最为活跃的地方。

反动势力最主要的武装力量，实际上是广州市公安局和分布在城区各个分区的警署（其建置与后来的派出所类似），这些各城区的警署都已在工人赤卫队的秘密包围和监视之中。

在广州市公安局的对面和惠福东路的大佛寺，有一个保安队的驻地，约有三个大队，合计有一千余人，其中有一部分人在城西西瓜园附近。

除了已经集结在各秘密点的工人赤卫队联队和正从郊外向城内进发的农民自卫军外，共产党组织领导的武装力量主要包括驻守在城东四标营地的教导团和成立不久的警卫团。

12月11日凌晨2时许，广州的夜依然冷寂，街上已经没有行人。昏暗的路灯如疲倦的眼睛，在行道树下闪着。

维新路上的广州市公安局门口有两盏大的灯泡，照着宽敞的马路，东边是警察驻守的公安局和“四一五”政变以来关着共产党员和工人运动领导人的监狱，西边是保安大队的驻地。

公安局门口有警员值班，门岗上的警员穿着保暖的军大衣，长枪很随意地拿在手上，而保安大队这边，则沉寂安宁。

维新路与越华路之间，有一片树林茂密的空旷之地，周边有电影院等建筑，这个时候早已没有了行人的踪迹。而在那些隐秘的建筑或古树荫暗处，广州工人赤卫队敢死队的队员已经各持武器，在各自队长的带领下隐藏其间，正紧张地望着东边。

他们知道那个方向是教导团进攻的方向，只等那边的信号一出，他们将配合教导团夺取公安局这个广州警察的首脑机关。

对于工人们来说，他们的许多工友受到镇压，都是警察干的，因而他们满腔的怒火都向着公安局。

在越华路的广东省省长公署，门口也有两盏闪亮的电灯，周围一片寂静。两个门卫站在寒风里值班，随便而没有警惕。根据分工，这里将是周文雍率领的工人赤卫队攻占的主要目标。

这个时候，分布在广州城内各个工人赤卫队集合点的工人们都没有入睡，他们在等待东北方向教导团驻地的三声炮响和枪声，准备随时出动。

在广州周边的郊区农村，许多农民自卫军正在向广州城靠近，准备等待城里的行动，立即入城助战。

特别是西郊的佛山、南海和北郊的花县农民自卫军，还要承担着破坏广三铁路和通往粤北铁路的线路，以阻止驻守在西江和粤北的敌军驰援广州。

事前，中共广东省委军事委员会的领导在讨论战局的时候，所有陆地上的通途都考虑到了，各方面力量也调动起来了，但是在水路方面，中国共产党的组织却没有办法渗透进去，因而薛岳可以很从容地从江门调来“江

义的指使下，先后在上海和武汉发动了反革命叛变，屠杀大批工人和共产党员。为了挽救革命，我们不能坐以待毙，只有用革命的武装反抗国民党反动派的镇压。为了国家的前途与人民的幸福，让全国劳动人民在政治上、经济上彻底翻身，只有实行土地革命，打倒国民党反动派，才能让劳苦大众真正翻身得解放！我们中国共产党人，就是代表广大工人、农民、士兵利益的，今天，大家集在一起，我们就是要在敌人对我们动手之前，采取革命的暴力对抗张发奎、陈公博他们的反革命的暴力！”

张太雷看着全场，指着叶挺说：“叶挺将军大家都认识吧？”

全场响应：“认识！”

张太雷正式宣布：“根据中共中央的决定，我们这次起义的军事总指挥就是同志们熟知的这位叶挺同志！”

全场又是一阵热烈的掌声。

恽代英见张太雷讲完，向着叶挺：“请叶挺同志讲话！”

教导团的战士大多认得叶挺，见到他非常亲切，因为在武汉征讨夏斗寅、杨森时，正是叶挺指挥他们作战的。有人轻声地议论起来：“你看，叶挺同志也瘦了！”

叶挺的脸已涨得通红，向全场用力地挥着手，带着浓重的广东口音，嗓门响亮地说：“大家知道，国民党为什么不让我们革命，屠杀我们的同志？就是因为我们没有武装和政权。这次起义，我们要夺取武装，夺取政权！同志们，国民党投降了帝国主义，叛变了革命，撕毁了孙中山的三大政策，穷凶极恶地屠杀我们工农群众，制造了全国的白色恐怖。他们是新军阀，已不能再领导中国革命，只能由中国共产党取而代之。全国四万万同胞的命运和希望，都寄托在共产党的身上，我们要把这重任坚决地担负起来！今天，我们的首要任务是建立和扩大工农武装，夺取政权！同志们，大家有没有信心？”

全场呼应：“有！”

叶挺又问：“有没有决心？”

全场呼应："有！"

队列里的战士一边呼应着叶挺，一边不约而同地从腰间拔出刺刀，装上枪杆，齐整整地等着叶挺的一声令下。

张太雷和叶挺讲话之后，恽代英习惯地用手摸了摸自己的近视眼镜，放大声音地说："国民党已经变质了，它不可能领导中国革命走向胜利，这一年来，他们依靠帝国主义和大地主大资本家作帮凶，屠杀了我们许多革命同志，今天的国民党已经不是北伐战争初期的国民党了，它与中国共产党为敌，与工农兵劳苦大众为敌。同志们，你们看国民党还能领导中国革命吗？"

全场呼应："不能！打倒国民党！"

这时，唐嵩跑来，对着曾干庭耳语。

曾干庭向大家报告："朱勉芳已经被我们处理了，另外，全团四十几个反动军官和士兵都被抓起来了，请总指挥下令。"

张太雷望了一眼叶挺："现在就看你的了。"

叶挺："好！根据省委的指示，现在我宣布教导团的军官任命，原第一营营长李云鹏为团长，叶镛为第一营长、赵希杰为第二营长，饶寿柏为第三营长。"

大家热烈鼓掌。

教导团的官兵一律穿着草绿色军装，白衬衣，黑皂布五眼鞋，没有布鞋的，穿麻制草鞋，排长以上军官用黄毛料布绑腿，雨衣、饭盒、军用毯等日用品也都装在行军袋中。

在武器方面，士兵都是大盖子枪（三八式），有的是双子弹带，腰间还带弹盒，每个连都有两三挺轻重机枪，还有几挺手提式（五十发）与短（匣）枪，数量各有不同。营、连、排长一律都是短（匣）枪，士兵每人身上还有三四枚手榴弹，有的是土制木柄的，有的是没有柄的弹簧的苏联制造的。全团有六门迫击炮，四座小山炮，由八、九连的炮手使用。

李云鹏在队伍前喊了几句列队口令，向在场的省委领导敬礼："请首长作誓师动员！”

张太雷走到队伍前：“同志们，你们是一支光荣的队伍，今天，由于你们的老团长叶剑英同志有特殊的任务，他不能亲自来带领你们起义，我们派来了叶挺同志指挥你们，他受中央的指示，将领导你们进行一次伟大的战斗！”

全场掌声雷动！

恽代英带领着全体官兵按照事先的约定，举起右手，进行起义前的正式宣誓：“杀尽土豪劣绅！杀尽贪官污吏！打倒新军阀！打倒帝国主义！推翻国民党政府！竭诚拥护中国共产党的领导！服从广州苏维埃政府的命令！拥护工农民主政权！”

一些党员骨干已经从教导团抓到的40多个被认为是反动的军官和士兵中，挑出15个最为反动的，捆绑在了誓师队伍前。

15个党员士兵拿着枪，已经站成一排，面对着那15个反动分子。

李云鹏喊着口令：“预备！开枪！”

只听一排枪响，15个反动军官和学员应声倒地。

全场一片口号声：“打倒汪精卫！”“打倒陈公博！”“打倒张发奎！”“打倒国民党！”“苏维埃万岁！”。

愤怒的士兵将国民党的青天白日帽徽摘下，抛在地上，系上红领带，扯碎了国民党党旗，高举起早就准备好了的镰刀斧头红旗。

张太雷等省委领导看到这个场面，都感到非常兴奋。

叶挺把各营、连长喊出列，叫到台前，把敌军在城内和近郊分布的情况向大家作了说明，并以营、连为单位，分派了进攻目标和行进路线。

安排好这一切，叶挺扫视了全场一眼，只见战士们站在整齐的队列里，一个个精神振奋，大家都以关注的目光看着他这个这场起义的军事总指挥，都在静静地等待出发的命令。

叶挺不时地看手表，表针嘀嗒嘀嗒地走动声，在黎明即将到来的静夜里，让人感到真是太缓慢了。

表针终于指向了 3 时 30 分。

叶挺："同志们，我们盼望的伟大时刻到来了，出发！"

只听"砰！砰！砰！"几声枪响，有三颗信号弹射向夜空，这是向埋伏在市内各秘密点的工人赤卫队联队和警卫团发出的起义行动信号。

教导团的起义队伍的三个营分别向东、北、西三个方向出发。

叶挺根据当时广州城内的军政警机关的防守情况，对教导团的任务作了分工：

第一营攻打公安局（主要是第一连）；

第二营第四连攻打学兵营（桂系军阀所属）；

第二营第五连和炮兵连第一排，攻打沙河炮兵团；

第二营第六连攻打广九车站；

第三营攻打第四军司令部；

炮兵连第三排攻打国民党省党部（护党委员会）和东较场附近的公安分局；

炮兵连第三排攻打薛岳新编第一师司令部；

通信队攻打第十二师缪培南司令部；

工兵连攻打省政府、市政府、财政厅，中央银行等机关；

女生队，约有一百人，是原武汉中央军校的女生大队缩编而成，主要任务是搞宣传和救护，同时每人也配枪弹，必要时参加战斗；

特务连除留一个排担任教导团的驻地四标营警卫外，其余到起义总指挥部担任警卫。

所有的进攻点周围皆已经安排工人赤卫队的战士潜伏，只要这些起义队伍到达附近，听到起义信号或枪声的工人赤卫队就会出来，配合他们作战，或者提供交通运输、物质保障等后勤服务。

首当其冲的是离教导团驻地最近的第一教导师（新编第二师）的薛岳司令部。

负责这个据点的是教导团炮兵连第三排的战士。听到起义信号的三声炮响，他们就迅速地冲进了坐落在东较场西北的那栋三层楼的大楼里，这座楼的南边驻守着薛岳这个师的特务营。

营房没有围墙，只用篱笆围着，距离教导团的驻地四标营最近。

敌人在营房外面设有步哨，起义战士到达营房的大门时散开，向里面射击，哨兵莫名其妙，也不敢还击，直接跑进营房里。

那些在营房正沉睡的敌人，被这突如其来的枪声惊醒，惊慌失措，来不及穿衣服，不少人光着身子，打着赤脚，穿着裤衩，胡乱地往门外逃。

没有地形可以隐蔽，于是争先恐后地钻入营房的地板之下躲避，退到营房内的四个卫兵，虽然手里有枪，但不敢射击，站在那里发懵，起义战士很快将他们的枪夺了。

起义战士没有去管那些光身躲到地板下的敌人，冲进了营房，发现屋里的枪弹都齐整整地摆在原处未动，整个大楼里竟然空无一人。

薛岳司令部里面的四五百人全部成了俘虏，因为他们虽然人多，没有人手里有枪，而起义战士虽然只有一个排，却是每个人都全副武装。那些失去枪支的敌人，一个个都老实地举手投降。

起义战士完全控制了这个司令部。

这时，司令部值班室的电话响了。

电话那头："我是第四军军部，请回答，广州东郊有激烈的枪声，是怎么回事？"

那个奉命守在电话边的起义军战士："我们这里也听到枪声，已派值班分队巡查去了。"

过了一会儿，电话又响起了："我是中共广东省委革命军事委员会，你们那边的行动是否已经结束？"

起义战士："报告，我们这里行动已经结束，正在安置被俘人员和向他们训话。"

电话那头："缴了他们的枪械没有？"

起义战士："全部收缴了，有很多。"

电话那头："好，我们马上派人来搬枪弹！"

几分钟之后，有三辆汽车开了过来，显然是从附近开来的，那些司机和押车的战士头上和臂上都系了红布条。

头车司机下车即说："暴动！"

这边的起义战士应道："夺取政权！"

于是，那几辆车的司机和战士就把薛岳司令部的枪支全部装载，运往维新路的公安局那边。那些被缴械的薛岳司令部的俘虏，眼睁睁地看着自己的武器被运走，脸上满是绝望的表情。

从薛岳司令部收缴的武器总计有三门迫击炮，四挺重机枪，千余支步枪，数万发子弹，装了满满的三大卡车。

薛岳本人前一天下午，从江门坐"江大"舰回到了广州，当天晚上出席了黄琪翔在家里举行的宴会，应该是住在城内，但没有他在广州起义爆发后在广州城内行踪的记载。

这天晚上，他是住自己家里，还是在这个司令部闻讯而逃，不得而知。

一直到12月13日早上，薛岳才惊魂未定地坐船登上了回到广州的"宝璧"舰上，见到了张发奎和陈公博，指挥从各地调回来镇压起义的自己的部队。

薛岳与他的妻子一起登上"宝璧"舰见张发奎，说明在这三天里，薛岳与家人应该是藏身在广州城内某处的。

教导团起义战士的东路。

驻守在郊区沙河的步兵团和燕塘的炮兵团被认为对城内的威胁最大，起义指挥部为了防止其对城内的暴动不利，在叶挺的亲自指挥下，团长李云鹏率领第二营和炮兵连乘汽车，迎着冬天黎明的曙光，穿过静静的东郊山野，直奔沙河镇，经过短暂战斗，消灭了敌步兵团，俘虏了六百多敌人。

被俘士兵多是工农出身的，他们得知是代表工农利益的共产党领导的起义，望着旗手高举的镰刀斧头红旗，都感到异常兴奋，很多人自动要求加入起义军。

占领沙河后，东路起义军中加入了许多新的士兵，力量增加，于是乘势继续挥师向东北进军燕塘，目标是敌人的炮兵团。

先头部队首先对炮兵团驻地发起了冲击。

教导团的炮兵连连长走在队伍的前头侦察敌情，当接近炮兵团门卫时，他命令卫兵缴枪，遭到抵抗，这个连长拔出手枪，准备击毙炮兵团的卫兵。可是，他的枪卡壳了，炮兵团的卫兵开枪把他打死了。

起义战士如猛虎一样愤怒，“哒哒哒”许多战士的枪口都向着炮兵团的门卫扫射而去，炮兵团营房门口的两个卫兵被打死。

这时，从炮兵团营房里传出声音来：“老乡！别打啦！缴枪喽！”

炮兵团的数百名士兵再也无人抵抗，全部被教导团的二营和炮兵连缴了械，做了俘虏。

其实，炮兵团之所以这么轻易投降，这与该团的一些共产党员的工作是分不开的。敌炮兵团第二团的团副和第八连指导员是共产党员，他们配合教导团，迅速解决了炮兵团，俘获了炮兵团第一团团长。

当时，叶挺安排了一个懂得炮兵军事的朝鲜军官梁大浦前来接收炮兵团。

这位朝鲜军官不懂汉语，身边还带了一位翻译。

教导团二营解决了炮兵团后，就把炮兵团的武器和营房交给了这位朝鲜军官。

沙河、燕塘二次战斗缴获各种大炮 25 门、步枪 1500 多支。参加起义的炮兵团第八连立即受命进驻瘦狗岭。

教导团第二营完成东路战斗，一部分驻守，主力迅速回师黄华路，以迅雷不及掩耳之势，缴了驻造币厂的敌人武装，再折回市内，参加攻打文德路敌第十二师后方留守处。

中路。

起义指挥部参谋长徐光英率领教导团第一营，进攻东较场、广九车站和公安局。

教导团原来的第一连连长叶镛改任第一营营长，原来的第二连连长陆更夫改任第一连连长。进攻公安局的任务主要由第一连承担，出发前，徐光英和叶镛都对第一连作了动员讲话，其中徐光英特别讲道："公安局是反动统治的重要据点，你们一定会遇到激烈的抵抗，大家一定要坚决勇敢，更要小心沉着。一定要把这个反革命的堡垒拿下来！"

叶镛："同志们有没有信心？"

陆更夫带头应道："有！"

叶镛下达了出发令："出发！"

一连战士在陆更夫的率领下，迅速离开四标营地，在东较场的门前正有几辆汽车在那里等他们，车上的司机高喊："暴动！"陆更夫带着战士们呼应："夺取政权！"

汽车一路向西开行，行至永汉路附近时，司机停了下来，告诉这些战士："公安局就在这附近。"

陆更夫命令一连战士下车行进。

最为紧张的是在中央公园（又称第一公园，即后来的人民公园，笔者注）密林暗影里的敢死队队员和第一联队的赤卫队队员，他们听到城东边三声信号弹响起，就知道教导团那边行动了。

躲在明星戏院内的敢死队立即出门，秘密地向维新路的公安局摸去，他们一边靠近公安局，一边向东边张望，等待教导团的武装士兵前来并肩作战。在快靠近公安局的时候，他们放慢了脚步。

这时，东边马路上传来密集的枪声，那些头上绑着红布条子的士兵举着枪，从那边往这里冲了过来，这些敢死队队员的头上也按事先约定，都绑了红布条。他们与教导团的士兵立即混合在一起，向公安局的大门靠近。

这个时候，公安局的门岗还没有弄明白是怎么回事，敢死队的队员就上前把门岗的几个警察击毙了。

与此同时，又有两队工人赤卫队的队员分别从惠福东路和第一公园的方向，向公安局冲了过来。

一时间，公安局的大门和周边全是工人赤卫队队员和教导团的武装战士，他们都有一些明显的标志，那就是头上绑着红布巾，手臂缠着红布条，各路人马碰面的通过暗号先是“暴动”，接着就是“夺取政权”。

在敢死队队员与教导团的先头队伍解决门岗的时候，有些工人赤卫队不是从公安局大门进入，而是各自结成人梯，就近从公安局的围墙爬墙，翻进公安局，有的则趁机向围墙内投掷手榴弹。

公安局对面的保安大队有人向工人开枪射击，被如潮水般涌来的愤怒的工人赤卫队队员反击，保安大队的大门很快被工人们突破，那些保安队的队员皆举手投降，一些负隅顽抗者，皆被工人赤卫队现场击毙。

教导团中路起义军第一营第一连攻打公安局时，早已埋伏在第一公园内的工人赤卫队第一联队队员手持匕首、铁尺、大刀、木棍，少数人用短枪和手榴弹，配合教导团进攻。

黄平带领一队工人赤卫队正等在第一公园附近，听到北较场方向枪声传来，大家立即兴奋起来，当教导团第一营第一连的战士们系着红领带，前面还有战士高举红旗，经过第一公园时，守候在这里的工人赤卫队立即加入到战斗队伍中，并为教导团的战士引路。

战士们高喊：“暴动！”

工人们呼应：“夺取政权！”

一时间，公安局里乱成一锅粥。

那些还在睡梦中的警官根本搞不清楚状况。

公安局的后院被工人扔进了炸弹，顿时烟火弥漫，有的敌人被炸死，那些没炸死的则分不清方向到处乱窜。

起义战士高呼：“缴枪不杀！”

那些无处可逃的敌兵便老实地举起双手投降，做了俘虏。

公安局内。

公安局长朱晖日当时还在沉睡中，被公安局大院里的枪声震醒。

他本想穿衣到外面看个究竟，以职业军人的敏感，那混乱的枪声和嘈杂的人喊声告诉他，没有时间了。他知道城内的暴动爆发了，来不及通知其他人，一个人拿了一支手枪，穿着睡衣，在一个亲信的帮助下，借着一张桌子，跳过公安局后面临民房的墙，迅速地找到一家平时熟识街坊，说明原委，向街坊借了一套服装，乘夜潜逃。

关于朱晖日逃离公安局的去向，有的材料说他逃到了珠江南岸的海幢寺李福林第五军军部，而张发奎和陈公博的回忆录中都没有提到朱晖日。因而，朱晖日逃离公安局后的行踪也不得而知。但他于13日早上登上“宝璧”舰见到张发奎后，积极参与镇压起义，则是有明确的记载。

令朱晖日没有想到的是，这次中国共产党在广州的工人动员力度之大，甚至他的小车司机陈添也参加了工人赤卫队，如果他不是及时逃命，很可能躲不过这一劫。

事后，朱晖日得意地向记者吹嘘：“有一极趣事足下不可不记，因共产党招兵，每月可支银40元，无论何人，如肯加入，即给予枪械，报名者以车夫为多，公安局长（即朱晖日自己，笔者注）之车夫，竟当了三日一夜之临时公安局长，真千古未有之奇闻。吾人夺回公安局时，已将之枪毙矣。”

事实上，陈添在朱晖日逃亡后，即现场报名参加工人赤卫队，未被任命为公安局长，只是与汽车工人一起，受命到各处运送物资和起义队伍。在起义失败后，根据党组织的安排，转移到了香港，他并没在起义失败后遭到杀害。

公安局高参谋长房内。

高参谋长正与他的妻子在睡梦中，他的妻子睁开眼，好像听到枪声，用手扳转高参谋长的身体：“快醒，外面好像有枪声！”

高参谋长吃惊地翻转身，迅速坐起来，听到外面真有枪声：“完了，共产党真的造反了！快，快起床穿衣服！”

高妻：“枪声好近唉，怎么办？”

高参谋长一边穿衣服，一边说：“到后面看看，能不能逃出去？”

高参谋长拉着妻子往后院跑，来到院墙边，想爬墙逃走，但高妻试了几次，都无法爬上墙。

高参谋长：“算了，不爬了，听天由命吧。”

高妻：“要不你先走吧，我一个妇道人家，共产党不会对我怎么样的，他们反对的是你们这些国民党当官的。”

高参谋长：“我不爬了，看看共产党有什么要求，满足他们就是了。反正这年头当官也没意思，为国民党政府卖命不值！”

突然，几个工人赤卫队员发现了正在后院吓得发抖的高参谋长和高妻。

高参谋长举起手：“我是公安局的高参谋长，有什么要求你们尽管提，我尽力满足你们。”

一工人赤卫队队员：“满足，说来容易，我们什么要求都没有，就要你们这些国民党狗官的命，你给吗？”

高参谋长：“除了这个，什么都可以给。”

这时，不知何处射过来一颗子弹，不偏不倚射中高妻，高妻应声倒下。

高参谋长吓得魂不附体：“你们不要开枪，放我一条活路。”

某工人赤卫队队员：“你既是参谋长，那我问你，知不知道那些政治犯关在什么地方？”

高参谋长：“知道，当然知道。都关在我们这里，我去把钥匙拿来。”

高参谋长在一个工人赤卫队队员的押送下，回到房里拿出牢房的钥匙，然后走到牢房前一个一个牢房打开，把那些政治犯都放了出来。

公安局的监狱里早就沸腾了，政治犯们很早就通过秘密渠道获得广州暴动的消息。

当听到公安局周边响起枪声的时候，他们立即自行行动起来，相互砸开手铐脚镣，想砸开监狱大门。

毕竟他们长期被关押在牢狱之中，身体条件大多比较差，力量有限，起义战士和工人赤卫队队员们热情地帮他们打开了监狱大门。

他们唱着悲壮的《国际歌》，高喊“中国共产党万岁”的口号，走出监狱，有的什么话都没说，直奔到院子内或大门口，领取武器，参加战斗。

有的身体弱者，甚至踉踉跄跄，连路都走不稳，依然举起自己干瘦的拳头，怒吼道："打倒国民党反动派！""血债要用血来偿！"

这些人很多是"四一二""四一五"政变过程中，或其后被关进来的政治犯，还有一些是黄埔军校里被怀疑或被举报为共产党的人，得知共产党领导暴动的消息，早就按捺不住自己，因而刚出狱就如猛虎出柙，对国民党反动派恨不能食肉寝皮，报仇雪恨。

在各个重刑犯监狱，工人赤卫队队员打开牢房，释放政治犯：公安局800名，司法厅监狱600名，分监700名，广东监狱700名，其他各囚狱400名，军事委员会200名。

他们当中有许多共产党员、工会会员、黄埔军校师生，迅速拿起武器，投入起义。

警卫团团部。

根据暴动前的任务分配，警卫团的主要任务是在听到教导团那边发出的起义信号后，配合工人赤卫队，进攻位于长堤肇庆会馆的第四军司令部、驻守在文德路的第十二师后方留守处及第四军军械库，同时要派一支队伍往东堤戒严，防止珠江南岸的李福林部队渡河攻入城内。

警卫团攻打的主要是城内的军事机关，都是敌军在城内军事防守力量最强的地方。

当天晚上，警卫团内接到通知的共产党员在熄灯号之后，秘密地活动起来，一面等待教导团那边的枪声，一面监视着团里的反动军官。

3时30分一到，北较场那边传来起义的枪声，警卫团的官兵在团长梁秉枢的率领下，立即行动起来。

警卫团的第一营在观音山，第二营在东堤和东较场，八旗会馆的团部只有团部官兵和第三营驻守。

当团长梁秉枢把大家集合起来宣布参加起义的时候，团参谋长唐继元立即走进团部，试图打电话向第四军军部报告，被早已安排在办公室门口的战士拦住，这时，梁秉枢向身边的战士示意，那战士没有犹豫，拔出手枪，将唐继元当场击毙。

第十连连长黄霖，是拥护张发奎的死硬分子，有人认为他是张发奎派到警卫团的密探，平时就受到团部的共产党员注意。此时，他竟站出来反对起义，也被早已安排的共产党员战士击毙。

同时，梁秉枢命令正在待命的党员骨干，把警卫团团部那些反对起义的士兵的武装解除了，并把那些人关在禁闭室里，等待起义胜利后进行处理。

警卫团中的张诗教、陶铸等共产党人都加入到指挥战斗的行列。

19 岁的陶铸在叶挺率领的第十一军参加南昌起义，之后随南昌起义部队撤退到潮汕。遭遇失败后逃到香港，被英国巡捕扣留，押解到广州。

陶铸等被押送到广州后，张发奎、朱晖日立即前来审讯。因他们都是在南昌起义前不久被派到十一军的，所以张发奎并不认识他们。

陶铸等人团结起来，都不承认是共产党员和连长指导员以上的干部，有的说是文书，有的说是事务长，最多说是副官。

张发奎、朱晖日看问不出什么名堂，就用另一条计策试探他们："你们既不是共产党，也不是军官，那就参加我的部队，当兵吧。"

陶铸等人机警地说："好吧，反正在哪里也是吃粮当兵。"

张发奎对他们仍然不放心，把他们关押了一个多月后，才放出来编入工兵营。

一天，一个当官模样的人，穿着一身国民党军的黄军服，走到陶铸跟前，悄悄告诉陶铸："党派我来找你们，赶快设法逃出去，有重要任务分配。"他还向陶铸交代了党内的接头暗号。

终于又找到了党，陶铸精神一振。

当时，中共广东省委正在秘密策划广州起义。

一天下午，陶铸按照地下交通员的指引，在长堤一间民房见到了广东省委军委负责人聂荣臻。

陶铸向聂荣臻详细汇报了南昌起义后自己的情况。

聂荣臻向陶铸介绍了当时广州的敌我态势和广东省委关于在广州举行武装起义的决定，并代表组织向陶铸分配了任务。

陶铸的任务是到第四军警卫团做起义的策划工作，帮助团长梁秉枢改造警卫团。

经过党的安排，由叶剑英介绍，陶铸到警卫团报到上任。

解决了警卫团团部的反对者后，随即按照任务分工，梁秉枢派了一个连进攻长堤的第四军司令部，派了一支队伍奔向仰忠街攻打第四军部军械库和文德路第十二师后方留守处，第二营参加起义的部分人员驻守在团部，以防珠江南岸之李福林部渡河参战。

当警卫团的战士向附近的肇庆会馆发起进攻的时候，那里的敌人已经有了戒备。

会馆的门口，还有楼上各层、天台等处，都布满了敌方火力，敌人居高临下，加上这个时候，停在珠江河面的“江大”舰也向岸上发炮，警卫团不仅无法攻下目标，而且死伤严重。

仰忠街的第四军军械库，防守敌军也进行了强有力的抵抗，警卫团就近进攻的目标都受到挫折。

这个时候，尽管梁秉枢了解驻守在观音山的警卫团第一营官兵的反共立场，但也有一些秘密共产党员潜伏在第一营。为了支援攻打肇庆会馆第四军军部和仰忠街的第四军军械库的力量，他亲自来到第一营，要求营长带领部队参加战斗。这时，第一营突然响起了枪声，梁秉枢中弹受伤。

警卫团的助理员将受伤的梁秉枢迅速送到位于大东门的第四标营地起义临时指挥部。

刚好张太雷、叶挺在那儿指挥战斗，他们看到梁秉枢身上的伤口还在流血，问候、安慰了几句，即命在门口候命的一辆汽车把他转送到第四军医院（位于后来的文明路工人文化宫，笔者注），交给在这个医院工作的一位共产党员医生柯麟负责医治。

由于第四军医院附近的第四军军械库的战斗非常激烈，医院周围起火，第二天，柯麟想办法把梁秉枢转移到百子路广东公医院（即后来的中山大学第一附属医院，笔者注）。柯麟特别交代该院的一位共产党员护士：“这是我们的同志，请特别照顾。”

梁秉枢的受伤及退出警卫团的作战指挥，使得警卫团的作战力量受到严重挫折。该团除第三营和团部的战士投入起义外，另外两个营的兵力实际处于混乱无序状态，有的后来成了在广州城内反动军事力量的强大助力，给起义造成了极大损失。

长堤轮船码头。

海员工会赤卫队队员何潮、容灶、华容等人，一个晚上都在“金山”号客轮的厨房里假睡，等待岸上的战斗号令。

何潮掏出怀表，紧盯着时间，当表针走到3时30分的时候，东北方的城市上空果然准时地射出“砰！砰！砰！”三声信号弹。

何潮对着身边的几个海员工会赤卫队队员说：“枪声就是总部的命令！同志们，各就各位，马上行动！”

何潮与工人赤卫队队员们立即按事先约定，把备好的红布条缠在右臂上，分头把守住“金山”号客轮的各个通道、上下梯口，严禁人们自由走动。

这艘客轮是昨天中午从香港到广州的。

本来“金山”号是早上出发前往香港，客人们昨晚已登船入睡。

船老板是英国人，岸上枪声大作，把英国老板和船上的客人都惊醒了。

何潮他们把守好各出口的时候，船老板和客人也都惊恐地逃出船舱，都被海员工人赤卫队队员们挡住了。他们的任务是不能让这艘船开走，也不能让船上的客人逃跑，这算是总同盟罢工的一部分，而且，船上的海员们大多都要上岸支援起义军作战。

英国老板身材高大，一身茸毛，满脸酒刺，刮过络腮胡子的地方，青里透紫，在灯光照射下，特征非常明显。

他听到枪响人喧，意识到情况不妙，鞋都来不及穿，跑到船头敲起警钟，大声地向船员们怒喝：“Start！ Start！”

船员们当然能听懂这些简单的英语，知道英国老板要他们赶快启动轮船，离岸逃走。

何潮应道：“Time's not up，sir！”这句蹩脚的英语是：“老板，还未到开船时间。”

有的客人惊惶失措，逃到甲板上，吓得在那里颤抖，有的则急切地主动打开自己的行李箱，对着船员们说：“我们都是做生意，走亲戚的，你们随便检查吧。”

何潮在这些工人里面算是有些理论知识的人，也是这个船上的海员工人负责人。他对客人们说：“旅客们，船是开不了了。你们把东西都拿回去，收拾好！我们不是国民党的兵，是中国共产党领导的工人赤卫队，专门打帝国主义和反动派。你们的东西，我们一根毛都不会要的，请大家放心！各人回舱去休息，到时候我们会通知你们下船！”

客人听他这么一讲，情绪稳定了许多，都各自回舱休息去了。

船老板一个人独自在甲板上狂叫：“Get away！”这是一句粗俗的英语，意思是“滚开！”

海员工人事前受过教育，要求大家不要难为船老板，因而都很克制，那个叫华容的工人笑嘻嘻地回应那船老板：“Yes，sir！”

于是，何潮安排两个拿着短枪的海员在船上的出口看守，暂时不让“金山”号开走。

海员们当时还有这么一个想法，如果城里的战斗结束了，可能还要征用一些船运兵去攻打珠江南岸。

英国老板面对手拿短枪的海员工人，也只能在那里自认倒霉，而船舱里的客人，面对武器更是有无限敬畏。

何潮估计这条船被控制住，就带着其他海员上岸，由长堤、南堤，经天字码头、永汉路、高第街，折入维新路的公安局内起义总指挥部。

一路上，看到许多教导团的战士在指挥工人赤卫队战士构建临时防御工事，系着红布条的工人赤卫队战士有的一队队，有的三五成群，飞奔在街头，赶往各作战点。

宣传队的青年学生则沿路高唱《少年先锋队队歌》：

看我们高举鲜红的旗帜，
同志们快来！快来！
同我们努力建设民主共和国，
劳动！做世界的主人翁，
人类才能进入大同。
这就是工人和农民的少年先锋队！
这就是工人和农民的少年先锋队！
通红的火，
烤干了我们的血汗。
由劳动创造的财富，
被他人强占！
可是我们从中间，
锻炼出许多战斗员。
战斗！工人和农民的少年先锋队！
战斗！工人和农民的少年先锋队！

更有那些童子军，唱着《劳动童子团歌》，歌声清澈嘹亮，还有妇女、工人赤卫队队员跟着一起和唱：

农民协会产生的，
劳动童子团。
喇叭铜鼓声，
飘飘鲜红小旗帜。

先有马克思，
继有列宁者。
头颅虽小血自热，
心肝虽小胆不惊。
前进！前进！
小朋友们武装起来，
要向压迫者进攻，
不牺牲，
安得生！
血染全世界，
杀尽那敌人！
快来快快来！
谁云我们不知兵！
爱阶级如亲，
爱同志如身！
高呼劳动童子团！
万岁！万岁！万万岁！

何潮他们也跟着哼唱起来，气势雄壮，极其振奋人心。

周文雍和吴毅认识这些海员工人赤卫队队员，见他们满脸欢喜地来到起义总指挥部，热情地迎上前欢迎。

第四章　红旗飘扬在广州上空

一　烽火满城

教导团驻地四标营发出的三声信号弹，打破了广州城深夜的寂静。

如火药桶一样的广州城被燃爆了，从城东到城西，从观音山到珠江边，到处火光冲天，喊声如雷，整座城市都被战火点燃了。

教导团和警卫团作为中国共产党领导的主要军事力量，迅速行动，如猛虎出柙，向着各自的目标进攻。

显然，教导团的行动更为有成效，东路军解决了沙河和燕塘之敌后，迅速返回市内，向敌军军事目标进攻。

而警卫团作出反应的时候，敌军驻点也被教导团四标营地发出的三声信号弹惊醒，并立即作出防守反应，以致警卫团一出手，就遇到敌人强大火力的反击。

团长梁秉枢在策反该团第一营的过程中又被反动分子击伤，被送到医院救治，该团的作战力量受到严重影响。

秘密集结在城区各处的工人赤卫队联队蓄势而发，教导团驻地四标营地的三声信号弹划破长空，静候在各处的工人赤卫队和市郊的农民自卫军受到最强烈的震动，纷纷按照事前指定的进攻目标或线路，在各联队队长、政治指导员的指挥和号令下，以大、中、小队的建制，分别行动。

离永汉路不远的车夫馆，工农赤卫队第二联队第六大队党代表李沛群正为了稳定焦急等待命令的手车工人们，轻声地教大家唱《工农兵暴动歌》等。

其实他本人也按捺不住内心的激动，一边教唱，一边不时地从怀中掏出那只组织发给他的中山挂表看时间，有时，还会与大队长石喜等跑到屋外的天台上去看外面的动静。

三点半钟刚过，突然从东北方向传来“轰轰！哒哒哒！”一阵紧似一阵的枪声。

这就是事前约好的教导团四标营那边发出的行动信号。

石喜跑回屋内，高声喊道：“战友们！跟我来！”

那些摩拳擦掌的手车工人，不管是手里有武器的还是没有武器的，都跟着石喜冲了出去。

这支手车工人的进攻目标是永汉路上的第五区警署，在维新路市公安局的东边不远处。

他们一边奔跑，一边喊“冲呀！铲平警察局！”“报仇啊！打黑狗！”等自己编的口号。

路上遇到一支从学源里跑出来的由四川籍共产党员带领的工人队伍，他们身上都系了红布条，为了稳妥起见，两队相遇时，还对上了当晚的通关暗语。

手车工人队伍高喊：“暴动！”

对面那支队伍齐声应道：“夺取政权！”

于是，他们各自奔向自己的进攻目标。

石喜和李沛群带领的手车工人跑到永汉路的南如茶楼时，遇到第二联队队长沈青带领一支队伍从高第街一面开枪，一面杀了出来。

虽然大家都认识沈青，但两队相遇时，还是相互对上了通关暗语。

一边喊：“暴动！”

另一边应：“夺取政权！”

石喜和李沛群率领队伍冲到第五区警署对面，遇到警署里面的警察向外面疯狂扫射。

李沛群一个箭步冲到队伍的前面，挥动着手喊道："同志们，冲啊！报仇呀！"

一个叫冯苏的手车工人奋不顾身地冲到了马路对面的警署门口。

那个扛着竹竿的手车工陈华也冲了过去。

石喜当时手中没有枪，因为有限的几支枪都给赤卫队队员拿走了，他手里只有一把大刀，他也冲了过去。

李沛群和工人们都冒着警署"嗖嗖"飞出的子弹，冲到了警署门口。

一时间，第五区警署的门口挤满了愤怒的工人赤卫队队员。

警署门口的警察见压不住工人的力量，把枪支留在那儿，转身向里面逃去。

工人们一下子涌进了第五区警署之内。

这些工人平时正面冲突最多的就是这些警察，他们这个时候，便把自己所有的怨气、怒气都向着这些警察而去。平日里作威作福的警察哪里还敢正面应对这些如潮水般怒吼的工人，一个个都从警署的后门或便门逃走了。

个别认识工人赤卫队队员的警察便脱下了警服，加入到工人赤卫队的队伍中。

沈青率领工人赤卫队队员，顺着仰忠街、东横街追击那些逃散的警察，随即回到警署内，搜缴了 20 多支步枪。

沈青将这些步枪分发给身边的工人赤卫队队员。

冯苏和陈华等人都是第一次拿到步枪，他们可兴奋了。

陈华笑吟吟摸着枪说："抓车把的手今天终于抓到了枪把了！真有意思！"

冯苏说："车把手要是抓到了印把子，那才有意思呢。"

陈华："这话怎讲？"

冯苏："今天的通关暗语是什么？'暴动''夺取政权！'。暴动是手段，夺取政权才是目标！"

陈华：“原来还有这么多讲究！管他怎样，现在抓到了枪把子，还怕抓不到印把子！”

这时，李沛群过来，叫他们跟着他接受新的任务，到附近街面巡逻去了。

在太平南路的西濠口，珠江河上面由洋务工人赤卫队租的艇仔上，梁国志、李少白等二三十位洋务工人，有的在呼呼大睡，有的一夜未合眼。当城内枪声四起之时，正是原先约定的下半夜三点多钟，梁国志警觉地拔出碌架枪，把大家叫醒，他们迅速地命令船家靠岸，飞奔上岸。

那是一条民船，船家并不知道这些人租船是用来干什么的，见梁国志等人拿出枪支等家伙什，又看到岸上一片火光冲天，喊杀声、枪弹声四处响起，吓得不敢出声，等他们上岸之后，立即驾船向着江面驶去，逃得远远的。

梁国志等上岸后，带着这些洋务工人赤卫队队员，由南向北，顺着太平路，沿十三行、一德路、状元坊、大新路，沿着西濠和西城墙，一路上不断有系着红领带的工人赤卫队冲出街面。

不同的大小队伍见面时，就对通关暗语。一方喊：“暴动！”另一方喊：“夺取政权！”

有一些反动工会的人也被惊得跑上街面，因为没有系红领带，又对不上通关暗语，这些反动工会的反动分子有的迅速被打散，有的被打死打伤。

工人们拿着刀、棍、剑、铁锤等武器，一般每支队伍里都有一个人或数个人有枪支，大多数工人赤卫队队员则带着别的冷兵器或棍棒之类。这些布置在城西的工人赤卫队队员的目标是西瓜园的“警察同学会”，他们很快占领了这个据点。

梁国志又带着洋务工人往前冲，在经过丰宁路时，遇到建筑工人赤卫队在曾国钧的带领下沿街冲杀。两队对过通关暗语，各自继续前行。

洋务工人赤卫队队员们向维新路的公安局奔去。

梁国志在路上遇到了他认识的廖伟民带着一支工人赤卫队队员也向公

安局冲来。

廖伟民喘着粗气得意地告诉梁国志："我们把第九区警署攻下了！缴了很多枪支，现在奉命去支援公安局那边！"

梁国志："你们这么快攻下了第九区警署？我们还想过去那边支援你们呢。怎样攻下的？"

廖伟民："别看那些警察平时很威风，当我们的工人赤卫队如潮水般攻到那里的时候，第九区警署的警察一个个都变成了孱头，全都是缴枪投降。原来夺取政权这么简单，容易过吃饭！"

梁国志见他那么得意，特别提醒道："你还是要多加小心噢！"

于是，他们一同率队向维新路的公安局冲去。

线香街的搭棚工会的工人赤卫队的进攻目标是附近的警官宿舍。

焦急等待一个晚上的搭棚工会工人赤卫队队员们听到外面枪声响起，迅速作出反应，工人们一个个振作起来。

当时受杨殷之命巡察全城工人赤卫队集结准备情况的施展，正好巡察到这里，他对中队长周福说："好吧！动手吧，老兄！"

守在门口的赤卫队队员默契地把大门拉开。

周福挥动手中的红旗，高喊："同志们，动手啦！"带着这支队伍，直奔警官宿舍而去。

周福左手高举红旗，右手拿着施展刚才给他的那支短枪，跑在队伍的最前面。

一路上，他们与附近街面的别的工人赤卫队相遇，都默契地互通通关暗语："暴动！""夺取政权！"

这两句通关暗语非常有用，因为简短而有力，每喊一次，工人们的劲头就被激发一次，因而他们一路冲杀，兴头越来越足。

施展和周福带着这支中队，从大南路冲出永汉路，转入惠福东路，一直进到大佛寺内，向警官讲习所发起了猛攻。

因为太突然了，警官讲习所的卫兵没有戒备，也没有接到反击命令，当这些工人们冲过来时，他们开始都蒙了，不知发生了什么事，见有工人赤卫队队员上前缴他们的枪，他们本能地仓促举枪抵抗。跑在最前面的周福举起手枪，将正门口的那个卫兵一枪击毙。

其他队员见状，都蜂拥冲向警察讲习所的大门。

有枪的在前面，拿棍和竹刀的跟在后面，一边向前冲，一边高喊口号助威、壮胆。

里面的敌人作出反应，进行了激烈的反抗，跑在前面的周福右腿中弹，鲜血直流，被击倒在地上。

有一个工人赤卫队队员准备上前将他扶起来，但他突然一个激跃，站起来了，挥舞着手中的那面红旗，用力地摇动着，用尽全身力气高喊："打啊！同志们报仇呀！"

他这一举动使得现场气氛骤然紧张起来，工人们群情激昂，继续向前猛冲，门前的卫兵统统被打死。

施展因为自己的枪给了周福，他从一个被击毙的卫兵手中夺下一支步枪，赶到了队伍的最前面。这时，他遇到了一个忽然从地上站起来的卫兵，手举一支短枪，试图向他开枪，他来不及举起步枪，站在不远处的周福一跃向前，飞步上去，用自己手中的红旗旗杆上的铁尖，插进了那个卫兵的心窝，卫兵应声倒地。

周福因为失血太多，加上这一个猛烈的动作，几乎用尽了全身力气，他无力地坐在了地上，然后又躺了下来。

施展安排两个工人赤卫队队员照看周福，自己带队向里面继续冲杀。

警官讲习所宿舍里300多名警官，当时因为不在岗，正休息着。当工人们冲进来的时候，他们来不及起床和集合，很多人还没有睡醒，更不用说穿衣服了，全部当了俘虏，被集中关在了那个大宿舍里。

工人赤卫队队员们则收缴了那里警察的全部武器，先是各自都根据自己的喜好，换上了步枪，还有很多多余的武器，施展命几个工人赤卫队队员迅速送往维新路的公安局那边去。

解决了警官讲习所宿舍里的警察后，施展回到门外。

那两个看护周福的工人赤卫队队员正在拼命地哭喊：“周队长！周队长！”

施展蹲下来，看着地上那些鲜血和已经闭上眼的周福，摸了摸他那没有血色的脸，又摸了摸他的鼻孔，知道他已经牺牲了。

他和那两个赤卫队队员把周福的尸体放到一个安全的地方，准备等战斗结束后来安置。

搭棚工会的工人拿下警官讲习所后，按照原来的计划，与攻下大南路警署的邓苏队伍会合，在邓苏的带领下，转往文德路，配合警卫团的起义士兵攻打敌军军械库去了。

施展从周福手上取回那支炸嘴枪，听到南边枪声激烈，独自向南堤奔去。

在那里，他遇到了第二联队一个全部由共青团员组成的青年敢死队，他们在一个年仅 18 岁的队长率领下，正在配合警卫团的起义士兵攻打潮州会馆敌军的一个师部办事处。

这支敢死队共有八十多人，只有两支手枪和三个炸弹，而防守的敌人有 300 多人，而且全是精良的武器。

早就集结在附近的敢死队员们听到起义枪声响起，悄悄把会馆包围了起来。先把一个炸弹从窗口掷了进去，但是这枚炸弹没有燃爆，可能是弹药失灵了。

里面的敌人被这枚未爆弹惊动，立即从里面用机枪、步枪向外面扫射，用火力封锁了大门口。这样一来，敢死队员们从正门进攻的路被堵死了。

那个青年敢死队队长急中生智，留下一些人马和两支枪在门口间断地佯攻，吸引敌人集中火力对付大门口，一时间，潮州会馆的大门弹雨如注，一片硝烟。

队长显然事前做过研究，熟悉和了解周边的环境，自己领了三十多个敢死队队员，悄悄地带着剩下的两个炸弹，绕到会馆屋背，爬过矮墙，将那两枚炸弹都掷了进去。

轰！轰！

两个炸弹都燃爆了！

一时间，潮州会馆烟火漫天，里面抵抗的敌人炸死了不少。最重要的是，让那些正起劲抵抗的敌人吓破了胆，都放下手中的武器向门外逃窜而去。

屋外的敢死队队员趁着这乱局，一个个拼命地向里面冲，这样，潮州会馆里的敌人，逃的逃，死的死，来不及逃路的，都做了这支敢死队的俘虏，被集中关在一个屋子里，等待起义胜利后再来处置。

这支敢死队一下子收缴了近千支长短枪，这个年轻的敢死队队长命队员们将这些枪支除了武装自己外，都抬到了维新路的公安局。

集结在横滘附近的芳村聚龙村农民自卫军和农会会员听到市内枪声传来，一个个群情振奋，农民自卫军大队长王岳峰高声地对大家说："起义的时间到了，我们要打倒国民党反动派，打倒地主恶霸。只要我们齐心协力，团结一致，就可以夺取政权，建立苏维埃政府，取得胜利，为牺牲了的工农兄弟报仇！"

对于这些农民自卫军来说，他们除了向往翻身作主，还有一个重要动力，那就是为以往在农民运动中被地主镇压而牺牲的农会会员们报仇。

所以，夺取政权和报仇是他们行动的两大目标。

在王岳峰的带领下，集结在这里的30多位农民自卫军战士向城内进发，朝着维新路的公安局方向奔去，有枪的走在前面，没有枪的跟在后面，一路向前。他们越靠近城区，枪声越密集，他们越兴奋，奔跑的步子也就越快了。

听到城里的枪声响起，看到城里一片火光冲天，在西郊的滘口码头，南海县大沥镇龙溪村30多个农民自卫军战士在谢颂雅的带领下，乘船登岸，与周侠生率领的另外四五十个农民武装会合，一齐向原定的目标松岗进发，将大沥镇的一个50人的地主民团围住。

这些民团分子没有什么实际的战斗力，听到四周枪响，看到农民军举着大刀向他们围拢过来，认得其中有不少是习武的周侠生的徒弟，吓得魂不附体，干脆举手投降。

大沥镇很快飘起了斧头、镰刀图案的红旗，还有农会专用的犁头旗。

大沥镇的这股农民自卫军迅速处决了没有来得及逃跑的地主，很快，从四面八方涌来许多徒手群众，要求参加农民自卫军，全镇上下，一片忙碌。

按照事前的计划，他们在兴仁善堂设立了九区农民总指挥部，委派一个叫林瑞精的农民自卫军负责人整编队伍，成立了大刀队、长枪队、运输队、宣传队、救护队、给养队、侦察队……有模有样地建立了自己的农民政权。

在大沥镇庆祝胜利的时候，附近的石围塘的农民自卫军也在源基和黄谦等农民自卫军队长的带领下打了胜仗。

这样，整个南海县的大部分地区都掌握在农民自卫军手里。

周侠生与谢颂雅商量，立即选择派了一支精悍的农民自卫军，按照事先与赵自选的约定，星夜由广三铁路前往广州西郊的黄沙，编入工农赤卫队第六联队，并向起义总指挥部维新路的公安局那里去报到，接受新的任务。

10日夜晚，杨殷在参加完几个重要的会议后，与周文雍又跑到潭新街的姑婆屋向西城的工人赤卫队和农民自卫军宣布了当天晚上举行起义的决定，并根据起义指挥部的军事部署，从粤汉铁路、建筑工会等工人组成的工人赤卫队第三联队中抽出两个中队，组成敢死队，前往中央公园附近潜伏，配合教导团的战士攻打公安局，留下一个中队攻打黄沙火车站。

潜伏在中央公园配合教导团一连攻下公安局的那支敢死队就是李连带领的这支敢死队。

会议结束后，杨殷特地把当过车长的曾伟赞拉到自己身边，鼓励他说："攻打车站的担子，落到你身上了，担子不轻啊！"

曾伟赞是一个冷静持重的人，他沉思着怎么回答杨殷，被安排带敢死队的李连先开口了：“老曾，你放胆打！我们打下公安局，就回来帮你的手，我不信，那些路警会硬过我们！”

“殷叔，你听候好消息吧。”曾伟赞扬起眉毛，充满自信地对杨殷说。

杨殷迅速离开了，李连也按分工把刚组建的敢死队带往中央公园那边去了，曾伟赞随后走出姑婆屋。

刚转过潭新街，迎面不紧不慢走过来一个人影。

曾伟赞心头正有事呢，猛然吓了一跳，会不会是暗探？

他这样闪过一个念头，同时闪到一个墙角。

谁知走来的不是敌人，是一个更夫。

那更夫根本没在乎曾伟赞的反应，把头缩在高领的衣服里，机械地挥动右手中的小木棍“卟卟”敲打左手里的竹梆，再“叮叮！”打两下挂在小指下的小铜锣。不断重复着“卟卟！叮叮！”同时又有气无力地喊道：“风高物燥，小心火烛！”

曾伟赞等那个更夫走远，回到善兴里自己的家里，小心翼翼地爬上神台，点亮神台上的油灯，轻轻地搬开香炉，从底下取出一支德国造的曲尺手枪和一包子弹，然后掏出手帕，把枪擦得锃亮，装上子弹，吹熄神台上的油灯，出门前往将军直街。

在酝酿起义过程中，中共广东省委和广东省委军事委员会，通过一些特别途径，搞了一些武器，配给部分工人赤卫队的骨干，曾伟赞的枪和子弹就是由秘密交通员在早些时候送过来的。

将军庙供奉着一座将军神像，平日里香客不多，只有庙会时才热闹。

可是，这天晚上，突然来了许多“香客”。

庙祝一时搞不清状况，不知发生了什么事，但见这些人一个个神秘兮兮，他又不敢问，只得静观其变。

原来这是攻打粤汉铁路的工人赤卫队队员临时集合点，在曾伟赞等被召去姑婆屋开会的时候，临时指定负责集队的林绍祝等人就把队伍带到了这里。

这个中队共有约60人，全都是粤汉铁路工人，其中大部分还是当年工人纠察队的队员，他们有的被解雇了，散到别处，现在由工人运动领导人把他们重新组织起来。有的从乡下赶来，有的从港澳赶来，另外还有一些流动的小商小贩，也编组到这支队伍里。

有意思的是，在别的工人赤卫队都只有一两支枪的情况下，这支队伍却配了十多支长短枪，这是除敢死队外武器装备最好的一支工人赤卫队。

可是有60多人啊，还有许多人没有武器，总不能赤手空拳吧。

将军神座前摆放的十八般兵器就被工人们看上了。

火车司机林绍祝走到那个庙祝面前对他说："老人家，这些家伙什借给兄弟们玩一下。"

老庙祝不知进止，很无奈地说："昨日将军显圣，说黎民造反。唉，造孽！造孽！拿去吧，用完就送回来。"

工人们根据各自的兴趣，"叮叮当当"把那刀枪剑戟拿在手里，那种神气与兴奋都表现在了脸上。

曾伟赞进来的时候，工人们正在天井里舞刀弄枪。

他一进门，就被大家围住问道："队长，怎么样，今晚什么时候动手？"

曾伟赞："定了，下半夜三点半，听东北角教导团驻地的三声信号弹响，全市统一行动！"他看到大家都那么兴奋，继续说："大家到时候都要听我的号令，集体行动，如果遇到其他的革命队伍，大家要记住我们的通关暗语是'暴动'和'夺取政权'，殷叔交代了，如果对不上这个通关暗语的就是敌人，大家要警惕！"

一个叫罗七的工人玩得兴起，把手中的长矛往地上一顿，高声嚷道："冇（广州话'没'，笔者注）问题！体育队都系手下败将，还怕几个狗屎路警！"

一个队员掏出一个火车头牌的袋表，在工友们面前晃了晃，说："唉，现在才12点，等到三点半，还有那么长时间熬呢！"

曾伟赞："是啊，时间还早，大家各自找个地方，迷糊迷糊，养足精神，到时好动手！"

一个青年赤卫队捂着手上的长枪说："这个时候，谁睡得着啊！曾车长，给我们讲个故事吧。"

曾伟赞是个资深铁路司机，又年长，他向大家讲了粤汉铁路工人早年罢工斗争的故事，这些年轻的队员一个个听得出神，对曾伟赞更添了许多敬意与崇拜。

教导团驻地的三声信号弹腾空而去，将军庙里的粤汉铁路工人中队在曾伟赞的带领下，默契地出了将军庙，向西南方向冲去。

工人们的第一个目标是铁路工会，那里曾是他们维护权益的地方，可是，现在却被国民党派来的工会改组委员占用了。

林绍祝提着驳壳枪，凑到曾伟赞近前，问道："这一回，那些契弟（广州话骂人的话，相当于孬种，笔者注）改组委员死期到了，包围他们，都活捉了，好不好？"

曾伟赞点头，表示赞同，示意60多个工人自卫队队员把铁路南站水塔附近的小楼团团围住。

曾伟赞和林绍祝带了几个骨干冲了进去，但里面寂静无声。

工人赤卫队队员们对此处都是特别熟悉。

林绍祝顺利摸到电灯开关，把灯拉亮。

一个人都不见。

曾伟赞和队员们迅速搜遍宿舍和办公室。

一个改组委员也没有见到，只有一个看门的老工友在那里值班。经询问，那些工会改组委员听说近来有工人要发动暴动，这几天都没有人敢来这里上班了。

林绍祝对曾伟赞说："这些改组委员跑了，我们去收拾路警吧。"

那个叫罗七的工人说："对付路警那班黄泡仔（广州郊区方言，孬种的意思，笔者注），易过吹灰，你下命令就是！"

林绍祝对曾伟赞说："你带兄弟们再在这里搜一搜，不要让他们有漏网之鱼，我带几个兄弟去打路警即可。"

曾伟赞："好！你要小心点！"

于是，林绍祝带了罗七等几个工人赤卫队队员趁着车站昏暗的灯光，扑向粤汉路局位于如意坊附近的一座三层楼的房子，那里是路警的住处，工人们对此都很熟悉。

工人赤卫队的行动被路警发现了，他们立即开枪射击，而工人赤卫队多用的是冷兵器，根本近身不得。

林绍祝想起了平时杨殷和周文雍教他做思想政治工作的方法，向楼里的路警喊道："喂——！路警兄弟，唔（广州话'不'，笔者注）好打啦！你哋（广州话'你们'，笔者注）被包围啦，缴枪不杀！"

工人们平时与路警接触较多，知道他们大多孱弱没有战斗力。

林绍祝继续喊话："我哋系工人纠察队，现在返（广州话'回'，笔者注）来啦！"

路警以往与工人纠察队交过手，知道这些人不怕死，看到屋外都是工人赤卫队队员，吓怕了。

路警警长朱荣升从窗子伸出头来，惊恐地喊道："各位工人兄弟，高抬贵手，唔好打，请问李队长或曾车长在不在？"

李队长是指李连，他此时正带着敢死队队员在维新路那边配合教导团一连攻打公安局，曾车长是指曾伟赞。

罗七："在又怎样？不在又怎样？"

朱荣升："我同佢哋（广州话'他们'，笔者注）答句话，佢要我哋怎样都得。"

林绍祝："你等一阵！"说着，就跑去找正在工会小楼那边翻找改组委员档案资料的曾伟赞。

其时曾伟赞听到这边枪声，正想过来看个究竟。

朱荣升曾是曾伟赞车上的随车警长，两个本来就认识。

曾伟赞听林绍祝说明情况，立即与他跑来路警宿舍这边。

罗七对曾伟赞说：“把他们喊下来跟你说话，怎样？”

曾伟赞：“不用，朱荣升那家伙，等我过去教训他！”

林绍祝拉住曾伟赞：“不行！这太危险！不要去！以免吃亏！”

曾伟赞把手枪插在口袋里，拉了拉衣服，说：“不怕！朱荣升不敢对我怎样，大家留意点就得了。”

城内的枪声已经传到黄沙这边，工人赤卫队队员们更是兴奋，见曾伟赞大步往前走，都高喊：“曾车长，不要怕！”

朱荣升也听到了城里的枪声，知道今天情况不妙，见曾伟赞走来，立即拉亮了路警宿舍的灯，站到门口，哈着腰迎接：“曾车长，是小弟的不是，不知纠察队的兄弟回来，误会误会！”

曾伟赞：“废话少说，你现在想怎么打算？”

朱荣升看到曾伟赞一脸威严，吓得浑身直哆嗦，结结巴巴地说：“听，听，听曾车长的！”

曾伟赞以命令的口吻：“将人集合起来，给我缴枪投降！”

朱荣升立即转身，向身后喊道：“都集合过来，集合！快！”

那些路警一个个惊慌失措，忙乱地列队站在了曾伟赞面前。

曾伟赞怒斥道：“你班契弟都抵死！纠察队返来了，还敢开枪抵抗。好大胆！不识死！你哋条命亦这样下贱，给你八个大洋一个月，买烟仔都是不够，就同人家卖命！哼！”

朱荣升和那些路警哪还敢出声，一个个无精打采，低着头听训，没有人敢轻举妄动一下。

曾伟赞：“现在你们总算聪明一点，缴枪投降，好，架枪！”

路警们一个个乖乖地把长枪都架了起来，朱荣升拿的是短枪，不好架，他自觉地放在了枪架下。

曾伟赞：“解下子弹袋！”路警们又老实地把身上的子弹袋解下，放在了枪架边。

曾伟赞对他们说："我们优待缴枪投降的人，我们工人赤卫队起义是专门打倒国民党官僚和军阀，建立工人阶级政权。你们愿意参加我们的队伍，我们欢迎，愿意回家，也可以。"

这些吓傻了的路警早就魂飞魄散，哪里知道如何回答。其实他们也有自己的想法，知道参加起义队伍就是造当局的反，过惯了安宁日子的他们对此是有顾虑的。

他们都低头不语，没有人敢表态，或许是与这些年来，广州经常变换当权者有关。

其实，这些人就是怕死。

曾伟赞对朱荣升说："好吧，你把他们带下去，让他们自己选择出路。"

朱荣升把那些路警带走。

离开路警宿舍不远，这些被缴了械的路警们拔腿就跑，一个个都逃散到夜色里，不见了人影。

赤卫队队员们在外围一直替曾伟赞捏一把汗，如果朱荣升他们对曾不利，他们就会向路警们发起冲击，替他报仇，没想到，他一个人"单刀赴会"就解决了那些路警。

工人赤卫队队员把曾伟赞抬了起来，祝贺他的成功，并且那些原来用冷兵器的队员都换上了路警们放在枪架上的枪弹。

黄沙车站就这么轻易地被曾伟赞和林绍祝带的工人赤卫队第三联队第三中队拿了下来，他们接着又按原来的计划，顺利攻下了警察署第十区的一分处。

战斗持续到第二天早上，整个黄沙车站和周边地区都在工人赤卫队的控制之下，附近的反动警察和反动工会曾试图夺回黄沙车站，都被工人赤卫队的队员以饱满的激情打了回去。

起义总指挥部从交通员的汇报中得知黄沙车站被粤汉铁路工人赤卫队拿下，当即由杨殷亲笔写了一纸接收车站的指令，组建了由曾伟赞、李连、王春、罗七、施昌、罗春、张九等人组成的整理委员会，组织工人整理车站，清理车库，检修机车，随时等候命令，到郊外运送农民自卫军进城。

一些人清点物资，把一些财物押解到起义总指挥部；一些人整理封存在车站内的重要档案资料；一些人挂红旗、贴标语，把车站重新装点一番；再派一些人巡逻放哨，维持秩序。

这些队员对车站业务都很熟悉，很快成了车站的主人。

曾伟赞看着车站内面貌一新，很是高兴，于是带了一队人马，走上周边的街头，向街坊、市民进行宣传动员，要求他们不用担心害怕，告诉大家，中国共产党是为人民打天下的，建立苏维埃政权都是为了解放受苦受难的贫苦百姓，希望大家安居乐业，继续开门做生意。

那些店铺早上在枪声里都紧闭门户，一直到中午以后，因为大家看到带队上街宣讲的是曾伟赞，很多街坊都认识他，也就不怕了，放心出街了。

教导团第七连的任务是解决十三军留守处。

在教导团的主力行动前，连长郭声荣把全连战士带出饭厅，走到宿舍外的广场上。

周围一片漆黑，天上没有一颗星星，凉风袭人，这些情绪被激发起来的教导团战士却感到十分爽快。

这些天来，他们一直在焦急地等待这一天的到来，他们期盼共产党带领他们与国民党反动派打一场漂亮的胜仗。

那些关在禁闭室里没有被枪决的反动分子，不时地发出嗷嗷哀嚎，嘴巴里无力地说些他们没有恶意，都是奉命行事，希望放过他们之类的话。

这些人不敢大声，软绵绵地在那里自说自话，因为他们知道，如果大声喊叫，就会被堵上嘴巴，还可能被拉到外面枪决。

朱道南等战士在连长郭声荣的带领下走过广场，跨过那些刚才被枪决的敌人的尸体，走出了四标营地。

街上寂静无声，路灯泛着淡黄色的光芒，有些流浪的野狗被整齐的行军队伍惊起，夹着尾巴，睨着眼睛，在街上乱窜，有的一头撞到了墙上，有的“汪汪”乱叫。

教导团第七连的战士在郭声荣的率领下，静静地靠近了十三军留守处的附近。

在快接近十三军留守处的时候，郭声荣命令一排向敌人右方前进，三排向左方前进，朱道南所在的二排由正面进攻，对十三军留守处进行三面突袭。

当时，十三军留守处的敌人完全没反应，营房里一点声息也没有。

郭声荣把朱道南和谢拙民叫到跟前，命令他们："你们俩，到前面去看看里面什么情况？"

朱道南和谢拙民领令："好！"

两个人伏下身去，在地面爬行，爬了一段路，大概距离那个哨岗15米左右，他们靠墙站起身，把自己藏在墙角里，向门前和里面张望，察看敌情。

只见敌人门前有两个高大的台，上面装了数十盏电灯，照射着大门口，亮得如白昼一般。有两个士兵掮着枪，若无其事地在门前走来走去。显然，他们一点防备都没有。里面留守的敌军没有动静，应该都已进入梦乡。

朱道南和谢拙民立即谨慎地撤离，把情况回报给郭声荣。

郭声荣命令大家爬行，在离十三军留守处大门约20米的地方，大门口的灯光照不到，他们停了下来，静候教导团驻地四标营地的总进攻信号。

按照事先的约定，七连要在起义讯号发出后一小时内，解决十三军留守处的敌军，再跑步去配合九连，解决张发奎十二师的师部。

朱道南等战士伏在那里，心急如焚，两眼紧盯那大门口门岗的哨兵，一是担心自己的队伍会被敌人发现，一是焦急地等候进攻的信号。

朱道南和他的几个山东老乡在一起，他的右边是谢拙民，左边是公今寿，他们不敢出声，都不时地互相看着，彼此打气鼓劲。他们有时抬头望望天空，希望那进攻的信号弹早些腾空而起，可是，天空仍然是那么的漆黑冷清。

这种等待，何止是度日如年，简直是每一秒钟的逝去都意味着生死抉择时间的到来。

终于到下半夜三点半的时间了，东北方的天空中“叭叭叭”三声信号弹终于划破了夜空。

不等郭声荣发出号令，这些迫不及待的战士们腾空而起，直奔十三军留守处的大门。

朱道南和谢拙民、公今寿一个箭步冲到门岗那里，还没等两个哨兵反应过来，他们就用刺刀解决了大门口的两个哨兵。

随着郭声荣一声：“同志们，冲啊！”发起进攻的冲锋号手立即吹响了冲锋号。

当七连的战士从三个方向冲进十三军留守处里面的时候，那些睡梦中的敌军士兵被冲锋号惊醒，还没有明白是哪里的冲锋号声，连衣裤都没来得及穿，面前就站着举着步枪的七连战士，糊里糊涂，一个个成了战俘，整个过程用了不到 15 分钟的时间。

这么容易就端掉了一个敌军据点，这让教导团七连的士兵大受鼓舞。

很快，被安排协助教导团战士攻打十三军留守处的工人赤卫队也赶了过来。

大家见面，除了头上或身上的红布条，不同队伍相遇还同样是要对通关暗语。

一方说：“暴动！”另一方必须应：“夺取政权！”

有对不上通关暗语的，那就说明不是起义队伍，起义队伍会立即开枪扫射，彼此进入作战状态。

这样的情况，在全市各个地区都发生过。

因为当时市内还有一些反动工会组织，当看到全城一片火光的时候，他们会假冒工人赤卫队走上街头进行反对起义的活动。这些反动工会组织可能会看到工人赤卫队身上的红布条，会假冒工人赤卫队，但并不知道起义队伍的通关暗语。

汽车工人一直是工人赤卫队的主要力量之一，当四标营三声炮响之后，停放在第一公园周边和四牌楼附近的汽车工人受命驾着各自的汽车到四标营地装运起义战士，或到各进攻点接收武器和战俘。

教导团七连刚把十三军留守处解决，周边迅速响起了工人赤卫队队员或妇女、学生团队群唱的《国际歌》和《少年先锋队队歌》等，许多汽车鸣着喇叭开了过来。

汽车工人和徒步的工人赤卫队队员头上都绑着红布条，他们一边唱着歌，一边进到十三军留守处抢运武器或战俘。

那些工人赤卫队队员最神奇，有的背着枪，有的拿着锤子、铁棍，但脸上都洋溢着兴奋与快乐。

第七连把十三军留守处交给工人赤卫队后，按原计划，奔往十二师师部，帮助那里的战友进攻敌人。

这时，通信兵跑来向连长郭声荣报告："二十五师师部、公安局、警察厅、兵工厂等地已经被起义军占领，公安局的监狱里关着的被捕黄埔军校学生、共产党员、工人运动领导人都被放出来了，起义总指挥部设在了维新路的市公安局内。还有第十师和十二师师部、第四军军部、军械库等处还在敌人手中，需要支援。"

第七连的战士立即向第十师和十二师的师部跑去。

朱道南等人拼命地向前跑，很快原来整齐的队伍被沿途潮水般冲出来的工人赤卫队挤散了。

来到一条大街上，前面被参加起义的工人挤得水泄不通，他迫切地向身边的工人赤卫队队员打听，前面发生了什么事。

经了解，才知是工人们在这里进攻第十师师部，由于敌人负隅顽抗，工人组织了多次冲锋，都没有办法，被敌人击退了，前面的工人进不去，后面闻风而来支援的工人又不断涌来，这才造成了这样拥挤的局面。

在这些工人中，朱道南看到了许多熟悉的面孔，如黄埔军校第一期学生孙福成，教导团里前些时间被派到工厂去的女学员陈桂珠、宋若男、徐丽、张萍等。

他们已有一些时间没有见到了，在这样的场面见面，格外亲热，大家彼此热情地打着招呼，互相鼓劲加油。

尤其教导团那些女学员，为了作战方便，都把头发剪得极短，差不多与男生一样，上身都穿着短衣，和一般工人没有什么区别，如果不认识，有的人可能还会把她们当作男生呢。

陈桂珠还是那么胖，脸色比以往更红润了，宋若男戴了顶鸭舌帽，活泼而有精神，徐丽、张萍皮肤白净，大大的眼睛，本来就很漂亮，穿上这身短装，更加美丽而有精神。

这些女学员，刚参军时，还留着长发，保留着女孩子的许多习惯与打扮，经过共产党组织的培养，一个个脱胎换骨，变得精干而有力量了。

和朱道南走在一起的公今寿，自从与女学员中的刘慕亲近后，与其他女学员的接触也多了，其中被大家称为胖大姐的陈桂珠，常常与他彼此开些玩笑。

这么些天的分隔，今天在这样紧张的场面见面，大家也不忘忙里互相取笑。

公今寿咧嘴笑道："看你这样胖，躺下来和站起来一样高，还能打仗？"

他这一讲，把大家逗乐了，却把陈桂珠激怒了。她咬着牙，狠狠地在公今寿的胸部打了一拳。

公今寿没有提防，一个趔趄，被打得站立不稳，往后猛退了两步。

只见陈桂珠迅即上前，又把他拉了一把，并得意地说："看你瞧不起妇女！"

在这样紧张的氛围里乐了一下，他们又很快融入到工人的战斗中。

人实在太多了，很快，朱道南和他的战友们又被挤散了，现场有人指挥，但人实在太多，根本没有人听指挥。

朱道南一个人拼命往前冲，一直挤到最前面，当时天还没有亮，路的前面原来有几盏电灯，但被人打灭了，所以，前面一片漆黑。

这个时候，街道的两边突然冲出一些没有戴红布带，也对不上通关暗语的敌人队伍。

朱道南当时跑急了，没有刹住脚步，看到有一个人迎面撞来，他急喊道：“暴动！”但那个人没有对上“夺取政权！”而且那个人没有系红布条。

他以此判断，这是一个敌人，因而把刺刀正对着那个人刺去，那人应声倒地。

然而，很快有很多没系红布条的人向他冲了过来。

朱道南一边回跑，一边开了几枪。

没有用，那些人还是向他扑来，敌人不远处的机枪还不断地向这边扫射，后面的工人还是继续往前挤冲。

朱道南被两边压迫，在大街上显然无法动弹。

对生的渴望在应急状态下变得无比强烈，这时，他一个机灵，看到旁边有一家小铺子的竹门，一个飞跃，跳了进去。

小铺子里正好没有人，乘着夜色，朱道南关上竹门，将枪口插在竹门的空隙里，向着敌人的那个方向连连放枪。

很快，枪口也烧得通红，他不得不放放停停。

突然，他听到门外一阵脚步声，正由敌人的方向从他前面跑过。此时，他想，完了，如果敌人占领了这条街，自己就在敌人的包围之中，那就是死路一条。

他下意识地检查了一下枪尖上的刺刀，摸一摸身上还有百来发子弹，觉得还有与敌人拼死一搏的本钱，在敌人发现和靠近他时，与敌人进行殊死的搏斗。

这个时候，朱道南想到了他的两个山东老乡，也是平时最亲密的战友，公今寿和谢拙民。想到他们平日里那么爱枪，每天都把枪擦得亮堂堂，把刺刀磨得亮晃晃，并告诫自己，这是“十八岁的大姐缝娃衣，闲时做了忙时用”。在他们的影响下，自己平时才会擦枪磨刺刀。这个时候，想起他们来，心中有着无限的暖意，只是，他们又被人群挤到哪里去了呢？外面到处是乱枪声，他们应该是找到了藏身之处吧。

慢慢地天色放亮了。

朱道南从竹门缝里模糊地看到街的对面有两棵梧桐树，树后面不时地向外发出枪声，射出子弹，树后好像有个人在那里伏着放枪呢。

他并不知道对方是什么人，于是对准那个方向射击。

才打出一枪，突然有人一脚把竹门踢开。

朱道南还没来得及反应，那人已经到了他面前。

他不管三七二十一，本能地跳起来抓住那个人。

那人也丢下手中的枪，牢牢地抓住了他。

两人扭打起来。

那可是生死时刻啊，两人都想拼命地置对方于死地，狠命地往死里打。

打着打着，对方忽然把脚一跺说："原来是你！"

朱道南听出声音来了，抬头一看，这不是谢拙民吗？

只见谢拙民嗓子哑了，眼睛红了，两个人紧紧地抱在一起，那可真是无比的亲切啊！

朱道南："你没有死？"

谢拙民："几乎被你打死！"

朱道南："外面怎么样了？"

谢拙民："敌人被我们赶跑了，你还躲在这里乱放枪！"

原来正当人群乱挤的时候，敌人向工人赤卫队冲来，谢拙民和几个有经验的教导团战士迅速地离开了拥挤的人群，绕过几条马路，到敌人的后面发起了冲锋，这样，本来在街上占上风的敌人两边受敌，很快就被击溃窜逃，刚才朱道南听到急速从竹门前跑过的脚步声，是敌人逃窜的队伍。

朱道南："刚才你有没有受伤啊？"

谢拙民："伤倒是没有，只是你一个人在这里瞎放枪，多危险！我追击逃跑的敌人跑回到这里，听到你这里发出枪声，以为是漏网的敌人呢，就让一个战士在那梧桐树后引诱你射击，吸引你的注意力，我就冲进来抓你了！"

朱道南："真险啊！刚才要不是你反应及时，不是你杀死我，就是我杀死你呢！"

谢拙民拍了一下朱道南的肩膀："好了，大难不死，必有后福，快，一起去找我们的连队集合去。"

于是，两人向前奔跑而去。

二　敌酋夜遁

教导团驻地四标营的三声炮响，把火药桶一样的广州点燃了，在寒风吹拂的黎明之前，让冷寂的广州城变成了一座沸腾的城市。

到处是火光，到处是喊打喊杀声。

伴随着枪炮声，汽车的喇叭声和马达声，又夹杂着工人们雄壮的《国际歌》声和妇女、儿童们嘹亮的《少年先锋队队歌》声。

人们潮水般涌向街头，"暴动""夺取政权"的通关暗语在各条街道、马路上相遇的队伍间一遍又一遍地响起。

在中国共产党领导的士兵、工人、农民奋起暴动的时候，其实，这个晚上，还有一些人未能安眠，那就是住在广州城内的国民党党政军高级官员。

除了维新路公安局局长朱晖日来不及穿上外衣翻墙而逃外，城内的最高军政首长张发奎和陈公博也经历了一次生死出逃。

住在离广九铁路不远处"葵园"内的陈公博，到深夜12点钟才上床睡觉。

他虽然是一个文职人员，不懂军事，可是，这两日被汪精卫从上海一而再再而三发来的电报搞得坐立难安。想到数日前汪夫人陈璧君亲临广州的训示和近日大安米店藏枪案子的发生，他当然知道，此时的广州，就是一个即将燃爆的火药桶，那可是一点火就要爆炸的呀。

作为广东省省长，他当然明白，自己也是那些不要命、闹革命的共产党人革命的对象啊。

他一直与张发奎、黄琪翔、李福林保持着密切的联系，这个时候上床，虽然是身心俱疲，可他哪里睡得着呢。

其实，他的这个住地离参加起义的警卫团团部驻地和教导团的四标营驻地都不远，如果起义队伍知道他住在这里，那他真有可能在劫难逃。

对他而言，所幸的是，广州起义领导人这次进攻的目标并不是这些军政首脑个人，而是军警首脑机关。

当周边枪声响起的时候，陈公博其实正开始进入半梦半醒的睡眠状态。

隐隐约约听到外面的枪声，他一个激灵从被窝里坐起身，静心细听。他判断那些枪声似乎是从北方传来的，那正是教导团驻地四标营呢。

他当时第一个想到的就是发动政变了，根据自己掌握的情报，他把广州城内外的兵力情况细数了一遍。

他知道，广州城内驻军并不多，第四军的兵力，李汉魂的一个师被派到郊外防卫惠州、石龙，许志锐的一个师坐镇西江和肇庆，薛岳的新编第一师被调派驻防江门。

不过，昨晚张发奎已密令薛岳本人进城了，估计与镇压叛乱有关。

还有缪培南的一个师，实际上更远离广州，在西江更西的防卫前线。

只有驻在四标营地的教导团和驻燕塘、沙河的步兵团和炮兵团，这些力量都很弱。当然，他想到了离他这个住地不远的警卫团和驻西关陈家祠莫雄的一个团。

陈公博这个时候并不知道，张发奎虽然秘密下达了第二天收缴教导团武器的命令，但教导团的武器还在手上。

正是这道密令，才使得中国共产党的领导人突然决定提前发动这次起义。

因为张发奎和陈公博接到叛徒告密的起义时间是原来的12月13日，他们本来打算在起义爆发前收缴教导团的武器，到时候，即使那些工人赤卫队队员和农民自卫军要闹事，只要没有武器，他们就不怕了。

根据当时的情报，陈公博认为，“这次暴动，苏联领事署是策动中心的机关”。他们始终把中国共产党领导的起义与苏联驻广州的领事馆联结在一起。

陈公博迅即下床，拨动了黄琪翔家里的电话，因为这个时候，张发奎已经把总指挥的职务交给他代理，黄琪翔实际上是广州城内的最高军事指挥。可是，黄琪翔家里的电话没有人接，这下，陈公博可慌了神。

他把衣服穿上，又拿起了电话，打向了第四军军部，还好，电话那边有人接了。

陈公博：“我是省长陈公博，城里怎么响起了枪声？发生了什么事？”

电话那头：“报告省长，我们门外也有人进攻，但不知什么人，现在正在查实。”

陈公博：“请你们黄军长接电话！”

电话那头：“黄军长不在军部司令部，我们也正在找他，刚打电话去他家，没有人接！”

陈公博：“你们那边怎么样？”

“我们这边已经进入全面防卫，敌人在外面无法攻入，现在还在坚守！但不清楚外面的情况，我们听到周边都是枪声，外面有黑压压的人群，而且还有歌声，但是，我们这里有足够的武器，目前还能坚守，但不知后续会怎样变化。”

陈公博：“好！你们一定要坚持住，进一步查实，是什么人在哗变，查实了立即回报我！”

电话那头：“好！省长！”

陈公博又打了张发奎家的电话，电话那头也只有“嘟嘟嘟”的空响声。

陈公博住处周边绿树浓荫，他只能听到枪声，却看不到街面的情景。

放下电话的他，在房间里来回走动，从窗口看到门前的卫士还警觉地在那里站着岗，心里安稳了一些。他反复地看着表，希望那个电话能响起，可是并没有。

突然，他的耳边又响起了更急促更近的枪声，而且更急更连续了，侧耳判断，估计这枪声就是由北向长堤来的。

他实在等不及了，拿起电话，再次拨响了第四军军部的电话，接电话的还是刚才那位接电话的军部参谋。

陈公博："现在事情怎么样？情况明了吗？"

"还没有明了，现在已有几十个人在外面攻打军部，我们的士兵正在门前接火还击！"

"都是些什么人？"

"夜里外面太黑，看不清楚，有些像是工人。"

"有穿军服的没有？"

"让我看看，噢，好像看到了穿军服的人，他们头上都绑了红布条！"

"是共产党！你们军部能坚持多久？"

"不要紧的，我们这里防备充足，他们断断无法攻入我们这里！"

陈公博对着电话："喂！喂！喂！"了几句，对方的声音由模糊而中断了。

陈公博意识到事态的严重性。

他从刚才的通话里了解到，既然工人中杂有穿军服的人，那说明肯定有一部分军人参加了暴动，既然第四军的军部还在防守，那说明还有相当一部分军人没有参加暴动。

这时，他一直在猜想张发奎和黄琪翔去了哪里，自己昨晚来这里住宿，他们是知道的呀。作为省长，他们怎么不派个人到我这里来通报一下情况呢？

突然，他房间里的那个军用电话又响了起来，他兴奋地走上前去接，拿起话筒，里面的话一句也听不清，更分不清是谁打来的，只听见里面不时有枪炮声。他紧张而无奈地放下了电话，看看手表，这个时候正是凌晨四点。

陈公博几次想出门前往第四军军部去看个究竟，因为那里离他这儿很近，可周边不间断的枪声又让他退回到房间，在那里坐立难安。

一直到早上6点钟的时候，东方已经开始有些亮色，长堤那边的枪声却蔓延到东堤这边来了，也就意味着陈公博的这个住处已经处在战火之中。

这时，远处还不时传来几声突击炮声。其实他不知道，那几声炮响正是昨晚薛岳从江门那边调来驻停在珠江河面的“江大”舰向岸上起义军发射的炮弹之声。

这个时候，他想，这次暴动可能是一次有组织的大规模行动，城里的军队一时间还无法镇压下去，第四军军部作为防守广州城内的军事总机关，这么有实力的驻防军都没办法反击。这说明，情况一时之间还不明朗，如果第四军军部把暴动压下去了，他们既然知道我在这里，即使电话不通，也应派一个人来向我报告的，但是，没有啊。

看来张发奎和黄琪翔两个人一个都没有到军部，否则不可能不派人来他这里通报情况啊！

由陈公博的住处到第四军军部，要过两座桥，还要走一条长堤，当时陈公博手下有四个卫兵，“葵园”门口还有一排宪兵。

感觉已经发生兵变的陈公博不了解这些宪兵是否还可靠，他不敢贸然走出门外，只得坐在房子里，把身边的一个勤务兵派到东桥那边侦察情况。

勤务兵回报他：“在东桥上，有一面红色的旗帜！”

陈公博长叹了一声：“那是共产党的旗帜！”

勤务兵：“有几个人守着东桥，都是穿着便衣，没有士兵模样的人。”

“葵园”的宪兵全都起身了，但没有人拿着枪支，都向四周观望，似在等待陈公博给他们发出命令。

陈公博见此情景，判断第四军军部肯定不能去，而这些宪兵也无法依靠，于是在衣服里塞了50颗子弹，拿了一支手枪，把4名卫兵留在了“葵园”，命令他们和门外的一排宪兵们原地待命。

自己只带了那位内勤，静静地离开了“葵园”，向珠江边走去。

出门时，陈公博特地让那个内勤兵也换上便装。

珠江边停着十几个渡人过河的沙艇，摇船的疍家婆（船娘，笔者注）

听到岸上的枪声，早都惊醒了，在那里起身摇船，有的准备离开，有的又似在等客，脸上布满了惊疑。

陈公博看了看河面，见珠江上一片安静，刚才发炮的“江大”舰停在远处，也没有再发炮了，但陈公博不知道那上面的情况。

他明白对面就是第五军李福林的地盘，因而，决定冒险过河。

陈公博本来是个文弱书生，并不会使用武器，求生的欲望在这个时候激活了他身体的暴力细胞。

他走到河边，上了一只民船，可船夫不敢开船，并轻声地说：“在广州，每有战事，船都是不能开动的，如果我这个时候出船，行到河中间，有人开枪射击，那怎么办？”

陈公博从身上掏出 10 块银元，同时掏出手枪，对船夫说：“这是渡河的钱！你如果不开船，我就开枪打死你！”

那船夫哪里经历过这情景，吓得面如土色，知道开船也是死，不开船也是死，说不定开船还能侥幸有一条活路，急得结结巴巴地说：“军爷，有话好说，我开船就是了！”于是解缆开船，向珠江中间划去。

就在陈公博的这条小船向珠江中间驶去的时候，东堤岸上的枪声越来越密集了，人影也多了起来，但没有人注意到在晨色里逃往江对岸的陈公博。

小船安然地行过珠江河面，停在远处的“江大”舰和周边的一些小舰都安静地停泊在那里。

船夫拼命地把船划到珠江对岸，这时天色依然迷茫，码头上有五六个人影站在那里远望珠江北岸，好奇对岸发生了什么事情。

船靠近了码头，陈公博向船主道了谢，让他自行离去。

陈公博从码头上登岸，那些士兵见他一身便装，当作临乱逃跑的普通人，并没有太在意他。

倒是陈公博在自行判断珠江南岸没事的情况下，问岸上的士兵：“昨夜河南这边有什么事吗？”

一个士兵懒洋洋地回答："没有什么事。"这个小兵甚至连河北发生了什么都懒得问。

另一个士兵则好奇地问："河北怎么样？为什么有许多枪声？"

陈公博装作事不关己的样子说："听说是有些工人暴动了，第四军正在镇压，大概快平息了吧。"

离开码头，陈公博一下子慌了神，他不知道该往哪里去。

胡乱地沿着珠江南岸的河堤走了一会儿，他首先想到的是跑到岭南大学去找他的教授朋友，从朋友家打电话去第五军军部李福林那儿。

可是，一想有些不妥，如果他这个省长狼狈地逃入岭南大学，到时惊动了那里的教授们，岂不成为人们的笑谈。与其多此一举，还不如干脆直接奔往第五军军部去找李福林军长好了。

那个时候，珠江南岸多为农田，并没有笔直的马路，多是弯弯曲曲的田间小道。

陈公博是在广州长大的，他少年时曾在珠江南岸的育才书社读过书，对珠江南岸的道路熟悉。于是，凭着自己的记忆，沿着曲折的田间小路，直奔海幢寺李福林的第五军军部而去。

跟在陈公博身后的内勤兵，哪里跑得过这时的陈公博，曾一度被陈公博远远抛在后面。快到海幢寺的时候，陈公博才停下来等他，一起进去。

进到第五军军部，已是天色大亮，可是，李福林这天晚上并没有住在军部，而是住在大塘村里。

陈公博只是告诉军部人："我是省政府那边过来的，你们李军长认识我，你叫他出来。"

第五军军部的卫兵进去报告留守的参谋。

参谋出来后，看到陈公博，认出他来了，立即迎了上去，对陈公博说："李军长住在大塘村那边，我们已经给他电话了，他正从那边赶来。"

陈公博："李军长那边还有别的什么人没有？"

参谋："刚才电话里，军长告诉我们，叫我们不要惊慌，第四军的黄琪翔军长也在他那里，他们正一同赶往这边。”

陈公博很纳闷，黄琪翔不在河北指挥暴乱，跑到河南的李福林家里去干什么。

正惊疑间，有卫兵进来报告：“总指挥张发奎来了。”

陈公博更纳闷了，这个时候，怎么张发奎也来到这里了呢？向外张望，只见张发奎正往里走来。

陈公博惊问：“向华兄怎么到这里来了？”

张发奎指着身后：“你看这是谁？”

正是黄琪翔。

在他们身后，还有广东省财政厅厅长邹敏初，而且这几个人衣服都没有穿好。张发奎还穿着内衣，黄琪翔虽然穿了西服，但没有打领带，那个邹敏初最狼狈，外面穿着一件短衣，把一件长衫夹在左臂间。

李福林军容整齐，算是穿了一身完整的军装，显然，这几个人有的似乎是半道上相遇会合而来的。

张发奎这天晚上住在东山黄琪翔家里，到了下半夜，他正睡得沉的时候，突然房间里的电话响了。

他半睡半醒，本不想搭理那个电话。

可电话一直响个不停，于是披上睡衣，懒洋洋地走过去拿起电话，瓮声瓮气地说：“谁呀？”

电话那头直接就说：“我是谢婴白！”

张发奎一听，打起十二分精神，谢婴白此时正是第二方面军的总指挥部参谋长。

张发奎：“我是张发奎，发生什么事了？”

谢婴白：“总指挥，广九车站一带有激烈的枪声，可能是共产党叛乱了！”

谢婴白还想在电话里说些什么，电话突然中断，这下张发奎可慌了神，来不及穿衣服，向楼上跑去，告知共产党暴动的事。

这时，住在楼上的黄琪翔也接到了一个电话，有人秘密告诉他："教导团营地那边有枪声，可能是共产党暴动了！"随即挂断了电话。

黄琪翔还在寻思，刚才那个打电话的人声音那么熟，是谁呢？这时，只听得西北方向枪声激烈，于是也迫不及待地往楼下跑，希望叫醒张发奎一起逃走，正好遇到张发奎上楼。

两人在楼梯口相遇，张发奎结结巴巴地说："不得了！不得了！北较场的教导团反了！反了！"

黄琪翔先是对穿着睡衣也跑下楼的妻子说："不用紧张，现在情况还不明朗，你和家里人先不要外出乱跑动，等天亮时，再去你姐姐家躲避。我先与张总指挥到外面去看看情况。记住，千万别开灯！"

于是，黄琪翔和张发奎都没有再回到房间穿衣服，默契地一同趁着夜色逃离了黄琪翔的公馆。

外面到处是枪声，他们也分不清哪是暴动的共产党队伍，哪是自己的队伍。

枪声多在城内，他们住在城外，因而继续向东摸黑而逃。

张发奎跑得快，一直向前。

这时，黄琪翔把他拉住了："这样瞎跑肯定不行，这附近就是财政厅厅长邹敏初的公馆，我们去他那里看看。"

黄琪翔把张发奎带到邹敏初的公馆门口，正遇上邹敏初听到枪声出门看个究竟。

见张黄二人这么窘迫地往自己家里走过来，立即迎上前："张总指挥，黄军长，你们怎么来了？"

邹敏初正要把他们往屋里请，黄琪翔摆了摆手："来不及了，教导团的共产党暴动了，河北城里到处都是枪声，情况不明。这里离水上游艺会很近，你熟悉那里，快，一起过去那边，找条游艇去河南，到第五军李福林那里再想办法！"

邹敏初想回屋安顿家人，张发奎说："没时间了，你叫家里人不要开灯外出，到天亮再说。快走吧。”

邹敏初对着穿着睡衣走出门来的妻子说：“好吧，你快进屋，外面很危险，叫家里人千万别开灯，等天亮了，你们自己去找亲戚家躲一躲，等我叫你们回来再说。我陪张总指挥和黄军长出去一下。”

邹敏初的妻子：“我进去帮你拿件衣服吧？”

邹敏初：“这个时候，没那么讲究，来不及了，听话，进去，赶快关门关灯！”

邹敏初一边说，一边与张发奎和黄琪翔向靠近二沙岛的水上游艺会跑去。

邹敏初果然轻车熟路。

三人来到水上游艺会，那里还有一些游艇亮着灯，邹敏初找到他们的管事人，临时调用了一艘水上游艺会的私人游艇，飞速地顺着珠江航道向东南方向李福林住的大塘村那个方向驶去。

到李福林的住处时，李福林已经接到第五军军部打来的电话，告知听到珠江北岸的城里有枪炮声，他们也不知道是怎么回事，根据近日的情报判断，有可能是共产党发动了暴动。但这个年头事情多变，还不能完全确定是哪支军队的暴动。

正在寻思着，见张发奎、黄琪翔、邹敏初三人落荒而来，他已感觉到事态的严重，在外厅简单交流了一下情况，立即赶来海幢寺第五军的军部，正好在这里遇到了从“葵园”逃来的陈公博。

李福林和这几个从珠江北岸逃来的难兄难弟坐在一个会议室里，大家随意地坐着。这个时候，根本讲不了往日的庄重。

黄琪翔首先说话：“以我的判断，不仅教导团暴动了，而且警卫团也参加了暴动，因为长堤那边是警卫团的驻地，那里也有激烈的交火。”

张发奎：“是啊，驻守城内的就这两个团，全参加了暴动。”

陈公博：“怎么会这么糟？教导团不是被缴械了吗？”

张发奎：“教导团在到广州前是被缴械了，进到广州后，在叶剑英的建议下，我们又把枪发给他们了。叶剑英是教导团的老团长，我问过他关于教导团里共产党的事。他向我保证，教导团里关于共产党的事都是外面的传言，教导团不会有事的。基于对他的信任，我才把枪发给了教导团。昨天黄军长从前线回城，我正准备明天再次把教导团的枪缴了，因为我们收到的情报他们是在 13 日举行暴动，希望在暴动前缴他们的枪，没想到，他们竟提前暴动了，这肯定是那个叶剑英泄露给他们的。”

在这里，张发奎始终不提他想让自己的表弟朱勉芳把教导团改造为自己的亲信力量的事。当然，这个时候，他还不知道他的这位表弟已经命丧黄泉了。

他也想到了朱勉芳，在他看来，朱勉芳可能逃跑了，最坏的结局就是被那些共产党人抓了起来关着，他更挂念的还是他东山家里的妻子和家人呢。

陈公博：“你们以前没有人知道叶剑英是共产党？”

黄琪翔：“叶剑英一直很维护我们的，他又不是外省人，是我们广东人啊，谁会晓得他隐藏得这么深。”

陈公博：“这真有意思，连你们的军参谋长叶剑英都是共产党，今天的事实终于证明了。难怪，我们的警察局一边侦破共产党的机关，即使前几日侦破了大安米店藏枪这样重大的案件，仍然没有办法预防这次暴动。”

张发奎和黄琪翔都没有作声。

李福林：“怎么警卫团也暴动了呢？”

张发奎：“警卫团的班底我了解，至少有两个营是忠于我们的，只有第三营是新招的士兵，但是，那个团长梁秉枢是个共产党员，也是藏得很深的一个人，而且这个人也是叶剑英推荐给我的。我想他是一个老革命，而且曾经加入过同盟会，谁知他这样的人也被赤化了，共产党真是厉害！”

李福林：“现在的问题是，共产党这么厉害，连我们的高级军官都能赤化，谁知道除了教导团和警卫团，在别的军政机关，还有没有高级别的共产党员，还有没有别的队伍也跟着共产党暴动。”

张发奎和黄琪翔皆默然无语。

陈公博对军事不了解，这个时候，他完全是凭着一腔愤恨在讨论。他对李福林说：“我不相信教导团和警卫团的人都变成了共产党，刚才我还与第四军军部的参谋通过电话，他们正在那边反抗共产党的暴动。李军长，你应把第五军开往河北‘进剿’，马上镇压这些暴动的人！”

李福林摇了摇头：“陈省长，现在城里情况不明，你叫我派兵去河北，这不是去送死吗？我们并不清楚那边的士兵是否都被共产党拉过去了，还是等情况明朗了再部署镇压也不迟。带兵打仗这事，有时是急不得的。”

陈公博：“你是说我不懂军事？”

李福林：“我不是这个意思，只是想等河北那边情况清楚了再调兵镇压也不迟。”

陈公博：“以我的判断，那些驻守在军政首脑机关的士兵应该没有叛变，要不河北那边不会还有那么多激烈的枪声，显然那边进攻与防守还在胶着状态。要不你给我两个营的兵力，我去河北把那些暴动分子都给灭了！”

张发奎和黄琪翔、李福林这三个职业军人，看到平时文弱的陈公博此时却是最坚决的主战派，既感到好笑，又觉得这位省长今天的表现很有趣，都没有出声。

邹敏初的官职最小，他坐在那儿，什么也没有说，心里一直惦记着还在东山的妻子和家人呢。

陈公博以为李福林怯战，急了：“登哥（李福林字登同，笔者注），请你速派两个营过河，我和向华（指张发奎，笔者注）都是可以指挥的，我可以担保，半日之内，就可以把暴动镇压下去。”

李福林：“我不是怯战，我们军潘枝那个团远在北江，目前河南这边实在没有多少兵，都派到河北去了，河南这边万一也发生什么不测，那怎么办？”

陈公博：“难道你一两个营的兵力都调动不了吗？”

53岁的李福林，字登同，广东广州市海珠区人。早年投身绿林，传说他曾以灯筒冒充枪械行劫，加之“灯筒”与他的字“登同”的方言音相近，所以“李灯筒”之名更为流行。辛亥革命时期参加了反清起义，所部被称为福军。在动荡的民国时期，李福林将自己的势力着力经营广州珠江以南的海珠片区，因而，在广州民间又有“河南王”之称。

李福林本来是个土匪出身的军长，是个粗人，有他莽撞的一面，但长期的军事生涯使得人到中年的他反而变得谨慎起来，他说：“有也很单薄，而且我自己的兵我了解，战斗力都不强。万一河南这边出个什么岔子，恐怕连河南也会保不住了。”

这个时候，谁有军队和武器，谁是大爷。只有李福林手中有军队，看到李福林不再说话，听到珠江北岸那越来越激烈的枪声，张发奎、陈公博、黄琪翔只能在那里干着急。

没有办法，坐以待毙总不甘心，陈公博和张发奎各自草拟了一个电报，一个是发给肇庆的许志锐，一个是发给江门的邓龙光，叫他们回师广州，镇压城里的暴动，虽然这两支队伍开往广州需要时间，远水救不了近火，但在没有办法的情况下，也只能这样了。

当时，广州城内只有两个电报局，一个在长堤，可是长堤那边是一片火光冲天，不知是否已为暴动力量占领，他们只好派人把电报送到沙面的邮局发出。

可是，张发奎派往沙面发电报的人被沙面租界的外国关卡拦住了，根本进不了沙面的邮局。

虽然有张发奎的手令，但这个时候，那些外国领事馆的人搞不清城里发生了怎样的兵变，更弄不明白是哪一派占了上风，根本不搭理张发奎派来的信使之苦苦哀求。

张发奎可能预料到这一点，他同时派了一个人赶到沙面附近的一个商人谭礼庭那儿，请他出面，与沙面的洋行沟通，才让信使进到沙面里面，经那里的邮局，把电报发出去了。

电报发出之后，他们一直等回复，但始终没有回音。他们心中又生出许多疑云，不知那些驻外的部队是否有变，难道共产党的力量影响到了广州以外的驻军？在枪炮声中死里逃生，躲过一劫，他们如惊弓之鸟，心生疑虑。

正在这时，海军处处长冯肇铭也来到了李福林的第五军军部，他向坐在那里的几个头头报告："海军没有变动，各舰舰长我都可以担保，大家都没有被共产党赤化。"

陈公博："这个时候可开不得玩笑的！"

冯肇铭："海军没有问题，这个我可以向各位保证！"

张发奎："好吧，我们不能安坐在这里听河北的枪声，大家还是分工合作吧。"

按照分工，李福林的任务还是继续率军驻守河南，但要断绝往来珠江河道和河南的一切交通要道，不能让河北的暴动蔓延到河南，确保河南。

陈公博、张发奎和黄琪翔在冯肇铭的陪同下，登上停泊在珠江上的军舰，指挥"宝璧""江大"两艘军舰向珠江北岸开炮。

他们从士敏土厂海军司令部（即孙中山大元帅府那个码头，笔者注）上了"宝璧"舰，把它做了旗舰。

上舰时，张发奎仍然放心不下，向着冯肇铭说："如果海军也被赤化，我们这样登到舰上，那就真的是被一窝端了！"

黄琪翔："总指挥，这个时候还能开这样的玩笑，真是心大呀！"

张发奎："我可不是开玩笑的，连叶剑英这样的军参谋长都被赤化了，你们想想看，南昌暴动，叶挺、贺龙都是些什么级别的军官啊，共产党都拉了过去，真是不可思议。面对当前如此局面，那能怎么样？河北我们回不去，待在河南又没什么意义，现在登上这军舰，就只能依靠海军啦。"

陈公博还是很紧张，也不知道怎么答话，内心还真有些担心张发奎所言"一窝端"的话会成为事实。

广州人是比较讲究"意头"的，陈公博的籍贯写的是广东南海人（祖籍福建，笔者注），其实就是广州人。

那个时候，广州以四牌楼为界，东边属番禺县，西边属南海县，因而生活在城东的广州人，籍贯就是番禺人，生活在城西的就是南海人。

陈公博出生在城西，因而是南海人。

陈公博认为张发奎说这话的兆头不好，但没有说出来，只能在心里责怪着。

陈公博闷了一会儿，登舰之前，内心还感到不安全，对着身边的冯肇铭说："我们的命运现在就交给你了！"

冯肇铭得意地笑了："请省长放心，有我在，海军是不会叛变的。"

张发奎趁机揶揄道："陈省长，我们做军人的就是这样，天天把脑袋挂在裤腰带上过日子的，今天您终于见识到了吧。"

陈公博听得出来张发奎话中的酸味，可此时，他又能怎么样呢，只得附和着说："是啊，干什么都不容易。你看我这一省之长，向李军长要两个营，都要不到，也是有心杀敌，无力报国呢。"

冯肇铭招呼"江大"舰靠近，他和黄琪翔两人登上了"江大"舰，顺着珠江河道，驶往东堤，用排炮和机枪向岸上扫射那些系着红布条的暴动队伍。

对于"江大"舰当时的活动情况，时任"江大"舰电报官的谢作屏事后写过一篇《广州起义期间"江大"舰的活动》的回忆文章，其中有这么一段描述：

> 是夜三时左右，陆上人声鼎沸，继之枪声卜卜，间有炮响，舰长事前没有奉到什么通告或密令，因而不明究竟，只有下令员兵各站回炮位严密戒备，旋即亲驾小艇到河南士敏土厂舰队司令部请示。黎明后，舰长回舰，即下令起锚，并将他带回新制的黑白两色旗帜扯上桅杆，并对员兵说：司令官（冯肇铭）、张军长（张发奎）等已登"宝璧"舰座驾指挥，黄副军长（黄琪翔）到我舰指挥，颈

系红带者就是敌人。动员全舰各站炮位，部署后与黄琪翔同登上吊桥发号施令，“江大”舰于是由东向西疾驶，到增沙大巷口中央银行门口，发现有红带者甚众，即发排炮扫射，再到肇庆会馆前，见四军司令部被革命军围攻危急，黄琪翔喝打之声不绝，“江大”助战历约一小时。

“江大”舰炮火猛烈，主要向着第四军军部和中央银行外面的暴动队伍射击，这样，一方面对工人赤卫队和警卫团起义战士有极大的杀伤力，支援了这些据点内的反动力量，另一方面，又鼓舞了这些据点里敌军的士气。因而第四军军部和中央银行一带，包括东亚酒店、先施公司、大新公司，都没有被起义队伍攻入。

看到周边潮水般涌来的工人赤卫队队伍，第四军军部的敌军当时还是很恐慌的。他们一边用火力死守，同时也作了撤退的打算。见“江大”舰停在近岸，他们立即安排了一些士兵在火力的掩护下，把第四军军部的文件、军械、钱物搬上了“江大”舰。

黄琪翔等看到岸上的起义队伍对“江大”舰的炮火无能为力，于是干脆把“江大”舰停在了第四军军部正对的珠江河面，以威慑起义队伍对第四军军部和中央银行的进攻。

张发奎和陈公博乘着“宝璧”舰在珠江河道巡游了一段时间，还是搞不清岸上的情况，陈公博在后来的回忆录中曾这样记述自己的心情：

夜色侵袭了珠江，两岸灯火都不明，只见东边余火还未熄，烈火夹着浓烟还是向着天空乱喷，这样的焚烧到哪时才停止？我们心里的愤痛，比北岸的火还更烈，烟还更酷。

看到满城烟火，听着珠江北岸激烈的枪弹声，见“江大”舰正向岸上开火，张发奎命“宝璧”舰向珠江下游驶去。

他们只要看到有大船经过或停在附近，就派人到舰舷高声问道："是不是新编第一师的，国民党军第二路军总指挥张发奎将军在此！"

他们以为是江门那边收到电报，派船舰赶来广州参战的，但得到的答复都不是。

张发奎、陈公博等乘舰前往江门。

黄琪翔与张发奎这个时候倒是默契起来，一个坐镇"江大"舰，停驻珠江河面，指挥城内还没有被起义军攻占的据点反击，一个坐着"宝璧"舰到外围去组织援军反攻。

张发奎和陈公博到达江门的时候，天色早就大亮，第一师第一团团长正在沙滩上集合队伍，见他们到来，报告说："电报是收到了，只是对电报里的情况还理解不清楚，尤其是电报用的不是平时的密码，只有调兵命令，没有说明详细情况，我们不辨真假，未敢贸然行动。"

在江门，张发奎以第二路军总指挥的名义向外下达了如下几道命令，用电报发往各处：

一、十一日"共逆"乘省城空虚，纠集工人暴动，纵火焚劫，我海陆空军现扼守河南南石头一带。

二、我军为迅速"肃清"广州共逆，决将东江交陈军长铭枢接防，西江固守肇庆，南部固守江门、单水口之线。

三、我军各部队之移动任务如左：

1. 东江二十五师师长李汉魂即率部回广州，扑灭"共逆"。

2. 西江十二师全师、第二十六师除派出第七十八团回广州讨共外，余仍留驻肇庆，统由许师长志锐指挥，扼守肇庆附近，对广西方面警戒。

3. 南路教导第一师之第一、第二两团，着邓副师长龙光率领回南石头附近，与"讨共"各军协同作战，归黄军长琪翔指挥（黄军长现在河南指挥"讨共"各军）。

4. 南路教导师之第三团及第五军之第四十五团，第四军独立团，统归南路指挥部胡参谋长铭藻调遣，扼守单水口、江门及铁道沿线。

随着张发奎、陈公博、黄琪翔等人的逃离，公安局长朱晖日不知去向，在教导团四标营地黎明之前发出三声炮响之后，到早上四时，仅仅半个小时，珠江北岸的广州城内，敌人首脑全都逃之夭夭。

三　红旗飘扬

越华路，广东省政府大门。

北路起义军教导团第三营一路进攻到省政府大门，卫兵进行了短暂的抵抗，因为是周末，政府要员都不在省政府内，找不到领头的，卫兵们很快举枪投降。

观音山（越秀山，因旧时越秀山南麓有一处观音庙而名）。

驻守在山上的警卫团第一营，没有听从团长梁秉枢的命令，拒绝参加暴动，反而把梁秉枢打伤。

这股强硬的守军与山下的起义军展开激烈的枪战，北路起义军占领省政府后，立即兵指观音山，在徐向前和阿陈率领的工人赤卫队第六联队配合下，很快攻下观音山。

红旗飘扬在观音山最高处。

城区各赤卫队驻地。

分布在市区各片区的工人赤卫队队员听到枪声响起，都拿着枪支、炸弹、大刀、长棍等各式武器，在各联队队长的带领下分别冲向各自指定的目标。

高第街。

工人赤卫队第二联队队长沈青带领的起义队伍从高第街冲出来，和来自禺山市、万福路、文明路、大南路的手车夫工人赤卫队联队队伍汇集后，杀向永汉路第五区署，占领区署后，又在永汉南路收缴了维商保旅团一个连的武器。他调了一个大队警戒南堤，配合警卫团进攻中央银行、高级军官俱乐部和国民党市党部等。

郊区各农民赤卫队驻地。

市郊西村的农民赤卫军协助攻击驻陈家祠的敌军。

芳村花地农民赤卫军协助攻打广三铁路车站的敌军。

广九铁路沿线的农民赤卫军拆毁铁轨。

南岗的农军与国民党军队激战。

维新路，公安局。

一时找不到那么多作为起义标志的红领带，打入公安局做内应的朱晖日的汽车司机陈添，立即在公安局内自己的宿舍取出一幅幅红色被套，撕成红布条，发给从牢中出来的战友。

公安局大院。

陈铁军、区夏民等女党员熟练地把陈添抱出来的红被套撕成临时的红布条，作为新加入战斗的人员的红领带。

黄平亲自登记参加战斗人员名单，陈郁、吴毅等把这些新的战斗人员重新编组，分派到各工人赤卫队联队，充实战斗力。一个小组一个小组，一个分队一个分队，从公安局的大门斗志昂扬地出发，奔向各个战斗目标。

公安局楼顶。

国民党党旗被扯下，换上了鲜红的镰刀斧头旗帜。

鲜艳的红旗迎着晨曦，第一次飘扬在国民党的政府机关楼头。

起义临时总指挥部在刚发动起义时，设在教导团的驻地四标营附近，随着对广州城的占领，在快天亮时，张太雷等起义指挥部的领导坐着汽车工人开行的汽车，来到了维新路的市公安局，把这里设为正式的起义总指挥部。

那些没有到教导团驻地去的中共广东省委和省委军事委员会的领导，

也都被召集到这里，集中统一领导、指挥全城的对敌作战。

聂荣臻作为军事委员会的负责人之一，没有参加教导团那边的活动，而是在起义之后，直奔市公安局，叶挺则在指挥教导团的各路人马发动进攻后，与张太雷一起到了这里。

天亮前，除第四军的军部、军械处、中央银行、李济深公馆等少数敌军据点未有攻克外，起义军已占领了广州珠江北岸大部分地区。

原是国民党统治下的广州，一变而为到处都是红旗飘扬的红色革命城市。

清晨，天亮后的广州，满城沸腾。

马路上红旗飘扬，标语、传单贴得到处都是。

脖子上系着红领带的起义队伍，高唱雄壮的《国际歌》，青年学生、妇女、儿童齐唱《少年先锋队队歌》，奔走在大街小巷。

在起义队伍里，还有许多是刚刚从监狱里放出来的共产党员和革命志士，他们披着长发，拿起了武器，忙碌地奔波于那些还在战斗的敌人据点之间。

放眼望去，维新路周边的街道，到处都是举着红旗、身系红领带的工人赤卫队和从郊区赶来支援的农民自卫军的旗帜。

在动员士兵方面，除了教导团和警卫团，在离北较场不远的东较场第四军军医处也有共产党员骨干，他们接到当夜发动起义的秘密命令后，在凌晨刚过，就先自行行动。当北较场的枪声响起，军医处的军医们立即集合起来。

医务处主任贺诚在他的四川老乡、教导团的共产党员王侃予、陆更夫的影响下，决定参加广州起义，并发动了医务处的骨干参加。

可是，当贺诚把医务处的士兵召集起来，进行深夜动员的时候，医务处的处长、书记官和军需三人却坚决反对。医务处处长嚎叫着说："你们不要上他的当，跟共产党走不会有好下场！"并掏出手枪，指着贺诚："你自己怎么做，我们没意见，但你不要鼓动他们，请你尽快收手！"

贺诚已经接到今夜行动的密令，他心中有数，加上事前有周密准备，于是命令身边的几位战士缴了医务处处长的枪，并把他捆了起来。

书记官和军需正想借机逃脱，贺诚立即下令："将他们俩也捆起来！"

军需处的共产党员在贺诚的带领下，经过讨论，迅速作出三项决定：一是军医处的官兵集体参加今夜即将发生的共产党领导的暴动；二是立即处决这三个反动分子；三是由贺诚去与起义指挥部进行联络，沟通军医处的官兵起义事宜。

随后，贺诚迅速地赶往维新路的起义总指挥部听令。

一路上，贺诚看到许多工人、农民和士兵的脖子上都系着红布条，许多路口还有士兵把守，心中非常兴奋，他一路奔跑，来到维新路公安局内的总指挥部，看到张太雷、叶挺、聂荣臻，他立即报告了第四军军医处的同志也起来暴动的情况。

张太雷一把抓住他的手说："太好了！有军医处的参加，我们的革命正需要自己的医生。赶快组织抢救队伍，不能让我们的同志的血在那儿白流！"

叶挺正在用红笔勾画作战地图，听到贺诚的话，抬起头来，对他说："还有陆军医院，也有我们的同志，你快去把他们争取过来，立即投身起义行动中！"

聂荣臻："贺诚同志，你是好样的，现在正是我们急需医生的时候，你快去把军医处的同志分派到这几个作战点，帮助救护在一线作战的同志！"

贺诚立即跑回军医处，按照总指挥部的命令，把军医处的十几个医生分派到各作战点抢救伤员，自己赶往陆军医院设的一个作战点附近的救护站，参加抢救伤员的行动。

公安局。

张太雷、叶挺、恽代英、黄平、周文雍、吴毅、陈郁、叶剑英等先后来到。当叶剑英满脸春风出现在公安局大门时，张太雷、叶挺情不自禁地主动走上前与他握手，整个大院里响起了热烈的掌声。

张太雷："剑英同志，你现在终于可以公开与我们一起战斗了！"

叶剑英望了一眼飘扬在公安局楼顶的红旗："是啊，我盼这一天好久了！"

共产国际代表纽曼和苏联驻广州领事馆的有关官员也来了，看到苏联同志到来，大家又一次鼓掌。

起义领导人往公安局办公楼里走去。

大院里聂荣臻、徐向前、曾干庭、季步高、陈添、陈铁军、区夏民等男女党员骨干都在忙着派发红旗、红领带、枪弹、干粮等物品，一队队工人来了，领了物品又出去投入新的战斗。

李云鹏率领向东路进攻的教导团战士解决了驻沙河、燕塘一带的炮兵团后，收缴了他们的武器，把那些愿意参加起义的人员重新编队，武装起来；把那些缴械投降而又不愿参加起义的人员，都解散了，然后带着队伍按原来计划，返回城内。

李云鹏安排好各连向市区进发的同时，自己带了一支队伍坐了一辆汽车返回市内，沿途遇到许多游行的队伍，边走边喊口号，他在车上也跟着喊，游行队伍喊什么，他就喊什么，很快来到维新路的公安局。

这时，他看到公安局的大院里，陈铁军正带着大家在一张长桌旁给工人赤卫队的人发枪支，并进行登记，事实上，到后来，堆来的枪支越来越多，根本无法全部登记。

因为他头上和臂上系着红布条，进公安局的大门很顺，没有人阻拦他，有偶尔向他打招呼的人，他就会说出起义的通关口号："暴动！"

对方就会回应："夺取政权！"彼此会心一笑。

李云鹏一直往里走，来到正面西楼下那个大办公室，是个三开间，靠北的两间是相通的，没有隔开，只见叶挺靠北墙坐，叶剑英和陈赓也都戴着红领带靠西墙坐。

李云鹏认识教导团的老团长叶剑英，但不认识陈赓，与他们打过招呼，来到坐在那里沉思的叶挺前，向叶挺汇报了东路军的战果。

叶挺非常满意，对他说："观音山是广州城北边的制高点，那里还有顽敌在抵抗，你带领一些炮兵战士到那里去，找一个高地，向黄沙那边的火车站发些猛炮过去，支援在那里攻打火车站的工人赤卫队和农民自卫军！不过，你们注意一下，炮弹不要打偏了，切莫打到沙面的租界，那样会引起帝国主义的干涉！"

李云鹏行了个军礼："是！"立即跑到外面，带了在外面等候他的几个炮兵连排长，开着汽车，把车上的火炮拉到观音山的一处高地，架好炮台，向黄沙火车站发了几炮，但见那里没有枪弹声，似乎已经被工农兵占领。因而，又开车往市区，并在城区内巡查，在行至长堤附近时，一个巷口窜出一些白色工会的人向他们开枪，他就指挥车上的战士，一边开枪扫射，一边把车直往那些人那边行驶过去，吓得那些白色工会的人四处逃散了。

市公安局会议室。

周文雍、恽代英正在组织起义人员布置会场，国民党的青天白日旗被工人愤怒地扯下，换上了镰刀斧头组合的红旗。

起义领导人陆续进入会场，周文雍、恽代英与进入会场的领导人一一握手。

大家依次坐定在一张长桌的四周。

张太雷站在张挂红旗的那一头主持会议。

张太雷看了看手表，望了一眼从窗口照进来的晨光："同志们，从3点30分到现在，刚刚过去3个多小时，教导团、警卫团等起义部队和七个联队的工人赤卫队已经成功地完成了各自既定的战斗任务，现在河北（珠江北岸，笔者注）除长堤的第四军军部、文德路的国民党监察院等少数据点外，已全部处于我红色政权控制之下！"

全场鼓掌。

张太雷："黄埔长洲岛的特务营也行动起来了，芳村、花都、黄埔等周边地区的农民赤卫队接到命令和听到枪声后，也都开始行动了。现在，我们开始讨论广州苏维埃政府和苏维埃政府军事委员会的人员组成问题。关于广州苏维埃政府的人员组成名单，数天前我们经请示中央后，有了一个建议名单，经过秘密选举，大家一致推选苏兆征同志为广州苏维埃政府主席，由于苏兆征同志现在人在上海，在他到来之前由我暂代。”

全场鼓掌。

张太雷：“下面我宣布广州苏维埃政府与政府军事委员会名单：人民内务委员黄平，人民肃清反革命委员杨殷，人民劳动委员周文雍，人民土地委员彭湃，人民外交委员黄平，人民司法委员陈郁，人民经济委员何来，人民海陆军委员张太雷，秘书长恽代英，工农红军总司令叶挺，工农红军总参谋长徐光英。”

全场鼓掌。

这次广州暴动的目标就是建立广州苏维埃政权，经过了长时间的谋划，有很多文件事前已经拟好，因而在这次会议上很快通过了广州苏维埃政府成立和相关的文件。

张太雷公布的政府的组成人员名单发表在当天的《红旗》杂志的号外，其内容是：

广州苏维埃职员名单

（一九二七年十二月十一日）

本日（十一日）上午四点，工人赤卫队五千余人围攻警署，教导团士兵首先响应，广州其余军队或响应，或被俘虏缴械。至上午八时，全广州反动派势力已次第肃清。广州苏维埃（工农兵代表会议）已宣告成立，为政治上最高机关，代表工人、农民、兵士执行政权。广州的工人、农民、兵士已经下最大的决心，要拥护苏维埃与一切反动势力奋斗到底。

苏维埃职员名单如下：

主席	苏兆征（未到以前张太雷代理）
人民内务委员	黄平
人民肃清反革命委员	杨殷

人民土地委员	彭湃（因现任海陆丰苏维埃主席，以赵自选代理）
人民劳动委员	周文雍
人民外交委员	黄平
人民司法委员	陈郁
人民经济委员	何来
人民海陆军委员	张太雷
秘书长	恽代英
工农红军总司令	叶挺
工农红军总参谋	徐光英

（详见中共党史资料出版社1988年出版中国共产党历史资料丛书《广州起义》第126页）

这份登有广州苏维埃政府组成人员名单的《红旗》杂志号外迅速地分发到全城各个地方。

还在珠江河面巡游的“宝璧”号军舰上的张发奎，也通过岸上的渠道获得了这份名单。他在上面没有找到叶剑英的名字，当时还对身边的陈公博说：“看来，叶剑英在共产党里还不算最重要的人物。”

陈公博狡黠地笑了笑说：“这里公布的都是正职，叶剑英不是当了他们的工农红军副总司令吗？”

张发奎：“这年头，真不知道你身边都藏的是些什么人，我真不知道叶剑英是共产党，现在想起来，似乎也有迹可循。难怪叶剑英总是在我面前袒护教导团，他还向我拍胸脯说，他担保教导团里没有共产党员，所以，我信任了他，前些时候把教导团的枪械又发还了他们。这些日子，叶剑英参加了我们许多重要的会议，难怪共产党对我们的很多消息都是能掌握，原来叶剑英就是共产党呢。”

陈公博：“不是说黄琪翔也是共产党吗？”

张发奎："这个肯定没有问题，如果黄琪翔是共产党，那怎会是教导团呢，那就是整个第四军啰。看到西面黄琪翔坐镇的"江大"舰狠命地向中央银行外面的工人赤卫队发炮攻击，张发奎指了指那边说："这就说明黄琪翔不是共产党！这个我可以保证！"

陈公博无可奈何地摇了摇头。

广州苏维埃政府迅速发布了公开宣言，其内容是：

广州苏维埃宣言

（一九二七年十二月十一日）

一切一切一切工农同志们：

在十二月十日夜至十一日，广州无产阶级已经夺取了政权。一切政权都拿在工农兵的手里。赤卫队和教导团联合夺取了公安局及一切政府军事、财政机关。在城里几处次要的地方尚在肃清中。红军用他在公安局夺取的铁甲车、机关枪、大炮解决各反革命的反抗。

同志们：你们的胜利在革命历史上是伟大的，在世界革命的关系上，是重要的，很值得赞美的。在中国是第一次，在亚细亚洲也是第一次。工人群众夺取政权，组织了苏维埃政府。

你们的胜利，对于帝国主义是很大的打击。你们的胜利，为世界革命，为你们的领袖第三国际是很有意义的。

工人、（农）民、兵士同志们！我们驱逐黄琪翔、张发奎，因为他们都是反革命，与李济深、黄绍竑一样。应该逮捕和枪毙一切反革命派及其走狗。这是我们在贪赃受贿的国民党指导之下不能做的，只有在共产党指导之下才能做的。

同志们：

广州苏维埃在他的第一次会议中有下列的决议：

一、广州一切政权属于工人、农民、兵士。

二、苏维埃的武力：组织三军，第一军由赤卫队扩大组织而成，第二军是海陆丰的农民赤卫军，第三军是以教导团作中心，加上许多走到工农革命方面的军士组织而成。

三、为保护苏维埃，一切工人、农民、兵士及下级革命军官应该到红军中去反抗帝国主义、军阀及反革命派。在最近几天至少应该组织五万红军，我们所有的战利品可以武装我们的红军。红军不是军阀的军队，是志愿的革命军队。红军不是为军阀的腰包奋斗的，是为给米与工人吃，给土地与农民耕，解放一切被压迫阶级及帝国主义与一切反革命的死亡而奋斗的。广州工人们即刻来广州市各处红军征募处登记。

四、应该一点都不怜惜的消灭一切反革命，应该枪毙一切有一点反共行动或宣传，或有反苏维埃的行动或宣传，及与帝国主义做反革命宣传的分子。

五、应该即刻给工人八小时工（作）制。

六、没收一切资本家的公馆、洋楼做工人的寄宿舍。

七、苏维埃政府应该维持失业工人的生活，其需要若干，先由各自工会制定预算并报苏维埃核发。

八、苏维埃宣言：维持并增加省港罢工工人原有的利益和特权。

九、只有中华全国总工会与他所属的工会才有一切自由的行动，什么广东总工会、机器工会和什么国民党自称的革命工人联合会（其实是反革命的工会），应该即刻封闭。他们这三个工会领袖不是工人，而是白色恐怖的走狗，应该扣留起来即刻枪毙，同李济深和张发奎的工会改组委员也应枪毙。至于在三个工会下面的简单工人，他们反对他们的领袖的，他们不是我们的仇敌，而是我们的兄弟，他们同我们做一样苦的工作，得同样子的工钱，因此，我们不追究这些工人，并且希望这些工人即刻加入中华全国总工会与他所属的工会。

十、禁止国民党的活动，他的一切组织应即取消，若是有为国民党宣传的，应该受革命的裁决。国民党在与共产党合作的时候是革命党，以前工人倚重国民党，现在还有很大的敬重于国民党的创造者孙中山先生，他是帝国主义的仇敌，人民的朋友，虽然他还不是无产阶级革命者。自蒋介石四月的政变和汪精卫七月的政变以来，国民党完全变成了反革命、帝国主义的工具，枪毙工人、农民，欺骗兵士，真是国民革命的叛徒。国民政府的军队是拿来保护资本家、地主和富农利益的，他们的领袖南京派和张发奎派都是一群反革命的、强盗的、压迫的和杀人的反革命分子。因此，现在还在国民党内留着的工农兵应即刻退出国民党，依靠着唯一可靠的苏维埃政权。

工人、农民、兵士同志们！我们在广州有伟大的胜利，但我们的工作尚未完成，而且到处还有很大的危险，我们应该用我们最后一点的热血，保障广州苏维埃的政权，我们应该解放全广东和全中国的被压迫民众，我们全世界的无产阶级帮我们。三千万农民开始全广东的暴动，一致与他们前进，依靠广州英勇的工人阶级的势力，我们的胜利，将是不可估量的。

打倒蒋介石、汪精卫、张发奎、李济深、朱晖日！

杀死一切压迫人的人！

打倒国际帝国主义！

工人、农民革命万岁！

工农兵代表会（苏维埃）万岁！

广州苏维埃主席　苏兆征

人民军事委员　张太雷

人民内务委员　黄　平

工农红军总司令　叶　挺

一九二七年十二月十一日于广州

（详见中共党史资料出版社 1988 年出版中国共产党历史资料丛书《广州起义》第 123 页）

在这个宣言里，透露着一个重要信息，那就是第九点，特别提到当时广州城内还有三个反动工会，即广东总工会、机器工会和革命工人联合会。

这三个工会组织当时并不在共产党的领导之下，而是受制于李济深和张发奎的国民党力量。

这些工会里的改组委员，多是国民党的骨干，正是这些人，平时受国民党支配，对工人运动进行抵制，与革命力量支配的工会存在固有的矛盾。在11日凌晨广州起义爆发的当天晚上，工人赤卫队除了与教导团和警卫团的起义战士一起攻占各军政警机关，还有一个重要任务，就是解决这三个工会里面的改组委员和阻碍工人运动的反动势力，在一些地方产生了严重对抗，影响了一些工人力量的战斗效力。

同时，广州苏维埃政府还印发了传单《中国共产党广东省委告农民——为巩固广州暴动的胜利而继续奋斗》《工人武装起来》等，发表了全民公告：

广州苏维埃政府告民众

（一九二七年十二月十一日）

工人、农民、兵士及一切贫苦民众们：

十二月十一日晨四点半钟，有一大部分雄壮的农民革命军武装入城，反革命军队开始有些反抗，随即缴械投降。有许多反革命的军官和警长都已毙，张发奎逃往香港，陈公博已被扣留。（发布这个公告的时候，因为是十一日早晨，广州起义的领导人不知道陈公博已经逃往珠江南岸，以为他还在城内。笔者注）

广州政权已经被我们无产阶级夺取过来了，广州一切军队都在苏维埃指导之下了，中国被剥削阶级自己起来夺取了政权，这是在中国历史上第一次仅见的。我们誓死保护我们的政权，我们要打倒一切反动派和一切反革命！

今天，全广州市的工人阶级应该起来作政治总罢工，一切革命的工人，应该在广州苏维埃指导下武装起来！

今天，下午两点钟有一个群众大会在东较场举行（当天早晨在公安局内召开的苏维埃会议决定当天要举行一次群众庆祝大会，很多史料都说的是第一公园，这可能是后来作了调整。笔者注），一切苏维埃委员将在那儿同革命的群众们讲话。

苏维埃宣布一切南京国民政府委员和一切张发奎省政府委员都是革命的叛徒、工农兵的仇敌。计：（一）李济深（二）张发奎（三）黄绍竑（四）黄琪翔（五）朱晖日（六）蒋介石（七）汪精卫（八）李宗仁，有能割取上述每一要犯头颅者，赏五万元。

苏维埃要求一切工人和革命兵士、军官逮捕上述要犯。不管他生的或死的，都解送到革命裁判所来。

一切工人、农民、士兵应该选举出席苏维埃大会的代表，以便参加选举苏维埃政府委员。

广州苏维埃以满腔革命热情向海陆丰农民致革命的敬礼，并要求他们派出代表来广州，以便一致行动，以反对一切反革命。

广州苏维埃要求全广东农民即刻暴动起来，没收一切土地，杀尽地主与富农，不交租，不纳税，不还债，烧尽一切田契和债约，组织乡村苏维埃政府，广州苏维埃政府一定派红军去帮助你们。

广州苏维埃要求一切兵士和革命的军官即刻带领武装到红军方面来，逮捕并枪毙一切反革命军官，组织革命兵士委员会，每月十二元军饷的兵士应该每月发给二十元的军饷。

为发动广州工人阶级，广州苏维埃公布下列法规：

一、在一切工厂、作坊中，实行八小时工作制！

二、增加一切工人的工钱！

三、用政府的经费维持失业工人的生活！

四、维持并增加省港罢工工人原有的利益和特权！

五、没收阔佬的公馆给工人居住！

六、银行、铁路、矿山、大工厂、大轮船收归国有！

七、没收大资本家和地主的一切财产！

苏维埃为帮助城市贫苦人民，决定消灭一切债务、禁止还偿，并取消贫苦人民的房租、捐款。

广州苏维埃要求全中国工农兵照样暴动起来，保护广州，反对反革命，打倒一切军阀！

广州苏维埃向全欧在帝国主义铁蹄下的无产阶级——英国、法国、德国、意大利，致兄弟的敬礼！

广州苏维埃向苏维埃俄罗斯工农致革命的敬礼，他们是创造苏维埃的先进者。

广州苏维埃向第三国际致革命的敬礼，他是世界上一切被压迫阶级的解放者和世界革命的领导者。

红色广东胜利万岁！

一切政权归工农兵代表大会（苏维埃）！

打倒帝国主义、军阀及一切反革命派！

广州苏维埃

（一九二七年十二月十一日）

（详见中共党史资料出版社 1988 年出版中国共产党历史资料丛书《广州起义》第 120 页）

这个公告列举了八大要犯，排在第一位的是李济深，第二位的是张发奎，这个排名也反映了当时张李势力在广州及广东境内作为广州起义主要对象的这个情况。

上述文件，皆于当日早上在公安局内张太雷宣布广州苏维埃政府成立的会议上拟定并通过，由工人赤卫队送到指定的印刷厂临时加印，并迅速派发到全城。

为了配合广州苏维埃政权的工作，中国共产主义青年团广东省委员会也发布了《告青年兵士、警察及保安书》。

根据黄平在1962年写的一篇回忆材料《广州暴动》中，关于广州苏维埃政府所发文件，还有这么一段内容：

> 广州苏维埃政府一成立，除了发表国内政治宣言外，还发表一个对外宣言。其基本内容，据我所记得的，是取消一切不平等条约，不承认反动政府所借的外债，收回租界，准备在平等基础上同外国建立贸易和外交关系，准备与苏联建立外交关系。在我所看见的记载中，都没有提到这个对外宣言。

黄平当时在广州苏维埃政府里出任内务委员和外交委员，他的这个回忆应该是可信的。

公安局的大院里一片胜利的欢呼之声，会议室里的会议依然井然有序地进行着，每一项议程都紧凑而有效，每一个文件，大家皆以鼓掌通过。

会议快结束的时候，张太雷说："军事行动是我们能否取得政权和保卫政权的重要保障，为了加强军事指挥力量，请叶挺同志讲话。"

叶挺站起身，走到挂着一幅地图的墙边："由于我们的周密部署和工农群众的热烈响应和支持，我们已经占领了广州主城区最主要的区域。当然，这也由于国民党军队主力不在城内。但是，珠江南岸还完全控制在李福林的第五军手中，长堤的第四军军部和文德路的国民党监察部守军还在负隅顽抗，一旦在广州外围作战的国民党兵力调回广州，我们的苏维埃政权还会处于危险之中，为此，作为战时措施，省委领导研究决定，将广州苏维埃政府设在这个公安局内，苏维埃政府的军事委员会也设在这里。"

全场鼓掌。

张太雷："今天中午12点，我们要在第一公园举行广州苏维埃成立庆祝大会，请大家分头通知各起义部队和工人、农民赤卫队，请他们派代表参加。我们要把会议开得隆重、热烈、喜庆！大家各自回到战斗岗位去，散会！”

沙面，英国领事馆。

英、美、日、法、德、意、荷、葡等国领事一面听着广州西关和黄沙一带的枪弹声，一面在秘密磋商。

英国领事：“共产党这次在广州举事，肯定与苏联领事馆有关，这是国民党政府放任苏联领事馆的结果。”

美国领事：“据我了解，这些中国的共产党人有很强的自主意识，他们不一定受苏联领事馆的主使。”

法国领事：“即使苏联领事馆的官员不是这次起义的主使，至少也是支持者。”

德国领事：“这一次，国民党政府终于尝到了与苏联走得太近的苦头了。”

意大利领事：“这些问题都不是问题，我们领事馆的层级还管不到这方面来，外交问题自然有大使馆去交涉。只是现在广州满城枪林弹雨，这些枪炮都是不长眼睛的，万一那些起义部队乱闯闯到沙面来了怎么办？”

日本领事：“是啊，这些赤化分子平时就称我们是帝国主义，是他们口号里打倒的对象，现在他们手里真的有枪，那还不过来打倒我们？”

英国领事：“不知道各位在广州有多少自己的护卫力量？”

美、日、法领事表示本国有部分军舰在珠江河上，英国也承认有数千兵力在广州附近，德、意、荷、葡则表示还有留在沙面的一些警察。

在英国的协调下，沙面租界立即全岛戒严，在东西两桥通往广州的路口都架设了机关枪，并布置了重兵。会议确定，调英兵2000人、法兵400人、日兵300人驻守沙面，由英舰“摩轩”号、“莫丽翁”号、“美舰沙克明”号和日舰“宇治”号，掩护国民党军队渡江。

长堤、西堤一带的珠江河面，出现一些挂有日本、英国、美国、法国国旗的军舰。

西堤码头。

靠近西濠口，工人赤卫队已经占领了该处，正严密注视着珠江南岸和珠江河面。

突然，一艘日本军舰靠近西堤码头。

赤卫队队员飞速围过来，向着靠近的日舰开枪射击。日舰上站出一个翻译：“我们是来接在孙逸仙医院工作和住院的日侨，不会介入你们国家的战争！”

工人看到日本国旗就恼火，也不听这个翻译的传话，继续把子弹打过去，一颗子弹穿透了舰上的那面日本国旗，一颗子弹从翻译的帽沿边飞过，翻译把头缩了进去，再也不敢出来传话了。翻译对着舰里的日军说：“这些中国的共产党真的很厉害！”

日舰不得不离开西堤码头。

维新路，公安局。

恽代英正在埋头起草文书，周文雍把那块写着“广州苏维埃政府”几个大字的又宽又长的红布拿给陈铁军，深情地看了她一眼：“请你叫几个同志把它挂到门前！”

陈铁军：“好，我马上去叫！”

陈铁军请来几个工人赤卫队队员，把那块大红布挂在了公安局的大门上，周边的工人赤卫队队员和起义战士，热情高呼：“广州苏维埃政府万岁！”一时间，这口号响彻维新路整条街道。

公安局的大门口横幅是：广州苏维埃政府。

左边的牌子是：红军总司令部。

右边的牌子是：广州工人赤卫队总司令部。

公安局门口。

黄平、陈郁、吴毅、区夏民等几位男女党员在忙着向前来领取枪支、红领带、红旗和干粮的起义人员分发物品。

陈铁军指挥几个工人赤卫队队员将周文雍书写的“广州苏维埃政府”横标挂在门口时，大家一看，热烈地鼓起掌来，脸上洋溢着自豪的笑容。

公安局内原朱晖日的办公室。

广州苏维埃政府军事委员会的叶挺、徐光英、叶剑英、黄锦辉、聂荣臻等人正在埋头研究军事指挥问题。

叶剑英："教导团、警卫团我都可以去督战。"

叶挺："教导团和警卫团现在都占领了最重要的国民党机关，特别是警卫团，团长梁秉枢受伤住院，需要您去安抚和鼓励战士们。"

叶剑英："好，我马上就去八旗会馆那边！"

叶剑英快速地向门外走去！

叶挺向着留在屋里的军委委员："现在，我们还要考虑从外围缓解广州城内的压力，尤其是要考虑，万一城区作战受挫后部队转移的接应问题。为此，委任凌津同志为北江农军第一支队司令，其任务是在粤汉路沿途扰乱敌人后方及破坏铁路。这道命令要马上传达。"

黄锦辉："我安排人员去传达。"

叶挺当场写了一份手令，交给黄锦辉。

叶挺："工人赤卫队与起义部队的配合还要加强，特别是观音山一带，是全城的制高点，我们的旗帜在山上飘扬对全城的群众都是很大的鼓励与激励，敌人一定会强力争夺这个据点，教导团的三营需要工人赤卫队支援。"

叶挺当场手书：请文雍同志带领赤卫队队员支援观音山教导团第三营的战斗，并交给聂荣臻："请你立即交给周文雍同志！"

聂荣臻："是！"

聂荣臻接过叶挺的手令，出去了。

广州街头。

过往群众这一簇那一簇在看张贴在各主要街区的《广州苏维埃宣言》《告民众书》以及有关的法令。当天，广州市工人、农民和市民欢欣鼓舞，热烈拥护苏维埃政府，积极参加起义。

街头挂满了各式标语：

一切权力归苏维埃！

庆祝苏维埃政府成立！

打倒国民党！

打倒帝国主义！

打倒汪精卫！

打倒张发奎！

中国共产党万岁！

某处，几位市民边看边议论。

市民甲：“苏维埃是什么意思？”

市民乙：“嗨，苏维埃你都不懂，你看这发布文告的主席不是叫苏兆征吗？他建立的政府当然姓苏啦！”

市民甲：“不对吧，现在都什么年代了，早就不兴家天下这一套了，这个“苏”与那个“苏”意思应该不一样。”

一个赤卫队队员脖子上系着红领带，扛了一支长枪路过，站在人群边。

市民们突然发现一个扛枪的人，都不言语，有的走开了，有的站在那里发呆。

赤卫队队员：“嗨，各位街坊，刚才这两位街坊的理解不对，苏维埃主席是我们政府的负责人，苏维埃是我们的政权名称，这根本不是一回事。”

市民甲、乙早不见了踪影。

市民丙：“那苏维埃是什么意思，你能否给我们解释一下。”

赤卫队队员：“当然可以。这苏维埃的意思就是代表工人、农民团结的意思。也就是说，我们建立的政府是代表工人和农民利益的，与国民党代表的大地主、大资产阶级的政权不同。”

一位老者：“噢，原来是这样，那我们当然要支持你们建立的苏维埃了，反对国民党政府。”

赤卫队队员举手高呼：“广州苏维埃万岁！”

群众附和："广州苏维埃万岁！"

赤卫队队员："打倒国民党！"

群众："打倒国民党！"

中国人民解放军战士出版社 1979 年 11 月出版的《星火燎原》第一卷有一篇叶剑英的回忆文章，其中记述广州起义胜利的十二月十一日的情况是这样写的：

> 当天上午，广州第一个工农民主政府——广州苏维埃政府便在原公安局所在地成立了。工农民主政府成立后，立刻颁布了革命政纲，把缴获的武器发给了参加起义的群众。
>
> 青年学生和妇女组织了宣传队，有的担任了运输、侦察、救护工作。
>
> 红旗几乎插遍全市，大街小巷挂满了红布横额，墙上写满了工农革命的标语。
>
> 仅仅几个小时前被反革命阴云所笼罩的广州，现在又变成了生气蓬勃的、革命的广州了。

第五章　去留都有理由

一　一日暖风

虽然已是深冬，广州的天气并不特别寒冷。昨夜阴沉的天气，到了11日的早晨，似被这黎明的枪炮震醒过来，一扫沉霾，露出了晴暖的笑脸。

最热闹的当然是维新路的广州市公安局，此时已经成为广州起义总指挥部，广州苏维埃政府的所在地。

在城区各处顺利完成进攻任务的工人赤卫队和农民自卫军，都向维新路这边涌来，起义指挥部的指挥官们只得让他们领了枪弹后，又派往各处支援。

在开完第一次苏维埃会议之后，那些军事指挥员们都在研究军事部署和战略，如有交通员跑来报告哪里需要支援，他们就把那些前来的工人赤卫队派过去。这些，黄平都插不上手，虽然他同时兼任了广州苏维埃政府的内务委员和外交委员，但他非军事方面的领导。他看到公安局的院子里堆满了枪支，而门口又是挤满了等候发枪的工人们，就主动加入到那些发枪的人们之中，把一支支长短枪支和一排排子弹发给那些来领枪的工人。

有意思的是，这些发枪的与领枪的，大多都不了解枪支的知识，有的发了长枪，却领了短枪的子弹，有的领了短枪，却拿了长枪的子弹，大家都没有认真分别，只要是枪和子弹，就领走了。

黄平晚年写的《往事回忆》中曾写到这一天他的情况：

天亮之后，卡车运来缴获的枪支。我在公安局大门外把枪支从卡车上拿下来，交给旁边的工人，也没有把他们组织起来。发枪的事完全可以由别人做的，一个革命委员会的委员不去做组织群众和领导群众的工作，而把时间消耗在发枪支上，这充分表现了我的幼稚。我忙忙碌碌于琐碎的事上，整整一个白天没有和太雷、文雍、吴毅见过面，使斗争的群众失去领导，这是莫大的错误。正在发枪之际，我看见叶剑英和另一个人站在人群中。我上前把他们领到太雷、叶挺处，我就走了。他们给了叶剑英什么工作，我不知道。

这一天，昨晚的寒气早已被满城烽火驱散，太阳出来了，但天上还有乌云浮动。

工人、农民、士兵成了这座城市真正的主人。

公安局被占领后，各处所缴武器都早已由在周边候命的汽车工人用汽车运来，堆在公安局的院子里或者门口，黄平、陈铁军等，既自己分发武器，也不时招呼那些前来领命的认识的工人赤卫队队员帮忙派发。

有一些打散工的工人，没有得到起义的消息，但第二天早上被城里的枪弹声惊醒，发现街上都是系着红布条的人，自己也想办法弄些红布条，仿照别人的样子，在头上系一条，手臂上缠一条红布条。

对于起义后的12月11日早上的情况，起义领导人之一的杨殷在数月后，有一篇《斗争中的回忆》写道：

十一日早夺得枪支约五六千支，将各赤卫队编练，而工人群众领枪去作战杀敌者不知几几，在公安局前、省长公署前约有三万人。另各工会及占领地作战的亦共有二三万人。满马路都是工友，有枪的固（故）去应战，即无枪者亦各做运输、侦探种种工作。群众的英勇坚决，如汽车工友，除运输外，都能单独作战，三天内未得一饱。海员、铁路工人都能担任指挥作战及组织群众等工作。罢工工友、人力车、菜栏、酒业、酒楼茶室、打石棚厂及各工友均勇敢杀敌而牺牲独多。

汽车工人是这次起义中的一支工人赤卫队生力军，他们在起义发动的前一天晚上，就受命把汽车开停到中央公园和四牌楼周边候命，城市公共汽车和一些机关的小汽车都有。

当起义爆发后，这些汽车驾驶员很快受命驾车开往各进攻点装运武器到公安局这边来。他们还派出了许多公交车司机，开车到四标营运送起义战士开赴各作战据点。

时任苏联驻广州总领事波赫瓦林斯基在《广州的悲剧——一个目睹者的记述》里有一段这样描写汽车工人开着汽车载运起义战士的文字：

我已说过，我们都住在城边上，在城郊东山。起义一开始，我们立即与城里完全隔绝了。城里几乎每条街道上都进行着战斗，步枪、机枪扫射不停。向广州进攻的反动军队不断用大炮轰击城市，城里各个地方都因此起了大火，但没有人去救，到十二月十一日晚，广州的上空一片火光。

根本谈不上我们有人还能进城。甚至那些想绕道广州数不胜数的偏僻小巷进城的中国雇员，由于穿行太危险，都被迫返回了东山。这样，我们只能听城里的消息，或者观看我们城边上的动静。平时一条繁华的中国街道，从十二月十一日早上起便几乎空无一人了，偶尔有那么几个匆匆来去的过客，时而端着枪，脖子上系着红领带的工人赤卫队的巡逻队走过。这两天大街上出现的几乎所有人脖子上都系着红领带。时而载满武装赤卫队员的汽车进城出城。这些汽车显然是在匆忙的起义过程中缴获的，都由一些毫无经验的司机驾驶。经常从我们旁边驶过的一些汽车只三个车轮有胶皮外带，而第四个轮子的铁车轮便碾压着马路，一路上轰轰作响。

还有几个据点的枪弹声时断时续，起义战士和工人赤卫队虽然攻不进去，但里面的敌人却无力向据点外进行打击，外面到处都是工人赤卫队队员和起义战士，还有不断从郊区涌来的农民自卫军战士。

由于战火的波及，长堤和仰忠街一带，有许多民房也着火了，这时，一些反动工会的死硬派便趁机纵火，借机嫁祸于工人赤卫队，第四军军部和第四军军械库周边的民房很快又陷入一片火海之中。

由“江大”舰从珠江河面火力支援的中央银行和第四军军部，成为12月11日这一天珠江北岸最猛烈的战场。很多工人赤卫队和农民自卫军闻讯赶来增援在这里进攻的起义队伍，但每一次都在“江大”舰和驻守的敌军火力配合下被击退。

黄平在他晚年的回忆录中，曾这样记述这个问题：

> 暴动后，我们很顺利地占领了许多重要机关，但是中央银行旁的军部无法攻下，因为这个军部面临长堤。河上敌舰游动，我们无法从正面攻，后面又有别的房屋，敌人居高临下，很易防守，我们屡攻不下，受了极大牵制。当时想攻下这个军部后就渡河攻河南，但是始终攻不下，我们的军队，不能继续攻，这就注定了暴动的失败。不但进攻河南或其它军事行动成为不可能，甚至全副力量放在如何消灭敌人这个据点，以致政治工作、群众工作都受到影响。

城内的反动工会最初曾试图阻止或反抗工人赤卫队的行动，但随着全城起义力量的迅猛发展，潜伏在各革命工会里的国民党委派的改组委员基本上被革命的工人赤卫队制服或枪决，有少数侥幸逃走，机器工会等反动工会不得不有所收敛。

从大东门到西门口，从越秀山南麓到珠江岸边，整个广州城，总体上在中国共产党领导的力量控制之下。

那些被革命力量关注的没有逃跑的反动分子首先受到了镇压。

11 日一大早，正当公安局内广州苏维政府成立的时候，公安局的大院内一片庆祝和欢腾之声，附近的由共青团广州市委组织的以青年学生为代表的武装队伍青年赤卫队接到一项任务。

队长轻声地向队员们说："市内潜伏着不少反革命分子，俟机破坏革命，总指挥部决定开展肃清反革命分子的工作。"

他带着一支队伍，来到一条安静的小街，在一座整齐清洁、两楼两底的小洋房前停了下来，猛然地喊叫，要求房主开门。

这里住的正是国民党广州市党部的"清党委员"、法院院长沈藻修一家人。

沈家的门被赤卫队队员强力撞开，连续冲了五道门，直到把沈藻修夫妇从床底下揪了出来。

因为这项任务是由起义总指挥部的肃反委员会下达的，青年赤卫队的队员押着沈藻修夫妇往总指挥部去复命。

见押着一对男女，一路上不断有工人赤卫队向他们围来，询问抓的是什么人。

队长告诉他们："这是反革命分子沈藻修，是国民党广州市党部的'清党委员'、法院院长，是审判我们共产党员和革命群众的伪法官，'四一二'以来，不知多少同志死在他的手里。我们正把他和他的老婆押往苏维埃政府，接受我们的审判！"

这些工人们一听，个个义愤填膺，一位海员工人更是气不打一处来，愤然高喊："杀死他，替同志们报仇！"他一边说，一边把沈藻修夫妇推到电线杆旁，绑在电线杆上，举枪就射。

其他的赤卫队队员见状，也都举起手中的枪，向沈藻修夫妇猛射过去。

青年赤卫队队长从身上拿出一张纸、一支笔，在上面写道："枪毙'国民党清党委员'、屠杀工农学生的刽子手沈藻修一名。"

周围围观的群众见赤卫队队员们鼓掌，也都跟着鼓掌庆贺。

另一支青年赤卫队则奉命到中山大学里抓获了一批被肃反委员会根据

早就收集的信息认定的反革命分子，送到公安局内，交给肃反委员会处理。

当天稍晚一些时候，肃反委员会即发布了一张大布告，宣布处决了一批反革命分子。

位于黄埔长洲岛上的黄埔军校远离市区，军校里虽然不是共产党员占主导地位，但在一些中下层军官中也有一些秘密的共产党员，特别是特务营里，包括营长吴展在内的一些骨干，都是秘密共产党员。他们早就收到了要发动广州暴动的指示，也在暗中准备，但并没有得到起义提前举行的通知。

12 月 11 日，这一天正好是星期日，那些住在广州市内的教职员在星期六下午就放假回广州了。

如果在往日，军校附近的江面，渡船总是川流不息，可是，这一天天亮之后，江面竟然非常平静，不要说大船，就连一只小船都不见影踪。

在黄埔军校任教育长的杨澍松是一个很敏感的教官，他看到这种情况，觉得异常，就命他的副官何崇校打电话到城里，向黄埔军校驻城内的办事处咨询，了解广州城里到底发生了什么事情，可是，电话一直打不通。

一直到上午八点半，杨澍松着急起来，命何崇校乘电船（小汽艇）到广州去调查。

何崇校乘着电船驶往广州，但一路的江面上都不见船只。

电船靠近码头的时候，没有任何工人在服务。

黄埔军校驻广州办事处的那个主任是个老头子。

他告诉何崇校："教导团起义啦！昨夜后半夜就枪声不断，只是刚才才停下来。今天早上，有几个系红布条的教导团学生跑来办事处，告诉我们教导团起义了。"

何崇校："你们怎么不打电话告诉我们？"

老头子："那些教导团的学生守在这里，不许我们打电话，电话铃响了也不准我们接！"

何崇校正准备给杨澍松打电话，一个教导团的学生持着上了刺刀的步枪冲了进来问："刚才有电船靠岸，见有人跑进这里来了，是谁？"

那个学员可能认为是一个逃跑的国民党大官。

何崇校答道："是我，刚从黄埔来，我原来也是教导团的。"

那学员又问："是谁叫你来的？"

何崇校："是杨澍松教育长。"

学员："是那个'五等走狗'吗？"

何崇校点了点头，问他："为什么教导团要起义？"

学员："他们又要缴我们的枪！"

何崇校："朱参谋长呢？"

学员："已经被我们杀了！"

这时，外面枪声大作，那个学员立即跑到外面去了。

何崇校来不及多想，拿起电话，打给了杨澍松："教导团在广州起义，广州还在交战中。"

杨问："有朱参谋长的消息吗？"

何崇校："教导团的学生告诉我，朱参谋长被他们杀了！"

刚说到这儿，那个教导团的学员又冲了进来，喝道"不准打电话"，并将电话线扯断。

何崇校不敢出声，后退几步，坐在一个椅子上。那学员也退到门口，站在那儿双方对峙着。

过了一会儿，外面又是枪声大作，那学员再次跑了出去。

老头子趁机对何崇校说："你还是回黄埔吧，朱参谋长都给他们杀了。你在这里很危险的！"

何崇校猛地冲出门外，飞快地跳上了那个电船，驾着电船顺珠江而下，飞快地向黄埔军校驶去，在他的身后响起了激烈的枪弹声。

何崇校回到黄埔军校，遍寻不见杨澍松，只见到了杨的勤务兵。

勤务兵对他说："何副官，教育长等你不来，他已乘电船到虎门去了！"

原来杨澍松接到何崇校从广州打来的电话，知道广州城里的教导团起义了，他寻思着自己黄埔军校的特务营也有倾向共产党的言论和书籍被他的心腹侦知，担心黄埔军校里潜藏的共产党员也会配合哗变。因而，不等何崇校回来，也没有通知黄埔军校的其他教官，只让他的勤务员在那里等待消息，自己一个人驾着电船逃往虎门去了。

这时，何崇校看到江面驶来一艘灰绿色的小兵舰。

很快传达长拿来一封信。

何崇校接过一看，信封上写着“杨教育长亲启”几个字。

何崇校只能自己拆开，信内有一张纸条，是用淡墨毛笔写的。

只见上面写着：

共党在广州称兵作乱，正在调兵扫平中，黄埔、鱼珠一带治安，请兄主持负责。

黄琪翔，十二月十一日午刻，于宝璧军舰

何崇校急忙跑去黄埔军校校长办公厅秘书王侃如的宿舍，可是没有找到他。

王侃如是黄埔军校里共产党的负责人之一。

正在这时，他遇到了另一名共产党员，即黄埔军校特务营的营长吴展。

吴展、王侃如和何崇校这三个人原来都是教导团的教官，杨澍松到黄埔军校任教育长时，把这三个人带到了黄埔军校，一个任特务营营长，一个任校长办公厅秘书，一个任副官。

这是很有意思的，杨澍松根本想不到他身边的人都是共产党员或倾向共产党的人。不过，他这天的突然不辞而别，也反映了他多少还是有些感觉的。

吴展也是来找王侃如的。

何崇校把情况给他说了一下。

吴展沉吟了一会儿说：“老何，你在广州时应该和教导团联系，我们还是将特务营拉到广州去吧。”

何崇校说：“好吧，那我们也一起去参加起义。”

一直到下午 5 点，王侃如也来了，他们先是秘密处决了阻止行动的宋大队长和几个反革命死硬分子，用船将黄埔军校的特务营运到了鱼珠码头。

这时天色已晚，他们在鱼珠附近一个村子里的祠堂宿营，第二天，这支队伍开赴广州，与广州起义的队伍会合了。

城内到处是红旗和红色标语，各式各样。

甚至还有老百姓从家里拿出了整幅的大红被面，上面双龙戏珠、丹凤朝阳的图案喜庆而有趣；有的是用小红布一块一块拼接起来，甚至颜色深浅不同的布块也连接在一起；也有用红纸贴在白被单上，代替红旗的。

颜色方面，紫红、大红、粉红、朱红，只要是能与红色沾上边的布都用来做了旗帜，而在形状方面，除了主图案的镰刀、斧头相对一致，外形则有大的、小的、长的、方的、三角形的、圆形的，什么形状都有。

这些旗帜有的插在屋顶上，有的插在屋沿边，有的顽皮的小孩子干脆将小红旗插在领子里，在街上窜来窜去。

那些家里找不到红布条的人则知趣地把门关上，一整天都不上街，但会在屋内听外面的动静，透过门窗观察外面的情形。

这些由老百姓自制的旗帜，在广州的街道，宣示的是一种立场，一种态度，那就是当时广州城内的老百姓都通过这种方式，自觉地表达对中国共产党发动的这次暴动的支持。

工人赤卫队和起义军战士看到这些满街飘扬的不同形状的旗帜，都油然而生出一种自豪感、荣誉感。

这一天的广州，红色就是主色调，镰刀、斧头的图案就是立场的宣示。因而，他们经过这些挂了旗帜的地方，都会生出一种保护的欲望。他们知道，那些自觉挂旗帜的老百姓，他们渴望安全，希望得到保护。

市民们通过自己的方式来表达对在广州建立的中国第一个城市苏维埃政权的支持。

远处虽然还响着枪声，但有的老百姓已经从家里拿出鞭炮来，表示对广州苏维埃政权建立的庆祝。

最活跃的还是那些青年学生，他们在各个学校党组织和团组织的号召下，也以参加革命为荣，纷纷走上街头，手里拿着马粪纸做的喇叭筒，三五成群地站在各个街头，向围着他们的市民演讲，讲马克思，讲列宁，讲苏维埃。

对于这些新名词，广州的老百姓大多都是第一次听到，他们甚至不知道马克思、列宁是人的名字，还是什么概念，但隐约地知道，广州苏维埃政府是代表工农兵利益的政权，与那些平日里压迫老百姓的国民党军阀政权不一样。

虽然有时候人太多，声音太杂，还不时有枪炮声和鞭炮声的干扰，但大家内心都很激动，很兴奋，不管有没有听清楚，都时不时地热烈地鼓掌附和。

街头也出现了另外一种情景，那就是有些工会里国民党派驻的改组委员，或者有些平日里被工人们认定的罪恶深重的企业主，没来得及逃脱，被工人赤卫队队员揪了出来，抓住了，就被群众戴上白帽子游街。

游街的群众一边押着这些反动分子，一边高喊“打倒某某某！”

当然，也有个别与工人赤卫队对抗者，在对抗过程中直接被击毙。

教导团七连的战士朱道南和他的战友谢拙民背着枪，走在大街上，正遇到那个平日里在菜市场买菜时认识的小菜贩冯老伯。

因为朱道南是教导团伙食委员会的委员，常要代表食堂到菜市场采购肉菜，因而认识不少菜市场的菜贩。

冯老伯右手搀着一个十二三岁的女孩子，每走几步，就疼爱地看一眼这女孩，不时地摸一摸她的头发，帮她拉一拉衣领。

冯老伯匆匆赶路，没有看到朱道南和谢拙民。

朱道南：“冯老伯！”

冯老伯见他头上系着红布条，手臂上也缠着红布条，高兴得不得了。

他双手抓着朱道南的肩膀亲热起来，激动地笑着，一时说不出话来。过了好一会儿，他才迸出一句话来："走！到我家吃饭去！大家欢喜欢喜！"

朱道南说："现在城里还有一些敌人没有消灭，我们正奉命要赶往仰忠街那边支援作战呢。"

冯老伯似乎有些失望，略一沉思，又高兴地拉过那个小女孩，对朱道南说："来，见见我的孙女儿吧。小桂儿快叫朱叔叔！"

那女孩似乎很怕生，双眼里充满惊惧，嘴巴轻轻地动了一下。

冯老伯又指着谢拙民，对那姑娘说："快叫叔叔，这个叔叔也是大好人。"

姑娘还是一样，轻轻地动了动嘴唇，几乎听不出声音。

冯老伯显然还处在高度兴奋中，他对朱道南和谢拙民说："小桂儿从小死了爹娘，我把她养到13岁。去年，我贩黄鱼赔了本，还不起渔行老板的债，渔行老板硬要把她要去做丫头，离开我一年多了。你看，人多瘦。今天一早，看到这么多工人、农民都在街上游行，我担心她，就去那里领她回家。开始我还担心渔行老板不肯呢，谁知那个老板特别识相，知道是工人农民的天下了，他对我特别客气，又是倒茶，又是敬烟，还当面把我欠他的债一笔勾销了，孩子也还给了我。我心里明白，这都是靠你们共产党，沾了你们共产党的光了！"

他们正说着话，那个被称为胖大姐的教导团女战士陈桂珠也迎面走来。她一见到他们，劈头就问："请吃饭是吗？"

没等朱道南和谢拙民回话，陈桂珠拉着小女孩的手说："小妹妹，前面还在打仗，等仗打完了，我们一定来。不过吃了你们的好菜可不能心疼啊。"

那小姑娘这时候，眼里的恐惧也消失了，脸上露出了一些安详的气色。

陈桂珠不等小姑娘回话，拉着朱道南和谢拙民就往四标营地方向跑，因为他们得到命令，需要立即集合，再到别的地方去支援前线。

陈桂珠一边跑一边不停嘴地告诉朱道南和谢拙民："看来今天晚上我的

肚子要撑破了，我已经答应了九个老百姓去他们家吃饭。你们不知道啊，有一个刚从监狱里出来的老人，拄着夹棍，一出来就大骂国民党。”

朱道南想到了可能是他昨天在医院遇到的那个老人，因为他儿子是共产党，被国民党抓捕时逃脱了，老人受伤并受到牵连，就医时被警察抓走了。他想问一些关于陈桂珠所讲的这个从监狱里出来的老人的详细情况，了解一下，是不是同一个人。可陈桂珠一路兴奋，根本不容他插嘴，很快就到了集合地。

他们接受了新的命令，直奔长堤，支援还在那里攻打第四军军部的战士，这里已经换了好几批作战力量，但一直攻打不下来。

朱道南他们来不及整队，就开赴长堤。

快到第四军军部的时候，他们在一个开阔的街道再次集合，有四五百人。

原来的队伍已经打乱，根本无法按原来的编制组队，于是不得不重新编组，以现场的队形为基础，谢拙民被编在了由叶镛指挥的第一连，朱道南和公今寿被编在了第九连，由一个姓洪的连长指挥。

重新编组的队伍看到从第四军军部正面进攻会受到珠江河面上的“江大”舰炮火支援，于是改为从靠近马路边的商店向敌方进攻。

教导团驻地的四标营附近的汽车队继续奉命到各据点运送武器到市公安局那边。

有一辆由教导团战士押运的汽车还没有行至维新路，就被一群系着红布条的工人赤卫队队员围住，要求把这车武器发给他们，举枪押运的战士一时惊慌失措，不知如何应对这种局面，只好让那个在队伍前举红旗的工人赤卫队队员近前谈判。

可是，那些工人哪还管那么多，也不惧怕那些拿枪的战士，直接就爬上汽车，把枪和子弹都分光了，负责押运的战士唐固只好让那个负责谈判的工人赤卫队队员写了一张收条，以便他回去向指挥部复命。

有意思的是，唐固回到司令部，把这个情况向首长作了汇报，不仅没有挨批评，还受到了表彰。于是他的劲头更足了，奉命返回自己的队伍参加攻打李济深公馆的战斗。

他刚来到现场，遇到战友们正向李公馆开枪对射。

他正准备拿起步枪，指挥员谢静对他说："唐固，你不要在这里作战了，快，回到我们教导团的驻地，去给战友们弄点吃的来，大家从昨天晚上到现在一粒米都没有进！"

唐固立即收起步枪，答了一句："是！"立即跑步奔向教导团的营地。

在路上，他看到了一群满脸熏黑的人，脚上还戴着镣铐，他知道那些是刚从敌人牢里放出来的政治犯。

他继续向前行，又看见一大帮人围着一些发传单的学生。

市民们从学生手中接过那些关于起义的宣传单，有的自行到一边看，有的三五成群聚在一起议论起来。

几名女工人和女学生则在周围派发饼干和干粮给那些奔跑的战士、工人和过路的群众。

旁边停了两辆汽车，载满了饼干、糖果，都是从那些大商场运出来的，群众堵住了汽车前进的路。

那些女学生和女工人便扯开喉咙喊了起来："大家让一让，前方战士在作战，我们是给他们送干粮的。"

群众这才迅速让出一条道来。

唐固也领到了两大盒饼干。

这时一个黄包车工人正好经过他面前，问他要不要坐车。

唐固寻思着自己身上没有带钱，就说不坐了。谁知那车夫特别热情地说："同志，我们都决定免费拉有特别记号的革命教导团的军官、士兵！"

哈哈，这些车夫今天在称谓上也改口了，不再和平日那样见到当兵的喊"军爷"而是喊"同志"了。

唐固觉得很自豪而且亲切，于是坐上了他的黄包车。

那车夫一路飞奔，把他拉到了第四标营地。

唐固跑到食堂，把那里备好的几大锅的饭菜，让那黄包车车夫拉到李济深公馆那个作战点。

指导员谢静命那些正在作战的战士停止射击，赶快就餐。

李公馆的守军虽然在里面坚守与反击，但看到外面到处是起义战士和工人，当然不敢主动向外发起进攻，只能坐在里面等援军。

这样，这个交火点也打打停停，起义军进攻，里面就反击，起义军停下来，里面的反动军队也知趣地停火。

那些早就饿坏的战士看到唐固找来的饭菜和两大盒饼干，如狼似虎，不管三七二十一，很快一扫而光。

这个交战点，双方一直处于胶着状态。

驻守在第四军军部的敌人以一部分兵力守住大门外的工事，其余的都占据了军部大楼和坪台上的有利位置，居高临下，有地势优势，子弹嗖嗖地从这些向前冲击的战士耳边飞过，有的落在马路上，扬起一阵阵沙尘，沿江岸边的榕树树梢有的已经被子弹削秃了树冠，光秃秃的，只剩树干了。

在这个战场，起义战士面对猛烈的枪弹，没有人退缩。

刘亦增、李如华、王禾甫、刘赤血、宋反帝等共产党员一个个被子弹击中，倒下，牺牲了。

胖大姐陈桂珠与朱道南并肩作战。

她非常神勇，因为身材胖，很容易受到敌人的攻击。

朱道南看到她那么不要命地向敌人开枪，担心她的安全，对她喊着："胖大姐，你蹲下来，尽可能靠近墙，不要被敌人看到了，你那样很危险的！"

陈桂珠还没来得及回答，一串机关枪子弹向她猛射而来，果然击中了她的腹部，她应声倒在了地上。

这个时候，不知什么力量支撑了她，她趴在地上，用尽全部的力量，高喊："同志们，冲啊！坚决消灭万恶的敌人！"

朱道南见她满身是血，立即伏在地上，爬到陈桂珠身边，解下自己的绑腿布，帮她包扎伤口。正在这个时候，一颗子弹射来，无情地射进了陈桂珠的胸膛。

朱道南再要从另一条腿上解绑带帮她包扎时，她摇了摇头，眼睛里无神而绝望地对朱道南说："不用了！老道哥！我个人的革命成功了，如果你碰到小妮儿，叫她给我把我给家人的信发出去。你要好好照顾她。"

朱道南感到无力回天，预感到陈桂珠真的不行了，但还是作了最后的努力，不希望她躺在地上把血流干，想把她扶起来，或者会好些。

陈桂珠似乎想起了什么，变得坚定起来，她挣扎着解开身上的衣袋，掏出一只橡胶做的小鸭子，用极其微弱的声音对朱道南说："我家里有个五岁的小弟弟，妈妈常写信来要我给他买个小玩具。这些婆婆妈妈的事，我总不放在心上。不知怎的，昨天我突然想起来了，特地赶到街上买了这只小鸭子，没来得及寄出去，没想到……"

陈桂珠时断时续讲到这里，她已经耗尽了全部的气血，闭上了双眼。

朱道南把那只鸭子揣进自己的怀里，放下陈桂珠，听着四面的枪弹声，发狂地沿着商店的墙向前冲去，不时地躲在那些骑楼的柱子后，向着敌人射击。

九连的洪连长是一个有丰富作战经验的人，他看到战士们沿着商铺的门店进攻，虽然有时可以躲避江面敌人的炮火，但会遭到楼上防守敌人的扫射，因而，他带着朱道南等人，冒着雨点似的枪弹，冲过马路，背朝珠江，伏在江堤坝上向楼里的敌人射击，这样，战士们的伤亡才减少了不少。

有时候，那些驻守在第四军军部的敌人遭到教导团、警卫团战士的火力攻击，又看到周围到处都是涌来的工人赤卫队和农民自卫军，曾几度竖起白旗，准备投降，但停泊在不远处珠江江面的"江大"舰又发来几颗猛炮，把准备进入大楼受降的工人赤卫队队员打散了。楼里的敌人又把白旗收了回去，继续与起义队伍对抗着。

在长堤，第四军军部，这样的战斗一直持续着。

到了上午的时候，各个被工人赤卫队和起义战士占领的据点，有的缴获了大量的武器弹药，有的缴获了各类其他不同的战利品，如百货商场的饼干、糖果、点心，甚至金银首饰、手表、衣物等，还有一些银行的银元，这些都源源不断地送到起义总指挥部来，堆放在院子里。

起义领导人知道工人们辛苦，命陈铁军和李少棠等负责分发武器的女共产党员们，给工人们发枪时，同时派发一些饼干或银元，每个前来领枪的工人赤卫队队员除了领到枪支外，还同时可领到一些饼干和两块银元。

李少棠是一位因为家庭包办婚姻而走上反抗道路的新潮女子，她受杨殷的影响和鼓励，参与了中国共产党组织的秘密联络工作。起义前，她是一位出色的地下交通员，为党组织递送情报、武器等，做了很多贡献，起义军占领公安局后，她即赶到这里，接受杨殷的安排，参加发放枪支等工作。

李少棠按照起义总部的指示，给一位前来领枪的工人赤卫队队员发了枪和子弹，把两块银元发给他，那工人赤卫队队员坚决地把银元放了回去。

李少棠："喂，同志，钱怎么不拿？"

赤卫队队员："我是来领枪打仗的，不是来领钱的！"

李少棠："这是苏维埃政府给大家的茶水钱和零用钱，还是拿去吧！"

赤卫队队员："苏维埃政府刚成立，筹一块钱多困难，留它用到别的地方吧。"

那些已经把钱拿在手里的赤卫队队员纷纷把钱放回了原处，齐声说道："对呀！我们不要钱！共产党带领我们把那些压迫人民的敌人打倒就好！"

这一幕被站在不远处的张太雷亲眼目睹。

他的内心震撼了，转过身去，眼泪止不住地往外流。

他心想，中国共产党做了正确的事情，老百姓是知道的，多么淳朴善良的人民啊！

但他作为这次起义的总指挥，他的情绪不能暴露出来，他必须以更坚毅的决心带领大家，把代表工农兵利益的广州苏维埃政权建设好，维护好，才对得起这些敢于牺牲而不计报酬的好百姓、好人民。

海员工会赤卫队骨干何潮与在西濠口上岸的海员赤卫队战士完成城西的进攻任务后，便闻讯赶到设在维新路的市公安局，看到张太雷站在前面一张长桌边，向围着他的人布置任务。

吴毅、周文雍、季步高、陈郁等领导干部也在那里。

周文雍见到何潮带来的一帮人，非常高兴，对他说："你到楼上去，看看叶总司令那边有什么任务给你！"

外面的枪声还不时地传来，何潮带了几个人跑到楼上。

正好遇到叶挺在那里用有颜色的笔标注，哪些是已得到报告被工人赤卫队或教导团的战士占领的地方，哪些还没有攻下来。

叶挺见何潮他们上楼，知道是在楼下的起义领导人安排的，就对他们说："你们来得正好，快带一些人到东较场军械库去搬运武器，把外边那些还没有枪的工人武装起来，去支援那些还没有攻下的据点。"

何潮带着工人坐上等在外面的汽车，直奔第四标营地。

那些看守营地的战士看到这些系着红布条的工人开着汽车过来，都心领神会是起义队伍，但通关口令还是要有的，高喊："暴动！"何潮带着工人回应："夺取政权！"

守营战士把他们带到堆满武器的地方，让那些工人把这些武器搬去。

枪弹被运到公安局的大门口。

周文雍挥手向那些等在外边的工人赤卫队队员喊道："谁没有武器？快来领武器参加战斗！"

那些工人拥上前去，一个个都领到了武器和子弹。

他们中有许多人是第一次见到枪，有的拿在手里好奇地把玩起来。

快到中午的时候，突然有人跑到市公安局的起义总指挥部报告："薛岳的部队从总统府那边打来了！"

这支队伍正是薛岳独立教导师派驻城西陈家祠临时集训的新建第三团，即莫雄任团长的那个团派来攻占观音山的队伍。由于冲得太猛，他们一下子冲下了观音山，过了总统府（即后来的中山纪念堂），一直冲到了中央公园那里。

未等叶挺和周文雍下令，那些刚拿到了枪的工人约有三百人，他们就与教导团的战士向北奔去。

沿街又冲出许多系着红布条的“红带友”，一边喊“暴动”，另一边应：“夺取政权”，然后自动汇合，向中央公园和观音山冲去。

这些初次遇到战争的工人，刚刚拿枪在手，都迫不及待地要试一试身手。

他们拿着枪，扣动扳机就发，有的直接向前方射，有的向天上放枪，跑在前面的人有的被在后面的人打伤了。

教导团的那个司号员不得不大声喊叫：“别在后面打枪！别在后面打枪！打伤自己人啦！”

后面那些放枪的人才停了下来。

由于四面涌来的工人和起义战士越来越多，他们身上的红布条又格外显眼，把莫雄团那些冲下观音山的士兵很快吓得四处逃散了。

在长堤不远处有一个“南堤小憩”，平日里是国民党要员们灯红酒绿、吃喝嫖赌之所，地处交通的十字路口，位置十分重要。

有一支反动军队坚守在那里，如果攻不下来，对整个局势都有影响。

叶剑英亲至现场指挥。

受命协助教导团战士攻打此处的汽车工会赤卫队队员罗炳，找来一辆大汽车，把汽车倒着朝向“南堤小憩”，让战士们在汽车厢上用沙包临时构筑了一个工事，架上 3 挺机枪，准备了三四十个手榴弹。

10 多个战士伏在工事之后，罗炳坐到驾驶室，一脚把油门踩到底，让汽车倒着冲向目标。

那些在工事后的战士架着机枪向敌人猛扫，在接近目标时，他们奋起身，将手榴弹一个个投向“南堤小憩”。

只见里面很快烟火四射，整座楼浓烟滚滚，那些负隅顽抗的守军被打散，起义军很快占领了此处，打通了起义战士和工人赤卫队由北向南的通途。

叶剑英当即表扬了这些英勇的工人赤卫队队员们后，又迅速回到总指挥部，配合叶挺指挥作战。

长堤先施公司的天台上，架了一座炮台，安放了一门“十二生半”的大炮，居高临下，由工人赤卫队负责。

施展昨夜奉杨殷之命到城内巡查各处工人赤卫队参战前的准备和起义时的作战情况，早上回到公安局起义指挥部向杨殷作了汇报，又听从杨殷的吩咐，到公安局周边巡查了一番。这天上午，回到公安局汇报时，杨殷因别的任务没有在那里，于是，叶挺安排他巡查长堤沿线的作战及工人赤卫队的布防情况。

施展来到先施公司的楼顶上，看到一个青年赤卫队队员正在用一块毛布擦拭那座大炮。

施展打趣地说：“看你好像擦钢管一样，这门炮够力吗？”

那青年回答：“够力，别看他轻，放一炮，河那边就吓尿了，不要说只有一个‘灯笼’就是两个‘灯笼’也要打烂它！”（驻在珠江南岸的是李福林的第五军。李福林，字登同，民间就戏称他为“灯笼”，笔者注）

站在先施公司的天台望着珠江河面，长堤大马路、珠江水面，还有对面的海珠公园里的景色，尽收眼底。

那个时候，先施公司的大楼就是这一带的最高建筑，因为长堤北岸布满了起义军的防守和观察哨，往来人员和车辆十分稀少，珠江河面的交通自昨晚就开始中断，对面则更是安静，北岸的轮船和民船都挂起了红旗，同样也是各种形状，迎风飘扬。不清楚这些船的主人是谁，但一律挂了红旗，以示对起义军的支持或配合。

施展看着眼前的这片风景，深感革命力量的强大与震撼。

由于这天上午，北岸的防守非常严密，只要起义军不主动对未攻下的据点发动进攻，那里的守敌绝不敢主动反击，长堤一带就异常平静。

施展从先施公司下来，继续西行，来到西濠口。

这里的氛围明显要紧张一些，街面堆满了沙包，有两挺重机枪架在一堆沙包临时搭起的堡垒之上，乌黑的枪口，正对着河面。它的两边则全是步枪，都架在射击位。

系着红布带的赤卫队队员们正紧张地盯着河面，有几个工人赤卫队队员扛着枪在江边巡逻，注视着江面和河对面的动静。

施展与防守西濠口的工人们轻轻地打了打招呼，便来到大新公司的天台。

这里也有一门迫击炮，是教导团那边调过来的。

施展上来查看的时候，一个教导团战士正在教那些工人们如何使用那门大炮，教他们如何瞄准、点火、开炮。

施展没有打扰他们，就直接下楼，往西走，到了沙基。

沙基的工事也是临时搭建的，有些用木箱、麻包等杂物连着骑楼做成掩体，有的用麻包装满泥沙堆砌而成，挡在街心，这个地方由邮电工人赤卫队守卫。

沙基口与沙面外国人租界只有一水之隔，这里，既可监视沙面外国人的动静，还能注意到白鹅潭上外国军舰的动静。

只见那些外国军舰，不管是挂了哪个国家的国旗，日本、美国、英国，一律都卸下了炮衣，各种口径的炮口，黑色锃亮，向着广州城内，但它们都不敢主动向岸上开炮。

那些军舰实际都已经发动，各舰的烟囱浓烟滚滚，把珠江河面的美丽风景熏成一片昏沉。

守在这处的工人们想到两年前的沙基惨案，都想痛快地冲进沙面，把那些外国人赶跑、枪毙，但是他们还是极力克制了，服从起义总指挥部的命令，不首先向外国人开枪。

那些外国军舰当然也就更不敢主动惹这些一夜间就把广州城拿下了的起义军了，双方就这样彼此对峙着。

见系着红布条的施展巡查到这里，一个邮电工人对着那些外国军舰骂起了粗话："他妈的！那些鬼佬又装腔作势，扮鬼吓人！"

施展传达起义指挥部的命令："洋鬼子装腔作势，我们要警惕，千万不要先开枪，防止他们找借口来挑衅。"

那个邮电工人并不以为然，狠狠地吐了一口唾沫："呸！系人都忍不住！我真想好似吃'油炸鬼'一样吃掉他们！（广州人称油条为油炸鬼，笔者注）"。

施展不得不耐心地靠近那个邮电工人，与他称兄道弟，要他一定要遵从起义指挥部的命令，不要自作主张任意发泄，因为起义队伍需要统一行动，才能保证革命的胜利与成功。

做了一通思想工作后，施展即从一德路返回起义指挥部报告。

在行至一德路的时候，他正好碰到一个守卫路口的工人赤卫队在开饭。他们面前放了两大箩面包，这些战士都非常自觉，每人都是只领两个大面包，那些送饭的妇女则催他们多拿点，但没有人这样做。

一个头发灰白的年长的工人赤卫队队员更有意思，撩起身上那件不相称的旧西装，露出鼓起的肚皮说："各位大姐不要硬塞了，我们吃够了。别的地方的同志没吃上吧，大家赶快送到别的地方给其他同志吃吧。"

听到此话，施展的眼睛湿润了，他被工人赤卫队这种朴实的关心同志的言行感动了，他飞奔到维新路的起义总指挥部，把一路的见闻向叶挺和杨殷作了汇报。

杨殷高兴地说："这说明我们党平时的群众思想政治工作做得好啊！"

12 月 11 日中午，第一公园。

已经聚集了很多群众，红旗在高处飘扬，远处街道还有队伍举着红旗向这边走来。观音山激烈的枪战声依稀可闻。

张太雷、黄平、恽代英、周文雍、吴毅、陈郁等人陆续来到会场。

陈铁军、区夏民等女同志正在跑前跑后布置会场。

广州城主要街道，大部分地方都很安静。

系着红领带的工人赤卫队不时地在街上巡逻，许多高楼上都飘扬着镰刀斧头组合的红旗。

一些据点零星传出枪战声。

其中，文德路国民党监察部、长堤第四军军部等处的敌人还在负隅顽抗。

叶挺、徐光英坐着一辆汽车，在两个卫兵的护卫下，在长堤一带巡逻。

当行至西濠口（今人民南路珠江北岸，笔者注）时，看到珠江对岸浓密的树丛中的海幢寺，叶挺命令汽车停了下来。

叶挺和徐光英从巡视的汽车上走下来，司机在车上待命，两个背上背着长枪、手里拿着手枪的卫兵跟在两位领导身后。

徐光英："那边就是李福林第五军的军部。"

叶挺："非常奇怪，我们只用了三个多小时几乎拿下了整座广州城，这从军事上讲，是不合乎常理的。"

徐光英："这主要在于城内的教导团和警卫团都参加了我们的起义。"

叶挺："还有一个问题是，昨晚在那么顺利的作战过程中，竟然没有抓住一个国民党要人！"

徐光英："这主要是因为今天是星期日，国民党的高官大多不在机关上班，很多晚上都住到东山一带的私人别墅去了。"

叶挺："这样说来，我们占领的是国民党的一座空城！"

徐光英："这要看怎么理解。不过，起义的胜利已经大大鼓舞了群众，张太雷等领导同志都为胜利感到满意，纽曼和苏联领事馆的同志都为我们的胜利感到高兴。"

叶挺看了看表："第一公园那边的庆祝会时间快到了，我们赶快过去！"

第一公园。

叶挺的汽车飞驰而至。

叶挺和徐光英看到现场热闹的氛围，非常高兴，下车直奔工人赤卫队临时搭起的主席台，张太雷等领导同志都在那里就坐，等着叶挺的到来。

叶挺刚想在指定的位置就座，突然听到激烈的枪声从北边观音山传来，从枪声的密集程度和距离判断，叶挺感觉到那边正在展开一场生死恶战。

第一公园离观音山最近处只有一公里多路，如果那边战火延烧到庆祝会场，这么多群众，还有起义的主要领导人都在，后果真是不堪设想。

叶挺正这样思考着，周文雍满头大汗地跑来，直接来到叶挺面前："总司令，敌人从粤北调来的增援部队的先头部队已经接近观音山了，李福林的一支队伍正配合他们与我们争夺观音山制高点，请快派作战部队增援！"

叶挺深知，起义部队都坚守在前线阵地，唯一能调动的就是现场来参加庆祝会的工人赤卫队。

叶挺走到张太雷座位旁，与张太雷耳语。

刚刚还兴高采烈的人们听到北边传来猛烈的枪炮声，看到台上叶挺那严肃的表情，瞬间都变得紧张与焦虑起来。

张太雷站起身："同志们，敌人正在加紧向我们进攻，观音山的战斗非常激烈，为了保卫我们革命的政权，请同志们去支援观音山的战斗，今天的庆祝会暂时改期！这个庆祝会我们一定要开，请大家等候我们的通知。"

张太雷等领导同志重新回到维新路公安局内的广州苏维埃政府，研究形势，协调任务。

叶挺、周文雍等指挥现场的工人赤卫队直奔观音山。

徐光英、陈铁军、区夏民等组织现场群众有秩序地撤离会场。

教导团炮兵连是一支神勇的队伍，这天上午，他们曾奉命到观音山巡查，但当时山上守军已停止射击，一片宁静，他们以为这个阵地已经被起义军占领，便回到四标营地待命。

中午，他们再次接到驰援观音山的命令，立即在一个叫徐战术的教官率领下，直奔观音山而去。

他们到达观音山脚时，教导团的步兵连的一个排已经进攻到山腰间。

可是山头都是敌兵，正向他们毫无顾忌地扫射，以致步兵连无法继续向前，困在半山腰，进退失据，如果不增援，有可能会吃大亏。

徐战术把汽车装载的大炮，调整炮口，向着山头敌兵猛轰。可是，第一炮却飞过了山头，炮弹在山的另一边爆炸，没有打到敌人。

徐战术再一次亲自调整炮位，向山头一炮射去，一下子把山头的敌人打散，解了山腰步兵之围。

观音山某阵地。这里本来是警卫团第一营的驻地，早上，警卫团团长梁秉枢就是在这里被人乱枪打伤的。

叶剑英来到正消极怠战的警卫团第二连，全连战士看到军参谋长到来，立即起身敬礼。

叶剑英走到二连连长面前："有什么事情跟我说。"

警卫团第二连连长："我不想这样跟着共产党瞎折腾！"

叶剑英对着跟在身后的教导团炮兵连连长田时彦："缴他的武器！"

田时彦走上前收缴了二连连长的武器。

叶剑英向着全连说："同志们，共产党领导我们这次起义，是为了工人、农民等劳苦大众的利益的。我们都是从工人、农民家中走出来的战士，所以，我们参加起义，不是瞎折腾，这是革命，把代表那些大地主大资产阶级的利益的国民党打倒，建立属于工农群众的革命政权。现在，我命令你们连与教导团的炮兵连合并组建工农红军炮兵连，由田时彦同志任炮兵连连长。"

全连鼓掌响应。

田时彦带领炮兵连的战士把高炮对着山下，叶剑英亲自指挥发炮："把炮对远一点，对，就是珠江南岸，那里是李福林的第五军军部，开炮！"

一发发炮弹向山下射去，有的落在珠江水面，有的射向海幢寺第五军军部。

叶剑英又来到一个炮手身边："对着那里打，那里是第四军军部。"

一发发炮弹向长堤第四军军部射去！

这时，叶剑英注意到珠江上有一些日本和英国军舰，而且这些军舰竟然向天字码头一带发炮，天字码头现正在起义的战士掌握中，叶剑英命令炮兵向发炮的日舰和英舰开炮，英日军舰停止发炮，逃离现场。

观音山某阵地。

红军指挥部副官陈赓受叶剑英之命，率领教导团一部分士兵从山下赶来增援，与徐向前率领的从东山搬运枪弹的工人赤卫队第六联队的赤卫队队员会合，投入紧张的战斗。

观音山因其为城北防守的制高点，一直是起义军与敌军争夺的阵地，11 日这一天，敌人与起义军为了这个高地而反复争夺，多次易手。

聂荣臻在他的回忆录中，对 11 日中午之后的观音山战况，有这样的记载：

> 十一日午后，观音山发动了激战，敌人有一个团的兵力进行反扑，占领了观音山。
>
> 之后有部分敌人向公安局进攻，一直冲到公园前，在离公安局不远的地方，双方在街的两边对射，形势非常危急。我们组织所有人员参加战斗，我也直接参加了作战。没有工事，就把米袋搬来当沙包做掩体。
>
> 虽然，大家从起义开始，都没有饭吃，但工事却是用米袋做的。我和黄埔军校的一位朝鲜同志相配合，在那里和敌人战斗了一阵。那位朝鲜同志是个机枪射手，打得很英勇。在大家努力反击下，将这股冲到公安局附近的敌人击退。接着，教导团一部分，在工人赤卫队配合下，对占领观音山的敌人进行反击，又重新夺回了市区的这个重要制高点。
>
> 十一日一天，我们几个人一天一夜没有合眼，也都没有吃到饭，参加起义的同志也大多如此。由于过于匆忙，连起码后勤支援工作都没有组织。像吃饭问题，沙包是米袋做的，粮食到处有，找几个人做点饭，或者是筹备点干粮，或者是到饭馆去搞点吃的，都是可以嘛，但这些都没有做。

对于11日白天攻占观音山的敌人，有的人事后回忆认为是敌人从粤北调来的增援部队。粤北到广州应该没有那么快。根据一份当时任国民党新编第二师（即薛岳的教导第一师）第三团团长莫雄在1962年所写《攻打观音山广州起义军》的文史资料的回忆，攻占观音山的应该是这个驻在广州城西陈家祠的新编第二师（又称教导第一师）第三团。

12月10日晚上，作为团长的莫雄，受从江门进城的薛岳邀请，参加了在东山黄琪翔家里举行的宴会。因为时间太晚，他没有回到陈家祠的驻地，而是去了自己在市内南关中南坊十九号三楼的家里。这个地方，实际上在工人赤卫队的秘密集合点包围之中，凌晨起义爆发的时候，这一带到处都是参加起义的工人赤卫队队伍。

留守陈家祠团部的是这个团的副团长孟敏。

莫雄在睡梦中被自家周围的枪声闹醒，迅即披衣起床，上到天台眺望。只见周边一片火光冲天，枪弹声时近时远，越来越密集。新编第二师在城内的办事处如南园、钦廉会馆等处，皆燃起了大火。他意识到发生了暴动，回到房间穿上军装，准备回到陈家祠他的团部。

刚走出门，就遇到了一位熟识他的邻居，看到他全副武装，匆匆外出，神色慌张，大声喝问："你是否准备去送死！"

莫雄被他这一问，吓出一身冷汗，稍作镇静，问道："怎么回事？"

那邻居："马路上到处都是尸体，情况不明，你要想活命，就不要这样外出！"指了指他身上的那身军装。

莫雄惊慌地躲在一个暗处向外窥探，见到不少学生、工人在臂上或颈上缠着红布条，由北向南疾奔，应该是从城隍庙那边向长堤跑去。还有身着第四军军服的战士荷枪实弹，跟在这些学生、工人的身后向前奔跑的。他这才判断，是第四军部分战士和工人、学生们发动了暴动，这些肯定是共产党干的。他想起近日那些鱼贩说过的话，说工人们要暴动，攻打国民党和公安局，今天果然发生了。

莫雄即刻回到家中，把军装脱去，穿了一身便装，但他又不敢出门，在家里干坐了两个小时。到了早上6点的时候，市公安局那边张太雷、叶挺他们正在召开广州苏维埃政府成立会议，莫雄的团部派了一个排长，颈脖上还系了一条红布条，穿过工人赤卫队的队伍，来到莫雄家敲门。

莫雄吓得立即捞出手枪，不敢开门，问道："谁？"

那排长："莫团长，是我，孟副团长叫我来的。"

莫雄听出了那个排长的声音，因为孟敏担心别人信不过，特地派了一个莫雄以往认识的排长过来送信。

莫雄确认这个排长的身份后，轻轻地把门打开，迅即又关上。

那排长什么也没有说，取下脖子上的红布条，从自己脚底下的袜底取出一张纸来，是由副团长孟敏和该团三个营的营长联合签名的一份秘密报告，大意是说，共产党正式发动了暴动，进攻市内的军事据点，希望莫雄立即回团部主持工作。

莫雄当即决定跟这个排长化装，穿过工人赤卫队的队伍奔向陈家祠的团部驻地。可是他一想，又有些不对，因为他们这个团全是新兵，本来是留在陈家祠集训的，而且只有1000支七九步枪，1400余人的队伍，还有数百人没有枪支。最重要的是，这些步枪都没有子弹，根本打不了仗。

那个排长又把自己一路上的见闻告诉了莫雄，他说："惠爱中路一带，从四牌楼到双门底，全是系着红布条的工人，街上到处都有暴动队伍在巡逻，一般人根本无法通行。"

莫雄一听，犹豫起来，沉思了好一会儿，心想这样冒险回团，去带一支没有弹药的队伍，还有可能在路上被那些巡逻的队伍盘查，万一露出马脚，那就得不偿失了。于是他决定暂时留在家中闭门不出。

但他写了两封信，一封信是给城东石井兵工厂的厂长罗梓材，请求他拨子弹20万发应变；另一封是回给团部的孟敏和三个营长的，要求他们注意防范，采取措施，加强戒备，派人拿着他给兵工厂的函，尽快去领取子弹。

同时，要求他们立即派队伍去攻占城北的制高点观音山，然后派人到观音山东侧大塘街的邝干生副官家里去迎接莫雄本人回团部领导队伍。

莫雄把写好的两封信让那排长依然放在脚底下的袜子底里，系上红布条，回陈家祠复命去了。

那排长刚出门，莫雄又莫名地害怕起来。以他的经验，如果那个排长在路上被问出个纰漏来，那些共产党人一旦追查，难保不会追查到他家里来。立即命家人拿出红布来，剪成一条条，每个人都在手臂上缠一条红布条，让妻子带着孩子们到附近的亲戚家去躲一躲，自己趁着晨色，逃到了离自己家不远处的住在珠光里的新编第二师师部军医处处长冯子燊家里，在冯家吃了一些早点。

可是，正在进餐过程中，一颗炮弹落在了冯家的天台上，洞穿冯家二楼，吓得满屋的人都大惊失色，但他们又不敢叫喊。

莫雄听着周围一片枪弹之声，感到冯家也是不可久留之地，又继续化装，仍在脖子上系了一条红布条，经过德政南路、文明路，转入大塘街自己的副官邝干生家里。

赶到邝家时，已是中午 11 点。

正是在莫雄逃往邝家的过程，驻陈家祠的新编第二师第三团在孟敏接到那个排长传来的莫雄回信后，派人持信前往兵工厂领取子弹的同时，立即组织了一支队伍，用团部残余的一些枪支和子弹武装起来，赶往观音山，与那里原来驻守的警卫团第一营不肯参加起义的队伍联合，与攻打观音山的起义军展开了争夺战。

莫雄则躲在他的邝副官家里不敢再往外走了。

在市区，那几个还没有攻下的敌人据点依然在继续交战，时断时续。

工人赤卫队在敌人枪炮停火时，多次尝试进攻，还有不少前来起义指挥部报到的工人赤卫队和农民自卫军被派往前线支援，但最后都没有办法拿下来。

主要是由于那些防守点的敌军武器装备精良，防守严密，有许多起义战士和工农群众受伤，陆军医院早已开始接收伤员。

可是，由于伤病员太多，还有许多在作战中受伤的伤员没有办法及时送到医院，第四军军医处起义的医务人员就与陆军医院的医务人员一起，到各作战点附近设立临时救护站。

这天下午，第四军医务处的医务主任贺诚来到一个救护站，发现上百个伤员在那儿流血、呻吟，可是，却找不到人为他们包扎。

他猛然地跑进陆军医院的包扎室，那里仅有的一个医务人员早跑了，只有几个医学院实习的女大学生在里面。

他命令这几个女学生带上包扎包，赶到街上的救护站，让她们帮这些伤员包扎伤口。

可是，这些刚从学校走出来的孩子，哪里见过这样的流血场面，看到路边的死尸，更是吓得面如土色，直打哆嗦，连镊子也拿不稳。

贺诚本想发作骂她们几句，但转念一想，这些柔弱的姑娘们也是第一次遇到这种血腥的场景，于是强忍心中的怒火，从一个姑娘的手中接过绷带，耐心地给她们做示范："不要怕，你们过来，看我教你们。"

他一边清洗伤口，一边对她们说："应该这样做。洗的时候动作要轻，手要稳，镊子不要碰到伤口。他们为我们才负了伤，他们值得我们尊敬，不要怕，对不对？"

看到贺诚那么耐心地、很熟练地给那个战士包扎了伤口，那个战士很快停止了呻吟，安稳地感激地看着贺诚和姑娘们。那些女孩子开始变得勇敢起来，立即自己动手，打开各自的包扎包，迅速地为这些受伤的战士清洗伤口，包扎绷带。

最激烈的争夺还是在观音山，在这一天，起义军与敌军几次交手，观音山几次易手。

快到傍晚的时候，敌军从北面猛攻观音山，教导团第三营在工人赤卫队的配合下进行猛烈还击，但是敌人火力太猛，观音山制高点很快被从北边来的敌军占领。

叶挺和周文雍带着工人赤卫队及时赶到，给前线战士极大鼓舞，经过一个下午的反复争夺，到傍晚时分，观音山又处于起义军的控制之下。

夜色降临，为了预防敌人的夜袭，叶挺把在前线指挥战斗的教导团第三营饶寿柏和工人赤卫队第六联队的军事指挥员徐向前等人叫到近前，如此这般吩咐一番，将观音山所有的要害位置派起义部队和工人赤卫队联合驻守。布置停当之后，枪声已经平静，叶挺与周文雍跑步赶回维新路指挥部。

太平南路的西濠口西面不远处的沙面，是外国驻广州领事馆的集中地，南面是珠江，对面的海幢寺正是珠江南岸李福林第五军的军部所在地。叶挺早上巡视到这里，就意识到此处地理位置的重要，因而不断地派人加强此处的防守，而且派了教导团的战士前来指导工人赤卫队在这里用沙袋筑起了防御工事。

海员工人何潮在完成了观音山那边的反击任务后，又回到了起义总指挥部。这时，吴毅命令他到中央银行的西堤分行去没收那里的敌产。

可是当他带着队伍赶到西堤分行时，那里已经被搞得乱七八糟，一帮流氓正在趁火打劫，看到何潮他们这些系着红布条的起义工人突然赶来，吓得爬窗跳楼，抱头鼠窜。

何潮他们进到里面一看，什么东西都被搬空了，只有几个大的保险柜无法搬动和打开，何潮回报吴毅。

这个时候吴毅哪有精力追究这事，只好说："那些保险柜等以后再说，现在，你把你的人带去西濠口，今晚守住那里！"

何潮带着自己的工人赤卫队又跑回西濠，他沿着西堤和六二三路一路奔跑，看到大街小巷都堆满了沙包，这些都是教导团的战士和守卫在那里的工人赤卫队队员们构筑的临时工事。

这天晚上，教导团派了一个排的兵力与海员工人赤卫队的队员一起守在西濠一带，严密监视河对岸的李福林部队和沙面的外国领事馆。

在长堤进攻第四军军部的教导团战士和工人赤卫队队员继续与防守的敌人处于胶着状态，起义军进攻，对方就反击，起义军休息，对方就停火。

如果起义战士大规模向第四军军部靠近，停在江面的“江大”舰就向岸上开炮，驱散那些往第四军军部靠近的起义战士。

张发奎、陈公博逃往江门后，第四军军长黄琪翔一直坐镇“江大”舰，指挥炮击，甚至亲自到各炮位鼓励和指挥炮手向岸上开炮。

到了傍晚，双方都已疲倦，似乎进入暂时休战状态。

教导团一个稚嫩的炊事员战士从附近的新新公司、中国银行拣来了半面盘钞票、手表和戒指。

那些地方本来是被敌人占领的，起义军把那里的敌人打跑了，敌人来不及带走那些抢夺来的赃物，地面到处都是老头钞、港币、手表、银元和戒指。

炊事员把那些东西用面盘装了许多，拿给大家，希望着以此获得赞扬。他笑嘻嘻对自己的战友们说：“同志们，我奉送每人一只手表，大家开开洋荤，省得站岗点香（当时有些站岗的士兵没有钟表，就以点香来计算时间轮换，笔者注）。喏，还有这些钞票……”他本想说还有这么多银元。

话未说完，谢拙民喝住了他：“要这些臭东西干什么？革命是发洋财吗？赶快送回去！不听，我枪毙你！”其他人也都厉声呵斥，吓得那个小战士满脸尴尬，踉跄地把那面盘里的东西送回了原处。

那个战士太年轻，还相当不懂事，本来是想来讨好这些大哥哥大姐姐的，没想到讨了个无趣。

谢拙民、朱道南这些年长的战士经历了太多的战友生离死别，深知生命之珍贵，尤其今天倒在敌人枪口下的许多战友，比如胖大姐陈桂珠。这些战友的离去已经让他们感到内心沉重，早把财物置之身外，他们呵斥那个小战士，在这个时候都是发自内心的。在他们看来，与财物相比，革命的胜利显得更加重要，他们渴望胜利，渴望生命。

这一夜，他们在珠江岸边警戒，紧紧盯着江面和第四军军部的动静。

广州白天的暖风到了黄昏的时候，已开始变得寒冷起来，甚至有些凛冽刺骨。

热闹了一天的广州，除了马路上巡逻的工人赤卫队，满城都是红纸或红布张贴或悬挂的标语与旗帜。所有的商店都关门了，大街小巷早就见不到行人，从凌晨开始沸腾的广州，经过一天紧张的战斗，真的疲惫了。

在敌军方面，城内除了几个据点还在负隅顽抗，从粤北、西江和江门调来的援军还在路上。而对起义武装力量，昨晚经历了一个不眠之夜，这个白天又是处在欢腾与对抗状态，到了入夜的时候，也都筋疲力尽了。

许多人都疲惫地就地倒下睡着了，没有睡着的人，因为精力消耗太多，甚至连大声说话的力气都没有。

起义指挥部的领导人同样身心俱疲，他们从昨天白天开始就没怎么很好地休息，偶尔打个盹，也只能在现场见缝插针。面对这种生死之战，谁还能安稳地入睡呢。

城南的第四军军部和城北的观音山还是偶尔传来枪炮声，但大家对此已经适应了，并没有特别紧张的感觉，可是，在广州起义的总指挥部里，大家还是能感到不安与焦虑。

二　退守之争

11 日凌晨的胜利出乎预料的顺利，白天满城都是红色，到处都是工农兵扬眉吐气的歌声、口号声、怒吼声，响遍广州城。出现在街面上的行人都系上了红布条，尽管大家系的方式与部位不一样，不过都学着周围的人去做。

前一天还是国民党戒严、警察满街巡逻和查问行人的画风，全都反转过来，已经换成工人赤卫队的战士一队队巡视在各个街道，同样的，遇到不明身份的人，也是要进行盘查和询问的。当然，还有每个人身上的那些红布条。

对于沿街的住户与商家，大多在屋檐或窗口、门旁自觉地挂起了红布旗，尽管这些旗帜的图案、形状和颜色并不统一，但色彩的色调是一致的——赤色。

城南靠近珠江的第四军军部和城北观音山的制高点，成为这一天起义军与敌军激烈交战的主战场。

当然，由于力量的悬殊，这两个点的敌人并不敢主动发起进攻，但当起义队伍向他们冲击时，便会遇到猛烈的火力还击。

这一天，起义总指挥部不断地组织力量，向这两个点组织进攻。

观音山几次易手，在傍晚时间被强大的起义力量控制。第四军军部虽试图举起白旗投降，但都在珠江河面停泊的“江大”舰火力支持下，继续负隅顽抗。

事实上，观音山那边的敌人并未走远，他们还在等着粤北援军的到来，随时会向暂时占领观音山的起义队伍发起新的进攻。

正是这两处主战场，牵制了当时广州起义领导人最主要的精力和起义队伍最主要的力量。

按当时原定的计划，起义队伍一直想把第四军军部拿下来，再向河南的李福林的第五军军部发起进攻，同时，把北面的观音山控制住，则广州城便可以坚守住。南北两线的顽抗的敌军显然使得原来的起义计划遭遇挫折。

东面的炮兵团的威胁已经被教导团的东线队伍解决，西边的新编第二师第三团（即莫雄团）根本是一支由新兵组成的临时队伍，且处于初期的集训阶段，没有战斗力。

所以，在起义队伍控制了广州主要城区后，便把全部的精力都用在了应对第四军军部和观音山南北两个战场上。

市内的秩序则基本都交给了工人赤卫队和农民自卫军，还有学生、妇女、儿童组成的队伍去维持。

事实上，从 11 月下旬开始，广州起义的主要领导人张太雷、杨殷、周文雍等，一直出入于工农兵的各类秘密策划、动员会上，同时还在为暴动组织政权而准备各类文件，加上与中共中央的电文往来，与共产国际代表、苏联同志的沟通，一直处于紧张而密集的工作状态。12 月 10 日白天开始，到 11 日晚上，大多数人都没有合过眼。

尽管如此，11 日晚上，张太雷还是意识到，这天中午原拟在中央公园召开的工农兵庆祝广州苏维埃政府成立大会的中断，对整个士气是有很大冲击的，加上第四军军部和观音山不时传来的枪炮声，也让一部分人感到不安。

作为起义的首脑机构，除了早上 6 点在公安局会议室开的广州苏维埃成立会议外，大家整天都在各自分散行动，没有统一号令。这个局面一定要调整，因而需要把大家召集起来，研议当前的工作和规划下一步的行动。

11 日傍晚 7 时许，夜幕笼罩下的广州有些寒意袭人。

维新路的公安局中楼的底层办公室，张太雷把在起义总指挥部的黄平、周文雍、叶挺等人叫到一起，临时商议该怎么应对当前的局面。

这是一个小范围的会议，很多总指挥部的人还在前线指挥作战，没有参加。

叶挺坐在一张写字桌旁，双手支撑着下巴，神色凝重，一言不发。

他有一些疑虑。这一天来，他发现指挥系统有些问题，作为总指挥，他的大多数命令需要通过叶剑英、杨殷和周文雍才能贯彻到前线。有时候，这些人到一线指挥作战去了，他便不知道调派哪些队伍，因为他毕竟只是昨天晚上才到达广州，对许多人都不熟悉和了解。

张太雷问大家怎么办，尤其是对长堤那边的中央银行守敌，还要不要继续派人去支援，将其攻下。

对此，叶挺是心中有数的，他知道，如果那个据点能攻下，今天白天发起的那么多次进攻，早就拿下了，这说明里面的防守是很严密的，况且还有江面“江大”舰的炮火支援。事实上，为了这个中央银行，起义队伍已经作出了极大牺牲。

作为军事指挥员，叶挺思考的是实力原则，他与张太雷等人更多地从政治方面去考虑是有差别的。

最后，张太雷的意见被采纳，要求继续攻打长堤中央银行的敌方守军。

这个时候，周文雍提出了一个问题：“据工人赤卫队的同志反映，昨天晚上我们使用的通关暗语，早已被很多人知道，有些反动分子也利用红布条和这个通关暗语迷惑我们的战士。现在，这个通关暗语是否要调整，或者改换一下？”

张太雷：“文雍兄提的这个问题很重要，至少我们的核心骨干要用新的通关暗语，大家传达到各起义战士的连排长和工人赤卫队的联队队长及各大、中、小队队长。”

黄平：“用什么新的暗语好呢？”

赵自选：“我们已经建立了苏维埃政权，现在不应再用夺取政权这个话了。我看，是不是考虑结合我们革命的进程，夺取政权的第一步就是全面赤化，把城市和农村建成红色政权，我看用‘赤化，土地革命’这个通关暗语比较好。”

杨殷是肃反委员，他说：“还可以用‘肃清，巩固广州’。”

张太雷：“好，这两个通关暗语我们都用，现在先用自选兄提的这个，明天改用杨殷兄提的这个。”

这个小型会议之后，张太雷和叶挺都继续留在公安局指挥和调派作战力量，没有离开。

慢慢地，在外指挥作战的叶剑英、聂荣臻等军事指挥员都来到了公安局，共产国际代表纽曼也来了，张太雷又把大家召集起来，开了一个更正式的会议。

参加这个会的人员也不全，黄平不知是由于休息还是往别处去了，没有参加这个 11 日深夜举行的会议。

维新路，广州苏维埃政府。

会议室的正面张挂着鲜艳的镰刀斧头红旗。

张太雷等主要领导已等在那里，叶挺和周文雍急忙来到会场。

恽代英：“总司令，观音山的情况怎么样？”

叶挺："经过一个下午的战斗，观音山已回到我们手中。"

聂荣臻："晚上敌人会不会偷袭？"

叶挺："从今天下午战斗的情况来看，敌人粤北的部队只是先头部队来了，他们的主力可能没有那么快。我估计今天晚上他们应该不敢发动大的进攻，大的进攻可能要等明天他们的主力赶到后发动，所以，我们面临的环境非常严峻！"

张太雷："我们现在召开军事委员会扩大会议，所以省委的主要领导也都参加。主要研究我们下一步的工作思路，特别是军事行动。请同志们畅所欲言。"

会场出现短暂的安静。

叶挺望了整个会场一眼，站起身："上午我与徐光英同志在各个战场巡视和督战，当前城内的主要据点都在我们掌握中，李福林第五军和薛岳的新编第二师在珠江正面和大沙头一带试图渡江，也被起义军和工人赤卫队联合击退，起义军和赤卫队的士气确实很高。下午我与文雍同志在观音山现场指挥，也收集到其他各战场的消息。当前，国民党部队还没有对我们进行大规模的强攻。根据我的判断，这主要是敌军黄琪翔部和从周边调来的增援部队的主力还在赶往广州途中，估计明天的形势将会对我们非常不利。一旦敌人外围的部队向广州靠近，我们在城内的守势就会变得非常被动。"

叶剑英："我同意叶挺同志的分析。据我得到的情报，李福林在江门和粤北的部队都在往广州靠近，黄琪翔部队有可能明天会到达广州与我们作战。薛岳的新编第二师还有很强的战斗力，今天发动的袭击规模都不算很大，我猜想他也在等待外围增援部队到后，再进行总反攻。"

张太雷："这些战术上的事，你们军事指挥员自我把握，我们现在要讨论的是，面对敌人的部署，我们下一步要采取的行动。"

叶挺："我的意见是在城内如果坚持不住，我们要考虑保存实力，把起义部队和赤卫队转移到山区和粤北农村，与南昌起义的部队会合，作好长期与国民党作战的准备。”

聂荣臻：“我认为总司令的意见是值得考虑的。”

叶剑英：“我同意。”

纽曼是个城市暴动专家，是一个很自负的人，他对中国的情况并不了解，他站了起来：“转移到山区，你们想去做土匪？”

黄锦辉：“土匪？纽曼同志，别把话说得那么难听嘛！”

纽曼：“转移到山区怎么不是土匪？现在你们在工农群众的支持下夺取了城市政权，正符合俄国十月革命依靠工人、农民和士兵夺取城市政权，再夺取全国政权的模式。已经夺取的城市都不坚守，还想逃到山区后再打回来，这有可能吗？”

周文雍：“纽曼同志，现在大家也是在讨论，你就别用‘逃’这样难听的字眼嘛。”

张太雷：“同志们不要争论了，现在形势确实很严峻，但我们是革命者，参加革命本来就要有牺牲精神。我同意纽曼同志的意见，既然我们已经取得城市政权，我们要考虑的就是要如何用我们的鲜血保卫这个政权。广州苏维埃政府是我们中国人在城市正式建立的第一个工农兵政权，我们要誓死保卫这个政权。今后的所有工作都要围绕这个重心来安排。”

杨殷：“今天中午原计划在中央公园召开工农兵群众庆祝广州苏维埃政府成立大会，被敌人打乱了，现在各地的战斗已经平静下来，明天早上如果能把第四军军部拿下，广州就全在我们的掌控之下。很多人都问我们，庆祝大会还要不要开。”

张太雷：“大家可以谈谈自己的看法。”

与会的许多人都把目光投向叶挺，可是叶挺一直在那里沉思，似乎没有听到杨殷和张太雷说了些什么。

纽曼抢先发了言：“群众的庆祝大会一定要开，这代表我们的政权是得到了工农兵群众拥护的，而且通过大会，可以向全市的人民宣告，广州在我们手上，更可以向全世界宣告，我们的暴动得到了全广州人民的支持。”

杨殷："还在中央公园开吗？"

聂荣臻说话了："中央公园恐怕不行，虽然到傍晚我们的军队暂时占领了观音山，但敌人并未走远，还在周围，随时可能反扑，到时候，可能会比今天白天的情况更糟。"

纽曼："你这是什么意思？我们工农红军占领了这么一座广州城，就找不到一个召开群众大会的地方？"

周文雍："现在看来，中央公园确实不适宜召开群众大会，不过，有一个地方倒是可以考虑。"

张太雷："哪里？"

周文雍："西瓜园，位于城西，现在正处在我们工人赤卫队的控制之下，那里有一个开阔的地方，可以聚集很多群众。"

聂荣臻："西瓜园比中央公园要好一些，那里在城西，离我们这里也很近，北边和南边的敌人都不容易注意到那个地方。而且，敌人在城西的军事力量也很弱，薛岳独立教导师（即新编第二师）的第三团（即莫雄那个团，笔者注）是一个新招募的队伍，那些抢占观音山的敌军有些就是这支队伍的人，这说明，他们团部并没有什么战斗力，那一带也没有什么重要的军政机关，不会受到敌人注意。"

张太雷："好，那就明天中午，在西瓜园召开工农兵群众庆祝广州苏维埃政府成立大会，杨殷和周雍文兄负责会场布置和召集工农群众和市民参加会议。"

这个会从晚上11点，一直开到下半夜2点钟，与会人员都各自发表了自己的看法。但是，作为共产国际代表的纽曼仍然死抱列宁格勒那一套，坚持要守卫已经夺得的广州政权，并下令起义的教导团和警卫团战士，配合工人赤卫队要在12日凌晨4点，全力以赴，攻打长堤的第四军军部，再把仰忠街第四军军械库和河南的李福林部队肃清，完全占领广州。

这个时候离凌晨4点只有两个小时，那些起义战士和工人赤卫队队员经过一天一夜的作战，都已疲惫地进入了梦乡，这个命令无法在短时间内传到那些已回各自驻地的起义战士和工人赤卫队队员那里。

11 日深夜的这个会议，作出了这样几项决议：

一、十二月十二日召开群众大会，因为十一日中午的大会因战争原因没有开成；

二、十二日四时半向敌人发动新一轮进攻，夺取没有攻下的敌人据点；

三、将俘获的炮兵团和其他在押俘虏编为一个师，武装起来，投入革命的军事行动中；

四、巩固赤卫队组织，委任通晓军事的同志深入各赤卫队培训赤卫队员使用武器、构建工事和指挥作战；

五、准备向珠江南岸的李福林第五军发起进攻，全面突破珠江，占领河南，使整个广州置于工农民主政权统治之下；

六、继续完善广州苏维埃政府各项工作。

公安局内，广州苏维埃军事指挥部。

开完军事会议，叶挺没有去休息，而是独自一人来到指挥部的临时作战室，分析作战地图。

聂荣臻静悄悄地进来。

叶挺：“荣臻，你怎么来了？”

聂荣臻：“刚才的军事会议上，纽曼说话太蛮不讲理，太雷同志又过于顺从他的意见了。”

叶挺的眼睛有所湿润：“太雷同志的考虑也不是完全没有道理。想一想我们南昌起义部队的同志吧，我们离开南昌后，一路辗转来到广东，你我都在农村地区受到了更大的挫折，而朱德、陈毅、贺龙他们现在在山区和农村，也正面临着强大敌人的‘围剿’和镇压呀。”

聂荣臻：“可是那个纽曼也不能说我们想当土匪啊。”

叶挺："他们欧洲人以为只有城市才有政权，所以才会有这样的看法。"

聂荣臻："总司令，你能够站在别人的立场思考问题，我真的很敬佩，可是谁会站在你的立场想问题啊。作为军事指挥人员，只要用脑想事，都知道我们面对的敌人有如何强大。今天李福林和薛岳的部队只是作了一些试探性的反攻，我们就牺牲了不少工人赤卫队队员和起义部队的战士，明天，敌人如果真的全面反攻，后果很难预料。现实摆在这里，要这么多我们党的精英作无谓的牺牲，这太残酷了！"

叶挺："你说得确实没有错，打仗光靠热情和勇气是不够的，可是。你要明白，领导这次起义的是一个集体组织，是一种信仰支撑，有时候，我们军事指挥员要学会把自己的想法和委屈放在心里，否则的话，会影响到我们与组织的配合。"

聂荣臻："这样说来，你被他们说服了？"

叶挺："不是说服，是我们必须服从，因为我们是组织委任的指挥员。"

由于大家都累了，叶挺和聂荣臻没有再讨论，而是各自找了一个地方坐下，静静地休息。

可是，他们都没办法静下来，他们不时地对望着，相互鼓励和温暖。

对于这场战争，他们比那些热情高涨的工农运动领导人有更清晰的判断。尤其叶挺在白天巡城时，看到了许多问题。工人赤卫队和农民自卫军的热情是不用说的，他们参与革命和暴动的牺牲精神也是不用说的，但是，他们中许多人平生都没有见过枪弹，更没有拿过枪。有些人狂热到根本听不进别人的指挥，尤其是工人赤卫队和农民自卫军，大多都只是听从他们熟悉和认识的领导人的指挥，他这个红军总司令如果要调动工人赤卫队或农民自卫军队伍，也要通过周文雍、杨殷或者赵自选。作为红军总司令，他能直接指挥的只有教导团那些受过严格军事训练的战士，即使是这部分人，他有时也需要叶剑英的配合与支持，因为叶剑英更熟悉和了解教导团和警卫团。那些工人对天乱开枪，甚至误打误伤自己同志的事，叶挺既自己见到，也听别人报告过，甚至有些人领了枪，人就不见了。种种迹象表明，或许在政治动员上，是成功的。经过艰苦细致的酝酿、宣传、发动，工人、农民、士兵对国民党军队和政府的仇恨是激发出来了。但是，在军事组织方面，显然还有许多有待改进和完善的地方。作为一名军事指挥员，他只能就军事的方面尽力而为，对整个广州苏维埃政府的命运，还必须由党的组织来决定。

聂荣臻清楚叶挺的满腹心事，几度想起身过去再与他聊聊，但他还是控制住了自己。他相信经历过许多大风大浪的叶挺，一定有自己的克制力和应对一切困难的智慧与定力。

11日深夜的会议开完，叶剑英到附近的李运全家里短暂休息了一会儿。

大多数起义总指挥部的领导们没有离开公安局，因为纽曼坚持要在下半夜的凌晨四点再发起新一轮的总攻，目标是把长堤的第四军军部、仰忠街附近的军械库，还有李济深公馆等几个据点拿下来，并向珠江南岸的李福林第五军发起进攻。

尽管叶挺、聂荣臻等军事将领并不认同纽曼的做法，但作为党的领导人——张太雷与纽曼的想法一致，大家都只能遵守与配合。

实在太累了，大家各自找了一处地方和衣而睡，等待天明。

张太雷怎么也睡不着，他很清楚，叶挺和聂荣臻这些军事将领的想法是有一定道理的。11日黎明前数小时内，起义队伍迅即攻占了广州城内最主要的军政警机关，成为广州城区的主导力量，人民群众也表现出了巨大的热情。但是，观音山只是临时停火，敌人还是会继续反扑的，而长堤第四军军部，一天下来消耗了太多的起义力量，一直拿不下来。显然，叶挺的判断更准确一些。但是，作为这次起义总的领导人，他与叶挺思考问题的角度不一样。作为军事将领，叶挺主要想的是实力对比原则，主要是从军事实力对比的视角来思考问题。还有一个就是，叶挺更在乎的是保存有生力量，壮大革命军队的实力，当然希望尽快把这些武装起来的工人赤卫队队员与起义战士重新组编为新的队伍，离开这拼杀实力的主城区，到更有回旋余地和空间的农村去与敌人打持久战，而不是让这些第一次拿枪的工人赤卫队与那些将从四面八方奉命而来的职业军队在广州进行消耗战。

更重要的问题还不在这里。

张太雷更需要从政治角度去思考。

数月来，自己一直与广州的工人、农民运动领导人在一起，目睹了城里的工人和郊区农民受剥削、受压迫的现状。他们渴望改变，渴望革命，渴望成为城市的主人、土地的主人。群众中蕴藏的巨大革命热情与能量，使他看到了人民群众对国民党、地主、资本家的失望与仇恨，这才是中国共产党能得到人民支持的原因。如果离开了广州这样的中心城市，人民的力量是很难聚在一起的，到农村去，只有可能做那散兵游勇，共产党动员群众的力量就发挥不出来。这么多年来，尤其是近几个月来，自己与广州的工人、农民建立了深厚的感情，与这座城市建立了深厚的感情，这才有了一天之内夺取广州政权这么好的效果。

最为重要的是，张太雷还想到了对中共中央的承诺与共产国际的呼应。

发动广州暴动，是在中共中央直接领导下进行的，目标就是建立城市政权。如果这样主动退出广州，就意味着主动放弃了刚刚在广州建立的红色政权。这可是一件大事，这种责任谁能承担得起呢？如果敌人并没有那么强大，主动放弃政权，那就会成为世界工人运动史上的罪人，就会受到国民党反动派的嘲笑，更无法向广州城内千百万工农兵群众交代啊！

在他看来，中国的工人运动是世界工人运动的一部分，广州苏维埃政府的建立，代表工农兵政权在中国中心城市的成功，具有国际意义和历史意义，对当时正在全国酝酿的红色政权建设风潮具有风向标的意义。守住了广州，就是对中国共产党在全国广泛开展工农运动最有力的示范与鼓舞。

在他看来，或许教导团的士兵参加暴动的目的是守卫手中的枪，工人参加起义的目的是希望成为城市的主人，农民参加暴动是想成为土地的主人。在具体诉求上，或许各有差别，但大家都有一个共同目标，正如《国际歌》唱的那样，成为自己的救世主，打破这万恶的旧世界，建立一个劳动人民真正作主的新世界。

这个时候，张太雷又想到了自己的妻子和两个月大的儿子张知春，想到妻子那深情的目光，儿子那稚嫩的笑脸。儿子那双可爱的小眼睛深印在他的脑海。他想，如果在革命胜利之后自己再与儿子相见，他一定要逗儿子笑一笑，甚至耳边幻觉起一阵婴儿的笑声。

满腔的革命豪情与初为人父的儿女柔情交织着，快乐、幸福伴随着高昂的斗志，他认为，坚守广州，保卫工农兵红色政权，保卫广州苏维埃政府，是一个坚定的革命者应该坚守的立场。

他想到了自己这段时间以来，深入工人、农民、士兵间的点点滴滴，听到许多下层人民对自己诉说的苦难，他的心里一直记着；看到蕴藏在广大群众中对现实、对不公不义社会现象的愤怒与不平，他也记住了；他深深感受到人民群众中蕴藏的巨大革命热流。大家希望改变，渴望自由平等，希望消灭腐败与压迫。正是这些力量，才有了一天之内拿下广州城这样好的革命成效。

他在想，中国共产党领导的革命，正是代表了大多数人的利益才得到了人民群众的支持。将来革命胜利后，中国共产党人一定要与人民群众站在一起，绝对不能如国民党和那些大地主、大资本家一样，违背人民群众的利益。谁要违背人民群众的利益，谁就会被人民群众奋起反抗，并打倒在地。

为什么这么多人愿意不惜牺牲生命也要响应共产党发动暴动的号召？为什么国民党政权得不到人民的拥护？问题就在这个国民党背离了它的初心，蜕变了，站到了人民的对立面，以自己的政党集团利益凌驾于国家、民族、人民的利益之上。得不到人民群众拥护的政党，迟早都是要被人民群众推翻和唾弃的。

此时，他的眼前又浮现了前一日上午在这个院子里，李少棠给那位工人发枪时的情景。那些只拿枪弹而把银元放回原处的工人赤卫队队员的身影，一直在他眼前浮现。

这个时候，他再一次控制不住自己，眼泪哗哗地流满了脸上。

这个夜晚，在香港的一个住处还有一个人没有合眼，那就是张太雷的妻子王一知。她在党组织的安排下，刚刚从上海带着两个月的儿子来到香港，正等着广州起义胜利后，与丈夫张太雷团圆。

在革命胜利的广州，一家人在一起，那是多么令人向往的事啊！她一会儿望着寂静的窗外，一会儿望着襁褓里熟睡的孩子，怎么也无法入睡，其实，她是在担心丈夫呢。

我们常说，亲人间是有感应的，尤其至亲至爱的人，常常把担忧当作思念。想到这一年多来，在北伐战争不断胜利的过程中，中国国民党却向中国共产党举起了屠刀，许多她和张太雷熟悉的朋友和同志都被国民党杀害或关押，她心中不寒而栗。

她摇了摇头，口中念念有词，自言自语道："不会的，不会的，太雷他不会的！"眼里竟然不自觉地流出了热泪。

然而，转念一想，太雷他不是一个人在战斗，他有那么多革命同志和他在一起。有党组织与他在一起，有千千万万的工人、农民、士兵与他在一起，他是在从事一项解放劳苦人民，解放全人类的伟大事业，他一定会成功，一定会胜利！

想到这里，她的脸上又绽放出了欣慰的笑容。

在广州，市公安局内，起义总指挥部里。

张太雷实在太累了，他歪坐在一个墙角里，就地打起瞌睡来。他做了一个梦，梦见王一知正抱着孩子向自己走来。

一阵兴奋，揉了揉眼睛，看到不远处，周文雍正在那里和衣而卧。

他站起身，走到窗边，听到远方还不时地传来枪声。

在香港，王一知也疲倦了，她轻轻地靠在张知春的身边。

她也做了一个梦，自己抱着孩子站在一个万人群众大会的讲台下面，听着丈夫张太雷在那里激动地向群众演讲。

她醒来了，定了定神，关了电灯，轻轻地亲了一下张知春，和衣睡在孩子身旁。

这天晚上，在激烈冲突中沸腾了一天的广州，相对平静，黄花岗等郊外的地方偶尔有过一些枪炮声，但都是很短暂。工人赤卫队队员和教导团的起义战士，都按照起义总指挥部的命令，在各自的占领点戒备，准备接受第二天的战斗任务。

在第四军军部不远的长堤某处，新编第九连的教导团战士朱道南和他的战友们化整为零，每两个人一组，负责监视一处堤岸。

朱道南和一位名叫孙辉庭的战士分在了一组，他们的任务是监视自己所在的那个堤段的河面、河对岸及身后市内的街道动静，盘查过往来人。

深夜，一片安静。

朱道南和孙辉庭各自安静下来休息。

可是，荷枪实弹的他们其实是没办法躺下来睡觉的，他们各自找了个地方坐下。

这些没有入睡的战士也和公安局内的张太雷、叶挺他们一样，都在想着各自的心事。

朱道南想到的是，起义军真是神速，一天之内便拿下了广州。

他想到白天广州满街喜庆的场景，那满街满巷的红旗，到处都是游行和喊口号的工人、农民、学生，平日里那些作威作福的警察都被打得不知去向，还有那些国民党高官也都逃之夭夭，这是何等的令人高兴啊！

想着那么多的市民欢天喜地地庆祝这场由中国共产党领导的暴动，这说明，此时的中国共产党是真正得到了人民群众支持的政党。

望着身后安静的街面，他在想，白天那些在街上在脸上画着红条纹到处乱跑的小孩子们，这个时候应该在妈妈的怀里睡着了吧。明天天亮，广州的街道一定会更加安全，那些关闭了的工厂、商店、市场应该会开门营业吧。

现在已经是劳动人民当家作主的广州了，一切剥削和不平等制度都将在广州被消灭。

明天，广州的太阳一定会驱走这黑夜的寒凉。

他甚至想到了自己在山东的家人，想到革命胜利后，回到家乡的光荣情景，嘴角自然地泛起了笑容。

他身边的孙辉庭也在想象着明天和未来，见朱道南自我得意地发笑，忍不住问道："老道哥，想什么呢？还在想老百姓请你去他们家吃饭的事？"

朱道南推了他一下："你不是也在这里胡思乱想吗？"

孙辉庭看着朱道南的脚下说："你怎么还是赤着脚呢？明天老百姓邀请你去他们家，叫你讲讲战斗经过，你就这样赤脚到人家家里去？"

朱道南这才想起自己还赤着脚。他的鞋子是白天作战时掉的，那时，他光顾着扯下腿上的绑带想给胖大姐陈桂珠包扎伤口，但忘记把鞋子穿回去，加上当时正处于激烈的枪战状态，他便赤着脚一直到现在，也没来得及顾上。

朱道南很认真地对孙辉庭说："老孙，你说我们能不能以广州为基地，再一次出征北伐，把那些国民党新军阀也消灭掉？到时候，中国统一了，人民富强了，我们不就可以和老百姓共享太平生活了。"

孙辉庭："当然可以。你没有看到，昨天白天的情形，我们教导团的枪声一响，全城联动，数小时之内，国民党在广州的军政警机关全部被拿下，那些工人赤卫队队员和农民自卫军战士如潮水般涌入城内。这说明中国共产党比国民党厉害，发动群众的力量强大。我绝对看好这次广州暴动，过了明天，估计这第四军军部也一定会被拿下。其实，今天白天他们已经举过多次白旗，几次都想投降，只是江面上那艘大舰，不知是哪个国家的，一直在火力支援他们。"

孙辉庭说的其实就是当天夜里停在珠江面上的"江大"舰。

朱道南："中国共产党里其实有很厉害的军事家，叶挺、恽代英都是有丰富作战经验和政治工作经验的军事家和政治家，张太雷更厉害，他每次上台演讲都有极强的号召力。真没有想到，第四军的参谋长，我们教导团的老团长叶剑英也是共产党。真不知道第四军里面还有哪些高官是共产党呢，你说共产党厉不厉害？”

孙辉庭很神秘地对朱道南说：“他们甚至说，第四军的军长黄琪翔也是共产党，你信不信？”

他不知道，坐在珠江河面那艘军舰上指挥向岸上开炮的正是黄琪翔本人。

朱道南：“叶剑英是共产党，我们平时也没有看出来呀。不过叶剑英对我们教导团是做了很多贡献的，听说，要不是叶剑英，我们教导团这次早被张发奎缴枪了。那个张发奎真是个王八，自己的军队里这么多共产党都不知道，说不定那个黄琪翔还真是个共产党呢，只是我们这些普通的共产党员不知道而已。正如叶剑英，平时我们也没有发现他是共产党。”

孙辉庭：“这说明我们中国共产党厉害嘛！”

两个人会心地笑了。

朱道南：“这说明，我们加入中国共产党，是正确的选择！”

孙辉庭问道：“老道哥，想过没有，革命胜利后，你有什么打算？听说教导团的女班战士有人对你蛮好的。”

朱道南推了他一下：“净瞎说！不过，我真没想过那么远，如果有可能，我倒是想回山东老家看看自己那60多岁的老娘，近来，我经常做梦梦见她。”

他们正谈着，第九连的洪连长走了过来，他是来查岗的。

洪连长看到他们有说有笑，问道：“谈什么呢？”

朱道南和孙辉庭立正：“报告连长！我们正在谈革命胜利后，我们怎么办。”

洪连长笑着应道：“想到将来是应该的，但更重要的是，要想想现在。我们面对的敌人还很强大，明天可能会有更多的敌人来攻打广州了，我们怎么办。”

显然，作为连长，洪连长获得的信息比朱道南和孙辉庭要多，因而思考的问题也就更现实一些。

孙辉庭应道：“去阻击！”

洪连长：“去哪里阻击？”

朱道南：“去观音山，还有白云山！”

洪连长看着朱道南：“山上石头多，赤着脚怎么能爬山作战？”

朱道南和孙辉庭同时看着朱道南那双赤脚，都会心地笑了。

洪连长早就注意到了朱道南白天赤着脚到处跑，一直留意给他找一双军鞋。

这个时候，他从自己的裤袋里掏出一双布鞋，递到朱道南手里：“快穿上！这样才更有战斗力！”

因为没有找到军鞋，他只得跑到起义总指挥部向一位女同志要了一双布鞋来给朱道南。

朱道南接过洪连长手上的布鞋，穿在脚上，妥妥的。

三个人都笑了。

看着洪连长到别处去巡岗的身影，朱道南的眼里含着泪花，他望着江面，希望新的一天赶快到来。

这时，珠江南岸的村子里传来了鸡啼声。他和孙辉庭都意识到，新的一天真的到来了，赶快强制自己靠在堤岸边休息，等着新的战斗号令。

三　激战长堤

12 日凌晨 4 点，广州市公安局内的起义总指挥部里，几位领导人都不约而同地从各自休息的地方起身，走到了一起，在附近休息的叶剑英等人也赶来了。大家商量了一下，各自到前方指挥作战。

当时纽曼向外交委员黄平说：“你们对那个中央银行和第四军军部打了一天都没有拿下来，到底是什么原因，不就两个据点吗？我们有这么多工人赤卫队队员，就是围也能将其困住，怎么会这么难拿下来呢？就这两个点就牵制了你们向珠江南岸进攻的全部力量，如果你们快速把这两个点攻下来，把战火引向珠江南岸，城里不就全部归我们了吗？”

叶挺听到了，他没有发声。

聂荣臻也听到了，本想前去回应几句，但又觉得自己的身份不妥，也就忍住了。

作为广州苏维埃政府外交委员的黄平，感到了军事指挥员们对纽曼的不满，于是对他说：“纽曼同志，现在我们正在执行你的命令。今天早晨又在全市发起了新一轮进攻，中央银行和第四军军部就是红军主要的进攻点，拿下这两个据点后，我们就渡江过河。”

纽曼：“我对你们还是不放心，我想亲自到中央银行的前线去看看，那些据点到底有什么坚固的防御工事，怎么会这么多人都拿不下来呢？”

张太雷看了一眼叶挺，希望他作出回应。

但叶挺这时只顾着给前来领任务的教导团和工人赤卫队的联络员分派新的任务，非常的忙，而且很急的样子，根本没有理会纽曼和黄平在讲什么。

黄平见这势头，知道纽曼到前方去，不仅不能帮忙解决问题，而且他一旦粗暴发布命令，可能会导致起义队伍指挥系统的混乱。更为糟糕的是，纽曼的外国人特征非常明显，如果被那些不怕死的战地记者拍到了他在指挥起义军作战的画面，那就会被国民党反动派当作把柄。作为苏维埃政府的外交委员，他必须想到这一方面。

黄平平缓了一下自己的情绪，对纽曼说：“纽曼同志，你如果去中央银行的话，被那些外国记者拍到，或者被国民党诬蔑，那我们就很被动了。”

纽曼：“好吧，既然你有这样的顾虑，那就听你的，但是，你们要尽快把中央银行和第四军军部拿下来。”

叶挺回了一句：“纽曼同志，我们正在组织力量对这两个据点加强进攻，但是，现在战况已经发生新的变化，国民党军队正从东、南、西、北向广州靠过来。要守住广州，我们还必须全面防守，长堤的敌人当然会是我们作战的主要目标。”

纽曼："好吧，好好作战！"

对于起义力量而言，有一个利好的消息，那就是远郊的农会也组织了一些农民自卫军赶往广州。这天晚上，他们已到了广州城外的周边，等着进城支援城里的战斗。

这个时候，张发奎从东江、北江、西江和南边的江门调动的军队，已经到了广州的外围。他们之所以没有在当天晚上发动攻城，原因主要有两个：

一是对城内情况完全不了解。不清楚共产党发动的工人、农民力量有多少进到了城内，教导团和警卫团到底是部分战士参加了起义还是全部都参加了起义。因为城内的电话局和电报局都被起义军占领了，敌人根本收不到来自城内的消息。最重要的是，张发奎并不知道他的表弟朱勉芳早已被起义战士处决，也不清楚那些没有来得及逃出城外的反动分子有多少人遭到了共产党人的逮捕和处决。

二是这些从各地调来的队伍对广州城内的街巷不熟悉，如果晚上发动进攻，炮火过于猛烈，会损伤到他们自己的房产及家人。

珠江南岸的李福林第五军在11日这一天，曾试探性地从东堤到西濠口的珠江江面找地方渡江，都被起义军的火力打了回去。但他们并没有死心，一直在珠江南岸排兵布阵，等待周边的援军一到，即发动新的进攻。

所以，当12日凌晨四点半，负责进攻第四军军部的起义军战士奉命发起新一轮进攻时，珠江南岸的李福林部队便从东堤到西濠口的江面同时渡江，遭到了北岸起义军的打击，有些被击退，有些则渡过了珠江，进到珠江北岸。

这对起义军来说，是一个很大的冲击。

起义战士非常勇敢，无不以一当十，看到渡河的敌军，即展开猛烈的搏斗，吓得那些即将登岸的敌军也不得不退回江对岸。

这个时候，广州的东、北、西面也同时展开了战斗，整个广州又处于猛烈的枪炮声中。枪弹声四起，烟焰涨天，尤其城内那些反动工会的反动分子本来躲在建筑里不出来，听到外面的枪声，以为国民党的援军到了，纷纷拿起武器，走上街来，向驻守各街口和军事据点附近的起义军挑衅，对革命力量构成了很大的威胁。

乘坐“宝璧”舰逃往江门的陈公博、张发奎没有在江门久留，他们匆匆在那里用过早餐，就顺西江而上，到了肇庆。

一路上，本来陈、张二人还担心肇庆这边也不安全，可能被共产党策反了，因为他们根本不知道共产党有多大能耐。连叶剑英这样的第四军参谋长都是秘密共产党员，还有那个刚组建的警卫团团长梁秉枢，这么重要的军官都是共产党的人，谁知道还有多少高级将领是潜藏的共产党呢？许多疑问让他们心神不定，一路的惊逃，更是无法让他们心安，他们无法判断还有哪些高级军官是共产党的人。

既然离开了广州，那就要对广州周边的防守有一个更确切全面的了解，逃命是一个方面，进行军事巡查也是一个方面。

当天，他们没有直接前往肇庆，而是沿西江而上。

一路上，张发奎和陈公博都在利用舰上的电报设施，了解广州的战况，与在珠江河面驻停的“江大”舰保持联络，同时继续向粤北等处的国民党军队发出命令，要求他们迅速派兵增援广州。

广州城内的起义军战士向长堤第四军军部等处发动新一轮进攻的同时，张发奎和陈公博在“宝璧”舰上在河面漂荡了一天一夜，到 12 日早晨，才到达肇庆。

当他们看到肇庆这边一切安然，心中有些许的宽心，于是命“宝璧”舰靠近码头。

码头上的巡哨兵认出了张发奎，立即把他和陈公博带到许志锐师的师部。

许志锐其时还在做着早晨的清梦，听到卫士告知张发奎和陈公博的到来，立即披衣起床。

看到这两个省城的上司突然到来，昨日已经获悉广州的教导团暴动消息的许志锐，并没有感到特别惊讶，认为他们在广州待不下去，才乘舰逃到他这里的。

张发奎告诉许志锐：“还没有那么严重，共产党并未全部占领广州，长堤的第四军军部和仰忠街的军械库还在我们手中，珠江河南也完全在李福林的第五军掌控之中。”

陈公博：“许先生，你们没有收到张总指挥昨天早上发的电报吗？”

许志锐：“收到了。但电报内容不是很清楚，我们又无法电话联系你们查证，所以，一直未敢轻举妄动，毕竟我们这里的作战任务也很重的。我们本来以为你们还会有第二次电报呢，一直等，也没有等到。不过，我们后来还是派了一个团，由林翔团长带往广州了，他们应该正在赶往广州的路上。”

张发奎与陈公博便没有再说话。

这一天，他们就留在了肇庆，但还是不敢上到岸上，一直在“宝璧”舰里与许志锐商讨应对广州暴动的对策。

在李济深公馆戒备的起义战士接到命令，他们除留一部分人继续监视和攻打李济深公馆外，派出一支队伍到起义总指挥部去接受新的战斗任务。

负责留守的教导团战士唐固等人听到四周的枪炮声，警惕地注视着周边的动静，突然从左边传来一阵枪声，一支不明身份的队伍窜了出来。

唐固他们怕误伤自己的兄弟，高喊：“赤化！”

对方被喊蒙了，对不上“土地革命”的暗语，便拼命地向这边开枪扫射！

起义军负责留守的小队长派出一支队伍迎了上去，用猛烈的火力把那几个人打得四处逃散。

但有两个人没有跑掉，被这些训练有素的教导团战士抓住了。经突击审讯，他们承认自己是机器工会的武装小分队，奉命向工人赤卫队开枪，希望以此呼应城外的国民党援军。

小队长命人把这两个俘虏关押到起义总指挥部。

12 日早上，在市公安局一处二楼的枪械库里。

陈郁正带着洋务工人赤卫队队员梁国志在那里拣子弹，他穿着一套柳条唐装，全身都沾满了灰尘，依然干劲十足，精神饱满。

因为他是非军事人员，主要是从事工人运动的，但昨天在现场看到许多工人赤卫队误领了枪支与弹药，有的拿了长枪，领了短枪的子弹，有的拿了短枪，领了长枪的子弹。徐向前、陈赓等军事人员便现场教陈郁这些工人运动领导人和一些工人赤卫队队员区分各类枪支弹药的方法。

接到早晨四点半要发动新的进攻的命令后，陈郁便及时赶到起义总指挥部，主动跑到二楼，带领洋务工人赤卫队的队员选拣枪支、子弹。这些枪支、弹药主要是用于支援攻打第四军军部的军事力量和武器补充之用。

26 岁的陈郁生于广东省宝安县南头陈屋村（今广东省深圳市南山区南头街道，笔者注），幼名陈旭贵，当工人时改名陈郁。12 岁到香港机器厂当童工，14 岁进香港一家汽车公司当学徒，18 岁由汽车公司派往广州汽车实习学校学习驾驶和修理技术，结业后回公司当工人。1922 年在“亚洲皇后”号当海员，在船上组织“工余乐社”，实际上即是初期工会组织。1923 年被选为香港海员工会“亚洲皇后”号支部负责人。先后任香港中华海员工业联合总会干事、香港中华海员工业联合总会副主席，兼任太平洋航线分部主席。1925 年 8 月加入中国共产党。任中华全国海员总工会副主席、党委委员、中华全国海员总工会主席、党团书记，同时参加中共广州市委工代会的领导工作。

1927 年 10 月，张太雷主持改组广东省委，陈郁担任中共广东省委常委、职工运动委员会书记，与张太雷、杨殷等人策划组织广州起义。

陈郁负责组织以罢工纠察队、海员工人为骨干的工人赤卫队。

12 月 11 日，广州起义在张太雷、叶挺等人领导下爆发，起义成功后，陈郁任广州苏维埃政府人民司法委员。

陈郁正与洋务工人们忙着选拣武器和子弹的时候，周文雍急促地跑到楼上，与陈郁打过招呼，把梁国志等几个工人叫到一边。

周文雍的两眼布满了血丝，显然是一夜未眠，他对梁国志说：“根据总指挥部的命令，今天要在西瓜园召开广州苏维埃政府成立的工农兵群众庆祝大会，你带几个工友去布置一下会场。”

周文雍递给梁国志一块长方形的红布做的横额，上书“庆祝广州苏维埃政府成立群众庆祝大会！”

梁国志立即带领身边的几个工友，停下手中的活，拿着周文雍给的那块横额，出了公安局的大门，沿着惠福路西行，转过丰宁路，飞奔到西瓜园。

可是，一到那里，看到的是一片空旷的场地。

他与几位工友商量了一下，觉得还需要有更多的人来布置会场，于是就跑回到洋务工人工会驻地，把这个情况向工友们作了说明。

那些正在休息待命的工友们一听，都非常兴奋，他们跑到广东省总工会（是一个黄色工会，起义爆发后，里面的反动分子被工人赤卫队的队员赶跑了，笔者注），把那里的餐桌、台椅、竹竿等搬了出来，抬到西瓜园，在那里搭棚，拼凑了一个讲台，挂上了横幅，竖起了旗帜，算是布置了一个新的群众大会的会场。

与城西的黄沙车站一江之隔的石围塘火车站，是一个非常重要的战略据点，是广三铁路的起点，战略位置极其重要，涉及运兵和运送物资的问题。

在起义爆发之前，这里就受到起义领导人的重视，张太雷、杨殷等多次到周边秘密召集工人赤卫队和西郊农民自卫军骨干开会，商讨攻占石围塘车站的事，并把这个任务安排给城西的工人赤卫队和西郊、南海一带的农民自卫军。

起义当天，城内起义的信号响起，埋伏在周边的工人赤卫队迅即作出反应，发动了对黄沙车站的进攻，芳村、南海等处郊外的农民也闻讯而至，很快占领了黄沙车站。许多铁路工人，包括铁路司机也加入到起义队伍之中。石围塘车站就成了起义队伍进攻的下一个目标。

石围塘车站远在郊外，本来敌人的防守力量就弱，周边的农民自卫军一来，这个车站就落入他们手中。农民自卫军拿下此处后，并没有停下来，而是转往黄沙和城区去继续作战，因而，有些反动分子又趁机回到了车站的一些关键位置。

11 日晚上，小商贩黄寿等工人赤卫队队员受命巡查石围塘车站周边的敌情。

一个工人赤卫队队员手持白天才在市内公安局那边的起义总指挥部领到的步枪，特地跑来向黄寿报告："老黄，队长在候车室里发现三个乘客，你看怎么办？"

黄寿："现在哪里？"

那个队员把黄寿领到候车室，只见室内的木台上点着一盏煤油灯，有三个女乘客。

两个是年纪在四十开外的中年妇女，一个只有二十来岁，还留着一条长辫子。

三人衣着朴素干净。

她们的身边放了两个藤手篮，用纸盖着，不知里面装了什么东西。

两个年长一点的把那小姑娘夹在中间，挤在一起，惶恐不安，满眼泪痕。

见黄寿他们进来，其中一个年长的妇女"扑通"一声跪倒在地凄凉地说："官长，官长，你救救我们，放我们走吧！我们是想搭车去探亲戚的。不知道火车不开，官长，你好心有好报，放我们走吧。"

看到这一幕，黄寿也挺心酸的，慌忙把那跪地的妇女扶起来，让她坐回椅子上。然后在她们对面坐下来，对着她们说："大婶，你们不用慌，我们不是那些国民党匪兵，我们是工农赤卫队队员，是工农红军，是老百姓的战士，是为解放天下贫苦百姓翻身作主人的队伍。"

他也不管那三个妇女能否听懂，就把平日里从张太雷、杨殷、周文雍那里听来的知识向她们灌输起来。

其实那三个妇女早就吓坏了，她们这个时候只想平安和逃命，哪里听得进这些，都惊疑地望着黄寿；感觉到这个滔滔不绝给她们讲大道理的人，是个有权力的人，只盼着他放她们走。

可是，这么晚了，外面又到处是枪声，她们也不知往哪里去，火车肯定是坐不成了，遭到这局面，她们心中一团乱麻。

两个中年妇女紧紧地将那小姑娘护在中间，这情形明显表示，她们更加担心的是那小姑娘的安全，因而一个劲儿地求黄寿让她们离开车站。

黄寿深感无奈，他望着外面一团漆黑，知道要是这三个女人这个时候离开车站，到外面去，会更加不安全。要是遇到那些街巷里的流氓或土匪，那无异于把她们往火坑里送。于是故意亮出自己红色的臂章来给她们看，再次强调："我们是工农大众的红军，只打国民党的匪兵和土豪劣绅，绝不侵扰老百姓。夜这么深了，你们到车站外面肯定很危险，你们还是放心地在车站，等明天天亮了再想办法。"

经过一番耐心的劝说，黄寿才得到这三个妇女的信任。

那个年长的妇女说："我们从郊外坐车来石围塘走亲戚，可是火车刚停下，就遇到你们打仗，其他客人都吓得到处乱跑，逃散了。我们慌不择路，被乱兵挤进了卖票房，于是我们就躲在票房的高台下面不敢动，到傍晚时，被你们发现了。情况就是这样。"她一边说，一边站起身对着黄寿和那个工人赤卫队队员不断地鞠躬道谢。

黄寿在想，这么晚了，应该怎样安顿这三个人呢？让她们在这冰冷的候车室过夜，肯定不行，毕竟自己还有巡查任务，不能整夜守护在她们身边，万一哪个不良分子进来趁她们之危做点坏事，到时候真不好交代。于是想到把她们送到车站的总巡处处长室去，因为黄寿知道那里地方宽敞安静，还有休息的沙发和床，可以休息，于是他和那个赤卫队队员把她们带到石围塘车站总巡处处长室。

处长室当时没有灯，一片黑沉沉，黄寿就把起义指挥部配给自己的手电筒打开了，亮着手电筒，让她们安歇。又怕她们在黑暗中感到不安全，叫那个赤卫队队员找来一盏灯，方便她们休息。并提醒那个赤卫队队员：“顺便找点吃的东西来，她们从早上躲到现在，可能饿坏了。”

这时，黄寿才想起自己一天从郊外跑到市区又从市区跑到郊外，也是一天没有进米水。

赤卫队队员很快找来一盏煤油灯，并弄了几瓶荷兰水（汽水，笔者注）和一包饼干来。

那三个妇女见到这些吃的东西，眼里都放着光。

黄寿正要她们吃东西的时候，忽然床底下发出吆吆作响的声音来。

这下可把黄寿吓坏了，心想，幸好自己没有马上离开，要是自己走后，这房间里还藏着坏分子，这不是害了这三个妇女吗？立刻警觉起来。

他开始以为是老鼠的声音，但静耳一听，什么声音都没有，感到有些奇怪，于是拿着手电筒到床底下去照，这一照不要紧，简直把他气坏了，果然床底下藏着个人。

黄寿立即抽出身上的驳壳枪来，喝道：“出来！”

那人一听，伸出两只手来，再把头探了出来。

黄寿因为常在周边做小生意，认得这人是石围塘车站的总巡处处长蒋少池，他身上只穿着一件羊毛衫，一支左轮手枪还插在裤头。

黄寿经过一天的战斗，深知武器的重要，他第一个动作就是走上前去，把蒋少池腰间的那支枪拔了下来。

蒋少池爬出床外，自动把手举到头上，在他的枪被拔下的那一刻，就一直浑身发抖，上气不接下气。

看到黄寿身边还站着一个赤卫队队员，猜想黄寿可能是起义军的一个小官，因为平时彼此认识，都知道对方的姓名。他断断续续地说：“小小小黄，黄黄队长，放宽下，打打救救（放我一马的意思，笔者注），我我投投降，不要杀杀杀我……”同时，把身上口袋里的一大沓港币掏出来，希望黄寿放他去逃命。

黄寿与几位工人运动领导人都很熟，常常受到杨殷和周文雍的教导和影响，知道对敌人的仁慈就是放虎归山，他果断地对身边的赤卫队战士说：“把他押下去！”

那个蒋少池还是不甘心，一边被押着出门，还一边回头向黄寿喊叫：“打打救救，小黄队长，打打救救……”。

黄寿哪管他那么多，继续在屋里再用手电筒照了一遍，没有发现新的情况，安顿好那三个妇女，把门关上，自己又到别处去巡查了。

很快，又有火车开进站了，是参加起义的火车司机奉命到远郊运来了许多支援城内作战的农民自卫军。

当天晚上，在石围塘火车站又发生了几起敌军的进攻，都被工人赤卫队和农民自卫军战士打了回去，一直到12日的早上，珠江那边的枪炮声突然密集起来，有交通员跑来说，奉起义总指挥部的命令，要派农民自卫军和工人赤卫队进城支援。

黄寿当即把在车站缴获的钱物装满了一大箱，押了蒋少池，领着从郊外补充来的300名农民自卫军战士，乘坐一个叫卢龙的海员工人赤卫队队员开来的汽船，渡过珠江，到达黄沙车站，再从这里，跑步奔往维新路起义指挥部接受任务。

他们到达起义总指挥部的时候是上午9点。

杨殷见到黄寿一个人带了战利品、俘虏和300名农民自卫军战士，非常高兴，拍了拍他的肩说：“小黄，辛苦了！”当即叫人把放在二楼武器库里的枪支拿下来武装了这支队伍，安排他们前往观音山和长堤支援那里的战斗。

1927年12月12日，上午，维新路广州市公安局，广州苏维埃政府。

张太雷正在分析各处报来的消息。

恽代英：“昨天叶挺总司令提出的保存力量的问题确实值得考虑。”

张太雷：“代英，现在不是讨论这个问题的时候，我们要鼓舞士气，要动员更广泛的力量支援我们广州苏维埃政府。”

恽代英：“广州城区能动员的力量都动员了，我们的工宣队、学生宣传队、妇女宣传队昨天已经深入街道、学校等各个机关，宣传苏维埃，宣传革命。”

张太雷：“我们要利用好群众力量，不惜一切代价，保卫我们建立的这个苏维埃政权。只要更广泛地宣传，群众清楚我们代表的是他们的利益，即使国民党部队再强大，群众也会支持我们的，这就是我们胜利的保证。”

恽代英：“现在各处敌人又开始进攻了。”

张太雷：“你以省委秘书处的名义，给全省各地党部发出通知，告知他们广州暴动已经爆发，各地接此消息后，望即普遍宣传，积极领导工农群众‘起来暴动，向着广州进发，保护广州暴动的胜利！’”

恽代英：“我这就办！”

12日上午，广州的城区四面都是起义军与敌军作战的枪声，城内则比昨天安静了许多，街面除了工人赤卫队的巡逻队伍，则几乎见不到行人，所有的商店都关了门，街道两旁依然是红旗的海洋。

由于各地不断传来起义战士和工人赤卫队队员、农民自卫军战士流血牺牲的消息，张太雷召集在总指挥部的领导人临时开了一个简短的革命委员会会议，专门讨论并颁发了《广州苏维埃追加悼死难烈士宣言》。其内容为：

本苏维埃代表广州全体的工人、农民、兵士，极诚恳的致哀于昨日为夺取政权而死难的烈士，他们都是工人、农民、兵士革命的先锋，他们的牺牲是革命的巨大的损失。

广州全体的工人、农民、兵士，只有以极大的努力，继续死难烈士之志愿，为保护广州苏维埃，扫荡军阀、豪绅、地主、资本家的势力而奋斗，以补救这样的损失。

现在，广州的工人、农民、兵士已经获得了初步的胜利了。但是不要忘记这些烈士，一切的成就都是他们努力与流血的结果。永远要纪念这些烈士的奋斗精神，永远要保持这些烈士所成就的事业。

要用全力拥护苏维埃，要实行苏维埃已经宣布的政纲，没收银行、钱庄，没收大商店，没收阔佬房屋给工人居住，当铺物件无条件发还贫民。这些烈士是为战斗而死的，我们一定要继续着奋斗。

本苏维埃为工人、农民、兵士自己的政权机关。本苏维埃要不顾一切的为工人、农民、兵士的利益奋斗，死难烈士的志愿，便是本苏维埃的志愿，他们的精神永久与苏维埃政权保障着农民、工人、兵士，而且要领导他们继续向前。

死难烈士的精神不朽！

他们是广州苏维埃的创造者！

他们是工人、农民、兵士革命的先锋！

继续为完成他们的事业而奋斗！

打倒一切军阀、豪绅、地主、资本家的势力！

实现苏维埃的政纲！

工人、农民、兵士解放万岁！

广州工农兵苏维埃政府

十二月十二日

这个宣言很快张贴到了公安局的大门口，并由一些现场知识分子，不分身份、地位，根据各自工作的忙闲，抄录、张贴到各重要据点，如教导团驻地四标营地等处和交通十字路口人员平时密集之处。

同时，这天早上，中共广东省委秘书处也给广东全省的党组织发布了《关于暴动的通告》，内容为：

各地党部：

本月十一日广州暴动已经爆发，占领了公安局、省政府、国民党党部、财政厅等重要机关，全市已被我们占领。广州工人已行总同盟罢工，市郊农民已长驱入市，反动军队第四军在市内者已被缴械，现即行成立苏维埃政府。

党坚决的领导工农兵起来实行：

1. 建设广州市工农兵政府；

2. 没收资本家财产；

3. 没收阔佬住宅给工人；

4. 工人监督生产；

5. 增加工资；

6. 武装工农，成立红军；

7. 政府给养失业工人；

8. 恢复省港罢工工人原有权利；

9. 增加一切雇员薪水；

10. 没收一切土地，分给农民、士兵；

11. 赤军兵士月饷二十元；

12. 消灭军阀战争；

13. 联合苏维埃，反对帝国主义。

各地接此消息后，望即普遍的宣传，积极领导工农群众起来暴动，向着广州进展，保护广州暴动的胜利！

详细的指导，省委当另有训令，特此告诉你们上述的消息。

省委秘书处

十二月十二日早

珠江河面。

李福林的第五军两个团，由“江大”“宝壁”两舰掩护渡江，分两路进攻，一路攻东堤，一路攻西濠口。

在大沙头一带，薛岳部队也加紧了渡江作战。

警卫团的起义军和工人赤卫队进行了猛烈的抵抗。

长堤某处阵地。

19岁的女共产党员游曦正带领十多位女赤卫队队员在猛烈地向着江面

强行渡江的李福林部射击。

从东堤到西堤，从大沙头到西濠口，珠江北岸到处都是起义军防守的布点，枪弹向着河面的渡船飞射。

珠江河面渡船上的敌军同样地凭着先进的武器向着岸上扫射。

这样一直处于胶着作战状态。

很多从郊外赶来的农民自卫军都被临时送到起义总指挥部编队和派发武器，进行武装，派往珠江北岸的各个作战点。

整个珠江沿城区的河段都处在激烈的交战状态，子弹声和手榴弹、炮弹的爆炸声，此起彼伏，火光四射，有时双方都疲倦了，各自暂停一会儿。这时那些试图渡江的战船便想借机冲向岸边，起义军战士绝不给他们机会，迅速迎头痛击。

教导团的战士分头在各处作战，晚上除了在各处警戒的战士，部分队伍便回到四标营驻地休息和待命，在各处完成作战任务的营、连、排，也回驻地领受新的任务。

12 日上午，由于观音山那边附近的敌人得知粤北援军快到，便向占领观音山的起义队伍发动了新一轮的进攻。

叶挺迅即派了一个交通员到四标营地，命新任团长李云鹏派一支队伍前去增援。

李云鹏把该团第三营派了过去。

观音山的作战也处于胶着状态。

在观音山作战现场的教导团教官饶寿柏感到顶不住，又派人到教导团传信给李云鹏，要求再增派援军。

因为教导团有支援全城作战的任务，李云鹏一方面命令第二营原地待命，随时准备出发，一边派人前往总指挥部请示叶挺。

这个时候，叶挺正为全城各处的防卫着急，他知道珠江沿岸更需要兵力，如果教导团的第二营也派走的话，整个广州城内则全部空虚，一旦有敌人从城内造反，那后果更不堪设想，因而要求李云鹏将第二营暂时放在四标营地应急。

这样一来，观音山的情况更不容乐观。

饶寿柏不满李云鹏不派第二营增援观音山，一个人冲下山，跑到四标营地，向李云鹏诉苦，并要求他自己到前方巡查。

李云鹏随饶寿柏跑回观音山。

山南到处都是起义战士和工人赤卫队队员，还在起义军手中，山头暂时还由起义军占领，但敌人从山北不断向山上发起冲击，给起义军以很大的压力。

李云鹏看到山北仰攻的敌人与起义军一样，也没有什么重火器，双方交战虽然很激烈，暂时占据有利位置的起义军应还可维持一段时间，因而又跑回四标营驻地，随时等候叶挺新的调派。

第六章　他把生命献给了广州

一　群众大会

小商贩黄寿把自己带来的300名农民自卫军和在石围塘火车站缴获的战利品交给杨殷，得到杨殷的表扬，同时又受命返回车站防守。

黄寿把昨晚在石围塘车站接听的一个国民党军队要坐火车到广州的消息告诉了杨殷。

杨殷对他说："我们早料到敌人会反扑，但没有想到他们这么快。"

黄寿："他们来，我们无论如何都要顶住，否则我们这些参加起义的工人、农民都会受到迫害。"

杨殷沉思了一会儿，对黄寿说："今天上午，我们正全面与敌人在多个地方作战，长堤和观音山的战斗很激烈，还需要大量补充新的战斗力量。你们坚守住车站，尽量多运农军进来，我们这里还有很多缴获的武器可以武装大家。我们只要再守住广州三四天，整个情形就不一样了。我们已经向广州以外的地方党的组织发出通知，要求他们动员工农群众支援广州苏维埃，海陆丰的彭湃和粤北的南昌起义队伍也会来广州与我们一起作战。"

黄寿："广三铁路昨天晚上到今天早上，暂时未发现敌人。梁通、陈道周、邝少夫、老谢他们正分头到南海和西郊的农村去组织和动员农民自卫军来广州参战，估计今天还会有更多农民自卫军被运来广州，在那边有一列小火车被我们控制，由我们工人赤卫队的司机驾驶，一次可运300多人呢。"

周边的枪弹声越来越密集，观音山和长堤的激烈交战氛围，在维新路的起义总指挥部同样能听到和感觉得到。

杨殷很严肃地说："看起来，情况会变得更加复杂，你们那边离市区远，现在派联络员都不方便，不论发生什么事，你们要灵活、沉着、机智。如果与我们这边联系不便，你们就要自己随机应变，见机行事。"可见，即使杨殷这样的非军事领导人，这个时候，在内心已感觉到了广州苏维埃政府受到的严重威胁和不确定性。

黄寿还处在胜利的兴奋中，他可能并没有真正体会到杨殷话中潜在的台词，以为只是一句习惯的客气话。他与杨殷握手道别后，带着杨殷的口令，离开起义总指挥部，到江边坐了卢龙开来的汽船。刚好这个时候珠江岸边的敌我交战双方都处于暂停状态，他们便飞速行驶过珠江江面，经花地码头，直奔石围塘火车站。

汽船速度很快，掀起两排水浪，没有受到江面敌船和白鹅潭外国军舰的注意和追击，卢龙和黄寿大呼过瘾。

靠近石围塘时，从江面往上看，码头上红旗招展，在绿树掩映下，迎着阳光，在江风的吹拂下飘扬，更是令人振奋。

刚到石围塘码头，黄寿和卢龙看到许多从各乡村组织来的农民自卫军，而且许多小分队都扛着农民自卫军专用的犁头旗。

黄寿立即向大家宣布杨殷的指示，安排车站的那列小火车，分批次地把那些农民自卫军运往黄沙车站，安排他们进城前往起义总指挥部，进行武装和分派城内各据点，支援起义军作战。

共青团广州市委组织的青年赤卫队在完成抓捕国民党市党部"清党委员"、法院院长沈藻修的任务后，积极准备在原警察俱乐部召开全市青年代表会议，并在门前修筑工事，抵御敌人进攻。

这时，突然一个头戴呢帽、身穿棉布长衫、身材高胖的人低头由东往西走去，青年赤卫队里一位精干的中山大学学生急忙端着枪追上去，大声喝住："站住！不许动！"同时招呼同伴们上前帮忙。

原来是《民国日报》的一个姓袁的总编辑，“四一二”政变后，他一直写文章骂共产党，这位中山大学的学生认得他，没有想到冤家路窄，此时此地相遇了。

大家把这个袁总编绑了起来，突击审问，他哪里敢出声，只得一个劲地求饶，说自己没有恶意，没有死罪。

一位队员拉开枪栓，子弹上膛，向他瞄准。

他立即跪到地下，哀求饶命，并主动说：“同学啊，你们真觉得我有死罪，别在这里枪毙我，可以把我送到你们的总指挥部那里去，让他们审判也不迟啊！”

大家觉得他反正都被绑了，逃不掉的，送到起义总指挥部去也好，交给肃反委员会判决更好，于是派了数名青年赤卫队把他押送到维新路的起义总指挥部。

杨殷不在，周文雍认得他，也觉得很意外，但这个时候，大家都正准备到西瓜园去开庆祝大会，没有时间理会他。

周文雍命令那几个青年赤卫队队员：“把他放到那边的俘虏一起，听候处理！”

青年赤卫队队员就把那个袁总编押到另外一个关俘虏的房子里，推了进去。

后来这个袁总编命大，张太雷牺牲后，起义领导人便来不及处理这些俘虏。起义失败后，他和那些俘虏们都被释放了。

中午时分，青年赤卫队驻地大门口开始有各处来的青年代表前来打听，是否在这里召开全市青年代表大会，苏联领事馆也派了一位国际代表前来出席，大家兴高采烈，热烈鼓掌。

这时，一位主持人登上讲台，示意大家安静，他对大家说：“同志们，今天下午全市要在西瓜园召开工农兵代表大会，有许多青年朋友都到那里去参加会议了，不能来到这里。另外，起义总指挥部传来消息，河南的李福林部队已加紧进攻长堤和组织士兵渡河，长堤战斗激烈，凡是负责长堤的朋友都要回到你们的战斗岗位，全市青年代表会议今天不开了，等我们另外通知大家。”

那个国际青年代表当即带领大家高呼：“同志们，布尔什维克万岁！”

大家回应：“布尔什维克万岁！”

“广州苏维埃政府万岁！”

薛尚实等青年赤卫队队员留驻在原地，其他人分头回到各自的战斗岗位。

教导团一连一排在排长白灿时的带领下，一直坚守在长堤一带，与工人赤卫队一同监视珠江河面的“江大”舰、河南李福林部队的行动，还要预防附近顽固坚守的反动机器工会的工贼里应外合，配合来自珠江河面的敌人的进攻。

白灿时认真研究了驻防地周边的地形，特地在机器工会后门不远处设置了一个三人岗哨，由战士李华、尹相升和崔叙铨在那里守卫。在沿珠江堤岸，每隔一段距离，也设置了一些岗哨，紧盯河面情况。

由于战争时断时续，白灿时要求战士们轮班休息，隔一两小时换一次班哨。

白灿时是河南人，中等身材，瘦瘦高高，面色黝黑，穿一身灰色制服，是黄埔军校毕业生，性格较固执，平时不爱运动，刚从黄埔军校出来，作战勇敢、敏捷，但经验不足，口头语是“怕死鬼”，在武汉“清共”时分到教导团工作。最初是见习生，因讲话不利索，常被人取笑，到广州后，提升为排长。

12 日早上，当起义军发动新一轮进攻时，沉寂的机器工会里传来一阵机枪扫射声，与来自珠江河面的敌人枪声相互呼应。

白灿时当即命令黎玄、李明岭、翟亦林和张晋庭四个战士驰援机器工会附近的岗哨，以免机器工会里的敌人冲出来威胁防守在长堤的起义战士，在这个过程中，19 岁的江西籍战士李华牺牲，老战士尹柏升的左臂受伤。

李华是江西人，身材短小，结实矫健，两只眼睛炯炯有神，长方脸，皮肤黄褐色，易激动，表情丰富，说话时，眉毛和脸部肌肉会随之变化。他本来在教导团的三连，前不久才调到一连来。他穿着一双草鞋，还有绿色的军衣，衣服和风纪都很整齐。因为他年纪小，深得战友们喜欢。看到他牺牲了，战友们把他的尸体拖到一个安全的地方，解下了他身上的枪支和弹药。

张晋庭一边帮他整理衣物，一边哭着自言自语地说："李华兄弟，你暂时在这里歇会儿，等把这些反动派消灭掉，我们会把你埋到那红花开满山岗的地方。"

李明岭是苏北那一带的口音，脸色红黑，圆脸，满脸络腮胡，下颌有青斑，身材魁梧；性格深厚，遇事沉着，少言少语，说话声有些嗡嗡隆隆。他作战勇敢，喜欢穿深色衣服，爱打赤脚，与张晋庭私人关系较好。听到张晋庭对着李华的尸体说话，他情不自禁地哭出声来了，这让张晋庭心中更加难受。

尹柏升是山东诸城人，由山东师范学校报考了武汉军校。他中等身材，身体结实有力，脸色红黑，方形，黑眼睛，说话迟缓，但行动灵活，经常显出笑而不言的样子，遇事沉着冷静。本身受伤的他，看到张晋庭和李明岭对着李华的尸首哭，忍不住也流下了眼泪，但他还是忍着疼痛说："兄弟们，你们快点闪开，不要被那边的敌人发现了！"

这时，张晋庭和李明岭才发现，李华躺的那个地方虽然在街角，但自己站着就暴露在机器工会那个楼上的敌人视线之内了，立即闪开了。

张晋庭和黎玄根据当时的情况，对机器工会附近那个岗哨作了调整，因为打死李华和打伤尹柏升的子弹都是来自楼上高处，他们不知道里面有多少人；冲不进去，当然也不能让敌人冲出来，就把岗哨的位置挪到可以躲避来自楼上敌人扫射的地方。

上午 9 点的时候，负责联络的黎玄，兴奋地从起义总指挥部跑来，向防守在机器工会附近的张晋庭和李明岭通报消息："今天中午在西瓜园举行群众大会，庆祝苏维埃政府成立。总部通知每排要根据情况推选一至二人代表出席大会。方才在排里商量，因战斗关系，确定推选老尹去参加，排长让我来征求你俩意见。”他看了看张晋庭和李明岭两人的脸，未等他们回应，继续说：“另外，还有一个重要的消息，花县和芳村的农民武装已前来支援我们的暴动，他们正赶往总指挥部报到编队，陆续都会投入战斗，我们的支援力量越来越强大了。”这显然是在给大家鼓劲。

张晋庭说：“老尹伤势不妨碍他的行动，出席群众大会，我没有意见。”

李明岭也点头以示同意。说：“黎玄，你们参加群众大会，到时回来向我们传达。”

黎玄举起手来，说了声“好”，就离开了。

时近中午的时候，街上突然出现一些群众，有的擎着红红绿绿的旗帜，有的还敲锣打鼓，欢声笑语，那些在各据点对抗的起义军战士和反动分子，都没有向这些人群开枪。

张晋庭问李明岭：“你猜这些群众是去哪里？”

李明岭：“这还用得着问吗，肯定是去西瓜园参加庆祝广州苏维埃政府成立大会的群众嘛。”

张晋庭：“中国共产党就是厉害，这么多的群众都可以动员起来，我看那些龟缩的敌人也不敢向这些手无寸铁的群众开火。”

李明岭：“还是要小心，他们要是敢向这些群众开火，我们就把那些反动分子碎尸万段！”

张晋庭对李明岭说：“这么多人，我料想机器工会里的工贼这个时候不敢轻举妄动，你在这看着那边，我去那里看看。”

李明岭：“好，小心点。”

张晋庭走到街上那堆人群中，有一些人在那里要求那些喊口号的人把这些口号解释给他们听。

当有人喊“穷人的当赎物，无价发还”这句口号时，有一个中年妇女在那里大声喊叫。

因为用的是广州方言，张晋庭根本就听不懂，他问身边一个学生模样的人：“那老妇人与那个喊口号的人在讲些什么？”

那学生用带着广州话腔的普通话回答：“那个阿婆说，她因丈夫死了，典当了衣物，正愁着没钱赎呢，她不相信可以无价发还她的典当物。那个喊口号的人告诉她，这不会有假，中国共产党是解放劳苦大众的，有广州苏维埃政府作主，她的典当物一定能无价发还。请她去参加在西瓜园召开的庆祝广州苏维埃政府成立大会，到时把她的情况向苏维埃政府反映，共产党一定会为她作主的。”

张晋庭对那学生说：“你告诉她，要相信中国共产党，我们发动起义，不是为了个人升官发财，是为了人民当家作主，她的典当物一定能无偿归还的，苏维埃政府会为她作主。”

那青年果然用广州话对那老妇人讲了一遍，老妇人高兴地说：“好啊，我真的要去西瓜园参加你们那个庆祝大会。”

张晋庭回到哨岗把他见到的这一幕讲述给李明岭听。李明岭是个性情中人，他激动地说：“老百姓的感受最敏感。共产党为老百姓办事的决心，自然要随时随地体现苏维埃代表工农兵群众利益的这个精神。人们从心里接受了这一影响，红色种子就能通过老百姓一颗一颗传递到四面八方，在人民群众中生根发芽，成为一股不能遏止的力量。”

张晋庭：“从今天的情况看，我们单知道革命道理还不够，还要学习人民群众的语言，要与广州人民在一起，用人民群众听得懂的语言，做他们的思想工作。看来我们还得补上广州话这一门课呢。”

时近中午，西瓜园已陆续来了许多人，有工人赤卫队队员、学生，还有动员来的市民，教导团的战士代表，甚至那些被困在各处的俘虏也分别派了代表前来，他们看到梁国志等人正在布置会场，都围过去观看。

梁国志一直在寻思着怎么能把周文雍交给他的那个横幅挂得更有气派。

这时，他看到太平戏院前有座塌了半边的竹棚，他穿过越来越多的打着彩旗和各种会旗陆续进场的队伍，和一个叫袁顺的工人赤卫队队员跑过去，把那棚上的两条长竹竿拆了下来，把红布横幅打横穿好，举起来，拉开，再用绳子把竹竿捆在刚才搭起的主席台脚上。

看上去顶像回事的。

这时，围观的群众爆发出一阵热烈的欢呼："好嘢！""胜利！""万岁！"

随之便是一片热烈的掌声。

有一些醒狮队的工人也敲锣击鼓，带着醒狮队前来助阵。

一时间，整个西瓜园都沸腾起来了。

有的工人甚至还自发地兴奋得朝天鸣枪。

"庆祝广州苏维埃政府成立大会！"的横额成了全场最受瞩目的标志。

两位鬓发斑白的老工人挤到台面前，注视着那横幅上的大字，一个字一个字念出声来："庆——祝——广——州——苏——维——埃——政——府——成——立——大——会！"

甲说："苏维埃就是俄国那个苏维埃吧？"

乙说："苏维埃就是工农兵，苏维埃政府就是工农兵政府，不是国民党的新军阀政府啦！"

甲说："这说明共产党和国民党不一样，是吧？"

乙说："对啰！国民党是为大地主大资本家的，共产党是为了咱们工人、农民普罗大众的。"

甲说："还有这区别，不都是党吗？"

乙说："那可不同，一个党是为压迫阶级服务，那是国民党；一个党领导被压迫阶级翻身作主人，这是共产党。"

甲说："这有点意思。是了是了，这个苏维埃就应该是俄国那个苏维埃了。十年前俄国就兴这个，我们老板怕极了，以后再也不敢驶船去俄国了。如今轮到我们广州也兴这个了！"这位老工人显然是一位老海员。

西瓜园里一片喧腾之声，这时，听到门外汽车的喇叭声，大家向门外望去，见张太雷等起义总指挥部的领导来了，更是欢声雷动，全场掌声更加热烈起来。

1927年12月12日中午，丰宁路西瓜园（后来的人民中路广州日报社，笔者注）。

广州人民拥护苏维埃大会正在举行。

这次会议的主要议程是：

（一）共产国际代表演说。

（二）广州苏维埃代表演说。

（三）工、农、兵、妇女、青年代表演说。

（四）批准在暴动前所选举以十五人组织的苏维埃。通过给工会及兵士委员会以命令，要他们在三天以内选举代表到苏维埃中来，使苏维埃由三百至四百代表组织之。

（五）选举人民委员会。

（六）通过给共产国际的电报，请将在广州建设苏维埃政府的消息传达给全世界工人，并求援助。

会场的上空，飘扬着鲜艳的镰刀斧头红旗。会场的周边，还挂有三幅大型标语：

> 打倒帝国主义！
>
> 工农兵起来拥护苏维埃政府！
>
> 赤色恐怖消灭白色恐怖！

数千名群众参加，其中有一些是参加起义的士兵和赤卫队队员，他们与群众的区别就是手里拿着武器，脖子上系着红领带。

张太雷及各界代表演说后，大会通过了广州苏维埃政府委员名单、政纲以及致共产国际电。

庆祝大会现场。

几张木桌拼搭成一座比人还高的主席台。

群众兴高采烈，欢声雷动。“打倒国民党！”“保卫苏维埃！”“打倒帝国主义！”“工农政权万岁！”“共产党万岁！”等口号此起彼伏。

张太雷和参加会议的叶挺、恽代英、黄平、杨殷、周文雍、陈郁等登上主席台，台下的掌声更是一浪高过一浪。

周文雍摇动手中的响铃：“我宣布，工农兵群众庆祝广州苏维埃政府成立大会开始！”

一支早前组织来的乐队奏响了《国际歌》，旋律回荡在西瓜园的上空，会场氛围变得庄严起来。

周文雍说：“我们今天开会，庆祝广州苏维埃政府成立——”

他的话刚说到这里，下面便掌声雷动。

满场的旗子飞舞起来，台上的领导人和台下的群众脸上都洋溢着笑容。

周文雍继续说：“这是我们工农兵群众艰苦奋斗、流血牺牲才得来的，我们要知道这个胜利来之不易，我们应该坚决拥护苏维埃，捍卫苏维埃！”

张太雷今天特地穿了一身草黄绒的军装，显得特别有精神。他向大家先是挥一挥手，然后双手向下，示意全场安静。

这时，会场上忽然站起一个穿着海军服的高大个子，摩拳擦掌，用不标准的普通话向台上喊着什么。

很多广州本地的工人赤卫队队员听不懂，以为他是来捣乱会场的，当即质问他：“你想干什么？”“不准吵闹！”

那人更急了，又是一阵乱叫。

有些工人赤卫队队员以为他是坏人，大喊：“打！”“把他拉出去！”

这个时候，谁要是太过急躁，那就真的要出天大的误会了。

受命负责维持秩序的工人赤卫队很快赶到那人面前。

经了解，那个人是海军主动派来的代表，他说话的意思是，海军陆战队拥护苏维埃！打倒反革命！革命工农兵万岁！

因为太激动，语音不清，才被大家误会，原来虚惊一场。

在庆祝大会上，各位领导人根据事前的安排，分别宣读了广州苏维埃政府的组成人员名单、向公众的宣言、对外宣言和广州苏维埃的政纲、主张、口号，包括八小时工作制，没收地主土地归农民耕种，无偿发还贫苦市民的典当物等，这些都是现场工人、农民、市民、士兵渴望的。

广州苏维埃的政纲与口号，由张太雷亲自宣布，他每宣布一条，大家皆以热烈掌声表示赞同和通过。

大会批准了广州苏维埃和广州苏维埃政府人民委员会，通过了给共产国际的电文，请共产国际将广州苏维埃成立的消息向全世界公告，并发动国际无产阶级援助广州苏维埃。

张太雷讲过话之后，工人、农民、士兵、青年、妇女以及共产国际代表先后发言。

工人赤卫队队员代表印务工人黄亚强上台发言。这个黄亚强大道理不会讲，他就讲自己心中的仇恨，他指着西瓜园侧面的“广东总工会”大骂工贼，怒吼道：“陈胜那个契弟（广州话‘坏蛋’，笔者注），不是人！带住（广州话‘着’，笔者注）帮工贼帮助资本家来摧残我们工人兄弟，我们拥护苏维埃政府，打倒那班坏蛋！”

台下的工友也都热情地与黄亚强相互呼应，会场氛围一浪高过一浪。

会议期间，西濠口等地的枪声还不时地传来，但现场氛围非常热烈，群众的呼声常常盖过了远处传来的枪炮声，。

显然，这个时候，广州别的地方又开始新一轮的激战了。

不断有交通员跑到会场这边来，分别向起义领导人传递消息，教导团的战士来找叶挺、叶剑英，农民自卫军和工人赤卫队的联络员找杨殷和周文雍，西郊的农民自卫军找赵自选，还有来找陈郁等人的。

他们听到这些联络员传递过来的消息，没有打扰张太雷演讲和群众的欢呼，一个个都严肃地静静地离去，回到各自的战斗岗位，指挥、调派各处起义作战力量。

黄平回到公安局时，正好有一个近 300 人的工人纠察队前来报到，在聂荣臻的帮助下，黄平把这些人编制成一支作战队伍，并对他们进行了动员讲话。叶挺根据当时的战斗情况，命这支队伍立即开赴黄沙粤汉铁路火车站那边，支援那里的战斗。

西瓜园庆祝会现场的主席台上，只有张太雷和纽曼两人。

一个赤卫队队员行色匆匆跑向主席台，向张太雷耳语。

张太雷一听，脸色大变，向站在台下前排的陈功武示意，让他到台上来，向他交代数语，意为临时有急事需去处理，交代他维持会场秩序，尽快让大家回到各自的战斗岗位。即行起身离开。

纽曼也起身随行。

张太雷和纽曼坐上停在会场边上的一辆敞篷汽车，警卫员坐在副驾驶的位置，张太雷与纽曼坐在后排。

二　太雷之死

张太雷还在西瓜园继续主持群众庆祝大会的时候，叶挺和叶剑英由于各地战情告急，已经回到公安局的起义总指挥部。

很多工人赤卫队的队员和教导团的官兵进进出出，他们大多数是前来报告敌情的，也有前来请求支援的，叶挺根据各处报来的情况，调派兵力。

关于教导团和警卫团的战力调配方面，他多通过叶剑英传达，因为叶剑英不仅是教导团的老团长，而且作为第四军参谋长，对警卫团也熟悉。

也正是由于这个原因，后来很多人的回忆录都提到叶剑英是副总指挥，其中最为明确的记录是，陈赓于1927年12月25日写给一个叫朱斌的人（或为党组织名称，笔者注）关于广州暴动经过的报告里有这么一句话：

“当时负指挥之责者叶挺为红军总指挥，叶剑英为副指挥，恽代英、黄锦辉等诸人任宣传及草宣言责，赓任红军指挥部副官。”

陈赓的报告里，关于叶剑英的职务是“副指挥”，没有“总”字，与黄平晚年回忆录中关于“不知”张太雷和叶挺给叶剑英安排了什么工作的说法相比，算是明确些。

因而，笔者认为，叶剑英是否实际被任命为“副总指挥”这个职务并不重要，但他确实一直在现场协助叶挺指挥了教导团和警卫团的起义力量，并亲自到长堤和观音山两处最激烈的作战现场指挥了战斗，这一点才是更为重要的。

陈赓作为起义总指挥部的副官，本来应在总指挥部候命，随时接受和传达叶挺和叶剑英的指令。但是，这天下午，观音山的战斗实在太激烈了，叶剑英不得不对陈赓说：“观音山那边非常吃紧，你带一支队伍去那边支援。”

陈赓当即把前来领战斗任务的一支由工人赤卫队队员和教导团战士、警卫团战士混编的队伍带往观音山，支援那里的战斗。

陈赓的到来，给了在观音山作战的教导团战士和工人赤卫队队员以很大的鼓舞，他与在阵地上指挥作战的工人赤卫队第六联队队长徐向前打过招呼，即现场参与督战。

很快，起义军又把那些试图攻占观音山高地的敌军打退了回去，而且收缴了很多敌军武器。

看到观音山又安然地回到起义军手中，陈赓知道自己作为指挥部的副官，职责还在总指挥部那边，又急忙跑回维新路公安局内的起义总指挥部，把观音山的战斗情况向叶挺和叶剑英作了报告。

叶挺对张发奎军队里的一些中下层军官有一定了解，知道陈赓在张发奎部队里有很多同学，因而对陈赓说：“你到厚祥街去，那里有一个中流砥柱子弹库的守卫人员，你可能认识他，做他的工作，让他动员中流砥柱子弹库的守库人员参加起义。那里有一个排的战力，可以为我所用。”

中流砥柱是当时广州的一个地名，位于珠江二沙头附近。

那个时候，珠江还很宽，与北边的城区间有一个小岛，上面设有炮台，是一处城防要地，因位处珠江之中，因而名之为中流砥柱。

陈赓离开起义指挥部时，正是张太雷在路上遭敌人伏击的时间，他对此全然不知。他按叶挺提示的地址，直奔厚祥街，在那里，与那个负责看守中流砥柱武器库的人谈到了很晚。

陈根本不知道整个形势随着张太雷的牺牲和傍晚敌人进攻力度的加大，已经发生了很大的改变。原来约定的每天换一个通关暗语的消息他也没有收到，无法通过街上那些由教导团战士和工人赤卫队队员守卫的街口，于是留在了厚祥街过夜。

等第二天醒来，整个城市似翻了个个，他不得不逃到一个认识的广州友人家里避难。

西瓜园群众庆祝大会现场。

张太雷离开会场后，现场安静下来，而四周的枪炮声却是越来越响。

陈功武对着台下的参会群众说：“同志们，我们的会议结束了。太雷同志去指挥新的战斗了，敌人又向我们发起了进攻，请各位群众和代表尽快回到各自的战斗岗位，请工人赤卫队的队员和农民自卫军的队员留下来，我们还有新的任务。”

枪声从四面八方传来，特别是靠近西瓜园的西濠口和陈家祠那边，枪声很是激烈。与会群众本来就不如预期的多，他们一听说会议结束，就迅速地离开了会场，但还是有不少工人赤卫队队员和农民自卫军战士留下来了。

陈功武接过一个联络员送来的纸条，是周文雍的手令。

陈功武对留下来的人说：“同志们，现在我们要立即组织两支队伍，一支队伍赶往总指挥部待命，一支敢死队要立即奔赴观音山，那里突然从北面来了许多敌人。”

工人赤卫队队员和农民自卫军战士都振臂高喊：“我要参加敢死队！到观音山去打敌人！”

陈功武看到大家都这么热切地要参加敢死队，但前往总指挥部去待命的任务也是很重要的，于是大声说：“大家不要争，我们用老办法，抓阄，好不好？”

队员们高呼：“好！服从命令！”

道。她的全部心思都用在照顾孩子身上，还没来得及看这两天的香港报纸。

她无缘无故地心神不安起来，她不清楚，这个时候，她自己为什么也与孩子一样，烦躁不定，她满脑子里都是丈夫的音容笑貌。

这个时候，她甚至想，张太雷或许就在门外，正向她娘儿俩走来，王一知甚至还真的走过去，打开门，向外望了望。

张知春的小眼睛一直注视着她的脸，突然平静下来，不闹腾了。

起义路公安局内。

纽曼飞快地跑来："不好，张太雷同志牺牲了！"

几个留守的同志不知道如何应对纽曼，跑去军事指挥部，把正在看地图的叶挺找来。

这时，周文雍、恽代英、杨殷等也从西瓜园庆祝会场赶到了维新路起义指挥部。

纽曼把张太雷遇袭的经过向大家述说了一遍。

叶挺："详细情况以后再说，现在救人要紧，太雷同志现在在什么地方？"

纽曼："我亲眼看到，太雷同志和警卫员都在现场牺牲了！"

杨殷："就是牺牲了，也要把太雷同志的遗体找来，活要见人，死要见尸！"

周文雍："我马上带赤卫队队员去找！纽曼同志，请您带路！"

纽曼现出很为难的样子："刚才那几个人我们还认为是工人赤卫队队员呢，所以没有防范。现在街上很乱，分不清哪是敌人，哪是赤卫队队员，反正太雷同志已经牺牲，这个时候去找他的遗体，既冒险，也没有意义。"

杨殷："即使是牺牲了，我们也一定要找到太雷同志的遗体！"

周文雍："纽曼同志，不管多难，请您一定带路。"

纽曼："好吧。"

周文雍立即命在总指挥部候命的工人赤卫队第一大队第一中队中队长梁梅枝："你快叫几个汽车工人，开一辆汽车过来！"

梁梅枝飞奔到南堤，通知那里的汽车工人赤卫队队员，开车前往抢运张太雷的遗体。

他和香港摩托车工会负责人，赤卫队大队长袁松，支部书记杨绩，工会负责人黎胜、陈贯、卫炳耀和电车工会罢工归来的赤卫队队员十多人，开了一辆大客车，直奔张太雷牺牲处。

离大北直街不远处，惠爱路西园酒家附近，张太雷牺牲现场。

张太雷三人的遗体还是牺牲时的样子，靠在车的不同位置，身上到处都是弹洞，鲜血还在不断往外流。

周文雍带着一队赤卫队队员迅速将三具遗体搬到车上，运回维新路公安局内，放在大院内的一棵浓荫树下。

警卫员冼流的妻子见到丈夫的尸体，抱头痛哭，周文雍上前去安慰道："大姐，冼大哥的血不会白流的，我们一定会为他和太雷同志报仇的！"

关于张太雷之死，不同的人的回忆录中有不同的细节记载。

有的认为张太雷遇袭，首先倒下的是他的司机，有的回忆录中则说是司机跑回公安局报的信，有的材料中，司机的名字是陈全，有的则说司机名字是冼流。其实这些都不重要，陈全是一位司机没有错，冼流之死也没有错，但都不会影响张太雷牺牲这一事实，当时牺牲的总共是三人，这个事实在各类材料中的记载基本一致。

那两个警卫员，一个是张太雷的警卫，一个是纽曼的警卫，他们分坐在车门两边，最先中弹。

公安局大院。

周文雍命工人将张太雷三人的遗体整齐地摆放在院子里，众起义领导人一齐默哀!

这时，不断有人进来报告，长堤吃紧，天字码头吃紧，西濠吃紧，观音山吃紧，东山吃紧。

众领导人临时在院子里推举杨殷出任广州苏维埃政府代理主席。

大家来不及处理张太雷的遗体，都回到各自的战斗岗位。

关于杨殷代理苏维埃主席一事，目前并未发现有正式的文件，皆为数十年后曾参加起义的相关人员的回忆材料中提到。

1928 年，杨殷于《红旗》周刊第三期“广州暴动纪念特刊”发表的《斗争中的回忆》一文中，并没有关于张太雷之死和他本人代理苏维埃主席相关内容的记述。其他包括叶剑英、陈郁、黄平、聂荣臻的回忆录中也没有与此相关的内容。

以笔者的分析，张太雷牺牲的时候，许多起义指挥部的领导人，特别是军委会的人，很多不在公安局内，有的在离开西瓜园回公安局的路上，有的在观音山或长堤现场指挥战斗，只有杨殷和周文雍碰巧在场。

杨殷是一位资历较老的工人运动领导人，“四一二”政变后，他也受到国民党的迫害，并不能在广州立足，只是起义前不久才回到广州，从事秘密工人动员与组织。他算是广州本地人，且与陈李济的少东家陈少泉有亲戚关系，起义前一日晚上，起义领导人在禺山市场陈少泉杂货铺召开的起义动员与分工会议会场，就是由陈少泉所提供。加上他又是广州苏维埃政府的肃反委员，因而杨殷当时在党内与工人中的威望较高。张太雷去世的突然事件，使得党的领导受到严重影响，杨殷在公安局内的起义指挥部临时负起了指挥之责，所以，工人们都认为杨殷是代理主席。

黄平因事离开了一段时间，又回到了公安局。

站岗放哨的起义战士还在岗位上，但院子里已经安静了不少，到处都是枪声，昨天和上午的那种热闹场景不见了。起义总指挥部的人都各自根据自己的判断到各处指挥作战去了，杨殷和周文雍听到他们联系的工人赤卫队队员前来求援，也到各地去找支援力量。

这个时候，公安局内的总指挥部里，实际上已没有负责人，只有张太雷和那两位同时牺牲的警卫员的遗体静静地在那棵大榕树下，没有人注意到。

那些搬运张太雷遗体的汽车工人们也被杨殷派往长堤前线作战。

黄平这个时候还不知道张太雷已牺牲，一看这院子里的情况，心中有一种不祥的预感。他问在院子里守卫的一名工人赤卫队队员："叶挺呢？"

工人赤卫队队员："去财政厅楼顶观察敌情去了。"

黄平："太雷同志呢？"

另一个赤卫队队员跑过来，将一块怀表交给黄平："太雷同志他牺牲了，这是他的怀表。"并用眼睛示意黄平，叫他看那边榕树下的三具尸首。

黄平走过去一看，果然是张太雷，当场如五雷轰顶。他四处张望，没有见到他想要找的人，恽代英从屋里走了出来，两人默默对视。

恽代英是广州苏维埃政府的秘书长，张太雷牺牲后，他也是从别的地方闻讯赶来的。当杨殷和周文雍需要赶往各处指挥工人赤卫队时，他自己主动地留在了总指挥部。

黄平想过很多事情，对起义的前景也有过思考，在叶挺与张太雷的意见分歧时，他支持了张太雷。因为，在他看来，叶挺毕竟只是一名军事指挥员，对全局的情况并没有张太雷掌握得多。尤其近几个月来，张太雷一直在广东活动，对广东的党组织建设作出了巨大贡献。这次起义的主要领导人，周文雍是前不久由组织从监狱里设法救出来的，杨殷是在起义前不久从香港来到广州的，恽代英和叶挺都是起义前一天才接到通知到达广州。

在这些核心成员里，只有张太雷这段时期与工人、农民、士兵的直接联系最为广泛，最为深入，而且张太雷是中共中央委员、中央政治局候补委员，与中共中央一直保持着联系，更了解中共中央和共产国际的指示与命令。

黄平绝对不会想到，在整个广州已被起义队伍占领的情况下，起义领导人中第一个倒下的竟是张太雷，这个打击实在是太大了。或许正是这个原因，担心各地前来起义指挥部联络的工人赤卫队队员或教导团战士会受到张太雷牺牲的消息的影响，杨殷和周文雍他们才会直接前往各作战前线，与工人、士兵、农民们在一起并肩作战吧。

但是，无论如何，总还是要有人来组织和领导大家的，他看到作为秘书长的恽代英还在这里，心里稍许有些宽慰。

12 日这一天，长堤和观音山的战斗一直在持续，尤其是观音山，作为广州城北的制高点，事实上从一开始就是起义战士与反动军队的争夺点，是双方激战的主要战场。虽然被教导团和工人赤卫队一度占领，而反动队伍从来没有走远，守在观音山的北麓，等待援军的到来。

在起义军攻占广州的过程中，包括国民党省党部、广东省政府、财政厅及各警察局、警署、广九车站、黄沙车站、石围塘车站等，教导团的战士和工人赤卫队队员都是比较轻易地攻下来的。而长堤第四军军部和观音山这两处，则牵制了大量的起义力量。当张太雷和纽曼坚持要守住广州城内的决定作出后，12 日整一天，此两处的战斗都是非常激烈的。

当天下午，起义领导人与工农兵群众在西瓜园开庆祝会的时候，观音山北麓的敌军得知粤北前来增援的军队快到了，便发起了更加猛烈的争夺观音山制高点的新一轮冲击。原来布防在观音山的教导团和工人赤卫队力量根本无法顶住，这就是叶挺和周文雍提早离开庆祝大会，赶往起义总指挥部和省政府工人赤卫队总指挥部，调派力量支援长堤和观音山作战的原因。

负责守卫观音山的起义队伍是教导团的一部分和工人赤卫队第六联队的一部分。

教导团的战士主要坚守阵地，而工人赤卫队队员的任务除了参加观音山的作战外，还有一个任务，就是往来于教导团驻地四标营地、维新路起义总指挥部和观音山之间，装运各种武器弹药，提供给坚守阵地的战士和赤卫队队员。

工人赤卫队第六联队队长徐向前在《奔向海陆丰》的回忆文章，有一段关于十二日下午观音山作战的文字：

> 工人赤卫队的同志们十分英勇，搬运弹药通过封锁线的时候，前头的人倒了，后面的人又搬起了弹药往前跑；第二个人倒了，跟着来的人又冲了上去。联队的党代表，在观音山反击敌人的一次冲锋中负

了重伤。他紧紧握住我的手说:“同志,你们继续战斗吧!希望你们坚决地打退敌人的反攻,守住联队的阵地!”说完就闭上了眼睛!这位工人阶级的英勇战士,为革命事业献出了自己宝贵的生命。

我记不起这位战友真实姓名了,只记得他的代号是“老陈”。但是,他那种英雄的气概、革命的乐观主义精神和坚强的意志,却令人永志不忘!

战斗越来越紧张了。

敌人四面进迫,起义军完全处于防守状态了,有些阵地不得不退出。

联队的伤亡越来越大,人数越来越少。

12日傍晚的观音山战况是,南麓及山顶还在起义队伍手中,北麓那些没有走远的敌军仗着后面援军的气势,加紧了向山顶制高点的冲击。

有意思的是,清远、花都的农军也在这个时候靠近了观音山的北麓,这使得敌人不得不腾出部分力量来对付那些农民自卫军战士,因而,使得攻占山顶的力量受到限制,与防守在观音山的起义军处于拉锯战的状态。

随着敌人的增援力量越来越多,起义军只得放弃原来占领的象岗山和镇海楼附近等阵地,把主要力量集中在观音山的制高点。

可是,周边的敌人越聚越多,那些坚守制高点的起义军显然感到吃力。

南堤、长堤、西堤一带的珠江沿岸,原来的第四军军部、中央银行的敌军依然在坚守,并不时地响应“江大”舰的炮击,加大反攻力度。李福林的队伍在“江大”舰的指挥与配合下,这一日,也多次尝试强渡珠江,向城北进攻,抢在那些增援敌军到来之前占头功,但都被顽强的起义军打退了回去。为此,包括叶挺、杨殷、周文雍在调派起义作战力量时,用了很多精力,在市内由工人巡查队控制的过程中,全部的作战火力都在南北两个防线。

到12日傍晚,也就是张太雷牺牲之后,广州城的四个方向的敌人都开始加强了反击。北面有李福林和薛岳的部队联合进攻观音山,东面有李汉魂的部队向沙河和广九车站逼近，南面“江大”舰和从肇庆回来的“宝璧”舰配合李福林的部队进攻长堤，西面有许志锐和薛岳的另一个团向广三车站和黄沙车站进攻。

同时，市内的反动分子开始疯狂反扑，这使得公安局内的广州苏维埃政府的命运岌岌可危。

或许是由于夜幕的降临，使得敌人有所顾忌，黄昏的时候，各地虽然枪声不断，但已没有下午那么强烈了。

第七章　是谁发出了撤退令

一　无声之令

1927年12月12日傍晚，广东省财政厅房顶，这里是广州城内地势较高的一处坡地，而财政厅的楼房位于永汉路北端(后来的北京路，笔者注)，楼房建筑也相对较高。

在这里，东可以远望大东门那边四标营地教导团驻地的情况，南可以远眺南堤、长堤，西望西门、西瓜园、陈家祠，北向更是直接可以观察从大北门到小北门整个沿北城墙的作战情况，是一处城区较理想的观察点，作为军事指挥员，叶挺和聂荣臻非常重视这个据点。

天上已经布满了乌云，是冬天要下雨的广州天气征候。

叶挺与聂荣臻都忧心地望着观音山那边。

从大北门到镇海楼，从象岗山顺着观音山往东，城墙北面的敌人已经将国民党军队的旗帜漫山遍野地插到了山岭和城墙上。

尽管观音山南侧的起义战士打得猛烈，但敌军进攻整个形势已经无法阻挡，叶挺和聂荣臻都意识到了这一点，他们两人偶尔彼此对望一下，谁都没有说话。

作为一个素养深厚的军事指挥员，叶挺其实看到了那些漫山遍野国民党军队旗帜后面更多的东西，他预感到敌人一定会尽其周边所有力量进行反扑。

再向东、南、西三个方向眺望，非常清楚，要保存革命武装力量，唯一的出路就是撤退，但他不能发出这个命令。

这其中有几个原因：

一是广州暴动是在党组织的统一指挥下策划、宣传、推动的，坚守与撤退都需要组织来决定，虽然张太雷牺牲了，但中共广东省委还在，中共广东省委军事委员会还在，需要通过会议来做出决定；

二是叶挺虽然身为工农红军总司令，但城内还有很多没有武装起来的辅助革命工作的群众，对于这一部分人，如果起义军撤走了，敌人会不会报复和伤害他们，或许这也是张太雷的顾虑所在，对此，叶挺也是能理解的；

三是起义队伍的指挥系统，从一开始就不健全，叶挺真正能够指挥和调动的只有教导团的战士，而且在起义爆发之后，教导团的战士有的被分派到各工人赤卫队去进行军事培训和指导。叶挺虽然出于作战力量的可持续维持，安排了一些教导团的营、连回四标营地轮休，保存了一定的有生战斗力量，但对于全局而言，还有许多起义队伍并不能直接听命于叶挺。

比如，工人赤卫队的总指挥是周文雍，在暴动之后，各工人赤卫队联队都建立了自己的指挥机关，而且根据战斗部署，周文雍也把工人赤卫队总指挥部设在了越华路的省政府之内，叶挺需要通过周文雍来调派工人赤卫队的力量；与叶挺相比，叶剑英对教导团更熟悉，是教导团的老团长，许多教导团的军官和战士都认识他，听从他的指挥，叶剑英对警卫团也更加熟悉和了解一些，在警卫团团长梁秉枢受伤住院后，那些参加起义的警卫团战士在本团共产党组织的领导下参加起义军，攻打第四军军部、第四军军械库等处，基本都处于长期激战状态，调配力量也不容易，有许多时候都是叶剑英亲自到长堤或观音山去指挥警卫团的起义营、连作战；另外，杨殷也有一部分熟悉的工人赤卫队和农民自卫军。

这些力量在 12 日上午之前，西瓜园庆祝大会之前，张太雷没有牺牲的时候，大家都集中在维新路公安局内的起义总指挥部共同指挥时，还可以协调。叶挺作为工农红军总司令，主要还是在总指挥部里，根据全市的战况，通过叶剑英、杨殷、周文雍等向各战斗队发出指令。

可现在张太雷牺牲了，大家都疲于应对来自各个据点的求援与告急，起义领导人此时不在一处，各自都根据自己了解的战况，到一线指挥作战去了。

叶剑英去了观音山，杨殷去了长堤，周文雍去了城西，其他多是文职人员，对作战部署不熟悉。在无法把军事委员会的成员召集到一起研究的情况下，是撤是守，没有党组织作出决定，谁有权力下达这个命令，这是一个极其考验人的事情。

作为工农红军总司令，他是听命于党组织的，叶挺当然会比聂荣臻思考得多一些。

内心的翻滚是不言而喻的，叶挺忍不住自言自语："我真想冲到观音山，与战士们一起作战！"

聂荣臻："您是总指挥，不能到那里去，您负有指挥全局的责任，大家如果到这里或公安局找不到您，就不知道如何行动。"

叶挺还在为自己的意见昨天没有得到张太雷和纽曼采纳而后悔。

他在想，如果自己能够果断、坚决一些，或许，这些充满战斗力的教导团战士和工人赤卫队武装已经在奔向海陆丰的行军路上。即使敌人调派力量阻击，也不会这样从四面八方围过来消灭起义军，或许张太雷同志不会牺牲呢。

可是，他不能指挥张太雷，他只能配合与支持张太雷，作为一名共产党员，他必须服从党的组织与决定。

然而，张太雷和纽曼的思路与他不一样，他们更希望广州苏维埃政权的建成与维护能产生巨大的政治影响。

创造历史的豪情与雄心，让他们更相信有工人、农民、士兵的拥护，国民党反动派就无法攻夺广州，认为勇敢与牺牲能阻挡敌人的进攻，甚至还可以消灭敌人，忽视了战争的实力原则。

聂荣臻在整个起义过程都是与叶挺站在一起的。

他理解叶挺，支持叶挺。

但是，他们在这个狂潮中，力量是有限的，那些被激发了仇恨与热血的工人、农民、士兵，都不会允许他们退却，这或许正是张太雷想得更多的东西。

张太雷的全部身心，都被他这一段时期以来深入工人、农民、士兵中所了解的人民对现实和国民党当局的不满与愤怒所包裹。他认为这就是民心，是敌人战胜不了的，这也是广州起义的三声炮响，仅在3个多小时内就拿下了广州城的原因。

或许张太雷更加相信，广州已经全面赤化，敌人是夺不走的，这是他坚定固守广州的原因。

对此，聂荣臻也是了解的。

然而，他更相信叶挺，认为叶挺更务实，更理性，有时候，战争是不能靠一厢情愿的热情制胜的，它受许多因素的制约。叶挺保存红军实力的想法，又何尝不是坚持人民持久战争的一条生路呢？

山上激战的枪炮声，一声一声地敲打在他们心口，他们多么希望自己与战士们战斗在前线啊！

但是他们不能，他们要承担起整个战斗的指挥任务。

今天下午，起义总指挥张太雷的牺牲，无疑让他们感到内心更加沉重。

现在到处都面对着敌人的强大攻势，真正能作战的只有教导团和警卫团的战士，加起来不过两三千人，而敌人从外围调来广州的却是第四军、第五军的主力部队和新编第二师的全部兵力，军事力量的对比是敌人十数倍于起义军。对这种不对称的战斗，自己该如何保卫这苏维埃政权呢？

如果能用牺牲来保卫政权，就是自己牺牲一百次也值得。可是，一旦这么多党的精英都牺牲了，这政权又由谁来保卫呢？能保得住吗？太雷同志的遗愿能实现吗？

叶挺的眼睛湿润了。

听着密林深处不断传来的炮火声，有时候还可以看到炮弹爆炸的火光，聂荣臻走近叶挺："总司令，下令撤退吧！"

叶挺望着前方，一言不发。他深知党内斗争的情形，知道这个撤退的命令一定不能由自己发出来，但他又不能拒绝聂荣臻的建议，只能以沉默来应对。

聂荣臻理解叶挺处境的艰难："西方有一句俗话，沉默就是同意！总司令，这个撤退的命令您不好亲自下达，那就由我去传达！"

叶挺紧握着聂荣臻的手，还是一言未发。

聂荣臻从叶挺的手温和力度感到，叶挺是非常赞同撤退的。

趁着夜幕，聂荣臻听到四周激烈的枪弹声，快速地走过中央公园，直奔公安局，广州苏维埃政府。

黄平、周文雍、恽代英、杨殷、黄锦辉等正在讨论工人赤卫队肃反的问题。

黄平："现在有些国民党工贼混入工人赤卫队中，情况很复杂。"

恽代英："各个战场传来的消息都不怎么乐观，现在国民党的外围部队不断向广州增援。有些赤卫队的投机分子听到消息，都躲起来了，不再出来作战。"

周文雍："工人赤卫队初期组建的七个联队，总体上都有很坚定的立场和斗志，在前线有不少赤卫队队员牺牲了。"

杨殷："刚才肃反委员会传来消息，我们已经查清楚，下午在大北直街枪杀张太雷同志的那几个工人模样的人，是反动工会的骨干，他们从珠江南岸，随李福林渡江的部队混入城内，然后化装成工人赤卫队队员的样子。他们当时不知道车上坐的就是张太雷，只是看到车前角插了一面红旗，断定是我们领导起义的高级领导，所以开枪射杀！"

黄平："到时候，我们一定要为太雷同志讨回这笔血债！"

恽代英："看来敌人来势不小，现在我们该怎么办？"

杨殷："坚决反击，誓死保卫苏维埃！"

其他人也跟着附和："坚决反击，誓死保卫苏维埃！"

黄平："我也赞成坚持到底，特别是我们这里是起义总指挥部，各处的工人赤卫队和战士都要到这里来通报情况，领受任务，我们应该坚守在这里。但是，我们也不能全部都集中在这里，万一有何不测，将来我们的战斗有谁知道？我建议代英同志立即转入地下，他在广州有很好的关系，可以潜伏下来，将来我们牺牲了，请他为我们这次英勇的斗争写回忆录，告诉世界和后人，我们曾经为劳苦大众战斗过，鼓励后人为打倒旧世界、建设新世界而继续奋斗！"

大家同声表示赞同，并催恽代英立即除掉身上的红布条，着便装，从附近街巷离开。

可是恽代英哪里舍得离开这些生死与共的战友们，他含着泪说："同志们，我是苏维埃政府的秘书长，写回忆录可由别的同志承担，黄平同志亦可以，但我必须留下来！必须与广州苏维埃政府共存亡！"

里面的人正争执间，在公安局门外，聂荣臻又遇到正从外面急忙赶回来的徐光英。

徐光英曾任国民党的师长，也是一位有作战经验的军事将领。作为红军总参谋长，他也是从前线视察敌情后，立即赶回总部把情况通知大家的。

徐光英："叶总指挥呢？"

聂荣臻："在财政厅大楼上观察敌情。"

徐光英："不行，你赶快通知他撤退，那里太危险，请他赶快离开，观音山的敌人已经下山了，很快就会到他那里！"

聂荣臻："我正从那里过来，通知大家撤退！"

徐光英："已经没有时间了。你去负责通知教导团撤退，工人赤卫队由我来通知。"

聂荣臻说："我们先进去再说。"

公安局，广州苏维埃政府会议室。

聂荣臻和徐光英急忙而至，里面的几个人同时看着他们。

徐光英："敌人已冲下观音山了，只要 15 分钟就可以到达这里，大家赶快撤退！”

聂荣臻：“情况已经变得非常糟糕，河南的李福林和薛岳部队都在外国军舰的掩护下渡过珠江了，正与警卫团和赤卫队在长堤珠江边激战；北边粤北的敌军已逼近观音山，教导团和炮兵连也顶不住了。我与叶挺同志商量，为了保存实力，暂时决定撤退！请大家赶紧撤！”

杨殷：“我们撤容易，太雷等牺牲的同志怎么办？”

黄平：“情况既是如此危急，那就赶快撤，太雷等同志的事，等以后再说！”

聂荣臻向着黄锦辉说：“教导团和警卫团的撤退命令我去传达，只是在城内作战的赤卫队要有人去通知。”

黄锦辉：“我来负责通知吧！”

徐光英：“没有时间了，赶快撤退！”

大家迅速撤出公安局。

远处的枪弹声越来越近了，黄平：“快撤！”

大家各自消失在门外的夜幕里。

恽代英忽然想起什么事情来，他对行走在自己身边的那个工人赤卫队队员说：“你去七十二行商报社，通知那里负责编印《红旗报》的同志们撤退！”

那个赤卫队队员立即飞奔，跑向七十二行商报社。

那里，工人们正在校对和编印《红旗报》第二号。

创刊号是昨日起义当天印行的，单面四开一张，主要内容是广州苏维埃的通告和宣言，张贴在各个街口，供市民阅读。

前一天，恽代英把印制《红旗报》的任务交给中共广州市委宣传部的赖先声，赖先声则安排一个名叫梁若尘的报人负责此事。

梁若尘找来几位平时他了解的印刷工友，征用了七十二行商报社的社址和印刷工厂，专门负责《红旗报》的印刷和派发任务。

第二号是 12 日白天编辑，本来计划是这天晚上校对、印制和派发，内容为广州苏维政府的政纲、命令、有关起义的新闻和各地群众热烈响应起义的消息。

那个工人赤卫队队员前来传达恽代英的通知时，《红旗报》的工人们正在排字，同时唱着《国际歌》和《少年先锋队队歌》。

马上要上机印刷了，他们哼着、笑着、工作着，正为《红旗报》第二号马上可以同读者见面而兴奋与自豪。

突然接到这个撤退的命令，他们都感到十分意外。

因为他们一直在室内工作，对外面的情况完全不了解，都被弄糊涂了，但没有办法，只得忍痛离开了七十二行商报社。

出到外面，听到到处都是枪声，他们这才明白事态的严重性，都不知往哪里撤，于是自己消失在茫茫夜色里。

观音山。

聂荣臻朝着观音山枪弹声最密集的阵地跑去，一个一个阵地通知撤退。

当来到徐向前所在的第六联队阵地时，只见打红了眼的徐向前正准备带领所剩无几的工人赤卫队队员冲向敌人，与敌人肉搏。

聂荣臻冲过去制止他们："快，撤退！"

徐向前："撤退？"

聂荣臻："来不及了，向前同志，为了保存实力，我们决定暂时撤退。向北，带着赤卫队向北撤退！"

聂荣臻继续前往其他阵地通知。

在奔跑的路上，聂荣臻拦住一个认识的教导团战士："快，到四标营驻地去，通知那里的同志立即撤退，方向，东北花县方向！"

与此同时，教导团的新任团长李云鹏因为了解到观音山战况的危急，飞奔到维新路的公安局起义总指挥部。这里没有什么人了，有两个苏联人在准备撤退，陪在那个苏联顾问身边的翻译告诉李云鹏："李团长，刚才已经决定了，部队立即撤退，往东北花县方向行进！"

李云鹏立即与自己同行的教导团的20多个战士登上了一辆停在附近候

命的卡车，向黄花岗方向退去。

听到聂荣臻传达的命令，退下观音山，徐向前命令一个赤卫队的中队长带领队伍向北撤退。他放心不下起义总指挥部的情况，自己一个人向南奔向维新路公安局而去。

静悄悄的，什么声音都没有，叶剑英从里面匆匆出来，快速地闪过一条街巷，与徐向前擦肩而过。

徐向前看到前面一条黑影，好像叶剑英，紧追过去："剑英同志！"

叶剑英听出是徐向前的声音："向前同志，同志们都撤退了，公安局里什么人也没有，赶快撤吧。"

徐向前一听，很感失落："行，我跟着你一起撤！"

叶剑英："为了安全起见，我们还是分开撤！"

徐向前会意，与叶剑英向两个不同方向跑开，消失在夜幕里。

聂荣臻把命令传达到起义总指挥部和观音山，并及时通知到周边几个重要据点，但谁都不知道这个撤退命令是谁下达的。

观音山、公安局、省政府、中央公园及四标营一带的工人赤卫队和教导团战士都接到了撤退命令，而且教导团四标营的留守队伍还派人到市区其他地方通知了教导团的战士向东北撤退。因而，教导团的主要力量相对较好地撤出了广州。

周文雍和杨殷突然接到撤退令，也没有明白这个命令是由谁下达的，具体怎么传达的。由于当时周边枪弹声甚急，他们以为这个命令也传达到了各作战点的起义队伍那里，来不及多想，就执行了撤退令，趁夜色化装，隐蔽到了普通市民家里。

而随着周文雍和杨殷的撤退，许多工人赤卫队与农民自卫军则没有及时收到撤退令，依然坚守在作战一线。

教导团有个别连排因在长堤等处激战，没有接到撤退令。

还不时有人赶往维新路的起义总指挥部通报情况或请求支援。

可是，当他们看到里面空无一人，又不明白发生了什么，有的回到自己的队伍里继续作战，有的则自行撤退，却没有回去自己的队伍去汇报情况。

有的则认为总指挥部的首长都到前线指挥战斗了，回到自己的阵地，要求大家坚守阵地，坚决打击敌人，誓死保卫苏维埃政权。

各人凭着自己的想象和意志，自行其是。因为他们是从总部回去的，因而他们的话，在那些坚守阵地的战士和赤卫队队员那里，就是总部的命令。这也是有那么多人一直坚守到第二天中午，直至最后全部牺牲的原因。

叶剑英两天来穿的都是便装。他离开公安局后，没有回自己的家，而是静静地一边撤退，一边解下臂上的红布条，来到离维新路不远的秘密共产党员李运全家里，在那里潜伏到12月14日；后由李运全协助，化装搭上了广州开往香港的客轮，正式全身心地投入到中国共产党组织的工作中。

虽然是冬天，聂荣臻跑出了一身汗水。

当他再回到中央公园时，前面的道路已经被国民党军和反动工会切断，火光四射，有的地方已经挂起了国民党军队或国民党的党旗，他根本无法再回到财政厅与叶挺会合。

他为叶挺的安危担忧啊，多么想冲过去与叶挺一起撤退啊！

可是，他不能，只要他往前冲，无异于以卵击石，必死无疑，这是基本常识。更何况作为一名军事指挥员，他更了解面前的危险，做这种毫无意义的牺牲，根本不值得，更无必要。

他转念一想，以叶挺的见多识广和机智，一定会有办法平安撤退的。

于是，他退到一无人注意的阴暗处，解下手臂上的红布条，用一件外衣把脖子上的红印擦净，扔了；向着空旷维新路的南方，那里还没有被敌军占领，往长堤自己的租住地走去。

聂荣臻穿着便装，离开维新路后，便壮着胆子往前走，很像个知识分子。

在快到八旗会馆附近的租住地时，他遇到商团的巡逻队搜身，主要搜他身上有没有武器。

以聂荣臻的机智，他早在中央公园附近解下红布条时，就顺带把身上一切与作战有关的物品，包括枪支、弹药都扔到旁边的草丛中。

商团的巡逻队没有在他身上发现任何疑点，也没有任何红色印记，就把他身上的一支钢笔搜走了。

聂荣臻其时也还是蛮配合的，他知道自己不会讲广州话，开口争执会引起对方的怀疑，也就任由对方予取予求，没有出声。

行至租住地时，已是深夜，周边的激战枪声也都暂停了。

聂荣臻没有开门进到里面，担心开门声会吵醒房东，引起不必要的麻烦，因为广州的趟龙门打开时会有木轴的转动声，特别是深夜，会更加响亮。

他在门外静静地坐到天亮。

第二天天亮，房东开门，看到聂荣臻在门外，以为他是早起了，就问："起这么早啊？"

聂荣臻："是啊，这两天到处都是枪声，今天早上突然安静了，所以，我就早些起来，到外面看看。"

房东："这两天我也一直不敢出门，只听得到处是枪声。这些年，广州总是有些闹腾的事，过几天就会平静的，见得多了，只要躲一躲，就会没事的。我们做老百姓的，不管谁坐天下，都一样。"

聂荣臻笑了笑："是啊，我们做生意的也一样，遇到事情，回避一下，就会过去的。"

房东显然没有对聂荣臻有所怀疑。

聂荣臻在住处逗留了三天之后，才在有关人员的协助下，坐船到了香港。

在赴港途中，他遇到了敌人的搜查。

这一次，他有一条红布带因放在衣服的口袋里，忘记清理，差一点被查出，好在他运气不错，那个开箱搜查的人也只是例行公事，看到他的衣物都整齐地叠放在箱子里，也就未把衣服抖开。

当聂荣臻到达香港后，开箱竟然发现衣服口袋里的那条红布带，真是感慨万千。

聂荣臻于 12 日晚在中央公园担心叶挺安危的时候，广东省财政大楼楼顶上，叶挺也在为他的安危担心。

他看到有一辆卡车从财政厅前的大马路向东行去，是系着红布条的起义军战士，知道是聂荣臻通知大家撤退了；再看观音山那边，基本没有起义军的旗帜，敌人似乎已经完全占领了观音山。远处的枪弹声平静了些，但中央公园一带则明显地激烈起来，以他的判断，敌人可能已经进入到市内。

夜已很深了，周围的枪弹声变得越来越零星起来，进而整个城市陷入令人恐惧的沉寂中。

叶挺知道，这是敌人不知城内底细，暂时停止了向城内的进攻。他估计聂荣臻通知撤退的消息传递得差不多了，应该会回来向他报告。

他从周边情况判断，聂荣臻回到他身边的主要道路都已在敌人的控制之下，因而，也很为聂荣臻的安全担心。

等到半夜，天上已经开始下起小雨，潮湿的雨点拍打在他痛苦的脸上，他打了个寒颤。

财政厅的大楼位于中央公园的东北方，离中央公园还有一个街区的距离。

因为夜色的笼罩，中央公园周边的敌人并没有放肆地在城区发动猛烈进攻，对维新路的公安局那边也只是对峙着。他们并不知道那里已经人去楼空，更没有把注意力放到财政厅这边。财政厅周边的起义军大多得令撤走，周边的街巷还算安静，没有激烈的枪弹声。

叶挺知道自己身处险境，心想与其这样坐以待毙，何不图将来。

他悄悄地离开了那个楼顶，取下了臂上的红布条，静静地走过几条街道，轻轻地敲了敲一处房子的门，闪了进去。

这是他在广州的一个朋友的家。

从时间上看，叶挺是最后一个撤离战场的起义领导人。

二　乌云压城

从 12 月 11 日至 13 日，最激烈的战斗多为早上和晚上两个时段。

事实上，12 日中午，国民党从东、南、西、北四个方向调来镇压广州起义的部队，已部分赶到近郊。特别是粤北调来的队伍，虽然在南下过程中，遇到清远、花县的农军挖断铁路和沿途零星阻击，但还是很快靠近了观音山、象岗山北麓，这就是观音山自 12 日中午以后一直处于双方激战状态的原因。

然而，到了 12 日傍晚，四个方向的国民党军队都暂缓了向城内的猛攻，因为他们搞不清城内的情况，同时，也希望等各处援军到来后，一同进行反扑。这给部分起义领导人和起义队伍撤离提供了机会。

如果不是在财政厅楼上，在叶挺的默许下，聂荣臻主动承担了传达撤退命令的责任，使得在公安局的总指挥部里的领导人和教导团的主力、部分工人赤卫队和农民自卫军，趁敌人暂停进攻的间隙，及时隐蔽或撤离广州城区，后果不堪设想。因为敌军已经把口袋织好，正等着将起义力量一网打尽。

大多数起义领导人，当晚都通过个人在广州城内的各种关系，潜伏了下来，数天甚至更长时间后，逃离了广州，到香港等地重新等待党组织的号令。

13 日的早上，广州可谓凄风冷雨，一片寒冷。而驻守在广州城内的许多起义军占领点，还有不少工人赤卫队、农民自卫军和少量教导团、警卫团的战士在坚守。

因为前一天晚上有部分国民党军队攻入城内，一些反动工会组织的成员趁火打劫，城区内许多关口被反动力量夺去、把守。防守在各占领点的工人赤卫队和起义战士通往维新路起义总指挥部的通途基本被阻断，即使有个别人跑到那里，也无功而返。

公安局内昨天晚上已经没有人了，附近的国民党军队对此也不知情，都以为那里还是起义领导人坚守之处，不敢靠近。

在南堤、长堤、西堤还有大量的工人赤卫队队员、农民自卫军战士在防御工事旁驻守，少量没有接到撤退通知的教导团、警卫团士兵同样在各自防守的阵地坚守，准备随时打击珠江南岸那些试图渡江的李福林部队。因而，这一日，最激烈的战斗，多发生在这一带。

教导团一营一连还有部分战士没有在12日晚上接到撤退命令，他们从观音山退下后，因为维新路的公安局楼上还飘着红旗，就一边战斗一边退守。

到13日早上的时候，程子华等战士在四牌楼附近与进入城内的敌军遭遇。其实，12日下午，张太雷正是在这附近被敌人杀害的。

程子华等人到达四牌楼时，敌军已经控制了四牌楼的南北通道，教导团的战士分兵两路，一路打南楼，一路打北楼。

程子华与几位战友负责攻打南楼，因为他们判断，这里离维新路的公安局很近，必须把四牌楼的敌人赶跑，才能保卫广州苏维埃政权。

开始的时候，程子华他们沿着马路往前冲，由于街道窄小，敌人已经占领楼上，疯狂向下扫射，与北楼上的敌军形成交叉火力，教导团和工人赤卫队的战士伤亡较大，无法与敌人对抗。

这个时候，教导团的战士改变打法，直接靠近南楼，与敌人展开了楼房争夺战。

他们一个房间一个房间与敌人争夺。

教导团的战士爬到占领的周边楼房顶上，与敌人对射，这样就能控制附近的马路，掩护战友们继续争夺周边楼房高地。

战斗极其激烈，双方死伤都很大，教导团战士曾经一度控制了四牌楼。

但敌人的援军越来越多，最后还是失守。到这一天的下午，在四牌楼作战的战士退到了永汉路，接到叶镛的命令撤往沙河，在途中曾遭遇到商团的袭击，奉命连夜往花县方向进发。

教导团第三营第十连连长邱维达从12日下午接受叶剑英的命令，率队前往观音山配合守卫观音山的陈赓率领的一个营的起义战士（这一营由当天叶剑英改编的警卫团原来防守观音山的部分士兵和部分工人赤卫队战士组成，是一个临时战时编制，叶剑英指令起义总指挥部副官陈赓负责），反击山北那些试图抢占观音山的敌人。到了 12 日晚上，部分在观音山作战的教导团战士接到撤退令，向东北往沙河方向撤走了。

但邱维达这一连，因在山岭固守一处炮台阵地，未能接到撤退命令。他们一直坚守到 13 日早上，这才发现广州城内的情况已经发生变化，前两天还算平静的高第街等市中心地区已是战火冲天，枪声大作。显然，反动军队已经进入城内，与起义军正在进行激战。

从观音山往下看，情况相当不容乐观，邱维达派了一个通信员前往维新路起义总指挥部了解情况。

但是，这个战士刚跑到山下，就发现前面的去路已被敌人占领。

这时正好遇到一个着便装的工人赤卫队队员，告诉他："昨天晚上总部已经下达了撤退命令，教导团的队伍大多都向东往沙河向花县方向撤了，市内已被敌人占领，你赶快回去通知大家撤退！"

那通信兵立即回到阵地，将情况报告邱维达。

邱维达这才发现，周边的起义队伍都不见了，自己一支队伍孤守已没有意义，即率队伍从观音山的东南突破了山下敌人的封锁线，向黄花岗方向退去。

在黄花岗遇到了驻守在该处的一支敌军的堵击，激战近一个小时，双方皆有重大伤亡。

他们被迫退到黄花岗烈士墓后面的密林里隐藏起来。

那些敌人不敢冲进树林，给了这些战士休整之机。

当时邱维达身边只有教导团的 5 位共产党员战士和青年军联合会的会员 8 人，总共 13 个人，已经没有太大的战斗力。

周边依然枪声四起，他们商量后，相约不管在何种情况下，都不要暴露自己的身份，更不能出卖同志。

为了安全起见，他们都把系着的红布条和帽子取下，再解臂上的红布条，用汗湿的衣服把脸上、手臂上、脖子上的红印擦干净，扔到了草丛里，并用浮土盖上。

大家彼此验看一下身上还有没有起义和作战的痕迹，然后各自分散地消失在密林的各个不同方向，分头撤走。

然而，天亮后，国民党军队对这一带进行了搜山。那些胆小，没有趁机冲出密林的战士被敌人发现了，有些胆子大的则勇敢地逃脱了敌人的搜捕。

邱维达本人有丰富的野战经验，与战友们一分开，他就迅速从山后逃离了那片密林，脱险逃往韶关。

两天后，有一个逃出生天的叫卢必俘的教导团战士在韶关与邱维达相遇。他告诉邱维达："敌军进城后，在全城搜捕起义人员，凡衣领上有红色痕迹的，不管男女老幼，不分青红皂白，一律杀害。从珠江长堤到朱执信学校，沿途尸积如山，血流成渠，造成恐怖世界。"

邱维达的胞姐邱继文也是教导团女生队的学员，是一个共产党员。她则没有逃出广州，而是与游曦等女兵班的战士一起在长堤的天字码头一带，与强渡珠江的李福林部队作战，最后被黄琪翔调来的队伍暴尸于天字码头。

教导团新组建的九连本来是在长堤防守的，由于12日中午观音山战事吃紧，朱道南和他的战友们被派往观音山作战。

一直到下午四点多钟，朱道南在观音山阵地打坏了六支步枪，放了千余发子弹，很多战士都打红了眼。

由于敌人的进攻火力十分强大，起义战士伤亡极大，朱道南所在的阵地，本来有200多士兵和工人赤卫队队员，这个时候只剩下六七十人了。

他们没有办法，见四周敌人还是疯狂进攻，只得解下那些牺牲了的战友身上的枪弹继续作战。

眼看敌人就要冲上阵地，战士们立即装上刺刀，准备与敌人展开肉搏。

这个时候，身材高大的公令寿突然抱起迫击炮，架在自己的肩上，以不可抗拒的声音向朱道南命令道："快发炮！"

朱道南惊呆了。

作为军校学生，朱道南很清楚，以人体作炮架会是怎样的代价，他试图劝阻公今寿。

可此时的公今寿，哪里容得别人拦阻，向朱道南狠狠地瞪了一眼，更严厉地喊道："消灭敌人！保卫苏维埃！赶快开炮！"

朱道南嘴唇咬出血来，含着眼泪将炮弹装进炮筒，炮弹发出去了，那些正试图往阵地爬来的敌军，哪见过这阵势，立即往后退。

那炮弹震得山石乱飞，朱道南每放一炮，就看一眼炮架下的公今寿，只见他低着头，跪在地上，双手紧抱热得发烫的炮筒。

每发一炮，他的身子颤动一下。

面对如此震撼的情景，敌人无人再敢向前冲了，远远地守在那里不动。

朱道南移开公今寿抱住炮筒的双手，搬掉那热烫的炮筒，把跪在地上的公今寿抱起来。

可是，公今寿的鼻孔被炮弹震得流血，人几乎昏迷了，朱道南和周边的战士也被公今寿的举动震撼了，都热切地呼唤他："今寿！今寿！"

那公今寿可能早被炮弹震糊涂了，还一个劲地喊："发炮！发炮！快开炮！"

朱道南说："敌人已经被打退了，他们不敢过来了！"

公今寿才清醒过来，怒目看着远处的敌人，炮声虽然停了，那边的人见公今寿站起身，也是一个个吓得目瞪口呆，不敢近前。这气势，正如《三国演义》里"张飞威震长坂坡"的情景，真是让敌人闻风丧胆。

一直到晚上，教导团的主力已经接到撤退命令，但朱道南所在的这个排，因为当时正与敌人激烈交火，没有人可近前通知他们，于是完全不知道撤退的消息。

李排长把大家叫到近前，对他们说："同志们，看来情况对我们很不利，我发现周边的同志们似乎都撤走了，山头已很少见到我们的队伍。现在我们的处境很困难，但我们都是共产党员，一定要坚守阵地，向公今寿同志学习，用我们的勇敢和胆气与敌人作战，敌人是不敢靠近我们的。这样，就能牵制住敌人，保卫我们的苏维埃政权！没有上级命令，绝不撤退！”

大家都同声表示：“誓与阵地共存亡，坚决保卫苏维埃政权！”

李排长其时已经受伤，胸口的血湿透了棉衣，脸色灰白。他看到大家都这么有决心，继续说：“我们的目的是守住阵地，牵制敌人，革命需要的时候，我们当然不吝惜自己的生命。但是，现在要拖住敌人，我们要尽量使自己多活一会儿，使市里的同志多一些时间。”

他长长地喘着气，吩咐大家在阵地上多收集些石块，加固临时工事，并安排朱道南和王学九两个战士到附近多收拾一些武器，以备再次打退敌人的进攻。

有意思的是，远处的敌人刚才被公今寿吓怕了，只远远地对峙，并不敢发动新的进攻。

公今寿躺下，全身疲痛，李排长让他抓紧休息，恢复体力。

朱道南和王学九在周边走动，在那些死去的战友和敌军身上搜寻枪支与子弹，可是，山头上的枪弹几乎都用光了，没有找到太多的武器。

他们没有办法，就把那些战友和敌军身上的刺刀解下来，每个人身上都插了多把刺刀，准备肉搏战时与敌人同归于尽。

同时，他们继续收集周边的石块，加固阵地，并准备用于作为向山下投掷的武器。

这些整天奔波于长堤和观音山作战的战士，在夜色的掩护下，很快躺在地上睡着了。

因为年轻，身体好，加之两天来的疲劳，呼噜声在阵地里响了起来，身体受伤的李排长也忍着剧烈的痛楚，迷迷糊糊地入睡了。

大概是到了下半夜，朱道南突然被人踢醒，公今寿也吼叫着醒来。原来是教导团另外一个连队的战士发现他们还在阵地上未下来，派了一个了解地形的人，趁夜色遮掩，从灌木丛中爬上来，本想通知他们撤退，怕他们不愿撤退，就换了一个说法，告诉他们，要去接受新的战斗任务。

那个来报信的人与朱道南认识，是三连的同学，他要求朱道南赶快叫醒阵地上的全部同学，跟他到山下去。因为他是本地人，熟悉山上的小路，可以不经敌人前面的封锁线。

朱道南首先想到的是李排长，他走近李排长身边，一摸，李排长的身体冰凉，僵硬了，已在睡梦中流干了血，牺牲了。

朱道南于是又去叫别人，可是那些年轻的战士睡得沉啊，哪里叫得动，就是天上打雷也没有用，任凭朱道南用脚踢，附着耳朵叫，都没有用，一个个呼呼熟睡。

朱道南很清楚，一天来，大家没有吃东西，而且，一直处于紧张的作战状态，早就疲惫不堪了。实在没有办法，他就用刚才堆起来的石块去砸那些战士的屁股，砸了半天，加上三连这个来报信的同学，总共才剩七个人。

他们跟着那个广州同学，沿着观音山一条僻静的山凹里的小路下了山。

在天刚放亮的时候，他们绕过敌人的封锁线，到了市区。

这个时候，城里昨晚的激战已经告一段落，起义军战士有的已经接到命令撤走，而敌人由于对城里情况不了解，也没有持续在夜间进攻。

朱道南七个人沿着街道跑，并没有被进到城内的敌人发现和追击。

他们一路跑，一路寻找教导团的战友，但前两天还布满岗哨的街道已空寂无人。

城内许多房子都着火了，在那里噼里啪啦作响，烟雾熏天。

偶尔在远处传来一些零零落落的枪声，这些久经战火考验的战士，对此习以为常。

他们一般对不在自己身边的枪声不会作出过激反应，只有当枪声危及到自己和战友的生命时，才会本能地做出回应。

街上还停了许多汽车，浓烈的轮胎烧焦味，在四周飘散，发出阵阵恶臭。

街口用沙包筑起的临时工事还在，满街都是牺牲了的起义战士和被击毙的敌军士兵尸体，有的赤身裸体，有的身首异处，有的身上的衣物还在燃烧。

水果、箱子、包袱、杂物遍地，到处都是破败混乱之象。

朱道南和公今寿他们心中五味杂陈。

没有想到，今天白天还一片祥和的城市，会突然间变成了人间地狱。

街道两旁商店的门都被砸开了。

在一家商店的门口，倒卧着一个花白胡子的长者尸体，身体倒在门里，两只脚在门外，身上有多处刺刀的伤口，他的身边还有一把带血的菜刀。

朱道南他们进到里面一看，竟有一个敌军士兵的尸体，他的后脖子上有一条一两寸的刀痕，死尸的裤子已经解开，四只衣袋都被拉破。

离这个敌人不远处，还仰躺着一具年轻的女尸，身上都被剥得精光，胸脯处还有被刺刀戳过的痕迹。她的左手手掌满是污血，只有四个手指，那只无名指被人砍走了。他们不敢想象这里发生了怎样悲惨的戕害老百姓的一幕。

这些战士虽然见过许多战场上的尸体，但在民房里见到如此惨状，也是感到毛骨悚然。

街上到处都是敌人的死尸，有的地面上还有手榴弹炸出的小窟窿。

正走着，忽然听到有呻吟声。

他们走近一看，是一个负伤的敌兵。

那人见到这几个教导团的战士走近，连忙挣扎着跪了起来。显然他是忍受不了伤痛，为了救命，也管不了那么多，希望得到这些战士救命，并忙乱地从衣袋里翻出许多钞票和手表来。

这时，朱道南和公今寿看到这个人翻出的东西里露出一个戴有戒指的人手指来。他们想到刚才那个店里被砍了无名指的年轻女尸的情景，立即判断，这个家伙与那里的事情有关。

公今寿一声不响，挥起手中的步枪枪托把那个家伙给砸死了。

来到一处街口的时候，他们又看到几具女尸，他们认得那是牺牲了的教导团女同学。

有的是被手榴弹炸死的，有的是与敌人拼刺刀拼死的，有的还可能遭到了敌人的辱尸，甚至死前被侵害过，这些都可以从她们的死状看得出来。

走到一个小巷口的时候，朱道南突然停在了一具女尸旁，这不是教导团女生班里那个被称为“小妮子”的刘辉吗？

只见她身上有十余处伤口，右手小指上套着一个带线的小铜环。在她的四周，竟有五六个敌人的尸体，可见她是在敌人快要靠近自己的时候，拉响了手榴弹，同敌人同归于尽的。

朱道南的脑袋嗡嗡作响，几近崩溃。他能够想象得到，这个活泼可爱的小妹妹是多么勇敢啊！

他俯下身去，在刘辉那毫无血色的脸上和手上抚摸起来，希望能最后送一送她。

许多往事，又浮现在了眼前。

他忘不了，一年前，在山东第一师范学校里，自己与谢拙民拿着一大卷标语四处张贴，被警察发现了，他们被两名警察追赶到一条小巷里。

正走投无路之时，一个长辫子小姑娘，刚从一家大门里出来。看到他们手里拿着浆糊、标语等张贴物，又是那么慌慌张张，马上明白了是怎么回事，机警地把朱道南和谢拙民推进了自己的家里。

谢拙民着急地问：“警察会挨家挨户搜查的，会不会连累你？”

小姑娘沉着地说：“放心，交给我吧！”

她从朱道南的手中接过标语，站到门外转弯处。

朱道南和谢拙民看到，当警察向她走来时，她把那些标语往警察脸上一摔，拔腿就跑。

还没等那两个警察反应过来，小姑娘就七转八拐，在巷口跑得不见人影了，那两个警察无奈地被小姑娘引着向前追去。

过了好一会儿，那小姑娘跑回来了，并得意地告诉他们：“那两个笨警察被我引开了！”

这个小姑娘就是刘辉。

后来，在刘辉的强力要求下，朱道南和谢拙民把她带到武汉报考了军校。

其实，自起义第一声枪响，朱道南就开始记挂着刘辉，他没有想到自己会是以这样的方式与刘辉重逢。

朱道南双手从自己的上衣口袋里，颤抖地摸出了刘辉数天前交给他寄往家里的那封家书。他泪眼模糊地默念了一遍：“当革命开出鲜艳的花朵后，你们可以骄傲地说：我的小辉儿也用鲜血灌溉了这株鲜花。”

朱道南几乎放声痛哭起来，但此时他极力控制住自己，眼泪流在脸上，吞进嘴里。

他知道胖大姐陈桂珠也交给刘辉一封家书，于是从刘辉的衣袋里翻寻，果然找了出来。

他小心翼翼地取了出来，与刘辉的那封家书一起叠好，放回自己的衣袋里，并发誓一定要活着，把这两位女战友的家书送到她们的亲人那里。

朱道南忽然又想起了什么，脑海中飞过教导团里的另一位女战士朱新的名字。这位女战士平时对朱道南有好感，两人前些天还在一起私聊了许多关于女兵班同学互留家庭地址和家书的事情。面对刘辉的惨状，他又四周扫视了一遍，似乎还想找些什么，但是没有发现朱新，也就没有再往下多想，又回到刘辉这个小妹妹牺牲的痛苦中。

公今寿红着的双眼一直在周围寻找什么，他满脑子都是教导团女生班刘慕的影子。他很热切地想看到什么，又怕这个时候真的看到了自己熟悉的那张脸，他终究没有见到与刘慕有关的任何东西。虽然似有所失落，而心中还是有些宽慰，又对刘慕的生命充满着期待。

朱道南自见到刘辉的尸体后，整个人都瘫软了，几乎不能自持，在公今寿和那几个战友的帮助下，跑到了维新路的公安局。

可是，这里的起义人员已在昨夜撤走了，空无一人，国民党的军队因不了解内情，还没有攻到这里。楼上的那面红旗还在飘扬，门口写着“广州苏维埃政府”的横幅还挂在那儿。

公安局内的院子里，堆满了水果、饼干和罐头食品，这都是老百姓这两天送来的慰问品和从敌人据点那里收缴来的战利品,。

还有许多枪支和弹药摆在空地上，无人过问。他们每人根据自己的需要，重新选了各自喜欢的枪支，分别装了三四百发子弹，带上一些手榴弹。

他们已经完全没有食欲了。除了枪和子弹这两种用于战斗的东西，这个时候，一切食品和财物对他们这些穿越生死线的战士而言，全都如粪土、浮云，可以说真正是心中无物。他根本没有理会那些堆放在院子里的食物和钱币。

走出公安局，他们先是向北行，准备再往东经教导团驻地，前往沙河。

刚走至维新路与惠爱路的交叉路口，看到一辆汽车停在马路上，司机正在里面打瞌睡。

这个时候，他们也顾不了对暗号之类，更不管那个人是谁，拉开车门就上了车。

可能真是太累了，司机竟然全然没有感觉，还在继续打呼噜。

朱道南猛地把司机推醒。

司机醒来一看，车上坐了七个陌生人。或许这个司机是个见过大风浪的人，他一点都不惧怕，双手一摊，说：“没办法，没有汽油，开动不了。”

朱道南他们正急着要赶路，在这生死时刻，他顾不了那么多，哗啦一声把枪顶上子弹，厉声怒喝：“没有汽油也得开，不开就打死你！”

司机打了个激灵，什么话也没说，启动发动机，按照朱道南指示的方向，飞快地顺着惠爱路向东驶去。

一路上都没有遇到任何阻拦，车子很快到了东门口四标营教导团驻地附近。

朱道南命司机停车，想看看教导团驻地还有哪些人在那里。

车子刚停下，那个前来通知他们撤退的三连战士，立即顶上子弹，将枪口对着司机的脑袋，命令道："不准停车，用最高速度前进！"

朱道南搞不清这个同志为什么不让司机停车，正疑惑间，才发觉教导团的营地门岗已经换人了，原来系着红布条的战士不见了，而是穿着国民党军服的哨兵，飘扬在营地的红旗也重新换成了国民党的旗帜。他心中倒吸一口凉气，幸好那个同志机警，否则真是身入虎口了。还好，汽车的驶过并未引起那些哨兵的注意。

汽车一直向前开，大概刚过东山，汽油真的用完了，周边街道还是死一般沉寂。他们这个时候也无法再责怪司机了，主动下了车，顶着蒙蒙细雨，在湿滑的路上向前奔跑。

那个时候，东山往北，是一片田野，没有什么楼房，一些村庄散布在各处，他们狂奔到区庄一带，在这里，遇到了从各个地方向北撤退的教导团士兵，还有从各个方向跑来的工人赤卫队队员和农民自卫军战士，到处都是人群，朱道南这一队七个人全部挤散了。

这些撤退的战士队形早就乱了，大家都知道是向北往花县撤，因而都在尽力向前奔跑。公今寿因为与朱道南是老乡，而且有着长期友谊，两个相互默契，彼此关照，但两个人还是被挤开了五六丈远。

所有的人都往同一个方向跑，路上实在挤不下，有的人干脆就往田里跑，这一带正好是农民的菜地和瓜园。但是，在这个时候，谁都考虑不了那么多，执行撤退的命令就如作战命令一样，他们必须尽全力向北撤退。

由于两天两夜的连续战斗，许多人都太过疲劳，有些战士一跑到菜地或瓜园，就顾不了寒风细雨，倒在路旁或田头，呼呼大睡。

后面的人不断用脚踢他们的屁股，叫他们赶快前行。

朱道南根本不在状态，他还沉浸在刘辉之死的恍惚中。他问那个三连的同学："这到底是怎么回事？怎么会是这样？我们的人挤散了，怎么办？"

那个同学很不高兴，对他说："你这人真的好迟钝，街上那么多战士都牺牲了，四标营也被敌人占了，你还不知道发生了什么事。真是笨死了！”

朱道南是个直性子的人，不会拐弯，继续问：“我一直在前线作战，根本不知道发生了什么，怎么起义总指挥部的旗帜还在，里面却空无一人？现在这里的战士又乱成这样？”

那个同学：“张太雷同志昨天已经牺牲了，敌人进了广州，起义失败了。我是奉命冒着生命危险前去通知你们撤退的。”

这个时候，朱道南才真正意识到起义失败了。

事实上，刚才一路奔跑，他都沉浸在为死去的李排长和刘辉那些战友的复仇情绪里，根本没有战争胜负的概念，此时，才知道起义失败了。

那个三连的同学之所以一开始没有告诉他们真相，而是以有新的作战任务的理由把他们带下山，也是考虑到他们几个人意志太坚强，怕在观音山阵地上告诉他们起义失败的消息，会引起他们过激的行动，希望他们跟随大家撤退，保存实力。

朱道南果然如五雷轰顶，顿时站在那里不动了，他问道：“叶挺、代英、剑英那些领导同志呢？”

三连的同学：“不清楚其他领导人的情况，估计也是凶多吉少！”

后面还有许多人拼命地往前冲来，朱道南几乎被挤倒。

三连的同学全力扶住朱道南。

可是，朱道南已经完全没有力气了，他示意那个三连的同学放下他，怕拖累那个同学。

公今寿他们又被人群挤到前面去了，那个一直扶着朱道南的三连同学看到朱道南实在走不动了，只好依了他，告诉他一定要跟紧队伍，向北撤退，他自行向前追赶队伍去了。

朱道南瘫坐在菜地里，口中喃喃自语：“太雷同志牺牲了，叶挺、代英下落不明，起义真的失败了，苏维埃成立不到三天就没了！”

他的脑中一下子飞出了许多问题，眯眯糊糊，倒在湿冷的菜地上睡着了。

刚睡下没多久，那些经过他身旁的战士都试图用脚把他踢醒，催他前行。但他由于身体过于疲倦，根本动不了，眯眯瞪瞪望着那一双双从他屁股上踢过的战友们的脚。

这个时候，朱道南被后面赶来的谢拙民发现了。

谢拙民狠劲地用步枪的枪托把他打醒，他还是动弹不了。

谢拙民低下身去靠着他的耳边说："老道哥，快走啊！敌人追来了！"

朱道南翻了个身，又倒到另一边睡着了。

谢拙民心急啊，他知道，如果朱道南这样昏睡下去，一定凶多吉少，就从地里拔了一个地瓜，用衣服擦干净了，自己咬了一口，将那块咬破的地瓜塞到朱道南的嘴里。

朱道南感受到了嘴里的甜味，饿慌了的他，一下子醒了过来。

谢拙民对他说："快吃下去，你可能太饿了！"

朱道南哪里顾得了许多，连皮带泥，把那块地瓜啃了个精光。

周围奔跑的战士已经少了许多，他似乎感到自己有些力气了，睁开眼，看到谢拙民还站在自己身边，很受感动。他又怕自己连累了谢拙民，对他说："你自己赶快跑吧，我实在走不动了，还是让我睡吧。"

谢拙民："不行！敌人离这很近了，你这样子被抓住，必死无疑！"

朱道南："太雷同志牺牲了，起义失败了，胖大姐陈桂珠、小妮子刘辉也死了，朱新也生死未卜，我活着也没有什么意思了，只想在死前好好睡一觉。敌人来了之后，我大不了拉响身上的手榴弹，像刘辉那样，炸死几个敌人陪死！"

谢拙民："你认为革命完蛋了吗？"

朱道南："小首长，你别讲了，要逃命就赶快跑！"

谢拙民："你胡说些什么？我们是革命，不是逃命！革命！知不知道？没有命，怎么革命？赶快起来，跟我一起走！"谢拙民几乎声嘶力竭地怒吼着！

朱道南意识到自己伤了谢拙民，用缓和的语气说："太雷同志和那么多的同志牺牲了，我不愿苟活在这世上做奴隶，我只想现在痛快地睡一觉，等敌人来了，与他们同归于尽。你赶快走吧，不要在这里浪费时间。”

谢拙民圆瞪着那双血红的眼，对着朱道南再次狂吼起来：“谁说都牺牲了？你我不是都还活着吗？还有这么多同志都活着！我们要洗清身上的血，继续战斗！继续战斗！你懂吗！”

谢拙民一边生气，一边怒视着朱道南，看他不出声，继续吼道：“这里失败了，那里再干！今天失败了，明天再干！永不停顿！胜利是属于我们的！你是共产党员，怎可以一点都受不起挫折呢？”说着说着，谢拙民竟哭了起来。

朱道南受到了极大的震动，他语气缓和地说：“其实，刚才在市内，我看到沿街那么多倒毙在街头的战士的尸体，根本没有想到战争的成败。你不知道，刘辉死得是那么壮烈，一个弱小的女战士，在敌人向她围过去的时候，果断地拉响了手榴弹。如果我不是看到那壮烈的现场，根本不相信平时这么一个活泼可爱的小姑娘会有如此的勇气！我们这些男人，难道不能和她一样悲壮地与敌人同归于尽吗？”

谢拙民：“正是由于我们的同志牺牲了生命，我们这些还活着的人就要留下来与敌人算账！如果你在这里与敌人死拼，大家都这样，将来会有谁来算我们这笔账呢！”

两个人开始冷静下来。

朱道南：“依你怎么办？”

谢拙民指着在前方奔跑的人群：“你看，这些都是我们的同志，他们实际比我们教导团原来的人多得多。广州起义失败了，我们还有东江的彭湃同志，还有粤北的工农红军，我们只要撤退到了安全之处，这些革命力量就会再次汇成蓬勃力量，继续革命，发挥更大作用！”

朱道南从泥地里站起身，说：“好，听你的，继续革命！”

可是，他们还没有走几步，朱道南又瘫软地坐在地上，他实在没有力气前行了。

谢拙民说："你是真的饿了，稍坐一会儿。"于是他到地里再拔了两个地瓜，给朱道南吃下。

朱道南果然恢复了一些力气，站起身。这时，谢拙民把朱道南身上的全部武器弹药背到自己身上，向北追着自己的战友们。

13日清晨，广东公医院内，警卫团受伤的团长梁秉枢刚起床，护士匆匆跑来告诉他："反动头子张发奎逃往河南后，在帝国主义兵舰的掩护下进行反攻，因敌我力量悬殊，起义队伍已撤离广州。"（根据现有文献分析，当日各类传言很多，女护士的话也是其中之一。当时珠江上面向北岸开炮的，主要是一直停驻在珠江河面的黄琪翔坐镇指挥的"江大"舰和从江门、肇庆调兵后于12日下午抵达广州的张发奎和陈公博所坐的"宝壁"舰。而沙面的外国人在13日前基本没有介入双方的战斗，日本军舰曾试图在长堤码头登岸运走城内的日本侨民，被起义军警告后也自行离去。笔者注）

梁秉枢让护士扶他到窗口察看，一队队国民党军队扛着青天白日旗从东向市内开来，周边枪声四起，街上几乎看不到起义队伍，市民也都紧闭门户。

正在这时，梁秉枢所住的医院里也开始热闹起来，一些荷枪实弹的国民党军队进入医院，并声称要搜查医院。

梁秉枢意识到大势已去，没有办法，只好躺回到床上。当有敌兵来到他的病房搜查时，他拼命地捂着胸口，对着痰盂呕吐，侥幸躲过一劫，但他放在床头柜里的手表、自来水笔、现金等，皆被敌兵借机抢走。

这天下午，敌兵将整个医院围住，梁秉枢预感到此处不是久留之地，好在前一天晚上，他的妹妹来看他时，已帮他从家里拿来了长衫、毡帽、眼镜、手杖等物品，这个时候正好可以用于化便装出行。

他趁敌人还在别处忙着搜查时，已将衣服换上，可是，刚准备起身，发现自己脚下的军皮靴走起路来有响声，且标志性太明显，一看就知道是个军人。如果抓去拷问，不要说自己招认，以自己曾经的警卫团长身份，被人指认也是完全有可能的，心里"咯噔"一跳，又坐回病床。

这时，他的眼前一亮，在他房门口不远处停放着一具尸体，没有人过问，那具尸体的脚上正好穿着一双布鞋。他急忙走上前去，将那具尸体上的布鞋快速地取下，穿在自己脚上。

梁秉枢真是命大，这个时候，有一群医生、护士正受命担着行李外出，可能是到街上抢救伤员，他就随手把不知谁放在床头的那件白大褂套在外衣上，随那队医护人员逃出了广东公医院。

到偏远处，梁秉枢把那件白大褂解下，恢复了一身商人打扮。

这个时候街上已经平静了许多，他在路上拦了一辆人力车，熟练地跑到东山一处还没有暴露的中国共产党的秘密机关，那里，地下党组织给他安排了伙食，并买了双氧水和去污生肌药膏给他擦洗伤口，写了一封介绍信，让他到香港寻找党组织。

梁秉枢在东山住到 14 日下午，又搭了一辆人力车，前往芳草街他的一位熟识的老乡吴公侠家里；一直到半个月后，才由他的胞妹和小女儿陪同，化装成商人，逃到香港。他在香港的广东省委机关见到了叶剑英和俞作柏，后被派往琼崖担任那里的红军指挥官。

王侃予、宋湘涛、吴展等率领的国民党中央陆军学校黄埔分校特务营的起义队伍 12 日中午从长洲岛出发，在鱼珠码头附近的一个村庄祠堂夜宿，于 13 日上午抵达瘦狗岭，这支以共产党员为骨干的队伍有五百人左右。

他们只知道广州城内爆发了中国共产党领导的暴动，对城内的情况却一无所知，因而在瘦狗岭附近时，何去何从，大家发生了争论。

王侃予的态度比较坚决，他没有获得前一天晚上起义队伍撤出广州的任何消息，主张应该向广州城内进发，迅速进到城内参加战斗。

可是，宋湘涛的视力比较好，他远远地望见城内一片火海，知道情况不妙，主张先在瘦狗岭布防，这样对外可以阻击前去镇压起义的反动军队，同时也可以呼应广州那边的战斗，再派人去城内探听虚实，王侃予同意了他的意见，立即在瘦狗岭布防。

刚刚完成布防，突然发现左边来了一支队伍，那些进入阵地的战士准备射击。王侃予看到那支队伍土里土气，不像正规军队，他大声喊道："大家不要打枪，这支队伍是我们的工人和农民同志！"

他的话还没有说完，那支队伍已经靠近，并突然向特务营的起义队伍猛烈射击，大家才意识到遇到了地主的民团武装。

特务营一边还击，一边向北撤退，可是，北边又来一支地主民团武装。特务营南北遭遇夹击，前后受敌，不得不同敌人展开一场肉搏战，终于打退了敌人。

可是，特务营死伤300余人，营长吴展等人也不知去向，死不见尸，生不见人。

只剩下一小半队伍的特务营在共产党骨干的号召下，进行新的集结，大家情绪都极不稳定。

这个时候，教导团第三营的一个排的起义战士在一位姓林的排长率领下，正奉命从城里撤出来，有六七十人，还有一些零散的教导团战士也向这边跑来。大家沟通了情况，才知道教导团的主力昨天晚上已经奉命向北撤走了，于是，这200多人又临时集合在一起，结成一个整体，向北追赶教导团的主力部队。

三　血染红旗

13日零时，守卫观音山的教导团战士，先后接到命令，陆续撤退了。有少数阵地，未及时收到通知的，也在下半夜停战空隙时，由教导团另外派了一些熟悉地形的战士秘密上山，从便道带走，前往黄花岗、沙河方向，向北追赶已出城外、前往花县的主力队伍。

但观音山上有一些与教导团战士共同驻守的工人赤卫队队员和少数阵地上的教导团战士没有接到撤退通知，依然坚守在阵地上。

晚上由于敌人和起义军双方都对山间密林深处的情况不明，没有向对方进攻，处于对峙状态。到了黎明到来之前，凌晨1时左右，敌人又发动了新一轮的进攻。

工人赤卫队第二联队在队长沈青和副队长庞子谦的率领下，继续苦守观音山阵地。

周边炮声骤起，夹杂着手枪声、步枪声、水龙机枪声，子弹从四面八方在丛林中飞射，工人赤卫队的队员有许多人倒在了阵地上。沈青咬破嘴唇，从衣袋里拿出一支钢笔，伏在身旁的一个工事上，写了一张字条：速派人来。

嘴唇上的血滴在了字条上，他让身旁的一个工人赤卫队队员带着沾着血与泥土的纸条，从山间的一条小道，跑到离财政厅不远处的吉祥路工人赤卫队第二联队指挥部。

那里有第二联队的党代表李沛群在留守，随时接受起义总指挥部的命令，联络、指挥、协调第二联队在全市各处的工人赤卫队队员的力量。

李沛群早已感觉到情况的严峻，当即把临时安置在第二联队指挥部的工人赤卫队全部随送信的队员前往观音山支援。

第二联队指挥部与财政厅相隔不远，昨天傍晚，聂荣臻在叶挺的默许下发出撤退通知的时候，并没有人通知到第二联队。

当时的情况是，叶挺一直在财政厅楼上观察、研判全市的战斗情况。聂荣臻到维新路公安局内的起义总指挥部传达了撤退命令，他与另一位军事指挥员，也就是广州苏维埃政府工农红军的参谋长徐光英有一个分工，聂荣臻负责通知教导团，徐光英负责通知工人赤卫队。

可是，当杨殷和周文雍在得到黄平通知撤退的通知时，以为这个命令已经由总指挥部通知到了全市各个据点，当然包括全体的工人赤卫队和农民自卫军人员，于是，各自化装，隐蔽了起来。

而徐光英虽然一直参与了起义的策划与发动过程，却对工人赤卫队的具体情况没有杨殷和周文雍熟悉。当他找不到杨殷和周文雍时，便无法通知那些分布在市内各处的工人赤卫队和农民自卫军了。

所以，一直到13日早上，除了昨天一起与教导团战士共同防守的工人赤卫队队员随教导团的人员撤退外，还有许多工人赤卫队队员和少部分教导团的战士还驻守在各自的防守点。

观音山沈青带领的工人赤卫队第二联队，包括留守在第二联队指挥部的朱沛群等，皆没有收到撤退令，对起义总指挥部的撤退情况，也一无所知。

早上三点钟左右，沈青这个阵地受到的围攻更猛烈，他不得不再派一个交通员到吉祥路向李沛群请求支援，又写了一纸字条：

敌猛烈攻击，我队伤亡不少，正坚决阻击中。速派人来！

李沛群身边已没有多余的工人赤卫队队员了，只有一个叫曹基的人留守。

李沛群跑向维新路起义总指挥部，那里的红旗还在飘扬，广州苏维埃政府的横幅还挂在大门口。

由于路程不远，他很快到了，可是到那里一看，昨日的热闹已经没有了，只有少数人在里面收拾东西。

他并不认识这些人，因而冲到总指挥部办公室，只见一个叫戴卓民的同志在那里。李沛群原来在全国总工会见过他，彼此认识。

李沛群把第二联队在观音山作战的情况向戴卓民作了汇报，要求他想办法派人到观音山支援第二联队。

戴卓民或许也是刚从别的地方来到总部，不了解昨天傍晚总部的撤退令，便对他说："这里的情况你也看到，大家都在前线作战，这里已无人可派了，你们坚持下去就好了，或许天亮以后，情况有改变也未可知。"

李沛群对这话不得要领，带着疑惑回到自己的指挥部。

可是，那个前来送信的交通员等不及他的回来，已经回到观音山去作战了，曹基让李沛群留守指挥部，自己提着枪就走了。

这样，李沛群与观音山作战的第二联队便失去了联系。

快天亮时，李沛群又跑向维新路公安局，在大马路巷口，遇到洋务工会劳动童子团的负责人谭达。

谭达问他："你去哪里？"

李沛群："总部！"

谭达说："总部的人早已走光了，昨天傍晚就下令各线撤退了！总部通知大家能撤退的撤退，能隐蔽的隐蔽，你还不知道啊？"

李沛群一下惊呆了，这两天一片胜利景象，怎会突然间变成这样呢？难道起义失败了吗？

谭达推了他一把："快！快走吧！枪声越来越近了！"

李沛群于是带着谭达，跑到了一个他认识的车夫头胡国清的家里，隐藏了起来。第二天，他们又跑到党支部书记黄益华的家里。

黄益华给了他一些衣物和银元。

杨沛群与谭达两人化装，坐了"播宝"号客轮，前往香港寻找中国共产党的组织。

在香港，中共广东省委的秘密机关里，李沛群见到了工人赤卫队的第二联队队长沈青和副队长庞子谦。

沈青向他讲述了工人赤卫队第二联队最后坚守观音山的情况：

12 号晚上，教导团奉命撤退了，便由工人赤卫队坚守阵地。

一直坚持到 13 日凌晨，接到总部的撤退命令才撤出战斗。

这时，剩下的只有几个人了，手车夫工人赤卫队忠诚勇敢的鲜血，染红了观音山。

那是浴血苦战啊！

十多二十倍于我的敌军，像蝗虫似的漫山遍野涌向我方阵地，打退一批，又来一批。

手车夫工人们打到枪筒发热，发烫，直到烧红，最后弹尽粮绝，仍抱起大石头、烂砖头砸过去，临近了，就拿起枪托、刺刀和敌人拼命！刺刀弯了，枪托烂了，就用拳头揍。

受伤的同志倒下去还用牙齿咬……

大队长石喜带领同志们坚守右翼阵地。

12日傍晚，大股敌人窜到阵地侧面，石喜和敌人白刃拼杀，右肩右腿先后负伤。

一股敌兵朝他扑来，他用枪托一连砸倒两个，正要向第三个砸去，因为用力过猛，枪托竟脱手飞去。

突然，一颗罪恶的子弹射中了他的胸膛。赤手空拳、身负重伤的石喜，看准了一个敌人，扑将上去，紧紧卡住对方的咽喉，两人一起滚下山坡……他，壮烈地牺牲了。

我们的勇将——中队长冯苏同志，在一次反击中，带头跃出阵地，一气刺中三个敌人，不幸自己也连中数弹，鲜血把他染成一个血人，仍然挺立不倒。他用尽最后的力量，把刺刀插向一个手提驳壳枪冲上前来的敌人。

这时，冯苏才慢慢地依着一块石壁，安详地闭上眼睛……

13日上午，长堤。

周围的战斗都结束了，这时，游曦忽然发现身边只有三五个人，感到力不从心。眼看敌人就要从她们这里登上岸来，她立即安排其中一个人回维新路的公安局去汇报情况，并请求支援。

她根本不知道，昨天晚上总指挥部已经人去楼空，更不知道，此时周边的敌人已经向起义总指挥部包围过去。

游曦向着一个女赤卫队队员：“你去指挥部看看，为什么没有人来支援我们？”

那位女赤卫队队员飞速地向维新路的公安局跑去，当她快到公安局大门时，正看到国民党的士兵从里面搬出尸体。

她痛苦地想回身跑回长堤阵地，但迎面过来一队国民党士兵，她不得不跑到一条狭小的民巷里躲了起来。

长堤，天字码头附近。

游曦继续猛烈地向珠江里渡河的李福林部队开枪射击。

周边的国民党军队循着枪声包围了她们的阵地。

国民党部队有人喊话：“你们这些女共产党听着，你们被包围了，你们的苏维埃政府被我们干掉了，快点投降，还可以回家生孩子！”

游曦是教导团唯一的女生班班长，原是武汉中央军校女生连的学生。她的未婚夫被国民党杀害，革命意志非常坚定，她率领女生班和一些女工人赤卫队队员一直驻守在这里。

三天来，她几乎很少吃东西，也没有怎么休息，紧紧地监视长堤一带和珠江河面的敌情。

由于经常受到来自“江大”舰和附近国民党军队的枪弹威胁，她高度紧张，不敢稍歇。

当12日晚上大部分教导团的战士奉命撤退时，游曦的这个女生班由于在江边作战，没有得到撤退的命令或通知，一直坚守到第二天早上。

游曦愤怒地将一排子弹扫射过去。

国民党部队的一个指挥官：“她奶奶的，这些女共产党比男共产党还麻烦，软硬不吃！”

另一人应道：“不光女共产党员软硬不吃，男共产党也一样！”

指挥官：“她们敬酒不吃，吃罚酒，弟兄们，给我狠狠打！”

国民党部队搞不清阵地上有多少起义人员，从四面包围过来。

游曦：“同志们，这些可恶的国民党走狗向我们冲来了，我们宁愿战死，为保卫我们的苏维埃政权而献身，也绝不当他们的俘虏！”

游曦望着附近一处高楼上飘扬的红旗：“同志们，我们的红旗还在，我们誓死保卫苏维埃！”

女赤卫队员越战越勇，国民党部队轻敌，结果伤亡惨重。

游曦用尽自己全部的力气，指着不远处的红旗高喊：“同志们，只要我们有一个人活着，我们就要高举和守护这面红旗！”

由于敌人过于强大，最后只剩下游曦一个人。

敌人停止了进攻。

敌军指挥官：“抓活的，把这个女共产党抓来看看，她到底是怎样的骨头！”

满身血污的游曦看到敌人不开枪了，知道敌人想活捉她，于是扔掉自己手中的指挥手枪，从旁边一位牺牲的战友手中拿过一挺机关枪，向着包围她的敌人一阵猛射，把敌人打得措手不及，死伤人数甚多，一直打到不剩一颗子弹，最终被国民党部队乱枪射杀。

那些国民党的士兵看到游曦壮烈牺牲的场景，一个个惊得呆若木鸡，不敢近前。他们无法想象，这些平时看上去似乎柔弱的女战士，在枪弹面前，勇敢与牺牲精神，根本不逊男儿。直到游曦倒下，过了许久，他们才回过神来，小心翼翼地向前查看死活。

关于游曦的遗体，在后来的回忆录中有不同的说法。有的说，被敌人截成数段挂在天字码头示众多日，有的说遭到了辱尸。

这些都是数十年后，当年参加起义人员根据自己听说的情况的记述。

有一点是肯定的，游曦战斗到了女生班的最后一人，她率领的这支驻守在天字码头的女生队，除了那个被她派往总部报信的女战士，其余全部战死，无一生还。

13 日早上，激烈的战斗也在城西黄沙持续。

铁路工人赤卫队大队长李连带领的一支人马，已经在如意坊布防警戒了整整一个通宵，大都疲劳极了，来不及换班。

突然一队系着红领带的人，荷枪实弹，从如意坊直街向黄沙车站走来。

从他们系着的红布条看，李连以为是其他的工人赤卫队。

当他们快走近时，李连问：“是哪个联队的？”

对方不知道工人赤卫队的联队编号，回答：“自己人！”

李连正在疑惑间，那些人突然将李连包围起来。

一根木棍打向李连的头部，差点把他打倒在地。

李连见来势不妙，抡起驳壳枪，砰！砰！打中了前面两个人。

他一连发了几枪，那些人躲避不及，被打倒了几个。

这个时候，在他的身后，一根木棍向他劈头打来，他反应快速，一个挪步，闪了过去，拼命地扣动手枪，向对方猛射。

原来这些人是从西村窜过来的机器工会“体育队”成员，他们是反动工会的工贼。

正在休息的曾伟赞、王春、林绍祝、罗七、施昌等工人赤卫队队员听到枪声，立即提枪赶来支援。

曾伟赞和王春当即指挥队伍，利用铁轨、车厢、房屋、月台等作掩体，对敌人进行反击。

很快，敌人又有一支援军过来，珠江河面的敌舰也向黄沙车站发炮了。

炮弹如雨点般射来，月台的屋顶也被掀翻了。

罗七和施昌守卫的机车被打坏了，还有几处着了火，许多工人赤卫队的战士牺牲了。

富有作战经验的王春，冒着敌人的炮火，跳上一辆正向前开动的卡车，一边射击，一边高喊：“兄弟们打呀！同苏维埃共生死！同车站共存亡！”

工人赤卫队都跟着喊了起来：“誓死保卫车站！”“苏维埃万岁！”

战斗打得实在激烈，工人赤卫队伤亡惨重，王春、林绍祝等先后战死，最后只剩下不到 30 人，退到车站的东南角，与敌人背水一战。

敌人不断缩小包围圈，向工人赤卫队队员靠过去。

曾伟赞是个有经验和号召力的人，他提着夹里只有三粒子弹的短枪，发现河边有一条小道可以通到外边去，于是叫罗七、施昌两人把枪给他。

罗七不知其意，很奇怪地盯着曾伟赞，舍不得他手中的枪。

曾伟赞说：“我的枪子弹没有了，我掩护你们撤，快撤，后边有一条小路。”

可是施昌和罗七都不肯撤。

任凭曾伟赞怎么劝说，都没有用。

施昌提着驳壳枪猛烈地向敌人扫射，转过头来对曾伟赞说：“曾车长，你出去找到殷叔，对他说，我们没有白白把车站给敌人。”

罗七更是一手抢过曾伟赞手中的短枪，把他推了出去。

曾伟赞不得不顺着那条小路往外逃。

罗七被敌人围住了，与敌人展开了肉搏战，但终因敌人太多，被敌人按住，绑了起来，并推到黄沙桥下，用乱枪射杀。

已经倒地的罗七突然间又站了起来，高呼："苏维埃万岁！""共产党万岁！"

这才慢慢地倒地身亡。

周围的敌人看到这情景，都被吓得目瞪口呆。

李连被一个敌人击中，曾一度倒地昏迷。

过了一会儿，他竟然醒了过来，看到战友们都是那么勇猛，他霍地站了起来，抓起一条木棍，准备与敌人再次肉搏。

谁知他还未站稳，就被敌人围住，被捆绑了起来。

体育队的工贼认得李连是铁路工会的主任和队长，以为可以从他那里拷问些有价值的东西，谁知这个李连也是一条硬汉子，后来被敌人枪杀于宝岗的刑场上。

曾伟赞逃脱后，潜伏在一个熟人家里，躲过了敌人的搜捕，经历了很多波折，找到了杨殷，把他的战友们英勇牺牲的情况向杨殷作了汇报。

杨殷是个有诗人情怀的人，他对工人赤卫队队员的牺牲感到痛心，安慰曾伟赞说："同志们的血不会白流。你看，现在已经是腊月残冬，春天不是要来了吗？"

郊区的农民自卫军一直是广州起义坚强的支持力量。

起义爆发之初，广州近郊有许多农会积极响应，打地主，斗土豪，夺取乡公所的权力，同时又派出队伍入城，加入到城内的武装斗争之中。

当起义失败的时候，这些农民武装也经历了极为悲壮的最后抗争。

13 日清晨，南海县大沥镇，地主武装头子李宝祥指挥 2000 多名民团分子，对坚守大沥圩的 200 名农民自卫军进行了反扑。

面对十倍于自己的敌人，为了保存有生革命力量，中共南海县委决定突围。

教导团已撤出广州、前往花县的消息，到了13日早上才传到南海。

中共南海县委决定，这支农民武装力量撤退的队伍分成两路，驻大沥圩兴善堂总部的一百余人为第一队，由周侠生、陈道周和谢颂雅率领；驻忠义祠的原来由袁基等率领的70余人另为一队，由于袁基被派去打石围塘，改为张霭泉率领。

两支队伍都向西北方向突围，先到松岗集合，再继续向北，前往花县，与教导团的队伍会合。

敌人的队伍从东南方向压过来，枪声一阵紧过一阵。

当时有许多农民自卫军舍不得离开这个刚刚取得胜利的地方，誓死不撤，决心与敌人拼个你死我活。

周侠生、陈道周、谢颂雅等人审时度势，带着这支队伍忍痛离开了兴善堂。

张霭泉率领的忠义祠撤出队伍，本来与兴善堂队伍前后相继，但由于撤退太急促，大家奔跑了一段路程，两支队伍便拉开了距离。

这时，张霭泉听说敌人已经接近大沙地，为了掩护周侠生带的队伍顺利撤退，他率领自己的队伍主动前去拦截敌人。

张霭泉的队伍与民团迎面相撞，虽然只有70多人，但这些农民自卫军战士满怀仇恨，无不以一当十，把敌人打得不敢近前。

枪声四起，子弹在空中飞射，战斗极为激烈。双方伤亡皆为惨重。

由于敌人人多势众，张霭泉率领的这支70多人的队伍，后来只剩下了十来人，即使这样，依然吓破敌胆。那些民团围着他们，不敢近前。

受伤的队员，身上的伤口里，鲜血不断涌出，但他们用尽全力，紧紧抓住枪支，向着敌人猛射。

队伍里有一挺机关枪，由一个叫林瑞精的队员抓着，只见他脸上流满了鲜血，手指上也是血肉模糊，两只血红的眼睛紧紧盯着他前方的敌人。

张霭泉问他：“你还有多少子弹？”

林瑞精：“五粒！”

其他几个人也用眼睛向张霭泉示意，所剩子弹不多了。

张霭泉：“兄弟们，看准一个打一个，一枪一个！”

这些队员果然神勇，枪法竟然出奇地神准，只要射击，必定打倒一个敌人。林瑞精射出最后一粒子弹，倒在了机关枪旁边。

这时，有一个队员由于伤势太重，实在太渴了，试图趴到田头喝水，被敌人一枪射杀。

见此情景，张霭泉霎时间眼睛突了出来，满脸涨得通红。他把手枪向腰间一插，抽出背后的马刀，跳了出去，和对面的敌人展开了肉搏。

忽然一个声音对着他喊：“站住！”

张霭泉一回身，一支马枪和一支左轮手枪已经对准了他。

这一看不要紧，正是冤家路狭，张霭泉认得这人。这个人正是在“四一五”政变中屠杀过许多共产党员和农会骨干的邝剑平！

张霭泉不知哪里来的力量，他对着邝剑平一笑，一个箭步飞过去，把邝剑平手中的马枪夺了过去。邝剑平本以为他已是末路之人，等着奚落他呢，谁知会出现这一着棋，没来得及反应，就被张霭泉一枪射杀，应声倒地。

站在邝剑平旁边的那个拿左轮手枪的家伙见状，向着张霭泉射了两枪，张霭泉没有立即倒下，竟然在那里站住了，把那个家伙吓得魂都没了。

张霭泉手中的枪掉落在地上，他的另一只手依然擎着那面带血的犁头旗，这是农会的旗帜。他用尽最后一点力气，把那面红色的带血的农会旗帜插在了身旁的泥土上，旗帜在清晨寒风的吹动下飘扬，张霭泉倒在了它的旁边。

张霭泉和他的队员们用自己的鲜血拦截了敌人，争取到了周侠生、陈道周和谢颂雅等率领的队伍逃出当地民团围歼的机会，保存了这支农民自卫军的希望之光。

西濠口一直是工人赤卫队严防死守的战略据点。

13 日早上，西濠口太平南路依然是战斗最激烈的地方。

两百多名赤卫队员与强行登陆的李福林第五军的士兵在这里浴血奋战，很多赤卫队队员牺牲了，但没有人退却。

大家仍在死守阵地，机器工会的“体育队”的工贼正利用敌人的反攻之机，在市内反水，冒充赤卫队的队伍，占据了太平南路的嘉南堂八楼，居高临下用机枪向赤卫队扫射。

奉命巡查战况的施展正好看到了这一幕，立即通知大家撤退。

但这些工人赤卫队队员哪里听得进去，打得正起劲的他们全都沉浸在与敌人的拼杀氛围里。这两百多名工人赤卫队队员战斗到最后，不剩一枪一弹，全都壮烈牺牲。

西瓜园，庆祝广州苏维埃政府成立大会的会场。

四处枪声响个不停，西瓜园会场上空无一人，一面鲜红的镰刀斧头旗帜在空中飘扬，墙上张挂着各类标语。——“打倒帝国主义！”“工农兵起来维护苏维埃政府！”几条横幅标语在风中猎猎展动。

四周的枪弹声越来越密集，工人赤卫队队员甲走到旗杆前，迅速地扯下那面还在飘动的鲜红旗帜，抱在怀中。

这时，不知从何处飞来一颗子弹，射中怀抱旗帜工人的胸膛，工人甲倒下了。

数名工人围过来，工人乙弯下身去想背着他撤退。

工人甲指着怀里的旗帜：“我不行了！保护好我们的旗帜！”

鲜血不断从胸口涌出，染红了旗帜，工人甲头一歪，气绝身亡。

四面枪声越来越近，工人乙满含泪水从甲的胸前拿起滴血的红旗，紧紧地抱在怀中，难舍地回望了一眼死去的战友，向着前方奔跑！

十多名工人在他身后阻击着敌人！

画面最后定格在怀抱血染红旗奔跑的工人赤卫队队员双手紧护红旗的状态，红旗在风中飘扬。

第八章　历史不会忘记

一　白色恐怖

广州起义于11日凌晨爆发后，陈公博、张发奎、黄琪翔等国民党在广州的党政军要人，先后逃往河南海幢寺李福林第五军军部。

他们在那里会商之后，登上停放在珠江上的“宝璧”舰和“江大”舰，并做了分工，由黄琪翔坐镇“江大”舰，指挥和支援广州城内的还没有被起义军占领的据点敌军抵抗，随时关注广州城内动态。

张发奎和陈公博则于当天早上坐“宝璧”舰前往江门调兵，随后顺西江而上，于12日早上到达肇庆许志锐的师部；于12日下午回到广州珠江河面，与“江大”舰上的黄琪翔协调从东、南、西、北四个方向调来镇压起义的反动军队。

有一些奉命赶往广州的国民党军队，行进速度较快，于12日中午就靠近了广州城区。如观音山一带从粤北来的，广九车站那边从东面来的，西面的许志锐部队也到了陈家祠一带。

张太雷在西瓜园主持广州苏维埃政府成立庆祝大会的时候，正是敌人从四面向广州城内围堵之时。

因而，从会议开始的中午1点钟，到下午张太雷牺牲的四点钟这个时间段，驻守在广州城区的教导团和工人赤卫队队伍，都与来犯之敌展开了新一轮极为激烈的战斗。

12日傍晚，叶挺和聂荣臻在财政厅楼上观察全城战况，默契地作出了撤退战斗的命令。

尽管由于时间紧迫和传达命令过程中的一些瑕疵，部分工人赤卫队和教导团战士没有接到通知而继续在各自阵地与敌人展开惨烈作战，牺牲很大。但这个撤退令还是让起义的大多数领导人和教导团的主力、部分工人赤卫队及农民自卫军战士及时地跳出了敌人的包围圈，保存了许多党的精英和有生战斗力量。

张发奎直接指挥的第四军，是广州暴动最主要的攻击目标，第四军军部和第四军军械库，一直是敌我双方激战的据点。因而，在镇压起义的过程中，第四军也是最主要的力量。

第四军由武汉到广州重组后，重新编组，共辖五个师，军长还是黄琪翔。

这五个师的师长分别是：第十二师师长缪培南；第二十五师师长李汉魂；第二十六师师长许志锐；教导第一师（又称新编独立第二师）师长薛岳；教导第二师师长黄镇球。

张发奎在江门、肇庆于“宝璧”舰上完成了军事调动和部署后，乘“宝璧”舰于12日傍晚到达广州珠江河面，与“江大”舰在珠江上形成犄角之势。

对于国民党军13日围攻广州的情况，当年12月28日在北京出版的《晨报》有这样一段报道：

及十三日黎明三时许，所调各军均已抵步，休息整编约半小时，即奉令开始渡河进攻，分四路前进：一路由五仙门，一路由油栏门，一路由西濠口，一路由猎德。每路分配千余人，各以两炮舰掩护，由张、黄、朱、李四人亲自在舰上指挥。八时，四路同时冲锋，共军则据长堤河畔叠沙包土垒抵拒，互战至十时许，市内有机器工人千余名，即出响应省军，向长堤一带共军攻击。共军前后受敌，遂不能支。省军分途登岸，搜捕共军。共军仍与巷战，直至二时许，始向小北及东郊退走。其余小部分及红带工人，纷将红带、枪支抛弃，改装潜匿。五时许，全市已“肃清”，张、黄、李等已用军事委员会名义布告安民。各警察经恢复站岗，令开门营业，秩序可逐渐恢复。唯城内各商民仍怀恐慌，一时未敢开市耳。

从12日中午一直到13日早上，不断有四个方向的先头部队到达广州城外，甚至还有部分军队在城内反动力量的协助下，进到城内，尤其是从西和从北来的敌人，都向城内进行了渗透。

北边观音山的敌军在教导团撤退后，有一部分进攻到了中央公园，非常靠近维新路的公安局内的广州苏维埃红军总指挥部。

另一支从西边来的敌军也到了四牌楼，离起义总指挥部也不远。

有意思的是，这天夜里，他们并没有进一步向前进攻，所以在聂荣臻通知大家撤退后，还经常有各处工人赤队卫的联络员前来报告情况或请求支援。

虽然公安局的大院和楼房已经空空的，只有偶尔少数未接到撤退通知的人员前来打听消息，但他们没有见到总指挥部的领导人，也不觉得有什么异样，以为他们或者到前线指挥战斗了，或者趁夜休息了。

而中央公园和四牌楼两处的敌人，见公安局上面的红旗招展，满街的红色标语还在，夜色里也搞不清起义总指挥部里面的情况，各自守在原地，等待新的进攻命令。

因而，从12日傍晚之后，一直到13日早晨，公安局处于真空状态下却安然无恙。

张发奎后来在《卅年前广州暴动之回忆》一文中，对镇压广州起义的情况作了这样的记述：

命令下达后，我即乘舰返回广州指挥。十三日拂晓，教导第一师邓副师长龙光（师长薛岳因十日奉张发奎命，从江门坐“江大”舰回广州候命，被当晚突发的广州起义打乱阵脚，来不及逃往城外，潜伏在城内某隐蔽点，笔者注），已率领第一、第二团，到达河南车尾炮台附近，二十六师七十八团团长林祥亦率领所部到达石围塘。我即令教导第一师由靖海门渡河，第七十八团由黄沙渡河。驻在省河南岸之第五军亦于同时渡河，分途向广州之敌猛烈进攻。而原驻西村之教导第一师第三团莫雄部亦已占领观音山一带，共党知我援军已至，即退守维新北路之广州市公安局一带，扼守街口，仍图顽抗。我军乃将敌三面包围，激战至下午五时，毙敌甚多。敌不支，乃向燕塘、龙眼洞方向窜。我当即下令追击，将敌尽歼，以免继续流窜。追至龙眼洞附近，卒将敌大部包围，并即予缴械。所以，这次共党广州暴动，自十二月十一日晨起，迄十二月十三日止，为时只有三天，便被完全扑灭了。

广州的街巷重新被国民党军队占领后，张发奎、陈公博、黄琪翔等，以胜利者之姿入城。

当张发奎从教导团里那些解救出来的反动军官那里得知，自己的表弟朱勉芳等被起义军处决后，想到自己这三日来的狼狈逃亡经历，非常愤怒，当即下令全城大搜捕，要求对一切与共产党有关的迹象严查严究。

那些奉命抓捕和查巡的反动军官和士兵，尤其那些没有被起义军攻占的城内据点里的敌兵和被工人赤卫队围困的反动工会成员，更是把三天来担惊受怕的全部愤恨，发泄到抓捕“红带友”（他们把起义军称为“红带友”，因为起义军的标志是身系红布条）的行动中，手段极其低劣和残酷。

在大街上，见到任何红色的东西都怀疑与共产党有关，有的穿了红衣服或者系了红头巾的普通妇女，也被当作“红带友”抓了起来，被误抓误杀者不在少数。

一时间，广州街头的红色标志全部不见了，那些挂了各种红旗的居民也在街坊的相互提醒中，把挂在窗前或门口的各种形状、各种深浅的红旗或飘带都不声不响地拆了下来。有的什么都不挂，有的干脆换成国民党的旗帜。

1927年12月13日清晨，维新路，广州市公安局。

12日的傍晚，敌人已经从北面和西面很靠近这里了。

北面的敌人到了中央公园，西面的敌人到了四牌楼，但他们停止了向前靠近，他们远远地望着公安局楼上的那面红旗。

他们并不知道，这个时候，里面空无一人，都在等着张发奎派来援兵和发出总攻命令。

尤其是从各个方向跑来公安局联络的工人赤卫队队员还不时地进进出出，这使得敌人认为，里面还有大量的共产党员的高官在指挥作战。

谁都不会想到那不过是一座空院子、空楼房而已。

寒风吹动着门前的“广州苏维埃政府”横幅和那面高挂的红旗，迎风招展，威力犹在，令早就围攻在周边在那些国民党官兵们心寒胆战。

朱晖日正在指挥一支国民党军队包围公安局。

朱晖日：“弟兄们，向里面冲！”

可是，那些拿着长枪的国民党士兵没有一个人敢往前。

朱晖日不明白是怎么回事，看着士兵们的脸，只见大家都朝着公安局楼顶上望去，脸上充满了恐惧，没有人敢向前冲锋。

他们感到很奇怪，这些躲在里面的共产党人难道对自己面对的四面包围都没有感觉吗？怎么没有动静？怎么没有反抗？又没有见他们举白旗投降？这是怎么回事？面对公安局的这座空院子，这座他们往日再熟悉不过的警察大本营，这些国民党官兵全都傻眼了，不知道共产党想干什么。

以他们听来的对共产党的传闻，这些共产党人都是不怕死的人。他们既没有举白旗，他们会不会设好圈套等这些国民党官兵前来，来个玉石俱焚呢？

一面镰刀斧头旗在那寒风里招展，猎猎作响。

时间像凝固了一样可怕，朱晖日虽也算是个有些经验的军人，但从未在战场上遇到这种情况。

有一个军官模样的人一面望着那红旗，一面回应：“共产党，里面有共产党！”

朱晖日见士兵们都不敢往前冲，他自己也纳了闷了，想到两天前的那个胆战心寒的早上，心里也不禁打了个冷战。

自己曾是这座院子和这些楼房的主人，都是因为那些暴动的共产党，搞得自己几乎丢了性命。现在虽然胜利在望，城内的共产党都被赶跑了，而这里面的共产党面对四面围来的国民党官兵，竟然唱起了空城计。这里面不是有埋伏，就是他们想等这些国民党官兵靠近的时候，来个同归于尽。如真是这么危险的战法，这些国民党官兵，是极其恐惧的。

两天来吃尽起义军苦头的那些士兵，更是惊恐不敢向前。

朱晖日本以为到了自家门口，用包围的方法把里面的起义力量逼出来，就可以达到缴械受降的目的，他的这座办公楼就可以完好无损地回到自己手中。

可是，这个时候，看到自己的部下这么害怕，他干脆也来个玉石俱焚的做法，走到队伍后面，指挥炮兵：“开炮！”

那些炮兵一齐向公安局内放炮，把整个公安局炸得烟火弥漫。

朱晖日一方面想通过炮火的猛攻，把里面的共产党炸个粉身碎骨，以解他的心中之恨，同时，看到自己办公的这座楼就在自己的命令声中，被炮弹炸成了残垣断壁，心中有着一种莫名的痛楚。

完全不见里面有任何回应，任凭炮火如何猛烈，一个共产党人的影子都没有见到。

朱晖日回过神来，大喊一声：“停！”

炮兵全部停下。

一个炮兵指挥官：“奇怪，这些共产党怎么不怕炮弹了，打了也不还手，希望我们进去与他们肉搏，那样伤亡很大，我们千万别上当！我们继续发炮！”

朱晖日怒吼：“停！”

他走到一个炮兵身后，把那个炮手推开，亲自转动炮口，向着公安局的楼顶连发三颗炮弹，那面飘扬的红旗应声倒下。

朱晖日以胜利者的姿态喊：“兄弟们，冲啊！把共产党杀绝！”

国民党士兵迅猛地冲进公安局，可是公安局里除了前院几具尸体，里面什么也没有，一个共产党员都没有！

朱晖日指着那几具尸体：“抬出去，扔到大街上，别堆在这里晦气！”

没有人认得那是这次起义的总指挥张太雷的遗体，几个士兵将张太雷等人的尸体拖到维新路上，与那些在战斗中死去的士兵尸体堆放在一起。

在吉祥路，有一个资本家。全家人在屋里躲了三天没有出门。

因为这里是城市的中心，离维新路公安局、观音山、省政府、财政厅都不远。

广州起义爆发的当天晚上，他们全家就听到了周边枪声大作，虽然被惊醒了，却未敢开门看究竟。

到了第二天上午，他们透过门窗外才知道周边街坊都在门前挂上了红旗，于是立即命女眷把家里的红绸被扯了，仿照对面家庭，做了一面红旗挂在窗口。三天未敢开门，更不敢出门，尽管离他家不远的中央公园一带一直闹哄哄。

到了 13 日上午，他见周边似乎安静了一些，也没有听见枪声，考虑到家里已经没有食物了，广州局势不明，这样待在家中，不是长久之计，决定全家逃往香港，不在广州这是非之地停留，到那边去投寄亲戚家里，待往后真正安宁了再做打算。

他见那些身系红布条的人这两天能在街上大大方方出入，路边行过的车辆也多在前面挂有一面小红旗。今天虽然没有见到，他想当然地认为，可能只有那样才能安全出城。

于是再把家中的红绸被面撕碎，让自己家里人全在脖子上系了一条红布条，再临时做了一面小红旗挂在自家小院里的车子前方，然后，一家人乘车，顺着中央公园前的惠爱路往西行，希望从西边出城方便些。

谁知车子刚行过中央公园不久，大概行至四牌楼附近，离前一天张太雷牺牲的那个地方不远，遇到张发奎的入城部队巡逻。

那些敌人突然见一辆挂了红旗的小汽车驶来，兴奋得不得了，正愁找不到攻击对象呢，以为是共产党的大官，正是立功求官的好机会。于是，一阵猛烈扫射，对着这辆汽车打过来。

车上老小和女眷们都被吓得嚎哭起来。

那个资本家搞不清楚状况，也被这突如其来的弹雨打懵了，整个脑子一片空白，向着那些开枪的人喊："工友们，别打别打！我们是拥护苏维埃政府的！"

那些敌人一听，更加来劲，大喊："没错！'红带友'！他们都是'红带友'！是共产党！"

更加猛烈的枪弹把这一家人送到了另一个世界。

很快这个资本家的全家人都被打成了筛子，血肉模糊，悲惨异常。

汽车当然被打了个稀烂。

在邝副官家里躲了三天三夜，薛岳独立师驻守陈家祠的第三团团长莫雄，还是惊魂未定，只听得门外的枪声开始稀少了，还不知道是哪一方占了上风。

那个邝副团长的家，虽然不在双方交战的地方，但离仰忠街第四军军械库等据点不远，一直都能听到附近的激战声。

三天来，街面都由工人赤卫队把守或巡逻，莫雄不仅不敢出门，更担心起义军入屋搜查，整天担惊受怕，一直处于坐等末日来临的恐慌中。

13 日下午 3 时，突然有人来敲门，他吓怕了，拿了一支枪，躲到里屋去了。

邝副官打开趟栊门（广州旧时民居的大门，有用栓柱做的趟栊门，木门打开后，趟栊门还形成一种栏柱式护门，外面的人不能进去，里面的人可以看到外面。笔者注），认得是该团副团长派来的人，就放他进到里屋。

来人告诉莫雄和邝副官，薛岳和李福林的部队已经基本占领市区了，副团长是派他来接莫雄回团部的。

由于远处还传来零星的枪炮声，莫雄自己不敢穿军装，改换了一套便装，跟着来人，来到了他的第三团占领的观音山高地。

国民党的其他军官，如陆满、周定宽、孟敏等正好也在，大家交流了这几天来与共产党的起义军作战的情况。

这个时候，莫雄才真正宽下心来，从身旁那个战士帮他背的包里取出军装，重新换上，把自己所在团的战士召集起来接见。

刚好，有一家澳门电影制片厂的摄影师正在观音山抢拍战争场景。

那个摄影师与莫雄以前就认识，见他一身戎装非常威武，就让他坐上旁边一匹国民党另一位军官骑来的战马，作指挥部队反攻观音山的样子。咔嚓咔嚓连拍了几张照片。

三十年后，莫雄写了一篇回忆录，承认那是一张摆拍照片。

12 日晚上，教导团二营接到撤退命令后，主力迅速向东郊撤退，然而该营战士郭超因为护送一位受伤的战友，没有逃出敌人的包围圈。

由于他平时皆在军营，对广州的情况人地生疏，被抓了起来。

敌人将他全身的武器、财物全部搜走，然后五花大绑，押送到了东较场教导团原来的驻地院子里的草坪上。

整个院子都是从四面八方抓来的人，实在没有地方安放人员，敌人只得把郭超推到门卫口的走道上。

郭超在这里见到了他认识的几个人，包括教导团的战士蒋国杰，他是黄埔第四期生，还有宪兵队里一些参加了起义的战士。

有一个敌军军官在门卫口进出，蒋国杰告诉郭超，那人是他黄埔四期的同学。

那个人用眼睛与蒋国杰示意，希望他不要冲动，要冷静等待机会，但不敢正面打招呼。

郭超等人被临时关押在那里，听到外面每天早、中、晚都有杀人的消息，非常惊恐，不知哪一天会轮到自己。每一次枪声响起，他就会想，很快会轮到自己的。看到有些人被拉出去，很快就有枪声响，他知道这些拉出去的人又被枪毙了。

蒋国杰大概对他那个同学有信心，对周围的几个人说：“大家要想想办法，我们现在被绑在这里，已是人为刀俎，我为鱼肉，随时都可能把我们拉去枪毙！命不足惜，但革命没有成功，总是心愿未了。”

郭超：“那怎么办？我们有什么办法让他们放了我们。”

蒋国杰：“大家要服软，别嘴硬，保住生命很重要。留得青山在，不怕没柴烧。”

有个人嘲弄他：“说得倒轻巧，不要到时，不仅没柴烧，反把自己烧了。当兵干革命，怕死有什么意思，想想那些牺牲的烈士，敌人枪毙又有什么可怕的！”

蒋国杰也不生气，似乎胸有成竹，他耐心地对大家说：“张发奎是军人，当然知道军事人才的重要，我们都是受过军事训练的人，只要我们把自己与这次暴动划清界限，说不定他会放我们一条生路。”

那个嘲笑他的人：“你是说，向张发奎表忠心？”

蒋国杰说：“那倒未必，我们都是青年学生，又没有人亲眼看到我们拿枪上战场，我们都说自己在当时情况下，受制于环境，为了保命，才在脖子上系了红布条，没有参与战斗，不是‘红带友’。如果是‘红带友’，也不会留在城里等着被抓，早都跑到城外去了。”

郭超：“他们会相信吗？”

蒋国杰笑着说：“信不信，我们总要试试看才能知道，要不，如这样天天杀人，真有一天轮到我们自己身上。”

原来在这个院子里，被抓的人的位置是有玄机的。

蒋国杰由于认得人，被抓来时就被放在了这个门卫口，说明是身份存疑的人，是否真的是共产党，还有待甄别。而郭超算是命大，被抓来时，里面放不下人，他就被胡乱地放到了这个门卫口。

因而，每天三次枪毙人，被放在门卫口的几个人都没有什么事。

但这样坐以待毙总不是什么事，在蒋国杰的提示下，他们几个人向看管人员要了纸笔。

这些看管的士兵本来就没有明确的政治立场，加上有些还认识这些被抓的人，也就满足了他们的要求，找来了一些纸笔，提供给他们。

在蒋国杰的统一号令下，郭超他们就开始写报告，说明自己与这次暴动无关，留在城里是因为“红带友”暴动后，他们失去了领导和方向，一直困在城中，为了保命，才在脖子上系了红布条。

另一方面，他们也商量，万一敌人不信，一定要把自己拉出去枪毙，就在死前高喊口号，甚至还拟了几条口号，如“苏维埃万岁！”“中国共产党万岁！”等。

这几个人一连三天给第四军军部打了三次报告，但他们依然没有取得信任被释放。

后来，他们被转到南石头监狱，最后，还是由蒋国杰通过他那个黄埔的同学关系，被保释出来，前往韶关寻找中国共产党在那里的组织去了。

东山，苏联驻广州总领事馆。

13 日早上，一群警察和士兵包围了苏联总领事馆。馆里的一个中国雇员，是共产党员，姓鲁，苏联总领事波赫瓦林斯基称他为鲁同志。

鲁同志看到周边的警察和国民党士兵，想了解昨天晚上广州城内到底发生了什么，试图从领事馆出来，下到大街上，从不同方向作了试探，都无法突破军警封锁线。他不得不回到领事馆内，把情况告诉波赫瓦林斯基。

苏联领事馆里有一位军事指挥员间接参与了广州起义的军事行动，这在聂荣臻的回忆录里提到过。根据一些工人赤卫队队员后来的回忆资料，还有一些苏联领事馆的官员有在 11 日白天，曾前往维新路的起义总指挥部，祝贺广州苏维埃政府的成立。在张发奎、黄琪翔等国民党将领的回忆录里也提到苏联领事馆介入广州起义之事。为此，张发奎根本不顾外交规则，把苏联领事馆首先包围与监视起来。

领事馆里的人出不了大门，又对外面的情况完全无知，只有在里面干着急，他们只能透过门窗紧张地关注大街上的一切动静。

人们的情绪极其低落，他们既担心广州起义人员的生死，也为自身的安危忧虑。

到了这天晚上，苏联领事馆的包围圈大大缩小了，已经由原来封锁街区出入口，到直接包围领事馆楼房，而且荷枪实弹的士兵越来越多了。

原来还抱有幻想的波赫瓦林斯基，当即命他的同事波波夫等人把事先准备好的机密文件，尤其苏联政府和第三国际与广州起义有关的往来文件，尽行烧毁，把领事馆的工作人员都集中到楼上他自己的办公室里。

波赫瓦林斯基与鲁同志走向门外大院。

一群武装士兵在有栅栏的大门外疯狂地嚎叫。

波赫瓦林斯基听不懂中文，更不会听那些夹杂着各地方言或广州话音的普通话。他用英语问鲁同志："他们在叫唤什么？"

鲁同志用英文翻译那些士兵的话："他们要求立即开门。"

波赫瓦林斯基为了拖延时间，让楼上处理文件的同事及时烧毁那些可能会被张发奎用作罪证的文件，故意说自己不明白什么意思，要鲁同志再问清楚，那些拿着枪支向着里面的士兵到底想干什么；并通过鲁同志，建议门外的敌兵派一个军官与他对话。

门外根本不理会他的要求，只是一个劲儿地喊叫立即开门。

稍过一会儿之后，波赫瓦林斯基估计领事馆里的同事文件该烧完了，就让鲁同志把门打开。

首先被抓住的当然是波赫瓦林斯基，敌兵将他全身搜了个遍，怕他身上有枪或危险品，然后摘下了他的眼镜，让他彻底放弃抵抗，用准备好的绳子将他捆了个结实。

敌兵把波赫瓦林斯基带到门外，让他靠在大街对面的墙上，一个士兵按照命令，把枪对准了他，让他老实站在那儿不许动，又把鲁同志绑了，站在他旁边，与他挨在一起。

鲁同志用英语把士兵的话翻译给他听："他们说，要枪毙我们！要把领事馆里的人全都枪毙了！"

波赫瓦林斯基本以为这些国民党军人会遵守外交规则。

谁知，这个时候，这些充满仇恨的国民党士兵根本不管这一套，在那里对着他破口大骂，喊打喊杀。

这个时候，他真是绝望极了，他知道，这里的每一个士兵都可以随时开枪杀了他，只要有人向他们下达命令。

进到领事馆里的士兵把里面的人全都一个一个绑了起来，包括波赫瓦林斯基的妻子和孩子们，接下来，这些被绑起来的人们又被两人一组地捆绑在了一起，再用一根长绳，把整个领事馆的人串在一起，拉到了大街上，向城里进发。

其中，领事馆的中国雇员共十一人，七男，四女。

这些人被押解到原来教导团驻地四标营的那个操场。

经过一番审问和羞辱，国民党军人先是当着苏联人的面，把几个中国雇员鲁同志、阿瓦、阿罗和一位王姓妇女枪毙了。

四个中国女雇员中，那个姓王的女雇员因为性格刚烈，对着那些国民党士兵一点也不畏惧，看到整个操场上有那么多的被抓来的人，心中很是气愤。她高喊口号："中国共产党万岁！""广州苏维埃政府万岁！"被一个国民党军官下令，拉到一边枪毙了。

国民党士兵再在那些苏联领事馆的工作人员身上绑着一块牌子，上面写着："俄国共产党分子"。

一路上继续游街，一直把他们送到维新路的公安局门口，在那里，把大部分人都枪毙了，包括那个躲在领事馆间接进行军事指挥的苏联将军，但剩下了波赫瓦林斯基和他的妻子、两个孩子、三个中国女雇员。

14 日下午五点，波赫瓦林斯基和那些妇女、孩子又被反绑着离开公安局。

他们以为是要被拉出去枪毙，妇女和孩子都悲哀地恸哭起来。

可是，出他们意料之外的是，这次来接他们的是一辆苏联领事馆的汽车，由一个中国司机驾驶，挂了一面国民党的旗帜，他们被押上了这辆汽车。

波赫瓦林斯基在他的《广州的悲剧——一个目睹者的记述》回忆文章里，这样记述了他在囚车上所见到的广州起义失败后的广州情状：

> 在车上，我目睹了大火带来的巨大破坏，我们几乎是在被彻底烧焦的废墟中行驶。据中国官方统计，在这三天中，有一千七百所房子被烧毁。
>
> 一路上，我们遇到了很多驶往城外的满载尸体的平板马车。在大街的街面和人行道上，还有很多未被清走的尸体。毫不奇怪，仅在第一周里，在广州的大街上遭遇枪杀和在广场上被处死的就有二千多人。

波赫瓦林斯基和他的家人最后于12月30日早上，从监狱里被放了出来，在一辆警车的押送下，被拉到码头坐船离开广州，算是被作为外交官驱逐出境了。

杨殷在1928年所写《斗争中的回忆》一文中，写到起义失败后的情况，是这样描述的：

> 至于敌人残杀的情况，十三日敌人向广州包围时，在海上（指珠江，笔者注）用兵舰的大炮向市内射击，着地开花，以至房屋焚烧极多，进城时，著名土匪的李福林军队及薛岳新编的土匪，乘机放火、抢劫，被难者何止千家。更逞其凶残，逢人便杀，因勒索不遂而被诬为共产党者为数甚众。闻反动区长郑某亦被枪毙。更将工友包围屠杀至三千余人，尤其是红花岗、东教（较）场、观音山三处，每处五六百人，用机关枪扫射。工友于高喊“苏维埃万岁！”“共产党万岁！”声中而血肉横飞，惨遭屠杀矣。至十六、七、八日仍继续其杀

人抢劫的生活，尸骸遍地，血流通渠，用汽车运送至十八日，始得完竣。二女子被杀后加以剖心剥腹，我写至此，我心碎了！

1927 年 12 月 13 日下午 3 时左右，国民党军队已占领了整个广州，对起义军进行了血腥的大屠杀，由于当天下了雨，凡是脖子上有红领带的红色痕迹的，讲北方话的，剪短发的，甚至穿红花衣裳的新娘子也被捕杀。

长堤和天字码头有些牺牲的女烈士还遭到了辱尸，有的乳房被割，扔在河里，有的阴道被用甘蔗或竹竿插入。

国民党军队清街时，用卡车一车车拖走尸体，有的用油烧，有的集体堆埋。

起义中牺牲者中还有来自苏联、朝鲜、越南的国际友人和战士。

敌人的屠杀持续了将近一个星期，直到 12 月 19 日，在广州的许多地方，还能听到枪杀犯人的声音。

包括在作战中牺牲在各处的战士遗体，最后清算的尸体达 5700 遗具。

在一座城市，一周之内失去这么多生命，他们中有的是为了自己的理想而奋斗者，而其中也不乏被误伤误杀的无辜百姓，这是一出悲壮的历史惨剧。

时任国民党军第三路军总指挥的李宗仁，其时虽然不在广州，但在后来他的回忆录中也根据自己听到的传言，写到过这时的广州：

张发奎匆忙前往肇庆，急令黄琪翔回师平乱，黄氏乃率部反穗。张、黄二人以共党在后方捣乱，破坏其一统两广的大计，愤恨之余，遂也恣意杀戮。下令凡见颈系红巾的，即格杀勿论。人民分不出孰为红军，孰为第四军，只知有红巾亦死，无红巾亦死。一时广州全市全城鬼哭狼嚎，无辜人民被杀的不计其数。大火数日不绝，精华悉被焚毁，实为民国成立以来鲜有的浩劫。

日本的东方通讯社香港分社有一则1927年12月19日的通讯《广州事变之遗迹》，其中有两段写到广州起义失败后，广州街头在白色恐怖统治下的状况：

据所见火灾之烈，被劫之惨，殊非想象所能料及者。街头路隅，至今尚有烧成黑炭之尸骸，横置地上。每日被枪决之共党，尚不下百人，被抢之家，四壁萧然，不遗一物，实稀有之奇观。被焚之屋，尚有余烬，乞丐三五，于残垣断瓦之中，将灰抓取，似有所觅，恍惚当年东京之大震灾复见于此也。

所谓达二千人之惨杀者，殆不能不归罪于自称白卫军之李福林军、薛岳军与右派工人会之广东总工会、机器工会等之复仇的与报私愤行为也云云。现在共产党退后，被枪毙最多者？乃如上述趁火打劫之车夫。又追击共军入至广州郊外农村之李福林军之一部，忽肆抢掠，其与共产党军孰优孰劣，殆无所择云。现尚有工人多名，以共产党之名，被击于右派工会员之手，随分受私刑之处分。不论何国，革命之际，必有反动的恐怖时代出现。截至昨日，市民尚未开店，交通机关不通，谣言甚盛，其不安状态，与十一日并无少异。昨日广州盛传黄琪翔军与李福林军将近冲突，故逃避赴港者又行激增。各市民震于谣言，广州城充满惨怖之空气。

附记：广州起义的革命对象的结局

广州起义的直接对象有六个人，那就是陈公博、张发奎、黄琪翔、李济深、朱晖日、李福林。

陈公博

虽然广州起义被镇压，但“驱李”和广州起义这两件事情成为国民党内攻击汪精卫、陈公博的口实，指责汪、陈为“准共产党”。蒋介石乘机东山再起，将汪精卫和陈公博赶下台。1927 年 12 月，陈公博被迫逃往香港。抗战胜利后，陈公博作为汪伪政权的第二号巨头，被判处死刑。1946 年 6 月 3 日，他死前的绝笔，是应典狱长之请所写的一副对联：大海有真能容之量，明月以不常满为心。时年 54 岁。

张发奎

张发奎镇压了中国共产党领导的广州起义。1927 年 12 月，李济深率部配合黄绍竑部进攻广州。张兵败辞职，后附蒋。抗战胜利后，任广州行营（后改行辕）主任，1947 年改任总统府战略顾问委员会委员。1949 年 3 月任中华民国陆军总司令，7 月辞职，去香港定居，直至 1980 年 3 月 10 日病逝。时年 84 岁。

黄琪翔

张发奎、黄琪翔被迫逃往广州河南李福林处躲避，以总指挥和军长名义急召东西江部队遄返广州，协同朱晖日的公安部队向起义军反扑，镇压了广州起义，血腥屠杀革命群众。黄琪翔对这一事变负有重责，在内外舆论指责下，离职前往香港。1949 年，黄琪翔在香港宣布拥护中共政权，后应邀出席了全国政协第一届会议。历任中央政法委员会委员，国防委员会委员，中南区司法部长，国家体委副主任，政协全国委员会常务委员，全国人大代表，中国农工民主党秘书长、副主席。享年 72 岁。

李济深

1947 年 5 月 4 日，李济深邀请何香凝、蔡廷锴等人到他的寓所聚会，商讨酝酿已久的建立国民党民主派革命组织问题。1948 年 1 月，中国国民党革命委员会在香港成立，宋庆龄被推选为名誉主席，李济深被选为中央执行委员会委员、中央执行委员会常务委员和中央执行委员会主席。1948 年 2 月 3 日，李济深致电毛泽东、周恩来等中共领导人，表示愿以自己的一切言论和行动密切配合中共的政策和主张。1949 年，代表民革参加在北京召开的中国人民政治协商会议第一届全体会议，并当选为中央人民政府副主席和政协全国委员会副主席。1954 年，当选为全国人民代表大会常务委员会副委员长。1959 年 10 月，因病在北京逝世。时年 74 岁。

朱晖日

1938 年任广东省政府委员兼建设厅长。1940 年冬任第三十五集团军副总司令，参加桂南、粤北、西江诸役。1944 年任第四战区广东南路指挥所主任。1945 年夏，南路指挥所并入粤桂南总指挥部，任副总指挥。1945 年秋任海南岛指挥所主任，主持海南岛日军投降的受降仪式。1946 年秋返回广州，任军委会广州行辕办公厅中将主任，兼任财政部华南输出入委员会委员。1947 年夏，与张发奎等 27 人组成第四军编纂委员会，编印了《第四军纪实》。1949 年任广州市警察局长，不久赴香港。1952 年 7 月到台北，1968 年 7 月 28 日病逝。终年 75 岁。

李福林

镇压广州起义后，受蒋介石指责排挤，被迫通电辞去第五军军长职务，走避香港。李福林在九龙大埔购地 1000 余亩，建立康乐农场，又在皇后大道开设厚金银号，以作日后复出资本。他曾赴南京谒蒋，欲组军队，遭蒋拒绝。蒋只给他一高级顾问头衔。抗日战争爆发后，1937 年，日军曾派人拉拢他，拟委任为“华南军总司令”（伪），但他没有接受。1941 年，日军侵占香港，李赴重庆，蒋介石仅给他“中央军事委员会顾问”的空衔。1944 年，蒋又封他为“军事委员会驻粤军事特派员”头衔。他返粤后，即召集各地绿林头目，准备在日军失败后回广州接收。蒋介石另派张发奎执行，使其愿望落空。日军投降后，大汉奸李辅群被捕。李福林接受了巨贿，证明李辅群是做“曲线救国”工作的，要求对其无罪释放。1949 年，广州解放前夕，蒋还派人要他出任要职，以维持残局，但李拒绝了。9 月，李全家迁往香港。1952 年，李福林因高血压病卒于香港，终年 79 岁。

二 红色火种

广州起义的策划与发动，是在中共中央的直接领导和指示下进行的，是“四一二”“四一五”“七一五”政变后，“八七会议”重新组建的中共中央领导的新的中国革命开篇的重要的组成部分之一。它是中国共产党继南昌起义、秋收起义之后建立独立武装的最为壮烈的红色暴动。

已经被撤销职务的陈独秀，事实上一直还关心中国共产党的事业。

虽然自“八七会议”后不再是中共中央的领导人，他还是很关心党的前途和命运。

广州起义的消息让他心中惦念，因为他已经不是党的领导人，关于广州暴动的具体情况，他当然无法得知详情，他主要通过各地媒体了解广州起义的消息。

12 月 13 日中午，其时，广州城内情况的变化还不为外界所知晓，陈独秀按捺不住内心的激动与担忧，以他掌握的有限资讯，给中共中央写了一封信，谈了自己对广州起义的看法。

这封信的内容是这样的：

中央常委诸同志：

广州暴动，无论成败，我们都应该做！这是毫无疑义的。

我有几个意见贡献于同志们参考：

一、在广州的非战斗员悉数遣到有农民暴动之可能的地方，迅速促其暴动，此事一刻也不能延搁，暴动时要立刻解决农民的经济问题，这还不够，并要解决农村中一般的病苦事件，如此方能发动更广大的群众参加革命。不如此，则不独广州孤立，不能持久，并且广州一旦失败，我们什么都得不着。

二、“工农政府”“独裁政府”“苏维埃政府”这些口号我殊不以为然。政权的中心当然是工农，而不可用独裁口号。“苏维埃”本来只是会议

意义，苏俄政制精义是无产阶级独裁，离此，则苏维埃并无特别意义，我以为用“工农兵平民（贫民亦不妥）代表会议政府”似较妥当。（关于此点，我有较详的意见，兹不具陈。）（平民即被压迫中被剥削之意。）

三、关于国民党问题，我自七月以来，即以为我们不能再留在国民党，即不必再附属在国民党左派旗帜之下，亦即应独立行动；然同时亦以为可以在赞成土地革命的条件之下，与任何国民党一派或个人党外合作。我现在仍旧是这样的意见。汪精卫在汉口时，我已察知其漠视农民利益，现在更加反动，广西老宣传广州共产政府仍举汪为主席，自然是极滑稽的造谣作用。惟广东方面，如尚赞成土地革命的国民党员，无论是团体或个人，我们应该与之公开的党外合作，不必强之加入我党，在民众工作上，在政府工作上，在军事工作上（在军事工作上只有我们和力量超过他们便无妨），都应如此。国民党各级党部如有赞成土地革命者，可许其存在，可与之开两党联席会议。即谭平山如以国民党地位或另组他党而能从事土地革命工作，我们也不可加以排斥。我们不可持“党外无党”的谬见。

四、广东离香港太近，易为帝国主义者所袭击，我们为保护新政权起见，反帝行动要十分谨慎。

五、苏俄同志，此时最好绝对不赴粤参加工作。他们最好选择有革命经验者数人，在上海组织一委员会，帮助中国党的中央。由他们的委员会派一得力同志驻香港察看广州情形，及中国同志在粤工作有无错误。

独秀

十二月十三日午前

（载《中央政治通讯》第十四期）

“八七会议”后重新组建的中共中央政治局以瞿秋白为临时负责人。

瞿秋白、苏兆征、李维汉、周恩来、罗亦农、项英、任弼时为常委，组成了新的中央常委会。

收到陈独秀的来信，中央常委会立即给他回了信，即《中央常委致广东仲甫的信——关于广州暴动政治指导上的几个问题》。这说明，虽然陈独秀受到了批判，而且不再在中央担任领导工作，但与党中央的关系还是密切、良好的。

当时的中共中央政治局成员还有：临时政治局委员：向忠发、顾顺章、王荷波、彭湃；临时政治局候补委员：邓中夏、毛泽东、彭公达、李立三、张太雷、张国焘。

为了声援广州起义，中共中央在起义发动期间或随后的数日，先后发表《中国共产党中央执行委员会告工人书》《中国共产党中央执行委员会告农民书》《中国共产党为广东工农兵暴动建立苏维埃告民众》《中国共产党为广州暴动再告全国民众》等文件。

广州起义也产生了广泛的国际影响，不仅当时在广州的中外媒体进行了广泛报道，而且在莫斯科的赤色职工国际执行局发表了《快来援助中国革命——赤色职工国际致各国工人书》《反对杀害中国劳动者，捍卫中国革命——赤色职工国际致各国工人书》，共产国际发表了《共产国际执行委员会关于广州公社告全体工人、一切被压迫者、资本主义军队的全体士兵书》《共产国际为广州暴动告全世界工人兵士及被压迫民众宣言》。苏联《真理报》于12月13日发表了《工农的广州》的报道。

12月12日晚，陈赓因受叶挺之命，到厚祥街动员中流砥柱子弹库的敌兵参加起义。

没有想到13日醒来，情况发生了翻天覆地的变化，不得不逃入友人家中避难。

第二天，也就是14日，在友人的帮助下，躲过了敌人的迫害，与一个姓雷的军官作伴，坐火车逃往香港，没有找到中共广东省委在香港的驻地。因为，起义失败的消息传到香港后，中共广东省委在香港的驻地便换地方了。

与陈赓同往香港的雷姓军官不是共产党员，是国民党二十五师七十五团的一个连长。

他的部队驻防石龙，他因为生病到广州住院。

广州暴动发生后，他同情起义军，崇拜叶挺，因而主动与他的营长赵筱声到维新路起义指挥部面见叶挺，主动要求前往石龙动员七十五团来广州加入起义队伍。

叶挺当即授命于他，但他在东行至，广九车站时，起义军正与敌军激战，无法前行。

叶挺得知情况后，告诉了他 12 日的通关暗语，他到那里说："肃清"，驻守广九车站的赤卫队队员就让他通过了。

可是，在赶往石龙的途中，战争形势正急速地发生变化，二十五师全师在奉命前来广州镇压起义军的路上，姓雷的军官通过熟人，希望劝说该师的副师长倒戈参加起义军。

这个副师长立即下令抓捕雷姓军官。

雷姓军官警觉，自己逃脱了，但代他传话的勤务兵被抓去枪杀了。

雷姓军官一个人逃回广州，在友人的帮助下，与陈赓一同坐车同往香港。

好在车经石龙时，所驻二十五师已奉命他往，他们没有在车上受到盘查。

陈赓无法在香港停留，继续前往上海，在上海重新找到了中国共产党的组织。

叶剑英于 12 日晚，得到撤退的消息离开公安局后，除去身上的红布条等起义标志，来到李运全的家里，隐藏起来。

过了一天，在李运全的协助下，他化装成商人，搭船前往香港。

可是，刚到香港时，找不到合适的地方居住，就由李运全安排到自己弟弟李运庆家里。

先后换了几个地方，曾经受到香港警方的盘查，但都被李运全安排的熟人当作自家人搪塞过关了。

叶剑英因此与李运全建立了更加信任的关系，于是在稍后的时间里，请李运全回到广州，把教导团潜伏在广州城内的部分同志和叶剑英转移到亲戚家的家人带回了香港。

叶剑英经过一段时间的寻找，最后找到中国共产党在香港的组织，正式投身于中国共产党领导的人民革命运动。

陶铸率领警卫团的部分战士攻打长堤的第四军军部，曾希望率领士兵打过河去，把被关在南石头监狱的同志营救出来。但苦于没有桥，又找不到船渡河，敌舰又在河面巡游炮击，第四军军部一直未能攻下，他们终于没法过河。

观音山在广州北面，紧靠市区，俯瞰广州，是敌我双方反复争夺的军事要点。12 日午后，各路敌军大举反攻，观音山告急，叶挺命令警卫团转到观音山一线协同防守。经过在长堤的激战，此时警卫团剩下的实际上只有 200 多人。在大炮、机枪的掩护下，敌人向观音山连续发起冲锋，双方伤亡都很大。到下午 4 点钟，陶铸率领的警卫团只剩下五六十人了。

鉴于敌我力量对比悬殊，总指挥部决定起义军退出广州。由于临时仓促撤退，通往市区的道路也被切断，警卫团部分战士没有接到撤退命令，仍然坚守在观音山阵地上。13 日凌晨，观音山的起义力量已经很少，陶铸等人一看情况不对，刚好有人通知他们教导团向沙河方向撤退了，他们几个人商量了一下，决定分散撤退。

陶铸没有和战友们一起撤离广州，而是把臂上的红布摘掉，跑到老乡家中藏了起来。

陶铸藏在大东路芳草街一个老乡家里。

这个老乡过去曾在陈炯明部当过副官，人很好，很尽心地掩护陶铸。

由于老乡同邻居关系相处得不错，那些邻居们也没有怀疑陶铸的身份，甚至在敌人盘查时，帮着打掩护。

芳草街离大东门不远，教导团原驻地四标营操场上敌人枪杀烈士的枪声，这里清晰可以听到。

陶铸虽然侥幸躲过了这场劫难，但在隐匿的日子里，他耳闻了许多同志被害的消息，亲身感受了这场白色恐怖，心里非常难过，对敌人更加仇恨了。

他曾经回忆说，那段时间，每天早上都听见汽车从街上驶过，车上的同志有喊“共产党万岁”的，有唱《国际歌》的。车一过，他就惋惜又有多少好同志牺牲了。

从口号声中，从歌声里，陶铸想象到他们是怎样英勇地去牺牲，去就义的，心痛极了。

那个老乡每天出外回家，也经常告诉陶铸一些情况。

在那里躲了 20 多天后，陶铸通过同学关系从广州戒严司令部弄了一张通行证，又从同乡那里借了一些路费，戴着白袖章，夹在混乱的人流中乘火车逃出广州，投入了新的战斗。

教导团的主力于 12 日傍晚从城内各据点奉命撤退，经沙河向北，一路上不时地遭到资本家组织的商团和地主武装民团的袭击，但都被这些训练有素的战士击退，连夜赶往花县。

由于许多人三天来连续作战，身心疲惫，战士们边走边睡，有的因此在走过一些小山岭时，滚落到山沟里，生死未卜。

一直到第二天天亮，沿途都遭到了不少地主民团的阻击。

13 日晚上，撤退队伍到达花县象山露营。

实在太累了，大家一落下，都倒头入睡了，好在当时没有被敌人发现，一夜无事。

但到了第二天，也就是 14 日早上，有一些当地的地主武装民团围了上来。

这些三天来打红眼的战士们经过一夜休整，又是充满了斗志，正想与这些民团好好打一仗。

这时，徐向前赶到了，见到大家，非常高兴。

他们几个人一路追赶部队，也同样遭到了民团的阻击，但都被他们击退了。徐向前望着那些围过来的民团，对大家说："这些民团一点都不可怕，我们只要大胆向他们冲击，他们就会吓得魂飞魄散的！我们一路上打退了好几个民团！"

徐向前的自信与自豪给了战士们极大鼓舞。

大家站起身，向着那些慢慢围过来的民团迎面冲去。

这些乡民组织，开始以为来到他们地头的不过是些散兵游勇，担心他们搔扰乡里，围过来想把他们吓跑，或者不让他们进入村庄。

没想到这些战士这么勇敢，民团果然被打得仓皇逃散了。

在花县，差不多每个村子都有民团，这些起义战士一路奔跑，一路都遇到民团的拦截，他们没有办法，只得谁来就打谁。

一路上打打杀杀，这些民团被打怕了，并且各个村子间也传开了起义队伍的厉害，就再也没有民团敢主动招惹这支队伍。

许多村子的村口都写着："欢迎来境，欢迎过境"的木牌，那意思很清楚，就是说，你们从我们这里过，我们欢迎，但希望你们不要进村停留，请尽快离境而去。

这样，一直到12月17日，这支队伍进入花县县城休整。

在战士们和工人赤卫队队员们休息的时候，各个队伍里的共产党员被召集起来，开了一个会。

鉴于这一支撤退队伍的结构已经发生改变，有少数教导团的战士因未接到撤退命令，还留在广州城内，工人赤卫队有一部分与教导团战士共守阵地的，或者接到撤退令的，也一起退到了这里，人数已远超教导团原有的队伍。改编为一个军，人数不够，改编为一个团，人数又太多，因而大家商议，将队伍重新编组，编成一个师。

那么，这个师的番号怎么办？既然是共产党领导的武装力量，那就要与全国其他地方的工农武装成为一个系列。

大家的认知是，南昌起义失败后，朱德在粤北的北江成立了一个师，称为红一师，海陆丰苏维埃政府那边有一个红二师，那就叫红三师吧。

“红三师也有了。”这时，一个战士说。大家都望着他，他说：“琼崖的游击队已编为红三师了。”

于是将这支由教导团和黄埔军校特务营、警卫团部分起义士兵、工人赤卫队队员、农民自卫军战士混合组成的队伍，命名为工农红军第四师。

经过中国共产党员组织的士兵代表大会讨论，因为没有人知道广州起义总指挥部的领导人的生死，革命的战斗依然要继续，为此大家选举了这支队伍新的干部。

由叶镛宣布中国工农红军第四师正式成立。

王侃如宣布了师团干部名单：叶镛为师长，王侃如为党代表，袁裕（又名袁国平）为参谋长，贺国忠为参谋处长，贺诚为医务处长。

师以下设十、十一、十二共三个团。

十团是由原教导团一营为主力的队伍组成，加入了部分工人赤卫队和农民自卫军战士，徐向前是这个团的党代表。

队伍整编之后，何去何从，又成为摆在大家面前的一个问题。

考虑到近日大家长期处于疲劳战中，为了保存这支新组建的工农红军实力，叶镛与大家商议后，决定不再恋战，而是率领队伍突出重围。

花县离广州太近，如果敌人把强大的兵力往这边追来，红军显然会吃大亏。加上清远的敌人也向花县这边追来，形势对红四师在花县的立足极为不利。

有人提议到粤北去找朱德，与他们一起作战，可是，朱德具体在什么地方，无人知道。当时曾派了几个人到外面打听，由于路途太远，大家觉得这样坐等不是办法，说不定消息没有得到，反而给敌人追击留下了时间。加上周边花县和清远的民团不断骚扰袭击，给这支队伍带来很大困扰，大家决定另外想办法。

经过多次商议，最后决定向东进发，前往东江，与海陆丰的彭湃领导的工农红军会合，壮大革命队伍，共同抗击敌人。

另有一部分撤退出广州的起义队伍，没有赶上花县的改编，自行向北，参加了朱德、陈毅领导的部队，上了井冈山。

还有一部分在撤退过程中走散的战士，一路向西，参加了左右江革命根据地的武装斗争。

红四师建立了健全的组织，设有党代表办公厅，这是政治部和党委会性质的办公机构。还成立了一个报社，油印出版《红军生活》报纸和《造反》刊物。

可是，虽然广州起义挂起了苏维埃红旗，但是没有人见过工农红军的军旗长啥样。

陆更夫的未婚妻郑梅仙与三十几位撤退来的女同志，围着征集来的一堆红布发愁，不知怎么下手才好。

有一个人根据在广州见到的苏维埃政府楼上挂的红旗的样子，想了一个主意："我们政府是工农兵苏维埃政府，军队应该是为工农利益战斗的军队，所以，我们的军旗上应有代表工人的斧头，代表农民的镰刀和代表士兵的枪。"

这一倡议得到大家的鼓掌通过，这些女战士们立即拿起剪刀、针线，一面做，一面唱：

工农兵联合起来向前进，万众一心！
工农兵联合起来向前进，杀尽敌人！
我们团结，我们前进。
我们奋斗，我们牺牲。
杀向那帝国主义反动派的大本营！最后胜利一定属于我们工农兵！

清脆的歌声，穿过村庄，传遍田野，传遍山岭，回响在山谷，飞跃在河面，响彻四方，飘向天空，飘向远方。

在张发奎、黄琪翔等对起义后的广州进行白色恐怖统治，残害起义人员和群众的同时，叶挺、徐光英、叶剑英、聂荣臻、黄锦辉等大部分起义领导人在亲友或同志的帮助下，先后回到香港。

张太雷的遗体一直没有找到，后来以其遗物埋入墓中。

黄平、周文雍、杨殷等领导人事后受到党内处分。

黄平后来离开共产党，投身教育，新中国成立后，在复旦大学当了一名教授。

徐光英受到党中央的处分，后投靠国民党，被授予中将军衔，1984 年病死于香港，时年 85 岁。

周文雍再次被党派往广州工作，后被国民党杀害。杨殷则先后担任中共中央军事部部长、中共中央政治局常委，1929 年因叛徒告密，被杀害于上海龙华。

黄锦辉于 1928 年 1 月在清远被捕牺牲。

吴毅随后出任广州市委第一任书记，1928 年牺牲。

叶挺受到党内批评后，流亡日本、欧洲十余年，抗日战争时回国，出任新四军军长，后在皖南事变中被国民党扣押。他拒绝蒋介石的威逼利诱，写出了著名的《囚歌》。抗战胜利后，叶挺因回延安的飞机失事而遇难。1988 年他被中央军委确定为 36 位开国军事家之一。

叶剑英、聂荣臻、徐向前后来成了新中国的开国元帅。

陶铸中华人民共和国成立后曾先后出任中共广东省委书记、中共中央政治局常委。

陈郁曾任广东省省长。

起义发生三十年后的 1957 年，在曾经堆埋烈士遗体的广州东郊红花岗，建成广州起义烈士陵园并对外开放，纪念 5700 多名被国民党屠杀的广州起义先烈。

这些烈士大多数都是无名的。

创作手记

中共党史题材的创作应该忠于史实与文献：
关于广州起义的几个疑问

在中共党史方面，可以说，关于广州起义的史料是极为丰富的。

主要有这么几类：

一是当事人的回忆，当然这些亲历者本人的回忆多写于20世纪50年代后期，也就是广州起义发生后30年，这就存在一个记忆的准确性问题。

二是有关文史工作者的采访记录，包括广东的党史学者、工运史专家和宣传部门组织的采访文章，这些文章多为20世纪70年代以后进行的，也就是广州起义发生半个世纪之后的事，这同样存在着事件与时间的错位与混搭情况。

三是起义领导人的个人回忆文章，包括黄平、聂荣臻、叶剑英、陈郁、徐向前等，这些领导人由于后来身居高位和晚年记忆方面的因素，对自己参加起义的具体活动记述并不多，或者语焉不详。只有黄平和聂荣臻对各自的活动有比较具体的回忆，这给研究者带来了探究一些事件和时间的余地。

四是起义过程中留下的相关文件，这类资料皆为原始材料，真实性较强。

五是国民党将领的回忆录，包括张发奎、陈公博、黄琪翔等人关于广州起义的个人回忆内容，为人们研究这次起义中敌对阵营的活动提供了参考素材，当然存在角度方面的局限。

六是当时广州、北京、上海和国外驻中国媒体的新闻报道、战地记者的现场记录等，这类资料都是当时公开的新闻资讯，但也存在片面性的问题。

七是外国人的回忆材料，包括日本人和苏联人的记录，这些材料保留了一些现场表象的东西。

八是当时驻广州的外国机构关于广州起义方面的电文。

正是由于资料太多太杂，给研究带来很多的困难。

为了写作本书，除了实地的田野调查，在文献方面，我们主要做了这么几方面的工作：

一是全面收集各方面素材，做到应收尽收，不留死角；

二是全面研读每一份材料，不放过任何一条线索；

三是对比、甄别，发现人物、时间、事件、地点对不上的，或彼此冲突的，就按照事件发展的时间、空间关系，用逻辑的方法加以分析、梳理，还原事件的原委。如果无法获得唯一结论的，鉴于纪实作品的叙事要求，我们择其可能性大者。

关于广州起义有关争议问题：

一是关于大安米店案件的侦破时间。

在有关广州起义的大事记中，都把大安米店破获的时间定在12月10日，甚至包括广州起义的亲历者陈功武等人的回忆录中，都有关于当事人在这一天亲历大安米店被破获的见闻。但综合各方面的材料分析，大安米店的侦破时间，不可能发生在12月10日这一天，大安米店的侦破时间，可能发生在12月7日之前。

理由有这么几个：

1．聂荣臻的回忆录中很清晰地提到，在大安米店破获后，第二天广州的各大报纸登了这则消息，他的房东以此为由，要求他另外找租房的保人，因为此前聂荣臻的租房保人就是大安米店的老板。事实上，10日这一天聂荣臻一直忙于协助谋划广州暴动的各项军事活动，更不可能回到自己在长堤的住处与房东讨论租房的保人问题。当天，张发奎已发布全城的戒严令，满街都是巡逻的国民党军警，气氛非常紧张，房东哪还敢找聂荣臻讨论保人的问题。

2. 张发奎在关于广州起义的回忆录中提到，他在逃到珠江南岸后，在李福林的第五军军部讲到，难怪广州市公安局侦破了那么多共产党的机关，因为国民党军队中有第四军参谋长叶剑英这样的高级潜伏者，还是没有控制住共产党在广州谋划暴动。这说明，在广州起义前广州侦破的不只是大安米店，还有别的共产党秘密机关，陈功武的回忆有可能是大安米店附近的另一个机关。

二是什么原因使得广州起义的领导人决定起义时间提前。

很多回忆录都提到是大安米店的侦破导致起义时间提前，这是值得商榷的。

以笔者对各方面材料和数据的分析，广州起义时间提前大安米店或许是一个因素，但主要的决定因素则是叛徒告密和汪精卫 12 月 9 日发自上海的三封电报导致张发奎于 12 月 10 日发布戒严令、对教导团作出再次缴械和黄琪翔回广州防守的决定。

起义时间原定在 12 月 13 日举行的消息，已经在一定范围内传递，加之当时国共两党在广州的高层领导之间有着千丝万缕的关系，这个信息很可能传到张发奎等国民党高层那儿，甚至远在上海的汪精卫也得到密报，导致汪精卫 12 月 9 日连发三封电报到广州。正是这个原因，使得当初还对教导团抱有一丝幻想的张发奎急得如热锅上的蚂蚁，不断地召开党政军会议商讨扑灭广州暴动。在这个过程中，他做了两个重大的决定：一方面紧急把在前线指挥对抗桂系军阀的黄琪翔召回广州防守，说明他对负责防守广州的第四军参谋长叶剑英已经起了疑心；另一方面他作出了等黄琪翔到广州后立即解除教导团的武装的决定。

这些消息，作为第四军参谋长的叶剑英不可能不知道，正是叶剑英将这些消息及时地通过有关渠道通知到了广州起义的领导人，才使得他们临时决定将起义时间提前到 11 日凌晨。

中共广东省委作出提前起义决定的具体时间是什么时候？

10 日这一天张发奎宣布在广州实施特别戒严令，准备缴教导团的枪械，已经将双方矛盾完全表面化，此时，广州起义的领导人不可能坐以待毙。现有的文献还没有完全确切的依据明确中共广东省委作出将起义时间提前的决定时间，但根据叶挺到广州的时间及各处工、农、兵群众组织和发动的情况看，应该是在 9 日的晚上或者 10 日的早上。

三是关于叶剑英在这次起义中的角色。

叶剑英参加了这次起义是没有疑义的，现在很多回忆录中提到叶剑英是起义的副总指挥。但作为当时中共广东省委的主要负责人之一的黄平在晚年的回忆录中，曾提到在起义军占领市公安局后，他带着教导团向西进攻的先头队伍攻入市公安局，看到叶剑英与另一位军事人员（可能是陈赓）系着红布条来到起义的人群中。他把叶剑英带到张太雷和叶挺跟前，并表示，张、叶给叶剑英安排了什么工作，他并不清楚。如果是起义副总指挥这个职位，黄平作为中共广东省委的主要领导，怎么能不知道叶剑英承担了什么工作呢？

张发奎在回忆录中，也提到他逃到河南后，获得起义领导人名单时，讲到叶剑英在红军中并未担任什么重要的角色。

叶剑英的回忆文章里，没有谈自己在广州起义中具体担任的职务。

再有一个问题就是，叶剑英当晚有没有到教导团的驻地四标营地参加最初的指挥工作。

有些当事人的回忆录，包括教导团的战士，都提到在教导团葵棚大餐厅（有的人回忆为大操场）的集合现场，有叶剑英和起义领导人在讲台演讲，动员暴动。

根据现有的各类回忆材料综合分析，叶剑英应该没有出现在教导团的四标营地，而是在起义军占领市公安局后，直接到了维新路的广州市公安局，参加了广州苏维埃政府建立和军事领导工作。

以上这些问题，主要是学术研究的问题，并不影响广州起义历史硬核的还原，我们想，这或许是写这本书的意义所在。

完稿之时，对着这一轴由 5700 个鲜活的生命绘就的历史图景，我们陷入了默默的沉思，一直在想，广州起义的主角是谁。

看着堆满书桌前的数百万字文献资料，追忆着这一年来反反复复用自己的双脚重走的广州城内当年起义战士作战的线路与遗迹，很清晰地看到了图景中跃动的无数工人、农民、士兵的身影。

对了，这些有名的，或者无名的普通民众，工人赤卫队队员、农民自卫军战士、教导团、警卫团和黄埔军校特务营参加起义的战士，不正是这次震惊中外的广州起义历史画卷里的主角么？

他们生活贫苦，被歧视，没有尊严，没有方向，没有未来。他们受到不公不义社会现象的压迫，渴求平等、自由、有尊严的生活，希望为自己生活的这座城市、这个国家、这个民族，用自己的鲜血绘就那心中美丽的共产主义美景。他们愿意听中国共产党的话，跟着中国共产党走，听从中国共产党的号召，把自己的命运与中国共产党紧紧地联系在一起。

因为，他们苦难的经历告诉自己，在那个凄风苦雨的世界里，那些有钱人，那些富有者，没有人会管他们的生死，他们的工作、生活长期漂泊不定。中国共产党愿意听老百姓的心声，愿意深入他们之中宣传革命道理，与他们打成一片，对老百姓有感情，有情怀，才是真正代表人民利益的。因而，明知枪林弹雨中会有牺牲生命的代价，他们依然奋不顾身，在严酷的战火中，在白色恐怖里，留下了最英勇、最壮烈的身影。

在完稿的这一天，我们又重回到广州起义烈士陵园，对着那个埋葬着 5700 多条生命的圆丘致敬！

陈典松、陈志遐
2020 年清明节前于广州

参考文献

1. 中共广东省委宣传部编:《广州起义》，广东人民出版社 1957 年版。

2. 朱道南:《回忆广州起义》，上海文艺出版社 1959 年版。

3. 李新等主编:《中国新民主主义革命时期通史（初稿）》第一卷，人民出版社 1962 年版。

4. 李宗仁:《李宗仁回忆录》，广西人民出版社 1980 年版。

5. 黄平:《往事回忆》，人民出版社 1981 年版。

6.《在中国土地上——苏联顾问回忆录》（1925—1945），中国社会科学出版社 1981 年版。

7. [苏] C・A. 达林著，侯均初等译:《中国回忆录》（1921—1927），中国社会科学出版社 1981 年版。

8. 周树声:《中国新民主主义革命大事记》，青海人民出版社 1982 年版。

9. 中共党史人物研究会编:《中共党史人物》第三、四、五卷，陕西人民出版社 1982 年版。

10. [苏] A・B. 勃拉戈达托夫著，李辉译:《中国革命纪事》（1925—1927），生活・读书・新知三联书店 1982 年版。

11. 杨云若:《共产国际和中国革命关系纪事》，中国社会科学出版社 1983 年版。

12. 中共党史人物研究会编:《中共党史人物》第十五卷，陕西人民出版社 1984 年版。

13. 广州革命历史博物馆编:《广州起义资料》（上、下），人民出版社 1985 年版。

14. 花城出版社编:《一九二七年广州起义实录》，花城出版社 1986 年版。

15. 中共中央党史资料征集委员会编:《纪念广州起义 60 周年专辑》（《党史资料通讯》1987 年第 11 期），中共党史资料出版社 1987 年版。

16. 中共中央党史资料征集委员会、中共广东省党史资料征集委员会、广东革命历史博物馆编：《广州起义》，中共党史资料出版社 1988 年版。

17. 王成斌等主编：《民国高级将领列传》第一、二集，解放军出版社 1988 年版。

18. 王成斌等主编：《民国高级将领列传》第五集，解放军出版社 1990 年版。

19. 中共中央党史研究室著：《中国共产党历史》，解放军出版社 1991 年版。

20. 中共广州市委党史研究室编：《广州英烈传》，广东人民出版社 1991 年版。

21. 杨万秀主编：《广州名人传》，暨南大学出版社 1991 年版。

22. 王尔玺等编：《中国工会史》，中共党史出版社 1992 年版。

23.《徐向前传》编写组：《徐向前传》，当代中国出版社 1992 年版。

24.《聂荣臻传》编写组：《聂荣臻传》，当代中国出版社 1994 年版。

25.《叶剑英传》编写组：《叶剑英传》，当代中国出版社 1995 年版。

26. 节延华：《血雨》，花城出版社 1995 年版。

27. 杨万秀、钟卓安主编：《广州简史》，广东人民出版社 1996 年版。

28. 广东工人运动史研究委员会编著：《广东工人运动史》第一卷（1840 年 6 月—1949 年 10 月），广东人民出版社 1997 年版。

29. 郭晓晔：《广州暴动纪实　英雄悲歌》，解放军文艺出版社 1997 年版。

30. 徐雁：《血潮　广州起义》，湖南人民出版社 1997 年版。

31. 中共中央党史研究室第一研究部译：《联共（布）、共产国际与中国苏维埃运动（1927—1931）》，中央文献出版社 2002 年版。

32. 郭晓晔：《广州起义纪实》，解放军文艺出版社 2007 年版。

33. 聂荣臻：《聂荣臻回忆录》，解放军出版社 2007 年版。

34. 王晓玲、蒋斌主编：《广州起义图文集》，广州出版社 2007 年版。

35. 黄穗生：《广州起义》，广东人民出版社 2008 年版。

36. 李华英主编：《红灯永照千秋亮：广州起义烈士陵园》，中国大百科全书出版社 2009 年版。

37. 徐鹏堂：《打起苏维埃大旗（广州起义）》，吉林文史出版社 2016 年版。

38. 徐向前：《历史的回顾》，人民出版社 2016 年版。